Le miracle d'un hiver

*

Le premier Noël de Molly

*

Un héritier pour le réveillon

CAROL MARINELLI

Le miracle d’un hiver

HARLEQUIN

Titre original :
ONE MAGICAL CHRISTMAS

Ce roman a déjà été publié en 2014

Réalisation graphique couverture : L. SLAWIG (HarperCollins France)

HARPERCOLLINS FRANCE
83-85, boulevard Vincent-Auriol, 75646 PARIS CEDEX 13
Service Lectrices — Tél. : 01 45 82 47 47

www.harlequin.fr

ISBN 978-2-2804-3378-5

1

— Bonjour ! Je m'appelle Imogen.

Le médecin consultant du service des urgences, Angus Maitlin, qui remplissait en hâte des bons de commande, leva les yeux vers la jeune femme qui s'avançait avec assurance vers lui, le sourire aux lèvres.

— Pardon ? demanda-t-il avec un froncement de sourcils.

Il tendit les bons à son interne sans cesser de dévisager l'inconnue.

— Heather m'a dit de venir me présenter à vous, expliqua-t-elle patiemment avec un accent australien. Je viens de la maternité pour aider aux urgences…

— Vous êtes sage-femme ? interrompit-il en jetant un coup d'œil à son badge d'identification.

— Et également infirmière diplômée d'Etat.

Imogen s'abstint de préciser que, bien qu'elle eût sa carte de sécurité, personne n'avait eu le temps de revérifier ses références. Quelque chose lui disait que ce superbe spécimen du genre masculin n'était pas vraiment d'humeur à l'entendre !

— Avez-vous déjà travaillé ici ? demanda-t-il.

D'un geste, il désigna la zone de réanimation. Cinq lits étaient occupés et on en libérait un sixième pour un grand brûlé coincé dans une voiture sur une autoroute londonienne à grande circulation.

— Connaissez-vous la disposition des lieux ? insista-t-il.

— Pas encore, répondit-elle en jetant un coup d'œil circulaire. Je ne suis en Angleterre que depuis deux jours. Mais je suis sûre…

Sans lui laisser l'occasion de terminer sa phrase, il sortit, l'air furieux, la laissant plantée là. Il allait probablement se plaindre à la surveillante, pensa Imogen. Eh bien, qu'il se plaigne ! Elle n'avait pas envie d'être là et, de toute évidence, il ne tenait pas à l'y voir non plus ! Avec un peu de chance, on la renverrait à la maternité.

— Heather ! lança Angus, encore à portée de voix d'Imogen. J'ai dit que j'avais besoin de renforts en réa de toute urgence, pas que je voulais qu'on m'envoie une sage-femme !

Angus se mettait rarement en colère, mais là, il était à deux doigts d'exploser. Le service ne désemplissait pas, la zone de réanimation non plus et, en guise de personnel supplémentaire, on lui envoyait cette femme moulée dans un uniforme d'infirmière intérimaire, qui venait juste de débarquer en Angleterre !

— Je viendrai donner un coup de main en cas de besoin, répondit la surveillante sans s'affoler. La coordinatrice du personnel infirmier m'a expliqué qu'Imogen est sage-femme, mais qu'elle a aussi reçu une formation spécialisée en premiers secours et soins intensifs. Cela dit, j'ai bien une infirmière diplômée dans la salle d'observation. Elle peut échanger avec Imogen si vous estimez que ce serait plus…

— Je me débrouillerai, coupa Angus d'un ton cassant.

Puis, regrettant son mouvement d'humeur, il se passa la main dans les cheveux.

— Je suis désolé, Heather. Mon intention n'était pas de mettre en doute ses qualifications. Mais lorsqu'elle a dit qu'elle venait à peine d'arriver ici…

Il jeta un coup d'œil par-dessus son épaule. Imogen se trouvait là où il l'avait laissée un peu abruptement. Il lui lança un regard contrit. Contre toute attente, elle se contenta de hausser les épaules et de sourire, manifestement amusée. Il répondit à son sourire, étonné de sa propre réaction, compte tenu de la matinée qu'il avait eue.

— Je suis sûre qu'il y a des grands brûlés en Australie ! dit Heather d'un ton ironique.

Il se renfrogna.

— C'est bon, j'ai compris, dit-il avant d'aller chercher une bouteille d'eau au foyer des infirmières.

Pensif, il en but une grande gorgée. Le patient qu'ils attendaient était en cours de désincarcération, et d'après la brève description fournie à l'hôpital, il devait s'attendre à traiter bientôt de terribles lésions… Une minute de concentration ne serait probablement pas inutile.

— Tout va bien, Angus ? demanda la surveillante.

Heather Barker aussi avait beaucoup de travail, mais habituée à gérer rapidement ses priorités dans ce service des urgences londonien, elle trouvait le temps de s'occuper du dernier problème qui se présentait. Aurait-elle deviné qu'Angus Maitlin, médecin consultant au service des urgences, le pilier par excellence du département, n'était pas au mieux de sa forme ?

Pourtant il n'avait rien dit.

Jamais il ne s'en était ouvert à quiconque.

Malgré son emploi du temps surchargé, il se départait rarement de son calme et on pouvait toujours compter sur lui. Non seulement il participait à la direction du service des urgences, mais il était marié à un mannequin connu, père de deux jeunes enfants et, ces dernières années, il avait acquis une certaine notoriété sur le petit écran. Après une rencontre fortuite dans un studio de télévision, on avait sollicité son avis d'expert sur le syndrome de stress post-traumatique. Sa voix profonde, sérieuse, son indéniable séduction, alliées à la pointe d'humour nécessaire, avaient remporté un succès immédiat et les caméras, tout comme le public, l'avaient adoré. Ayant accepté de revenir, il était maintenant invité régulièrement à intervenir en tant que médecin dans une émission sur les questions d'actualité. Pourtant, sa célébrité ne l'avait pas changé d'un iota, ses priorités demeuraient les mêmes : sa famille d'abord, le service des urgences juste après ou, lorsque la situation l'exigeait, les urgences d'abord, sa famille ensuite, et le reste se mettait en place d'une manière ou d'une autre.

Mais pas aujourd'hui.

Pas depuis des mois, en fait.

— Angus ? Il y a un problème ? insista Heather.

— Bien sûr que non.

— Il y a quelque chose dont vous voudriez parler ?

— Rien. Je vais bien.

Assis sur un tabouret, il se désaltérait. Musclé, mais élancé, il portait un costume parfaitement coupé qui mettait en valeur sa carrure. En fait, il respirait la santé. Qui se serait douté que ce n'était qu'une façade ?

— Cela ne vous ressemble pas de parler d'un ton brusque aux infirmières, reprit la surveillante.

— Je présenterai mes excuses à Imogen. Je vais tout à fait bien, mais il y a beaucoup de problèmes à gérer.

— Ce n'est pas seulement Imogen… J'ai eu quelques remarques du personnel dernièrement. Et on a toujours plein de choses à gérer, en particulier à cette période de l'année.

De fait. Une semaine avant Noël, Londres était en effervescence. Les rues grouillaient de personnes qui faisaient leurs courses dans la panique. Il y avait les fêtes, le froid, le verglas, les départs en vacances, les réunions. Ajouté à cela, de l'alcool en abondance. Aussi décembre était-il toujours un mois chargé. Seulement, en général, le surcroît d'activité n'altérait pas sa bonne humeur.

— Qu'y a-t-il, Angus ? insista Heather. Vous n'êtes pas dans votre assiette depuis quelque temps. Ecoutez, je sais que ce n'est pas vraiment le moment de parler, mais une fois qu'on aura tout installé, ou après le changement d'équipe, on peut en discuter autour d'un café…

— Si je vous dis que je vais bien !

Il se refusait à mettre Heather au courant de ses problèmes. Certes, elle était pleine de bonnes intentions, mais sa vie privée ne la regardait pas.

— Je déteste les brûlures, dit-il avec un sourire pincé, et le patient qu'on attend ne sera pas joli à voir.

Il n'avait pas plus tôt prononcé ces mots que le téléphone sonna. C'était le PC des ambulances. Après leur avoir parlé, il but une dernière gorgée d'eau puis se leva de son tabouret.

— On vient de sortir la victime de la voiture. Ils seront là dans six minutes…

Pour quelqu'un à qui on n'avait pas fait visiter les lieux, Imogen s'était fort bien débrouillée. Les compresses pour brûlures étaient ouvertes sur un chariot et les champs stériles attendaient le patient.

— Alors, vous n'avez pas réussi à vous débarrasser de moi ? dit-elle avec un grand sourire.

— Ce n'est pas faute d'avoir essayé ! plaisanta Angus, réconforté malgré lui par l'humour d'Imogen.

— Etant donné que nous allons passer les prochaines heures ensemble, je ferais mieux de me présenter dans les règles. Je m'appelle Imogen Lake.

— Angus… Angus Maitlin. Je suis un des médecins consultants. Ecoutez, je suis désolé d'avoir été brusque avec vous tout à l'heure.

— Ce n'est rien.

— Non, ce n'est pas rien…

Tout en se lavant les mains, il la regardait par-dessus son épaule.

— J'ai réagi au quart de tour, ajouta-t-il. Quand vous m'avez annoncé que vous veniez de la maternité, que vous étiez sage-femme, j'ai pensé que la coordinatrice s'était trompée.

— Cela arrive souvent !

Imogen n'avait pas besoin de se forcer pour sourire. L'accent anglais plutôt snob d'Angus l'amusait.

— Vous n'étiez pas en plein accouchement, j'espère ? s'enquit-il.

— Si, pour mon plus grand plaisir, répondit-elle avec un hochement de tête, histoire de le culpabiliser. Alors, que sait-on du patient qui va arriver ?

— Il conduisait un véhicule à moteur qui se dirigeait vers la M25.

Il lui rapporta le peu qu'il savait.

— Selon le PC des ambulances, la voiture a perdu le

contrôle à l'embranchement, elle a heurté le panneau et explosé au moment de l'impact. Un camion de pompiers a assisté à l'accident et ils sont tout de suite intervenus, éteignant le feu aussi vite qu'ils le pouvaient…

— La victime est un homme ou une femme ?

— On l'ignore encore.

— O.K.

Si l'on n'avait pas identifié immédiatement le sexe de la victime, les perspectives n'étaient guère réjouissantes, songea Imogen.

Elle n'avait vraiment aucune envie d'être là.

Que n'aurait-elle donné pour rester dans la salle d'accouchement où elle avait passé l'heure précédente à accompagner Jamila Kapur pendant la fin de la phase de travail ? Jamila commençait à pousser quand Imogen avait été appelée au téléphone.

Lorsque la coordinatrice des soins infirmiers avait téléphoné pour demander si elle accepterait de prêter main-forte aux urgences, Imogen avait refusé net. Non seulement elle ne désirait pas aller dans ce service, mais elle attachait une grande importance à la continuité des soins. De la même façon qu'elle n'aurait pas quitté Mme Kapur si celle-ci avait été en phase de travail à la fin de sa garde, elle ne désirait pas l'abandonner en cours d'accouchement.

Puis la coordinatrice l'avait rappelée, lui lisant ses qualifications comme si elle ignorait qu'elle les possédait ! On l'envoyait aux urgences parce que ses compétences y seraient mieux employées.

Etant donné que c'était son premier contrat dans un nouvel hôpital, dans un autre pays que le sien et, qui plus est, comme infirmière intérimaire, elle n'était pas vraiment en position de discuter.

Dans ce service bourdonnant d'activité, elle se sentait comme un bébé sorti du ventre de sa mère, tiré d'un nid douillet pour être accueilli sous des projecteurs éblouissants, par des visages inconnus, dans le chaos et le bruit.

Mais il fallait bien se mettre au travail, décida-t-elle en respirant profondément. Ce n'était pas de la faute du patient si elle n'avait pas envie d'être là !

« Où sont les tenues stériles ? » se demanda-t-elle.

Puis, repérant deux paquets dans un casier fixé au mur, elle en tendit un à Angus, avant d'enfiler sa propre tenue.

Apparemment, Imogen ne se laissait pas impressionner par la prochaine admission, pensa Angus, se sentant vaguement coupable de l'attitude qu'il avait eue à son égard. A la manière organisée dont elle se préparait à recevoir le patient, et compte tenu de ses qualifications, c'était à l'évidence une infirmière très expérimentée.

— L'anesthésiste devrait être là, dit Angus en jetant un coup d'œil à sa montre. Vous l'avez beepé ?

— Deux fois.

Lorsque ce dernier arriva, elle lui tendit une tenue stérile tandis qu'Angus lui fournissait les renseignements dont ils disposaient.

Les beaux cheveux roux d'Imogen étaient déjà soigneusement rassemblés en queue-de-cheval, mais elle se mit une coiffe en papier et Angus l'imita. Tout devait être mis en œuvre pour réduire au minimum le risque d'infection.

Que cette attente était longue ! se dit Angus en jetant un coup d'œil à sa montre. Un tel retard signifiait peut-être que le patient était mort en route.

— Qu'est-ce qu'ils peuvent bien… ?

Il s'interrompit brusquement, comme de brefs coups de sirène les avertissaient de l'arrivée imminente d'un patient.

Il était à peine 9 heures du matin, pourtant le ciel était si lourd de nuages qu'il faisait presque noir dehors. Par les hautes fenêtres, le gyrophare de l'ambulance lançait des éclairs bleus.

Angus décocha à Imogen un sourire sans joie, mais cette fois, le visage couvert de taches de rousseur ne s'éclaira pas. Prenant une profonde inspiration, elle ferma un instant ses yeux bleu clair puis les rouvrit et expira quand résonnèrent les pas des auxiliaires médicaux qui se hâtaient vers le service de réanimation avec leur patient.

— Je déteste les brûlures ! dit-il en croisant le regard d'Angus qui gardait les yeux fixés sur elle.

En fait, elle était tendue, songea-t-il.

2

C'était le chaos organisé.

Pour sauver une vie, on s'activait de tous côtés. Des commissionnaires couraient porter des prélèvements au service de pathologie qui se dépêchait à son tour de produire des analyses et de réaliser une épreuve de compatibilité croisée, tandis que le manipulateur radio prenait un cliché des poumons à l'aide d'un appareil portable.

Le patient était une patiente. Une femme nommée Maria. On n'en savait pas plus. Son sac à main contenant les papiers qui auraient permis de l'identifier avait brûlé dans la voiture. Toutefois, dans un bref moment de conscience alors qu'on la sortait du véhicule, elle avait donné son nom.

D'après les témoins, c'était un miracle qu'elle soit encore en vie.

— Température ? demanda Angus en voyant la jeune femme qui frissonnait.

— 34°8, répondit Imogen.

Curieusement, une personne atteinte d'aussi graves brûlures pouvait souffrir d'hypothermie. L'extinction du feu, le froid et les lésions y avaient contribué. Pour réchauffer la patiente, on monta le thermostat du service de réanimation.

Alors qu'Angus examinait rapidement la jeune femme, Imogen se demanda quelles étaient ses chances de survie. A part les paumes des mains et une partie des avant-bras et des fesses, le beau visage de Maria était la seule zone de son corps qui n'avait pas été gravement brûlée.

— TBSA supérieur à 90 %, précisa Angus à l'intention d'Imogen qui en prit note.

La surface totale du corps qui avait subi des brûlures était très étendue. Pour l'instant, on poursuivrait la réanimation intense. Maria serait traitée comme n'importe quelle victime de traumatisme, avec priorité aux voies aériennes, à la respiration et à la circulation, mais les choses s'annonçaient mal. Même si la profondeur des brûlures restait à estimer, au fil des observations, le pronostic devenait de plus en plus désastreux.

— Il y avait une autre victime sur les lieux de l'accident, dit l'auxiliaire médical. Décédée. Pas de pièce d'identité.

— Homme ou femme ? s'enquit Angus. Ils étaient tous les deux dans la voiture ?

— Un adulte. C'est tout ce qu'on sait. Le siège auto à l'arrière du véhicule était vide.

De multiples raisons faisaient que personne n'aimait les brûlures : la gravité des lésions, leur issue incertaine et leurs conséquences pour les victimes, tant sur le plan physique que mental, si elles s'en sortaient. La prise en charge des grands brûlés exigeait des personnels spécialement formés à cet effet et la plupart des membres du service des urgences appréciaient de n'avoir à s'occuper de ce type de patient qu'assez rarement.

L'heure qui suivit l'admission, capitale pour le pronostic, fut employée au mieux. On mit Maria sous perfusion et sous oxygène si bien que, malgré ses lésions profondes, elle commença à gémir.

D'après les pompiers et la police, les marques de pneus sur la route indiquaient que la jeune femme s'était efforcée désespérément de reprendre le contrôle de son véhicule.

La localisation de ses brûlures laissait supposer qu'au moment du choc, elle avait d'instinct levé les mains pour se protéger le visage, protégeant par la même occasion ses voies aériennes. Néanmoins, l'anesthésiste contrôlait l'évolution de son état, veillant à ce qu'elle reçoive de l'oxygène humidifié à haute concentration ainsi que de généreuses doses de morphine. Il restait prêt à l'intuber en cas de défaillance des voies aériennes.

Sur les lieux de l'accident, les auxiliaires médicaux avaient réussi à poser une perfusion, mais le débit s'avérait insuffisant pour le volume de fluides requis et la mise en place d'un autre accès intraveineux était impossible. Alors Angus administra à Maria les fluides vitaux par infusion intra-osseuse. Pendant ce temps, Imogen lui posa un cathéter, et constata avec inquiétude que la diurèse de la jeune femme avoisinait le zéro.

— Peut-on la retourner de nouveau ? demanda Angus.

Avec l'aide de Heather, Imogen tint doucement Maria sur le côté tandis qu'Angus, assisté par un autre urgentiste, poursuivait son examen.

— Ne vous inquiétez pas, Maria…

Pendant tout ce temps, Imogen parlait à sa patiente, sans quitter son visage des yeux.

— Les médecins sont juste en train de vous examiner.

Comme Maria gémissait, Angus fit signe à Heather et Imogen de la remettre sur le dos. Cette fois, ni l'une ni l'autre ne s'offensa de sa brusquerie.

— Puis-je vous laisser cinq minutes ? demanda Heather qui ôta ses gants en maudissant la sonnerie du téléphone et le médecin qui l'appelait de l'autre côté du rideau. Appuyez sur le bouton d'urgence si vous avez besoin de quoi que ce soit. Je vous envoie une autre infirmière.

En fait, la patiente étant relativement stabilisée, Imogen se chargea de veiller sur elle pour l'essentiel.

— La plupart des brûlures sont du troisième degré, confirma Angus.

Aussi Imogen dut-elle mobiliser toutes ses forces pour sourire quand, pour la première fois, les yeux de Maria s'ouvrirent, pendant une seconde.

Elle se pencha vers sa patiente.

— Rassurez-vous, Maria, vous êtes à l'hôpital, et nous prenons soin de vous.

Ce fut tout ce qu'elle parvint à dire avant que les paupières de sa patiente ne se referment.

Il s'excuserait de nouveau auprès d'Imogen.

Tout en discutant au téléphone avec un spécialiste des brûlures d'un autre grand hôpital londonien, Angus regarda par-dessus son épaule et la vit parler de nouveau à la patiente inconsciente. Elle l'avait fait régulièrement depuis l'admission de Maria dans le service. Si celle-ci l'entendait, cela l'aiderait autant que la morphine.

Angus était fier de l'équipe qu'il avait contribué à constituer dans cet hôpital, pourtant personne n'aurait pu faire mieux qu'Imogen ce matin-là. Pendant plusieurs heures, elle l'avait assisté avec une tranquille efficacité dans une tâche si abominable que même un interne qui avait demandé à observer les soins avait dû sortir à un moment.

Une tâche déprimante, par une matinée tout aussi déprimante.

Lorsque le spécialiste des brûlures, Declan Jones, arriva, Angus l'entraîna à l'écart pour discuter de la patiente seul à seul. L'odeur fétide qui régnait dans la pièce surchauffée laissait craindre le diagnostic qu'Angus était si réticent à poser.

— J'ai du respect pour votre opinion, Declan…

Comme Imogen approchait des deux hommes, elle perçut une certaine retenue dans la voix d'Angus.

— Plus que du respect, vous le savez…

— Elle parle, les interrompit Imogen.

— Elle se repère ? demanda Angus.

— Oui, elle est consciente pour l'instant. Elle est italienne, mais elle s'exprime bien en anglais, quoique avec un accent prononcé. Elle a confirmé que son nom de famille est Vanaldi. Son mari Rico était le passager de la voiture. Elle a un fils, Guido, qui a quinze mois et est à la crèche.

Jusque-là, les renseignements étaient arrivés au compte-gouttes. Grâce à l'immatriculation du véhicule, les policiers avaient obtenu une adresse. Après avoir interrogé les voisins, ils faisaient route vers la crèche où l'enfant était gardé.

— Cela confirme les dires de la police, commenta Angus. Y a-t-il d'autres membres de la famille qu'on pourrait appeler ?

— Elle dit que non.

— Il doit bien y avoir quelqu'un ! Elle ne peut pas affronter ce choc toute seule.

— Je vais le lui redemander.

— Et la diurèse ? cria Angus tandis qu'elle s'éloignait.

— Toujours zéro.

En général, c'était une bonne nouvelle que le patient parle, mais pas dans ce cas. Maria Vanaldi s'était sans doute réveillée pour qu'on lui annonce qu'elle allait mourir.

Et ce serait Angus qui le lui annoncerait.

— Declan, y a-t-il quelqu'un d'autre avec qui je pourrais discuter de ce cas ?

C'était délicat de poser cette question à un spécialiste qu'il avait sollicité, mais en dernière extrémité, l'étiquette ne comptait plus.

— Je vais vous donner quelques noms. Sachez toutefois que j'en ai déjà appelé deux. Désolé, Angus.

— Il y a un frère aîné, intervint Imogen qui revenait accompagnée d'un homme en uniforme.

— On a pris contact avec la crèche qui est ouverte jusqu'à 18 heures, dit le policier. Le mari est la seule personne à contacter sur leurs formulaires.

— Amenez l'enfant aux urgences, ordonna Angus. Elle va vouloir le voir.

Il se tourna vers Imogen.

— Vous disiez qu'elle a un frère ? reprit-il.

— Son seul parent. Mais il est en Italie et Maria ignore son numéro. Elle dit qu'il est sur son portable, dans la voiture…

— Puis-je interroger votre patiente ? demanda le policier. On peut entrer dans la maison et feuilleter son répertoire téléphonique, mais ce serait plus rapide si elle nous indiquait où chercher.

Angus secoua la tête.

— Je vais lui parler.

Il s'approcha du lit et sourit.

— Bonjour, Maria, je m'appelle Angus, je suis médecin.

— Guido…

— Votre fils ? On s'occupe de lui.

— Il est à la crèche.

En l'espace de quelques minutes, le degré de conscience de Maria s'était amélioré, mais même la morphine à haute dose ne parvenait pas à réduire son angoisse.

— Il ne saura pas ! Ils ne sauront pas…

— Nous savons où il se trouve. La police a contacté la crèche et ils vont vous l'amener. Vous allez le voir bientôt.

— Il ne va pas bien…

Chaque mot lui demandait un effort considérable.

— Il a un rhume, poursuivit-elle d'une voix étranglée par les sanglots. J'aurais dû le garder à la maison…

— Vous ne pouviez pas savoir, Maria. Vous ne pouviez pas prévoir. Ce n'était pas votre faute.

— Je ne roulais pas vite… Et Rico ?

Les yeux de Maria allèrent d'Angus à Imogen.

— Qui est Rico ?

— Mon mari.

— Il était dans la voiture avec vous ? s'enquit Angus.

— Comment va-t-il ?

Bien que l'identité n'ait pas été confirmée, il était inutile de lui donner un faux espoir. Il annonça la terrible nouvelle avec autant de tact que possible, en observant Maria.

— Non, répondit-elle sous le choc. Vous vous trompez. Ce n'est peut-être pas lui.

Angus décida de ne pas insister.

— La présence de quelqu'un à vos côtés serait souhaitable. Imogen m'a dit que vous aviez un frère en Italie. Avez-vous de la famille ou des amis plus proches ?

— Seulement Elijah.

— Et la famille de Rico ?

— Non !

— O.K.

L'émotion de Maria était telle que les moniteurs émettaient des signaux de toute part. Et il ne lui avait même pas dit le plus dur.

— La police est près de votre domicile, reprit-il. Ils peuvent forcer la serrure et trouver le numéro de votre frère. Savez-vous où il peut être ?

— Non… Si… A côté du téléphone, mais c'est le bazar.

Angus fronça les sourcils une fraction de seconde. Les réponses des gens l'étonneraient toujours. Maria gisait dans une alcôve du service de réanimation, elle venait de perdre son mari et elle s'inquiétait parce que sa maison n'était pas en ordre !

— Vous devriez voir chez moi, intervint Imogen d'une voix rassurante. Je vous promets qu'ils ont déjà vu pire.

— C'est le bazar, répéta Maria avant de fermer les yeux.

La morphine faisait son effet, ou peut-être que le désordre lui était égal en fin de compte.

Imogen continuait malgré tout à lui parler. Elles avaient déjà noué une relation, songea Angus. Maria allait en avoir besoin.

— Dites-moi juste où se trouve le numéro d'Elijah. Quel est son nom de famille ?

— Le même que le mien…

— Souffrez-vous encore beaucoup ? s'enquit Imogen.

Comme sa patiente hochait la tête d'un air las, elle régla la pompe à morphine.

— On continuera à l'augmenter tant que vous avez mal, précisa-t-elle.

« Parfois, il faut affronter la réalité », se dit Angus. Il aurait beau solliciter l'avis de ses confrères, déployer un maximum de moyens, faire appel au dévouement des personnels de santé, Maria s'éteindrait bientôt. Son taux de lactate suffirait à la tuer.

Imogen rencontra Angus au distributeur de boissons dans le couloir. Heather la remplaçait pendant cinq minutes, le temps de passer aux toilettes et de boire un verre.

— Vous n'auriez pas de monnaie pour le distributeur ? dit-il en se passant une main dans les cheveux.

Elle fouilla dans ses poches et lui tendit quelques pièces qu'il glissa dans la machine, sans même songer à lui demander ce qu'elle désirait. Elle-même était trop distraite pour s'en offenser. Il pressa deux fois le même numéro et ils avalèrent d'un trait le même soda glacé à l'orange, assis dans le bureau de réception des membres des familles pour quelques instants.

— Est-ce que vous voudriez savoir, vous ? interrogea Angus en regardant Imogen. Je veux lui donner de l'espoir… C'est-à-dire, on suivra le protocole des grands brûlés, elle montera aux soins intensifs, mais…

Elle ne répondit pas immédiatement à sa question.

— Apparemment, ils ont déménagé d'Italie il y a deux ans. D'après les voisins, ils ne se mêlaient pas trop aux autres. La police a trouvé le numéro du frère…

La voix d'Imogen mourut tandis qu'elle réfléchissait.

— Oui, reprit-elle après un long silence. J'aimerais savoir, et utiliser le temps qui me reste pour prendre des dispositions pour mon fils.

— Moi aussi, dit-il en se frottant la nuque.

— Cependant, un petit peu d'espoir ne fait pas de mal.

— Dans le cas présent, il n'y aura pas de miracle de Noël.

— Je sais. Mais Maria n'est pas moi ni vous, et si elle ne veut pas savoir…

— J'improviserai le moment venu, décida-t-il en se levant.

Il fit quelques pas vers la porte, puis marqua une pause.

— Au fait, merci.

Tous deux savaient qu'il ne la remerciait pas pour la boisson.

— Je vais téléphoner au frère, ajouta-t-il. Pourvu qu'il parle anglais…

— Je vous enverrai chercher s'il y a une urgence.

— Merci.

Prévenir les membres de la famille n'était jamais facile. Après sa conversation avec Elijah Vanaldi, Angus resta longtemps le menton appuyé sur la main, essayant de rassembler ses forces pour affronter l'épreuve suivante : dire à cette belle femme que sa vie s'achèverait bientôt, que non seulement son fils était orphelin de père, mais que, dans quelques heures au mieux, il aurait aussi perdu sa mère.

A peine avait-il éteint le signal lumineux « ne pas déranger » qu'on frappa à la porte de son bureau. En voyant la mine sombre d'Imogen, il se demanda s'il serait encore nécessaire d'annoncer la mauvaise nouvelle à Maria.

— Elle sait…

La gorge d'Imogen se serra, l'obligeant à se taire un instant pour se ressaisir.

— Elle sait qu'elle est en train de mourir, acheva-t-elle.

— Vous le lui avez dit ?

Comme elle secouait la tête, il regretta son emportement.

— Bien sûr que non. Je ne suis pas complètement idiote ! Maria a compris toute seule.

Elle mordilla nerveusement sa lèvre inférieure pendant un moment avant de poursuivre :

— Elle a murmuré : « Je vais mourir, n'est-ce pas ? » et je ne l'ai pas détrompée. Je lui ai simplement dit que j'irais vous chercher pour que vous lui parliez. Je vous informe juste qu'elle est lucide…

— Merci de me le dire.

Il eut un sourire fatigué.

— Vous avez été étonnante ce matin.

— Pas mal pour une étrangère ? demanda Imogen avec un sourire tout aussi las, histoire de lui faire savoir qu'elle avait tout entendu de sa plainte à Heather.

— Oui, pas mal.

Il sourit encore.

— Je suppose que nous allons devoir vous garder.

— Comment a réagi le frère ? s'enquit-elle.

Ni l'un ni l'autre ne souriait plus.

— Brusque, incrédule, en colère… Vous avez le choix. Il est en route.

— Très bien…

Angus Maitlin paraissait bien mélancolique, songea Imogen. Certes, le travail aux urgences était parfois éreintant.

Pourtant il ne suffisait pas à expliquer ces cernes violets, cette pomme d'Adam qui montait et descendait nerveusement sous le nœud de cravate, la mauvaise humeur avec laquelle il l'avait accueillie… Il devait y avoir autre chose, elle le savait, parce qu'elle était passée par là.

— Gus a pu lui parler…

— Gus ?

— L'autre médecin consultant.

— Je sais qui est Gus, répliqua-t-il d'un ton brusque. Pardon, se reprit-il. Je peux être gentil parfois, vous savez. C'est juste que c'est Noël, avec tout ce que ça comporte, que ma femme a le même âge…

— Je comprends.

— Allons, dit-il en se levant. Finissons-en.

Comme ils rejoignaient le bureau des infirmières, en évoquant la meilleure façon d'annoncer la mauvaise nouvelle, Angus prit conscience qu'Imogen avait une perception plus fine de la personnalité de Maria que lui-même et il l'écouta avec attention.

— Elle va avoir peur pour son petit garçon, pour Guido et son avenir. A sa place, je suppose que…

— Angus ! interrompit Heather. Gemma au bout du fil.

— Dites-lui que je la rappelle.

— Elle a précisé que c'était urgent.

— Comme toujours ! Faites-lui savoir que je la rappellerai quand je pourrai.

— C'est à propos des enfants.

— Quel est le problème, Gemma ?

Avec quelle irritation Angus avait décroché le téléphone ! se dit Imogen en l'observant du coin de l'œil. Bien sûr, il était occupé, il ne voulait pas être dérangé, mais si cela avait été Brad qui appelait pour la prévenir de quelque chose d'urgent concernant Heath, elle se serait précipitée au téléphone — même si elle avait été débordée.

— Comment ? Tu as mis Ainslie à la porte ?

Imogen interrogea Heather du regard.

— La jeune fille au pair ! murmura Heather.

— Avec la matinée que j'ai, tu m'appelles pour me dire que tu as renvoyé la jeune fille au pair ! Je me moque que tu aies une séance de photos demain, Gemma.

Angus ferma les yeux un instant.

— Franchement, cela m'est complètement égal si Ainslie a volé ce truc ! Elle était géniale avec les enfants. La congédier une semaine avant Noël…

Il allait raccrocher quand il se ravisa.

— Non, Gemma, tu te débrouilles pour une fois !

Dans sa colère, il lança le combiné en direction du téléphone, mais le manqua, puis alors qu'il se dirigeait vers la zone de réanimation, il s'arrêta et s'appuya contre le mur pour prendre une profonde inspiration.

C'était judicieux de se calmer avant d'aller trouver Maria, pensa Imogen. Leur patiente avait besoin de sérénité et de toute l'attention du médecin.

— Désolé pour tout cela.

— Ce n'est rien.

En réalité, si Brad l'avait appelée pour un motif aussi futile, sans doute aurait-elle réagi comme Angus, songea Imogen.

— Parfois, c'est…

Il s'interrompit, comme elle l'avait fait si souvent dans une autre vie. Même si elle venait de faire sa connaissance, même s'ils étaient originaires de deux pays aux antipodes l'un de l'autre et même s'il avait une prestance exceptionnelle alors qu'elle était plutôt quelconque, Imogen savait qu'ils avaient un point commun — un échec conjugal — même si Angus n'était pas prêt à l'admettre.

— Insupportable ? murmura-t-elle en croisant le regard d'Angus. Brad avait le chic pour m'appeler sans arrêt pour des drames imaginaires, ou c'était moi qui lui cherchais querelle pour des broutilles…

— Brad, c'est votre mari ?

— Mon ex-mari.

— Oh !

Il s'écarta du mur, la regardant comme si elle ne comprenait rien à rien, comme si leurs situations respectives n'étaient pas comparables.

— Il ne s'agit pas d'un drame *imaginaire*, dit-il d'un ton aigre. Gemma a bien fait d'appeler, seulement elle est mal tombée.

— Sans doute.

— Croyez-moi. Gemma et moi nous entendons bien. Ce n'était pas le meilleur moment pour téléphoner, c'est tout.

— Bien.

Le voyant prêt à insister, Imogen décida que ce n'était pas son problème. Il était temps maintenant de revenir à leur tâche déplaisante.

— Allons parler à Maria, suggéra-t-elle.

3

Imogen prenait soin de malades depuis l'âge de dix-huit ans. A trente-deux ans, ayant passé l'essentiel de sa vie professionnelle aux soins intensifs ou aux urgences, elle avait assisté à nombre de tragédies, dont certaines — comme le cas de Maria — la marqueraient à vie.

Malgré son accueil froid et son comportement parfois brusque, Angus lui était sympathique. Elle avait travaillé assez longtemps aux urgences pour se former une opinion très rapidement, et en général, elle ne se trompait pas.

En l'écoutant confirmer les craintes de Maria, elle sut qu'elle avait raison. Il prit le temps qu'il fallait pour annoncer la nouvelle à sa patiente. Alliant la compassion à l'autorité, il choisit les mots tendres mais fermes qui permirent à la jeune femme d'affronter la vérité, de telle sorte qu'après avoir pleuré sa vie trop courte, elle trouva la force de penser à l'avenir de son fils.

— Je veux voir mon frère avant de mourir, dit-elle.

— Lui aussi tient à s'entretenir avec vous, répondit doucement Angus. Il arrive par le premier avion.

— Il faut que je lui parle de Guido, de ce qu'il va devenir.

— Je vais aussi demander aux services sociaux de passer..., commença-t-il, mais Maria fit un léger signe de dénégation.

— C'est mon frère que je désire voir.

— Avez-vous rédigé un testament ? Avez-vous un notaire ?

La jeune femme ne répondit pas. Son frère était la seule personne à qui elle envisagerait de parler, la seule personne qu'elle souhaitait voir en dehors de son fils.

— Il est en route, précisa Angus.

— Combien de temps dure le vol Rome-Londres ? interrogea Imogen.

— Environ trois heures, répondit-il. Mais il faut aussi se rendre à l'aéroport et acheter un billet.

En étant réaliste, Elijah n'arriverait pas avant cinq ou six heures, et personne n'était sûr que Maria tiendrait jusque-là.

— Je voudrais voir Guido. Mais je crains de l'effrayer...

— Votre visage est intact, dit gentiment Imogen. Je vais vous débarbouiller et on fera en sorte que tout le reste soit couvert. On baissera le volume sonore des machines pour qu'elles ne fassent pas peur à votre petit garçon.

— Mais je ne pourrai pas le tenir dans mes bras.

— Je le tiendrai pour vous. Je mettrai son visage près du vôtre et vous sentirez son odeur et la douceur de sa peau...

— J'ai peur de me mettre à pleurer. Je ne sais pas si je veux qu'il me voie comme ça.

— Vous me direz.

— Elle souffre ? demanda un peu plus tard Angus à Imogen assise au chevet de Maria.

La jeune femme était plus calme. Elle avait les paupières fermées, mais ne dormait pas.

— Ça va, dit Maria en ouvrant les yeux. Des nouvelles de mon frère ?

— Pas encore.

— Alors j'attendrai.

— N'essayez pas d'être brave, conseilla Imogen. On peut augmenter la morphine, pour que vous souffriez moins...

— Pas tant qu'Elijah n'est pas là. Je tiens à être consciente quand mon frère arrivera.

Dans les épreuves les plus terribles, même à l'agonie, les femmes restaient des femmes. Personne ne s'étonna quand Maria demanda soudain si on pouvait lui nettoyer la figure et l'arranger un peu avant qu'elle voie son fils. Une saine dose de morphine alliée à une bonne mesure de déni lui permit de bavarder un peu tandis qu'Imogen prenait soin d'elle.

— J'ai oublié d'apporter mon maquillage.

Maria avait réussi à plaisanter !

Elles échangèrent un sourire.

— Je ne peux pas m'en passer, ajouta la jeune femme.

— J'ai du rouge à lèvres, si vous voulez.

— Merci. Vous savez, je croyais que j'étais en train de rêver lorsque j'ai vu Angus.

— C'est ce que j'ai pensé aussi quand j'ai pris mon service. Il est très bel homme, n'est-ce pas ?

— Il passe à la télévision, articula Maria non sans effort.

— Angus ?

— Souvent. Comme expert médical, je crois.

— Il faudra que je pense à mettre en marche mon graveur de DVD pour l'enregistrer, dit Imogen avec un clin d'œil. Un petit souvenir à rapporter en Australie.

Elle posa sur sa patiente un regard surpris.

— Comment se fait-il que votre eye-liner tienne encore ?

— C'est un tatouage !

Maria toussa en essayant de rire.

— Ouah ! s'exclama Imogen. J'ai toujours eu envie de me faire teindre les cils. Mais je n'ai jamais trouvé le temps.

— Faites-le ! dit Maria en parvenant à fixer Imogen. Sans attendre !

— Oui.

— Accordez-vous une vraie pause, insista Heather. Je resterai auprès d'elle. Allez prendre un café et un sandwich. Vous aussi, ajouta-t-elle à l'intention d'Angus.

Il ne servait à rien de se sacrifier — Imogen l'avait appris depuis longtemps. Dans la mesure où il était possible de se reposer un peu, pourquoi ne pas le faire ? Cela non seulement leur ferait du bien à tous les deux, mais profiterait aussi à la patiente.

Quel plaisir d'ôter les coiffes et les tenues sales ! Elle

devait avoir piètre allure, avec ses cheveux roux trempés de sueur et collés à son crâne. Comme Angus, elle avait sans doute la marque de la coiffe en papier en travers du front, seulement son uniforme n'était sûrement pas aussi impeccable que la chemise du bel homme qui avait même réussi à charmer Maria.

Tout en marchant à sa suite vers le foyer, elle le regardait, fascinée. Il était vraiment séduisant ! Ses cheveux savamment coupés avaient retrouvé leur forme une fois la coiffe enlevée. Qu'il serait agréable de caresser cette nuque, ce dos viril… Comme il lui tenait la porte avant de pénétrer dans la pièce, elle respira le parfum subtil de son eau de toilette. Il était si grand et si large d'épaules qu'auprès de lui elle se sentait menue. Rêveuse, elle fit griller quatre tranches de pain pendant qu'il préparait deux cafés instantanés, dont un sucré pour elle. Il avait aussi de belles mains…

Stop ! se dit-elle en voyant briller l'alliance d'Angus. Elle ne ferait pas aux autres ce qu'on lui avait fait — non pas qu'un homme aussi sublime qu'Angus Maitlin risque de s'intéresser à elle !

Néanmoins, il n'avait pas seulement un physique de playboy, c'était aussi un chic type, et après la matinée passée ensemble, elle avait plaisir à faire connaissance pour de bon.

Et cela faisait tellement de bien de s'asseoir.

De ne pas se trouver dans cette pièce où rôdait la mort. De l'oublier le temps d'une pause.

— Ainsi, vous êtes australienne ?

— Du Queensland, dit Imogen en hochant la tête.

— Et vous venez d'arriver.

— Je ne comptais pas commencer à travailler aussi vite. J'avais prévu de chercher un logement, mais lorsque je suis arrivée à l'auberge de jeunesse, j'ai trouvé quatre messages de l'hôpital me demandant de les rappeler… Je leur avais envoyé mon curriculum vitæ il y a quelques semaines.

— Qu'est-ce qui vous amène ici ?

Angus l'observait avec curiosité.

Elle ne ressemblait pas aux voyageuses qu'on voyait arriver

habituellement, de jeunes infirmières tout juste diplômées qui ne songeaient qu'à faire la fête. Quel âge pouvait-elle bien avoir ? Une petite trentaine, peut-être ?

— Vous avez un fils, n'est-ce pas ?

— En effet… Heath… Il est ici avec son père. Brad travaille à Londres, c'est pourquoi j'ai pensé venir pour Noël.

Angus retint une question de justesse. Après tout, c'était le problème d'Imogen si son enfant vivait à l'autre bout du monde avec son père.

— J'espérais travailler juste quelques nuits par semaine et louer un appartement meublé, mais vu les prix des locations de courte durée…

Elle fit une grimace.

— Eh bien, disons que les appartements dans mes prix ne sont pas exactement le genre d'endroit où je souhaite emmener Heath ! Il semble donc que je doive me contenter de l'emmener visiter Londres lorsque je le verrai.

— Vous êtes séparée de votre mari ?

— Divorcée.

— Il est anglais ?

— Australien, dit-elle avec un rire amusé. Brad est ici pour son travail, c'est tout.

— Il travaille dans quoi, si je ne suis pas indiscret ?

— Il est acteur. Pas très bon acteur d'ailleurs, si vous voulez mon avis.

La voyant sourire, il lui lança un regard interrogateur.

— Maria m'a raconté que vous passiez à la télé vous aussi…, dit-elle malicieusement.

— Elle m'a reconnu ?

Il se sentit rougir.

Certes, il prenait au sérieux ses apparitions à la télévision, qu'il considérait comme un excellent moyen d'information, mais ces derniers temps, des questions personnelles avaient été introduites dans les émissions — sans doute la rançon d'une célébrité à laquelle, contrairement à Gemma, il n'aspirait nullement.

— J'interviens lors d'une émission d'actualités, sur des thèmes liés à la santé… Rien d'extraordinaire.

— Ce n'est pas l'avis de Maria ! Elle vous trouve merveilleux… Elle affirme que vous êtes un bourreau des cœurs !

Il mordit dans sa tartine.

— Quoi qu'il en soit, je vais arrêter bientôt.

— Vous en avez assez ?

Il aurait pu se dispenser de faire part de ses intentions à Imogen. Seule Gemma était un peu au courant, et il n'en avait même pas parlé à la télé.

— Je préférerais que vous gardiez cela pour vous.

— Quoi ?

— Ce que je viens de vous dire.

Il s'éclaircit la gorge avant d'ajouter :

— Cela ferait mauvais effet si c'était ébruité.

— C'est sûr ! commenta-t-elle avec un large sourire. Pas question que tout le monde sache que le Dr Maitlin est un bourreau des cœurs !

Alors que la matinée n'était guère réjouissante, elle avait réussi à trouver le mot pour rire, pensa Angus. A mettre un peu de gaieté dans sa vie, mais aussi dans celle de leur patiente. Imogen Lake, le seul rayon de soleil que Maria Vanaldi avait eu de la journée.

Là où les urgences gagnaient, la maternité perdait, se dit-il en repensant à la dernière garde en obstétrique qu'il avait faite. Elle devait y être merveilleuse aussi.

— Et vous êtes également sage-femme ?

— Oui, répondit-elle avec une soudaine réticence.

— Pourtant, vous avez reçu une formation pour les urgences, c'est manifeste !

— Oui.

— Heather m'a dit que vous possédiez une qualification en soins intensifs, insista-t-il. Qu'est-ce qui vous plaît le plus ?

— Je ne sais pas. Cela fait des années que je travaille aux urgences. Depuis ma formation, en fait. J'aime ça, mais…

Elle haussa les épaules.

— Le métier de sage-femme ne m'avait jamais vraiment

tentée jusqu'à ce que j'aie Heath. Pour ne pas perdre la main, je fais en général une garde par mois à la maternité de l'hôpital où j'exerce en Australie. J'envisage d'y poser ma candidature pour un emploi à temps plein à mon retour.

— Les urgences ne vous manqueront pas ?

— C'est la question à ne pas poser ce matin, répondit-elle en se levant après avoir fini sa tasse. Maintenant, je ferais mieux de retourner auprès de Maria.

Dommage que ce bref sursis se termine. Il aurait adoré lui parler encore un peu.

— Je vous rejoins dans un instant.

— Merci…

Maria soutint le regard d'Imogen.

— … d'être ici aujourd'hui. J'apprécie que ce soit vous.

— Moi aussi, Maria, je suis contente d'être à vos côtés.

Aussi pénible que cela pût être, elle se réjouissait sincèrement de pouvoir aider cette femme dans son ultime voyage.

— Je ne veux pas mourir !

Les pupilles dilatées sous l'effet d'une dose massive de morphine, Maria s'efforçait de se concentrer sur Imogen.

— Je sais, dit Imogen en lui caressant la joue.

— Je ne suis pas prête.

— Je sais.

Angus vérifiait la sonde nasogastrique de Maria, soulevait le cathéter, contrôlait la diurèse. Alors qu'elle enlevait son masque devenu inutile, Imogen fut pénétrée par la certitude qu'il était là autant pour elle que pour leur patiente.

— J'ai peur, avoua cette dernière.

Que dire ? A côté d'Imogen, Angus, silencieux, posa la main sur l'épaule de cette dernière pour la réconforter comme elle tentait de réconforter Maria.

— De quoi avez-vous peur, Maria ? demanda-t-elle. Dites-moi et si je peux vous aider, je le ferai.

— J'ai peur pour Guido. Je crains que la famille de Rico

ne l'emmène… Elijah est au courant, ajouta la jeune femme en fermant les yeux.

— Votre frère ? dit Imogen.

— Il sait comment ils sont. Je ne veux pas qu'ils l'élèvent.

— Et votre frère ? Peut-il élever Guido ?

— Je l'ignore, murmura Maria en sanglotant. Je ne sais pas s'il pourra, s'il voudra. Il n'a pas d'enfants, il est célibataire… Il faut que je lui parle. Il sait combien c'est…

— Elijah va bientôt arriver, intervint Angus d'un ton rassurant. Et je vous promets que nous trouverons la meilleure solution possible pour votre fils.

Elijah téléphona à sa sœur de l'avion, et Imogen tint le téléphone pendant que Maria lui parlait, mais c'était trop dur pour la jeune femme qui sanglotait.

Comme son état semblait s'aggraver de plus en plus, Imogen prit l'appel. Au bout du fil, Elijah Vanaldi semblait incroyablement calme, étant donné les circonstances, mais la douleur transparaissait derrière chacun de ses mots.

— Elle a seulement besoin de vous voir, dit Imogen. Je sais que vous ferez de votre mieux.

L'état de Maria continua à empirer, à tel point que lorsque Elijah rappela pour prendre des nouvelles de sa sœur et informer que son avion allait bientôt atterrir, il n'était pas certain qu'il arrive à temps. Des sanglots secouaient la jeune femme, partagée entre le désir et la peur de voir Guido.

— Il faut que vous voyiez votre bébé, décida finalement Imogen. Je vais dans la salle le chercher.

— Vous resterez avec moi ?

— Bien sûr, dit-elle d'une voix apaisante.

— Pas seulement quand je serai avec Guido… Jusqu'à ce qu'Elijah…

— Oui, ne vous inquiétez pas…

— Ça va ? demanda Angus tandis qu'Imogen se mouchait dans le bureau des infirmières.

Elle attendait qu'on lui passe l'infirmière en chef de la salle des enfants pour prévenir qu'elle venait chercher Guido.

— Pas vraiment, répondit-elle.

— Désirez-vous que je demande à Heather de vous faire remplacer ? Vous êtes avec Maria depuis longtemps…

— Je ne crois pas qu'il soit souhaitable que Maria découvre un visage nouveau en ce moment.

— Si cela devient trop difficile…, commença Angus, mais elle secoua la tête et leur conversation s'arrêta là tandis que l'infirmière en chef de la salle des enfants prenait la communication.

— Je viens le chercher, annonça Imogen. Ce sera mieux si nous faisons connaissance dans la salle.

Toutefois, elle retourna voir sa patiente pour l'informer que Guido lui serait bientôt amené et dissimuler sous les draps de coton les brûlures les plus graves.

— Je ressemble à quoi ? plaisanta Maria d'une voix faible.

— A sa mère, dit doucement Imogen. Il pleurera à cause des machines, pas à cause de vous. Votre visage n'a rien.

Guido ne fut pas effrayé. Il gémit juste pour qu'on l'approche de sa maman.

Maria garda sa joue pressée contre son fils en lui répétant inlassablement qu'elle l'aimait jusqu'à ce que Guido finisse par pleurer de n'être pas blotti dans ses bras et que la douleur et l'émotion deviennent trop fortes pour la jeune femme. Bouleversée, Imogen prit alors la décision — ô combien douloureuse — de ramener l'enfant en salle.

La salle des enfants ressemblait au royaume du Père Noël. On avait peint sur les murs des rennes tirant des traîneaux, des flocons de neige ornaient les fenêtres, et un merveilleux sapin scintillait derrière les vitres du bureau des infirmières. Mais la magie de Noël ne ramenait pas le sourire sur les lèvres d'Imogen.

Au bord des larmes, exaspérée par le bavardage des infirmières dans le bureau, elle les prévint qu'elle ramenait Guido dans sa chambre.

Celui-ci était trop désorienté pour pleurer. La police, l'hôpital, sa maman, tous ces inconnus, c'était trop. Complètement épuisé, il se jeta presque des bras d'Imogen dans le petit lit à barreaux, se cramponna à son ours et se coucha en position fœtale, le pouce dans la bouche. Elle lui caressa doucement les cheveux et attendit qu'il s'endorme pour redescendre auprès de Maria.

De retour aux urgences, elle fut accueillie par un Père Noël qui se tordait de douleur sur un chariot d'ambulance.

— Hernie étranglée. Où est-ce que je le mets ? demanda l'auxiliaire médical.

— Je le prends, dit Heather. Vous pouvez y aller, Imogen.

Imogen jeta un coup d'œil à sa montre. Presque 13 heures, déjà ! La fin de son service.

— Et Maria ? demanda-t-elle.

— Elle monte en soins intensifs. Ils viennent d'appeler pour dire qu'ils sont prêts.

— Je peux l'y conduire… Je vais prendre ma feuille d'heures. Marquez que j'ai terminé à 13 heures.

— Imogen ! appela Angus comme elle franchissait les portes avec Maria.

Un membre de la sécurité maintenait les portes de l'ascenseur ouvertes et les brancardiers avaient envoyé une personne supplémentaire pour s'assurer que la voie était libre afin de pouvoir monter rapidement aux soins intensifs. Ce n'était pas le moment idéal pour bavarder !

— Merci pour ce matin, Imogen.

— Je vous en prie.

— Non, vraiment. Heather ou moi devons en reparler avec vous. Passez nous voir après avoir été aux soins intensifs…

— Je n'ai pas le temps.

— Il faut que vous le preniez.

— Ne vous inquiétez pas, tout va bien, dit-elle en faisant signe aux brancardiers d'y aller.

La discussion était close.

Une fois aux soins intensifs, Imogen s'assit près de Maria, non pas comme infirmière cette fois, mais comme amie.

Au moins jusqu'à l'arrivée d'Elijah.

4

Ayant consacré presque toute sa journée à Maria Vanaldi, jusqu'à son entrée en soins intensifs, Angus avait laissé s'accumuler les choses.

Et pas seulement au travail.

Après avoir avalé un café, il s'enferma cinq minutes dans son bureau pour téléphoner à Gemma.

— Hello, Gemma.

A l'autre bout du fil, il y eut un silence glacé.

— Désolé pour tout à l'heure, ajouta-t-il. Excuse-moi de ne pas avoir rappelé plus tôt. Ça a été l'enfer dans le service.

— Si tu crois que c'est une partie de plaisir ici !

— On a eu une admission… Une femme à peu près de ton âge, son mari est mort, ils ont un petit garçon…

— Peut-on parler de *ta* famille pendant un moment, s'il te plaît, Angus ?

Jamais elle ne faisait l'effort de l'écouter, qu'il s'agisse de l'hôpital ou de la maison. Et quand elle ne ramenait pas tout à son propre métier, elle lui tenait des propos agressifs.

Bref, une semaine avant Noël ils étaient sans jeune fille au pair et il fallait *absolument* que Gemma travaille le lendemain.

— Comment as-tu pu renvoyer Ainslie ? Je n'arrive pas à croire qu'elle ait volé quelque chose.

— Elle a des soucis d'argent. Elle t'a parlé de cette somme empruntée à son ex-petit ami ? Peut-être que…

— Ce n'était pas forcément elle.

— Angus, j'ai l'ai prise la main dans le sac ! Que voulais-tu que je fasse ? Lui donner une augmentation ?

— Où est-elle maintenant ?

— Je l'ignore et je m'en moque ! Elle n'est pas sous notre responsabilité.

— C'est ton point de vue !

Ainslie vivait avec eux depuis trois mois. Elle avait trouvé cet emploi dans leur famille depuis l'Australie, et même si à vingt-huit ans, ce n'était plus une oie blanche, il n'aimait pas l'idée de la mettre à la rue sans argent ni référence, une semaine avant Noël. Elle était trop âgée pour être sa fille, mais il espérait que, si jamais un jour Clemmie se trouvait dans une situation comparable, quelqu'un s'en sentirait responsable.

Comme il se sentait responsable d'Ainslie.

Et pas seulement d'elle.

Imogen aussi débarquait d'Australie et sa première journée à l'hôpital avait été épouvantable.

Il ne pouvait pas s'empêcher de penser à elle, tout en écoutant Gemma d'une oreille distraite.

Au milieu de leur conversation, le voyant rouge de son téléphone clignota indiquant que quelqu'un essayait de le joindre, puis son Alphapage commença à beeper.

Les jérémiades de Gemma lui semblèrent soudain lointaines. Il coupa son Alphapage avant la deuxième sonnerie, mais une image s'imposait à lui. Celle de la femme avec laquelle il avait travaillé le matin. Comme si Imogen avait été devant lui, avec ses yeux bleu clair le fixant, et son visage bienveillant piqué de taches de rousseur. Et il sut qu'elle avait compris.

Elle avait compris que, malgré ses dénégations, il vivait un enfer.

— Angus !

La voix de Gemma l'arracha brutalement à ses pensées.

— Tu vas devoir prendre ta journée demain, ou appeler ta mère et lui demander de descendre. Il est absolument impossible que je rate cette séance de photos…

— Gemma…, dit-il en s'efforçant de garder son calme. Il y a des choses autrement plus graves ! Je verrai si je peux me faire remplacer demain, mais pas pour que tu puisses aller à ta séance de photos. Et je vais demander à ma sœur de garder les enfants…

Il prit une profonde inspiration avant de conclure :

— Il faut que nous parlions.

— Hé !

Perdu dans ses pensées, Angus percuta presque Imogen alors qu'il se dirigeait vers les casiers du personnel.

— Je pensais que vous aviez fini depuis longtemps…

— En effet, dit-elle en hochant la tête. Seulement je ne voulais pas abandonner Maria. J'étais là lorsqu'elle est arrivée, je lui ai parlé, ça ne m'a pas paru bien de la laisser…

— Vous voulez prendre un verre ? Je vous en dois un.

— Non, merci.

— Ce sera avec plaisir que je parlerai de vos heures au service administratif, ajouta-t-il. Je peux en toucher un mot à Heather…

— Je suis restée assise tout l'après-midi, dit-elle, avec un faible sourire. J'ai dit très clairement aux infirmières des soins intensifs que j'étais là en qualité d'amie de Maria et rien d'autre. Je ne veux pas être payée pour ça.

— Comment va-t-elle ?

— Pas bien. Son frère est arrivé il y a une demi-heure. Elle lui a parlé, mais son état empire…

Furtivement, elle essuya une larme.

— Je lui ai de nouveau amené Guido et elle a eu une bonne dose de morphine. L'anesthésiste va bientôt l'intuber.

— Qu'allez-vous faire, maintenant ?

— Je ne sais pas, répondit-elle avec un haussement d'épaules.

— Peut-être passer voir votre fils, suggéra-t-il.

Certes, ce n'était pas son rôle de lui donner des conseils, mais après ce qu'elle avait dû endurer dans la journée, il avait sans doute raison de se préoccuper d'elle, de craindre de la laisser seule.

— Parlez-vous à votre ex ? demanda-t-il.

— Pas de choses importantes.

Un contraint sourire se dessina sur les lèvres sans couleur d'Imogen.

— Ça va aller, ajouta-t-elle.

— Venez prendre un café.

— Je n'y tiens pas. Trouvez une compagnie plus agréable.

— Je ne recherche pas une agréable compagnie.

Vraiment inquiet, il observa le visage pâle et les traits tirés de sa collègue.

— Vous avez besoin d'un débriefing, Imogen. Chaque fois qu'il y a un cas difficile, je veille à ce que notre personnel régulier en discute. C'est déjà dur pour eux, alors pour les intérimaires, surtout ceux qui arrivent dans le pays…

— Je vais bien.

Elle ne voulait pas accepter son aide, pourtant elle n'allait pas bien, des larmes remplissaient ses yeux et le bout de son nez retroussé était rouge. Comment pouvait-il la laisser partir dans les rues humides de Londres, sans personne à qui se confier ?

— Et vous ? s'enquit-elle.

— Moi ? dit-il, troublé.

— Cette matinée ne vous a pas bouleversé ?

— Bien sûr que si, mais j'ai l'habitude… C'est un grand hôpital…

— On ne s'habitue jamais à *ça*, dit-elle en secouant la tête. Pas à des cas aussi atroces.

— En effet…

— Alors ? Qui fait le débriefing du patron ?

— Je me débrouille. Je parle aux collègues de temps en temps et Heather est assez douée. Remarquez, j'essaie de…

Sa voix faiblit pendant un instant puis il reprit :

— Comme vous dites, je suis le patron.

— Et votre femme ?

Un rire sans joie s'échappa de ses lèvres avant qu'il pût le réprimer. Comment n'aurait-elle pas remarqué son amertume ?

— Alors, vous allez bien, vous aussi ? dit-elle avec une ironie mêlée de compassion.

Les paroles d'Imogen le clouèrent sur place. Ils restèrent longtemps face à face, sans prononcer un mot jusqu'à ce que passe Heather.

— Ah, vous voilà, Angus… Je fais entrer un bébé en réa. Il a perdu toute énergie, on ne sait pas pourquoi.

Elle adressa à Imogen un sourire fatigué.

— Je suis contente de vous voir, Imogen. En fait, j'allais vous téléphoner. Les soins intensifs viennent d'appeler — Maria vient de mourir. Son frère voulait vous remercier pour tout ce que vous avez fait pour elle…

Il y eut un long silence, après quoi Heather sortit d'un air affairé, Angus lui ayant dit qu'il la rejoindrait dans un moment.

Sans bouger, il resta à observer Imogen. Une grosse larme glissait sur sa joue, qu'elle essuya du revers de la main. Pourquoi ne pouvait-on plus réconforter une collègue en la serrant dans ses bras sans que ce soit interprété comme déplacé ? Il n'avait même pas un mouchoir à lui offrir.

— Je suis désolé, balbutia-t-il, maladroit. Jamais elle n'aurait survécu…

Imogen renifla puis se ressaisit.

— Je vous avais dit que je détestais les brûlures, dit-elle en remontant la bandoulière de son sac sur son épaule. Bonne soirée.

Déplacé… Incongru…

Tout le temps qu'Angus se trouva auprès du bébé — auscultant sa poitrine, vérifiant la fontanelle, faisant les prises de sang, posant une perfusion —, il n'eut aucun mal à se concentrer. Mais plus tard, comme il remplissait les formulaires du laboratoire et attendait qu'on lui passe le service de pathologie, il se remit à penser à Imogen.

Oui, il aurait été déplacé et incongru de la prendre dans les bras — parce que le motif n'aurait pas été purement professionnel.

Depuis un an, sa vie conjugale était un enfer. En accord avec sa femme, ils avaient cessé toute relation amoureuse, mais pas une fois il n'avait été tenté, même si les occasions n'avaient pas manqué — et qu'il n'était pas aveugle au point de ne pas remarquer une belle femme. D'ailleurs, Imogen n'avait rien d'une beauté classique et elle n'était pas du tout son type !

Pourtant, il avait brûlé d'envie de la serrer dans ses bras…

Il secoua la tête.

Pas question de se fourvoyer sur de tels chemins — même en imagination. Imogen et lui s'étaient retrouvés à travailler ensemble dans des conditions difficiles, ce qui avait forcément créé un lien entre eux et n'importe qui se serait inquiété de la voir partir seule !

Quoi qu'il en soit, les choses ne pouvaient pas continuer comme ça.

5

— Bonjour !

Comme il traversait le parking, en maudissant la neige qui avait commencé à tomber, Angus dut y regarder à deux fois avant d'identifier la femme qui l'avait tiré de ses sombres pensées.

« Ça, par exemple ! pensa-t-il. Elle ne devrait jamais porter de blouse blanche ! »

Avec ses hautes bottes cavalières, sa jupe noire et son pull-over gris perle sous une courte veste noire qui faisait ressortir ses cheveux roux, Imogen ressemblait à un feu de joie. Ses joues avaient pris un peu de couleurs, une couche de mascara noir mettait en valeur le bleu de ses yeux et sa bouche était bien jolie en rose.

— Excusez-moi. Je ne vous avais pas reconnue sans votre uniforme. Comment allez-vous ?

— Très bien, répondit-elle avec un sourire. Enfin, je commence à récupérer de mon décalage horaire. Je suis passée remettre ma feuille d'heures au service administratif car hier, j'avais oublié. Et j'ai rendu visite à Mme Kapur.

— Mme Kapur ?

— Ma patiente. Elle a eu une belle petite fille, 2,9 kg, qui se porte bien. Elle m'a laissée la prendre dans mes bras !

— C'est vrai, vous étiez en plein accouchement…

Passé la surprise de la voir sans son uniforme, il regretta que la conversation se prolonge. Il avait juste essayé d'être poli, seulement Imogen ne semblait pas pressée.

— Comment ça s'est passé quand vous êtes rentré à la maison ? s'enquit-elle.

— Bien.

Il serait volontiers parti, mais la politesse l'obligea à l'interroger à son tour.

— Et vous ?

— J'ai tenu environ vingt minutes à l'auberge de jeunesse ! Trop de bruit, trop de rires. Je n'ai pas supporté.

— Alors, qu'avez-vous fait ?

— Je suis allée faire teindre mes cils, puis je suis montée dans le *London Eye* et j'ai pleuré tout mon soûl. Je devais avoir une tête à faire peur ! Je m'étonne que les autres passagers n'aient pas tiré la sonnette d'alarme. Et vous ?

— Moi ?

— Comment allez-vous ?

— Je vous l'ai dit, je vais…

Au lieu de lui faire la réponse de politesse habituelle et de prendre congé, il changea d'avis, malgré lui.

— Si vous voulez le savoir, je ne me sens pas franchement dans mon assiette !

Sans bouger, elle continuait de sourire en le fixant de ses yeux bleus. Quelques flocons de neige s'accrochaient dans ses cheveux.

— Mon mariage vient de se briser, ajouta-t-il.

Elle fronça les sourcils.

— Récemment ?

— Il y a environ quatre heures…

Qu'est-ce qui lui arrivait ? Il était debout dans un parking, à raconter ses problèmes à une infirmière intérimaire, comme s'il n'avait rien de mieux à faire !

— Je m'apprête à passer au travail, précisa-t-il. Pour leur dire que je ne vais pas pouvoir venir pendant les prochains jours. Je me demande qui va me remplacer pour Noël…

— Comment vont les enfants ? demanda-t-elle, détournant les pensées d'Angus vers le cœur du problème.

— C'est ma sœur qui les garde.

— Ils ne sont pas avec leur mère ?

— Non, elle est partie.

— Partie ? Comme ça ?

— Ne vous inquiétez pas, j'ai la situation bien en main !

C'était un mensonge, bien sûr, et il avait le sentiment horrible que sa panique s'entendait dans sa voix. En qualité d'urgentiste, Dieu sait qu'il était habitué à gérer des drames et ce n'était pas sa rupture conjugale qui l'ébranlait — il n'avait plus de doutes à ce sujet depuis des années. Non, c'était la pensée d'affronter les enfants, de leur dire… Que leur dire ? Il l'ignorait.

— Venez prendre un café, suggéra Imogen.

— Je n'ai pas le temps…

— Allons… Il faut vous donner du temps.

— Je ne prends pas de sucre…

Elle n'était responsable de rien, mais il lança ces mots d'un ton brusque.

Sa vie était anéantie, il avait un million de choses à faire, et il se trouvait dans un café bondé, sous des haut-parleurs qui diffusaient à plein volume des chants de Noël !

Imogen avait rapporté deux grandes tasses de café noyé de lait, et entreprenait de les sucrer généreusement.

— Aujourd'hui, si, déclara-t-elle avec un mystérieux sourire. Vous êtes en état de choc !

Il eut un rire nerveux, inattendu en ce jour où rien ne prêtait même à sourire. Comme si cette étrange euphorie qui l'envahissait résultait effectivement d'un état de choc — sur lequel aucune boisson n'aurait d'effet.

Toutefois, il but une gorgée de café, qui le réconforta.

— Je ne suis pas en état de choc, car ce n'était pas une surprise, dit-il en reposant sa tasse. Seulement, je ne m'attendais pas à ce que la rupture ait lieu aujourd'hui.

— Et surtout pas le lendemain du renvoi de la jeune fille au pair, fit remarquer Imogen non sans perspicacité. Quel âge ont vos enfants ?

— Jack a cinq ans et Clemmie quatre.

— Ils vont à l'école ?

— Jack, oui. Clemmie commence en septembre. Non pas que cela fasse grande différence en ce moment, car ils sont en vacances et je suis de service pendant toute la période des fêtes. De plus, Gemma a aussi mis notre femme de ménage à la porte le mois dernier. La maison est un vrai chantier !

— Pouvez-vous lui demander de revenir ?

— A qui ? A Gemma ou à la femme de ménage ?

— A la jeune fille au pair.

Imogen observait ses réactions comme s'il avait été un de ses patients.

— Je ne pense pas, dit-il en secouant la tête. Je suis passé la voir ce matin. Je lui ai payé ses congés et remis un certificat de travail. En fait, elle a déjà trouvé un autre emploi.

Il but une longue gorgée de café.

— Je suis pratiquement sûr qu'elle n'avait rien volé, poursuivit-il. Et je parie que la femme de ménage ne buvait pas notre gin non plus.

— Je ne vous suis plus.

— C'est sans importance, dit-il d'un ton évasif. Aucun rapport.

— En fin de compte, que s'est-il passé entre Gemma et vous ?

Il eut un sourire pincé. Il n'allait pas entrer dans les détails — avec une inconnue, en plus.

— Vous comprendrez, étant passée par là, que je ne veuille pas en parler.

— C'est le seul moyen de surmonter l'épreuve.

— Pour vous, peut-être… Ou alors, donnant, donnant.

Pourquoi souriait-elle ?

— Brad avait une liaison.

— Je suis désolé.

Elle lui lança un regard surpris.

— Ne soyez pas désolé. Tout était ma faute !

— Pardon ?

— Il est très bel homme, c'est un acteur, vous savez…

— Ah…

— Après tout, je serais allée à la gym si j'avais vraiment tenu à lui. J'aurais fait un régime juste après la naissance de Heath, non ? Et je n'aurais pas laissé téter mon bébé à toute heure de la nuit.

Pleinement en accord avec elle-même, elle ne se souciait pas qu'on pût l'entendre.

— Si j'avais vraiment voulu le garder, continua-t-elle sans baisser le ton, j'aurais flatté davantage son ego, j'aurais été plus ordonnée, j'aurais pensé à me maquiller avant qu'il rentre à la maison. Je me serais peut-être habillée un peu mieux. Voyez-vous, Angus, je ne mesurais pas à quel point sa carrière comptait pour lui, mais *elle* si. *Elle* l'appréciait, *elle* comprenait ses besoins — tandis que moi, j'étais grosse, paresseuse et nulle au lit.

Elle comptait sur ses doigts les défauts cités.

— Donc c'est complètement ma faute s'il a eu une liaison.

— Je suis sûr que vous ne méritiez pas les épreuves que vous avez traversées.

— Non, dit-elle sans une trace d'amertume. D'ailleurs, je ne suis pas grosse !

— Non, confirma Angus.

— Je n'ai pas la taille mannequin — je l'admets — et, j'aime manger, mais je pense qu'il y a des mots plus adaptés pour me décrire que *grosse* !

— Vous n'êtes pas grosse.

Elle devait avoir chaud car elle avait enlevé sa veste. Ses seins généreux frémissaient sous son pull-over et sa jupe moulait un ventre doucement arrondi.

— Vous êtes… charmante.

Désirable aurait été plus près de la vérité, pensa-t-il. Trop près de la vérité.

— Je ne suis pas paresseuse non plus.

— Ça, je peux en témoigner ! Je vous ai vue à l'œuvre hier !

— Et…

Elle eut un sourire coquin alors qu'il tendait la main vers sa tasse.

— Brad avait tort pour le reste aussi !

Il avala une gorgée de café.

— C'était au cas où vous vous poseriez la question ! ajouta-t-elle avec un clin d'œil.

Certes, il ne s'y serait pas hasardé !

Alors ce fut elle qui l'interrogea, en rougissant légèrement.

— Est-ce que Gemma s'est inquiétée ? A propos de vous et de la jeune fille au pair ?

— Ainslie ? s'exclama-t-il sans dissimuler qu'il était contrarié de son insinuation.

— C'était juste une question. Parce que vous avez dit que vous étiez passé la voir ce matin…

— Je lui ai rendu visite parce qu'elle a été mise à la porte de chez moi, c'est tout. Parce que, comme vous, elle est australienne, et de la même façon que je m'inquiétais de vous hier…

A la moitié de sa phrase, il s'interrompit parce que, pour la première fois depuis le début de leur conversation, il ne disait pas vraiment la vérité. Il s'était inquiété d'Ainslie en tant qu'employeur, alors que pour Imogen…

Il s'éclaircit la gorge.

— Croyez-moi, reprit-il, Gemma n'a jamais été jalouse et n'a jamais eu la moindre raison de l'être. En fait, c'est elle qui a une liaison.

— Alors les choses n'allaient pas si bien que ça à la maison ?

— Vous n'en savez rien…

Puis il se tut. Elle avait raison, les faits parlaient d'eux-mêmes.

Finalement, il hocha la tête.

— Elle dit qu'elle n'avait pas l'intention d'avoir une liaison, mais qu'elle est tombée amoureuse.

— On ne peut pas prévoir.

— On peut quand on est marié.

Il s'apprêtait à argumenter puis capitula.

— C'est vrai, les choses allaient mal à la maison. On a tenu bon jusqu'à ce que Clemmie aille à l'école — ça fait longtemps que ça ne va plus. Gemma est mannequin. Elle a cessé de travailler quand on a eu les enfants, et lorsque Clemmie a eu un an, elle a repris. Jusque-là, elle posait pour des catalogues, des brochures... Soudain, sa carrière a décollé d'une façon qu'aucun de nous deux n'avait vraiment prévue. Je l'ai soutenue au départ, du moins j'espérais. C'est comme ça que j'ai fait mes premières apparitions à la télé — je me trouvais dans un studio de télévision où elle était interviewée quand ils ont eu besoin de l'avis d'un expert...

— Cela vous plaît ?

— Parfois..., répondit-il avec un haussement d'épaules. Quand cela a commencé à m'accaparer, j'ai fait marche arrière. Gemma souhaitait que j'intervienne plus souvent à la télé, mais je n'y tenais pas. En fin de compte, je suppose que nous désirions des choses différentes.

— Comme quoi ?

— Je ne sais pas. Nous avons des enfants merveilleux, une belle maison, nous adorons notre métier...

Il poussa un soupir de frustration.

— Je ne sais pas..., répéta-t-il. Et vous, racontez-moi...

— En dehors du fait que la maison que j'occupais avec Brad n'était pas si belle que ça et que mon travail ne me satisfaisait pas particulièrement, notre situation était comparable !

— Etes-vous toujours aussi franche ?

— Non ! s'exclama-t-elle avec un large sourire. Mais étant donné que je ne suis pas ici pour longtemps, et qu'après la journée d'hier, je ne compte pas retourner travailler dans votre service des urgences, je peux me permettre de l'être. Et vous aussi !

— L'an dernier, nous avons admis que les choses ne marchaient pas... Et nous avons décidé de rester ensemble jusqu'à ce que Clemmie aille à l'école.

— En septembre ?

— Oui, dit-il en hochant la tête. Je conserverais mon contrat avec la télévision jusque-là, sachant qu'une fois que Clemmie et Jack seraient tous deux scolarisés, j'y renoncerais de toute façon car j'aurais la garde des enfants.

— Pourquoi pas Gemma ?

— Elle pense qu'il lui reste seulement quelques années de mannequinat et, comme je le lui ai fait remarquer, les enfants n'ont qu'une seule enfance…

Il prit une profonde inspiration puis soupira.

— Pour les enfants, je me sentais capable de cet effort d'un an ou deux, étant entendu que chacun resterait fidèle. Gemma apparemment pas. Ce matin, après être passé chez Ainslie, on s'est encore disputés et la vérité a éclaté. Gemma a fait ce que j'avais toujours su qu'elle finirait par faire…

Les yeux d'Angus trahirent sa douleur quand il précisa :

— Elle a laissé tomber les enfants.

— Ils sont au courant ?

— Ils savent qu'elle va être absente pendant quelques jours. Je leur ai dit qu'elle est partie à une séance de photos, ils en ont l'habitude… J'espère qu'elle va réfléchir.

— Et qu'elle reviendra ? demanda Imogen, mais il secoua la tête.

— Que nous allons pouvoir décider dans le calme de ce que nous leur dirons — et à ce moment-là seulement informer les enfants ensemble. Mais elle a refusé.

— Alors ?

— Je ne sais pas… Ma mère est en Ecosse. Je vais l'appeler ce soir pour lui demander de venir me prêter main-forte pendant quelques semaines… Elle doit se rendre chez des amis pour Noël. Je lui proposerai de venir après — au moins quelques jours, le temps que je trouve une nouvelle jeune fille au pair. Ma sœur Lorna habite tout près. Je suis certain qu'elle peut me dépanner de temps en temps, bien qu'elle travaille…

Il but une nouvelle gorgée de café, puis fit la grimace.

— Ce café est froid. En voulez-vous un autre ?

Elle hocha la tête.

Se sentant étonnamment mieux de lui avoir parlé, il commanda deux cafés accompagnés de mini-Christmas puddings. Pendant qu'il attendait leurs consommations au comptoir, il vit Imogen qui vérifiait son téléphone.

— Heath ne vous manque pas quand il est avec son papa ?

lui demanda-t-il en la rejoignant, bien qu'il fût encore en train de penser à Gemma.

— Tout le temps ! J'avoue que je suis la mère la plus surprotectrice du monde…

— Alors, comment pouvez-vous supporter qu'il vive à Londres et vous en Australie ?

Comme elle le regardait, paraissant interloquée, il ajouta :

— Vous disiez qu'il était ici avec son père…

— Oui, parce que je le lui ai amené.

— Ah !

— Brad ne vit pas ici !

Devant le regard perplexe d'Angus, elle sourit.

— Brad et moi partageons plus ou moins la garde au Queensland, expliqua-t-elle. Même si, étant donné la nature du travail de Brad, c'est plutôt moi qui m'en occupe. Lorsqu'on lui a offert ce rôle, c'était formidable pour lui. Ils ont des congés pour les fêtes, mais il lui aurait été difficile de rentrer en Australie et il ne voulait pas être séparé de Heath pour Noël. C'est une exception… Voyez-vous, il a un cancer en phase terminale.

— Mon Dieu ! s'exclama Angus, consterné.

— Pas Brad, mais son personnage, Shane ! rectifia-t-elle. Brad n'a accepté le rôle que parce que c'était seulement pour trois mois. Il ne viendrait jamais vivre ici en laissant Heath. Il est encore pour quelques semaines en Angleterre, mais même si je tenais à ce que Heath passe du temps à Londres avec son père, je ne supportais pas l'idée d'être loin de lui pendant les fêtes. C'est pourquoi j'ai dit à Brad que je le lui amènerais, mais que je resterais en retrait. Après tout, Heath s'amuse comme un fou. Je viens de le conduire au studio — il est en train de regarder son père et les acteurs le gâtent. Je ne veux pas interrompre ça…

— Imogen, vous êtes étonnante.

— Etonnante et fauchée ! Cette virée pour venir soutenir la carrière pleine d'avenir de mon ex-mari m'a coûté une fortune… Ce matin, j'ai emmené Heath voir Buckingham Palace. J'aurais souhaité qu'il passe la soirée avec moi, mais je ne tiens pas à ce qu'il loge à l'auberge de jeunesse — or je ne peux pas me permettre de loger ailleurs…

La voix d'Imogen mourut quand elle le surprit à froncer les sourcils. Pendant une fraction de seconde, leurs regards se croisèrent, puis ils détournèrent très vite les yeux vers les mini-Christmas puddings.

— Il y aurait bien une solution…, reprit-il en la regardant de nouveau. Vous savez que je suis sans jeune fille au pair. La chambre de service n'est peut-être pas ce qu'il y a de mieux, mais je suis sûr que ce serait plus agréable que l'auberge de jeunesse…

— Je ne veux pas être jeune fille au pair, dit-elle avec un sourire poli. J'essaie de prendre un peu de vacances, que vous le croyiez ou non.

— Ce n'est pas ce que je vous demande. Je ne ferais que dépanner une amie et vous me rendriez service à moi aussi. Ça paraît raisonnable.

— Pourquoi feriez-vous cela ?

La question était délicate. Si tout autre membre de son service s'était trouvé dans cette situation fâcheuse, lui aurait-il fait cette proposition ? Rien de moins sûr. En fait, il n'aurait même pas eu cette conversation. Jamais il ne lui serait venu à l'idée de parler à quelqu'un de l'hôpital de ses déboires conjugaux.

La voix d'Imogen interrompit son introspection.

— Cela me ferait très plaisir d'avoir Heath avec moi pour quelques nuits pendant la semaine, et à l'auberge de jeunesse c'est impossible. Je pourrais organiser mes gardes en fonction des vôtres… Votre proposition est sérieuse, Angus ?

— Tout à fait.

— Jusqu'à l'arrivée de votre mère ?

— Le temps qui vous conviendra.

— Quand… ?

— Quand puis-je … ?

A s'entendre parler tous deux en même temps, ils éclatèrent de rire.

— Je vais à la maison en parler aux enfants, pendant que

vous emballerez vos affaires, poursuivit-il. Ensuite, si tout va bien, je file à l'hôpital leur dire que…

— Leur dire que quoi ?

— Que je…

Il ouvrit la bouche, la referma, puis la rouvrit.

— Je suis de service demain toute la journée … Vous n'y voyez pas d'inconvénient ?

— Ça marche ! répondit-elle. J'ai une journée de congé.

6

Il ne fallut pas longtemps à Imogen pour emballer ses affaires à l'auberge de jeunesse. Angus, qui lui avait donné son adresse et son numéro de téléphone, lui avait assuré que sa maison était facile à trouver et se situait à moins de deux minutes de marche d'une station de métro.

Maintenant qu'elle était assise dans le métro, la solution qu'ils avaient envisagée ne lui semblait plus aller de soi, même si celle-ci présentait des avantages pratiques évidents.

A la sortie du métro, elle repéra facilement la rue d'Angus, mais alors qu'elle se dirigeait vers une destination encore inconnue, elle fut tentée de faire demi-tour tant elle était angoissée.

Comme elle détestait le chaos dans lequel sa vie avait sombré alors que Heath n'était qu'un bébé !

Depuis trois ans, elle essayait de s'en sortir, ne prenant jamais le moindre risque inutile. Aussi ce voyage à Londres, le fait d'être projetée à l'extérieur de la zone de confort qu'elle avait créée pour Heath et elle en Australie, l'avait déstabilisée à un point qu'Angus n'imaginait pas.

Cela ressemblait si peu à son caractère de l'avoir invité à prendre un café, de s'être assise dans un lieu public avec un homme dont elle venait de faire connaissance et d'accepter *juste après* d'emménager avec lui !

Comment aurait-il pu soupçonner le courage que cela lui demanderait de frapper à sa porte et de lui adresser un grand sourire quand il lui ouvrirait ?

— Voici Imogen, dit Angus en l'introduisant dans le séjour.

C'est une infirmière de l'hôpital, et elle va nous donner un coup de main pendant quelque temps.

Clemmie, qui avait d'épais cheveux bouclés et les yeux verts de son père, la regarda, l'air ennuyé, puis s'adressa à son père.

— Est-ce qu'Ainslie reviendra ?

— Non, Ainslie a trouvé un travail dans une nouvelle famille.

Jack, un garçonnet aux yeux et aux cheveux sombres, lança un regard de défi à Imogen.

— Ainslie était drôle !

— Je peux l'être, dit-elle avec un sourire. Votre arbre de Noël me plaît beaucoup !

En fait, elle ne l'aimait pas. Certes, c'était un vrai sapin, mais on l'aurait dit sorti d'un grand magasin. Seuls de larges rubans argentés habillaient ses branches et plusieurs paquets magnifiquement emballés dans du papier assorti étaient disposés à son pied. Lorsqu'elle en prit un, les enfants eurent un hoquet.

— Il ne faut pas toucher ! prévint Clemmie.

Elle remit en place la boîte vide.

— Oups ! C'est seulement pour faire joli ?

— J'ai fabriqué une décoration à l'école, dit Jack qui sortit de la pièce et revint avec une étoile couverte de nouilles peintes à la bombe dorée.

— Magnifique !

Le sourire aux lèvres, Imogen accrocha l'étoile dans le sapin et recula pour l'admirer.

— Si vous êtes d'accord, les enfants, peut-être pourrons-nous en fabriquer d'autres demain lorsque votre papa sera au travail !

— Imogen n'est pas la nouvelle jeune fille au pair, intervint Angus. C'est une amie, tâchez de vous en souvenir, les enfants. Venez, Imogen, ajouta-t-il avec un sourire, je vais vous montrer la maison.

Clemmie et Jack ne les suivirent pas, et en la seule

compagnie d'Angus, qui lui faisait tranquillement faire le tour du propriétaire, tout semblait de nouveau aller de soi.

Vu les deux emplois du temps affichés dans la cuisine, il n'y avait rien d'étonnant à ce que les Maitlin ait du personnel sous leur toit pour s'occuper du ménage et des enfants.

— Clemmie et Jack ont un menu séparé ? demanda-t-elle en remarquant une note sur le réfrigérateur.

— Je ne m'attends pas à ce que vous vous y conformiez, dit-il en riant. C'était pour Ainslie.

Toutefois, à part les listes interminables, la maison était superbe.

Du moins, si l'on fermait les yeux sur les innombrables photographies qui tapissaient les murs.

— Quand cette photo a-t-elle été prise ? demanda-t-elle devant une image particulièrement spectaculaire d'une femme sortant de l'océan en chemise d'homme blanche.

— Il y a deux ans… Lorsque nous sommes allés en Thaïlande, soi-disant pour essayer d'arranger les choses.

— Très joli, commenta-t-elle, en décidant de se faire prendre en photo ainsi pour l'envoyer à sa sœur.

Habituée aux maisons de plain-pied, aux murs peints et aux planchers nus, elle adora la vieille maison. D'épais tapis grèges couvraient le sol et les papiers de couleurs vives qui tapissaient les murs étaient tellement différents de ceux qu'elle connaissait en Australie — même l'escalier serait une nouveauté pour Heath. Elle l'imaginait se laissant glisser sur la rampe. Il y avait aussi une chambre d'amis.

— Vous pouvez l'utiliser pour Heath, dit Angus. La vôtre est par ici, ajouta-t-il en montant une autre volée de marches.

En fait de chambre de service, il s'agissait de combles aménagés décorés en blanc et jaune, éclairés par une lucarne équipée d'un store. Une kitchenette avec four à micro-ondes, réfrigérateur et bouilloire permettait de prendre ses repas en toute indépendance.

— Est-ce qu'il vous arrive de manger tous ensemble dans cette maison ? interrogea-t-elle.

— Je ne vous oblige pas à vous terrer ici. Du reste, il n'y a pas de salle de bains…

— Je ne m'y attendais pas.

— C'est difficile de trouver une jeune fille au pair qui convienne et de la garder, expliqua-t-il. Idéalement, elles devraient avoir un logement indépendant.

— Pour que vous ne les voyiez pas !

— Au contraire ! dit-il en riant. Ce sont elles qui ne veulent pas nous voir quand elles sont en congé. Honnêtement, elles n'ont pas une tâche de tout repos.

Quoi qu'il en soit, elle n'avait pas l'intention de la prendre en charge !

Tout le monde ne le comprit pas de cette façon. En particulier Clemmie qui, à 19 heures, l'informa qu'elle avait oublié de lui mettre son pyjama sur son lit.

— Ainslie le faisait toujours ! dit-elle, les larmes aux yeux.

— Imogen n'est pas la nouvelle jeune fille au pair, intervint Angus. C'est une amie, je te l'ai dit. Elle a un travail à l'hôpital et un petit garçon dont elle s'occupe.

— Quel âge a-t-il ? demanda la fillette, soudain intéressée.

— Quatre ans, comme toi. Il s'appelle Heath.

— Moi, mon père, il passe à la télévision ! s'écria Clemmie avec fierté.

— Le papa de Heath aussi ! répliqua Imogen tout aussi fièrement avant de regarder sa montre. Je peux ?

— Faites comme chez vous, répondit Angus, déconcerté quand Imogen, Clemmie et Jack se serrèrent sur le canapé pour regarder une émission qui ne convenait certes pas à des enfants de quatre et cinq ans.

Aux cris qu'ils poussèrent, ce n'était manifestement pas la première fois qu'ils voyaient ce feuilleton et, à leur expression captivée, ce ne serait pas la dernière !

— Shane est le père de Heath ? demanda Jack, impressionné de toute évidence.

— Cool ! s'écria Clemmie.

Alors qu'il aurait dû être dans tous ses états, en train de téléphoner à sa famille, de penser aux avocats, et d'essayer de prendre contact avec Gemma, il faisait une pause, pour le moment du moins.

— Dix minutes, dit-il aux enfants. Ensuite, ce sera l'heure d'aller au lit.

Personne ne l'écoutait ! Tous les trois avaient les yeux braqués sur Shane, l'athlète australien d'un mètre quatre-vingt-dix dont les longs cheveux blonds décolorés par le soleil s'étalaient sur l'oreiller de son lit d'hôpital. Juste à ce moment-là, le portable d'Imogen se mit à sonner.

— Salut, Brad ! dit-elle avec un large sourire. Je suis en train de te regarder en ce moment… Dis-leur d'avoir la main légère avec le fard la prochaine fois…

Puis elle parla à son fils.

Comment pouvait-elle être aussi décontractée ? se demanda Angus. Gemma et lui y parviendraient-ils un jour ? Les verrait-on bavarder et sourire, ou même rire ? Ce n'était pas pour demain, semblait-il !

Le feuilleton terminé, Clemmie et Jack furent envoyés au lit, et pendant qu'Imogen, d'une main plutôt experte, débouchait une bouteille de vin hors taxes, il sortit deux steaks du congélateur et les fit décongeler au four à micro-ondes.

Comment pouvait-il se sentir aussi bien ? se demanda-t-il en la regardant hacher des oignons et des champignons, puis ajouter une goutte de vin à la sauce des steaks.

— A vous ! s'écria-t-elle en trinquant avant de boire une gorgée. A vos projets.

— Je ne sais pas comment je pourrais en avoir, en particulier en cette période de Noël…

— Mais si.

— A voir…, répondit-il en buvant une gorgée de vin. Ce vin est vraiment excellent.

— L'Australie produit de bons vins rouges, dit-elle avec un sourire. J'en ai cinq autres bouteilles en haut ! Les enfants semblent aller bien, ajouta-t-elle, reprenant son sérieux.

— Ils sont habitués à voir du monde et à ce que Gemma s'absente. En ce moment, ils semblent plus perturbés par le départ d'Ainslie… Mais ils seront certainement bouleversés quand je leur dirai à propos de leur mère et de moi.

— Attendez que Gemma se soit calmée… Les choses peuvent apparaître sous un autre jour.

— On ne va pas se remettre ensemble demain. Une fois que j'ai pris une décision, Imogen, je m'y tiens.

Ce fut un agréable dîner — un dîner *vraiment* agréable — où ils discutèrent du travail, et des efforts d'Angus pour concilier une semaine de quatre-vingts heures à l'hôpital avec une vie de famille. Elle lui parla de sa vie en Australie et de son loyer colossal, de son métier de sage-femme qui lui manquait et de la façon dont elle organisait ses gardes en fonction de Heath et de Brad. Elle lui dit combien les choses deviendraient plus faciles dans quelques semaines, une fois que Heath serait scolarisé.

— Vous sortez avec quelqu'un ? demanda-t-il négligemment.

Après tout, elle savait tant de choses à son sujet, sans doute ne s'offusquerait-elle pas de sa curiosité.

— Non. Et vous ?

— Je ne suis séparé que depuis… oh, dix heures maintenant…, acheva-t-il en jetant un coup d'œil à sa montre.

Ce n'était pas ce qu'elle lui avait demandé, mais à la façon dont il lui avait répondu, Imogen eut la certitude que l'homme assis face à elle était aussi sérieux et gentil qu'il le paraissait.

Alors qu'il s'apprêtait à remplir son verre, tous deux constatèrent en même temps que la bouteille était vide.

— Je vais me coucher, annonça Imogen en s'étirant.

— Il n'est même pas 9 heures.

Elle se leva.

— Peut-être, mais je souffre encore du décalage horaire.

— Désolé, j'oublie que vous venez d'arriver. Vous semblez si…

La voix d'Angus s'effilocha, comme s'il n'était plus sûr de ce qu'il avait essayé de dire.

— Bonne nuit, Imogen, et merci. Merci pour toute l'aide que vous m'avez apportée aujourd'hui.

— Bonne nuit, Angus.

Ce dîner avait eu un côté… *familier*, songea Angus tout en remplissant le lave-vaisselle. Insatisfait de sa description, il secoua la tête.

Reposant.

Le qualificatif ne convenait pas non plus, parce qu'à chaque instant, Imogen le choquait par sa franchise, et il se choquait lui-même de lui avoir fait des confidences qu'il n'aurait jamais dû lui faire.

Elle avait eu raison sur bien des points, toutefois, il y avait une chose à propos de laquelle elle s'était trompée…

Décrochant le téléphone, il composa le numéro de sa mère et prit une profonde inspiration avant de pouvoir prononcer un mot.

— Qui est à l'appareil ? demanda-t-elle.

— C'est moi, Angus.

Oui, Imogen se trompait, parce que sa rupture avec Gemma était bel et bien consommée. Il en était certain, sans quoi il n'aurait jamais passé cet appel.

Les yeux fixés sur le plafond, Imogen écoutait le murmure de la voix d'Angus monter jusqu'à elle tandis qu'il téléphonait.

En trois ans, c'était tout juste si elle avait jeté les yeux sur un autre homme. Alors, flirter…

Et aujourd'hui, elle avait flirté. Pas délibérément. Cependant, allongée dans son lit, elle se sentait rougir au souvenir des choses qu'elle avait dites.

Qu'est-ce qui lui avait pris ?

Angus Maitlin était marié à un mannequin ou, du moins, il venait tout juste de rompre avec elle, elle ne devait pas l'oublier.

Et puis elle, Imogen, ne l'intéressait pas du tout. Il ne faisait preuve de gentillesse que parce que sa présence lui était utile. Sans elle, il aurait dû faire venir sa mère d'Ecosse ou trouver une solution de garde temporaire pour ses enfants une semaine avant Noël. Oui, il était content qu'elle soit là, mais seulement pour l'aider.

Elle aussi se réjouissait d'être là !

Tout le monde lui avait dit qu'elle était folle de faire le voyage à Londres au moment où elle pouvait le moins se le permettre, mais elle en avait besoin.

Dans cette maison inconnue, dans ce pays inconnu, au milieu de l'hiver anglais, elle avait l'impression de revivre.

Alors quelle importance si elle avait flirté ? Elle essayait ses ailes pour pouvoir de nouveau voler, c'était tout.

Comme Angus montait se coucher après avoir raccroché, elle entendit les marches craquer sous ses pas.

Malgré l'heure tardive, le ciel était plus clair que lorsqu'elle était arrivée à l'hôpital. Trop fatiguée pour tirer le store, elle se tourna sur le côté pour mieux se laisser emporter par le sommeil.

Oui, elle avait besoin de changement. Elle avait besoin d'être là où personne ne la connaissait vraiment, afin de pouvoir, peut-être, se retrouver.

7

Une lumière grise réveilla Imogen. Quel incroyable silence !

Fixant la lucarne, elle s'aperçut qu'il neigeait à gros flocons. Un paquet de neige fondue glissa d'ailleurs le long de la vitre. Courage ! se dit-elle en sortant du lit. Pour la première fois, elle découvrait ce que signifiait *vraiment* avoir froid. Brrr ! Voilà pourquoi Angus n'arrivait pas à garder une jeune fille au pair !

— Désolé !

Le sourire aux lèvres, Angus, qui revenait de son jogging, semblait réchauffé.

— Le chauffage était coupé, expliqua-t-il. J'ai mis le programmateur en route avant mon jogging. La maison va bientôt se réchauffer.

— Vous courez sous la neige !

— Ce n'est pas de la neige. Les flocons fondent à peine tombés au sol.

Sa tasse de thé à la main, Imogen observait la vapeur qui s'en dégageait. A moins que ce ne fût de la buée sortant de sa bouche ! Comment Angus pouvait-il faire preuve d'une telle santé quand régnait une telle température ? se demanda-t-elle en le regardant tartiner une montagne de toasts.

Il avait de *très* belles mains, grandes, soignées, aux ongles courts, et une montre de luxe étincelait à son poignet. Tiens ! Il ne portait plus d'alliance à sa main gauche.

— Vous avez des projets pour aujourd'hui ? s'enquit-il.

— Pas encore…

Elle avait toute la journée devant elle — trois enfants et tout Londres à explorer.

— Je verrai. Le *Duck Tour* me tente bien… Je l'ai vu sur Internet. C'est ce minibus amphibie…

— Je sais de quoi il s'agit. Vous comptez vraiment faire un tour sur la Tamise ?

— Peut-être…, dit-elle avec un haussement d'épaules. Ou alors j'attendrai qu'il fasse plus chaud.

A sa grande contrariété, il éclata de rire.

Elle ne s'appelait pas Maria, la gouvernante des sept enfants Von Trapp dans *La Mélodie du bonheur*, mais ses problèmes de logement réglés, elle fut ravie de visiter Londres avec sa petite tribu. Avec son appareil, elle photographia Heath, Clemmie et Jack en train de taquiner un garde pendant la *Horse Guard Parade* — Clemmie était furieuse de ne pas pouvoir lui arracher un sourire ! Il y avait tant à voir, et Imogen comptait bien profiter au maximum de son séjour, mais dès le milieu de l'après-midi, les enfants étaient épuisés. Dans le métro qui les conduisait à Knightsbridge, elle leur partagea une tablette de chocolat, histoire de ranimer leur enthousiasme.

— Je ne veux pas aller faire des courses ! gémit Heath.

— Même si tu vois le Père Noël ? demanda-t-elle.

— Ce n'est pas le vrai ! marmonna Jack. C'est un vendeur qui se déguise dans les magasins !

— Mais non. Tout le monde sait que le *vrai* Père Noël ne va que chez Harrods !

Chaque fois qu'il la voyait, Angus la trouvait plus belle.

De nouveau, elle portait sa jupe noire et ses bottes, mais cette fois, avec des bas résille et un pull-over vieux rose qui était manifestement trop chaud pour la cuisine, à en croire la couleur de ses joues. De longs pendants en argent ornaient ses oreilles.

— Angus, je vous présente Brad, dit-elle.

Après une longue journée de travail, il ne s'attendait pas à trouver Brad dans sa cuisine, mais ce dernier, assis avec Imogen devant une tasse de thé, semblait tout à fait à son aise.

— Hello !

— Bonjour ! répondit poliment Angus.

Prenant une chaise, il se joignit à eux, mais le cœur n'y était pas. Il éprouvait un curieux pincement à l'estomac. Le stress, sans doute… A moins que ce ne fût un début d'ulcère.

On entendit une cavalcade dans l'escalier et trois enfants firent irruption dans la cuisine.

— Et lui, c'est Heath, dit Imogen.

— Salut !

Le petit garçon, qui semblait aussi sûr de lui que son père, eut un large sourire, révélant l'absence de deux incisives de lait.

— Hello !

Clemmie dansait sur place en brandissant une photo.

— Imogen nous a emmenés voir le Père Noël !

— Le vrai ! précisa Jack.

— Formidable ! s'exclama Angus en forçant son enthousiasme.

— Le rayon alimentaire aussi était fabuleux ! s'écria Imogen.

Elle prit la bouilloire pour préparer une boisson chaude à Angus.

— J'ai cru que j'étais morte et arrivée au paradis dans ce magasin, poursuivit-elle. Mais maintenant, je suis épuisée !

— Je ferais mieux d'y aller, dit Brad en souriant tandis que les enfants filaient dans le salon.

— Vous pouvez rester ! proposa Angus, mais Brad était déjà à la porte de la cuisine et criait à Heath de venir lui dire au revoir.

— Pense à ce que je t'ai dit, Imogen, ajouta Brad en

attendant son fils. Ça pourrait être sympa pour Heath de se réveiller le matin de Noël avec nous deux.

— Ce serait trop déroutant pour lui. Je viendrai vers 10 heures.

Brad parlait d'une voix désinvolte, mais ce n'était qu'une façade. Il était encore amoureux de son ex-femme, Angus l'aurait juré.

— Penses-y ! insista Brad, avant de rappeler Heath.

Très décontracté, il enfila son manteau au petit bonhomme, puis déposa un baiser un peu plus qu'amical sur la joue d'Imogen.

« J'ai vraiment mal à l'estomac, pensa Angus. Il serait temps que je songe à manger. »

— Papa, viens voir le sapin ! cria Clemmie, une fois que Brad et Heath furent partis. Le Père Noël nous a donné de la colle, des paillettes et du papier…

— Ça, par exemple ! s'exclama Angus en entrant dans le salon.

L'arbre naguère décoré avec raffinement croulait sous les étoiles, les anges et autres formes multicolores qu'il ne parvenait pas bien à identifier.

— Il est magnifique, les enfants ! dit-il. Gemma va avoir une attaque, ajouta-t-il tout bas à l'intention d'Imogen.

— Je n'y ai pas songé ! Mais lorsque le Père Noël vous offre de la colle et des paillettes et qu'on a un sapin qui manque un peu de couleur…

— Vous avez des paillettes dans les cheveux.

— J'ai des paillettes partout !

Relevant les manches de son pull à col en V, elle révéla ses avant-bras pailletés.

— Je n'arriverai jamais à m'en débarrasser !

— Brad et vous êtes en bons termes, commenta Angus, un peu plus tard, en faisant revenir du poulet à l'estragon pendant qu'Imogen préparait une grosse salade.

— Maintenant ! dit-elle en sortant une mangue du réfrigérateur.

— Où diable avez-vous trouvé ça ? demanda-t-il en fixant le fruit avec effarement.

— Au rayon alimentaire de Harrods, répondit-elle en riant. Je n'ai pas pu résister. Ça m'a rappelé l'Australie.

D'une main experte, elle découpa le fruit.

— Donc, vos rapports sont purement amicaux ? reprit-il, revenant au sujet qui le préoccupait.

— Brad est un type formidable et un merveilleux père, répondit-elle avec un haussement d'épaules. Mais c'est un mari minable !

Elle versa le poulet chaud et l'huile sur la salade, ajouta la mangue et mélangea le tout, puis tous les quatre s'assirent autour de la table.

— C'est quoi, ça ? demanda Jack, regardant son assiette avec dégoût.

— La salade au poulet chaud d'Imogen, annonça-t-elle. C'est un régal !

« Exactement ce qu'il faut à mon estomac », décida Angus. Pour la deuxième fois depuis longtemps, il s'asseyait devant un bon dîner maison. Et rien ne lui semblait plus normal…

— L'agence a téléphoné. Ils m'ont proposé une garde demain soir, annonça Imogen avant d'avaler une gorgée d'eau. Je leur ai dit que je les rappellerais, mais j'ai vu votre tableau sur le réfrigérateur où il est écrit « AST » pour demain. Je suppose que ça veut dire « astreinte » ?

— Cela s'est changé en « GTN » — garde toute la nuit. Mais ce n'est pas un problème. J'ai déjà téléphoné à Lorna, et elle va prendre les enfants demain soir, alors vous pouvez accepter la garde.

— Vous êtes sûr ? Je peux toujours rappeler l'agence.

— Inutile, dit-il en se resservant.

C'était si facile de se mettre d'accord, sans drame, sans : « Et *ma* carrière ? »

Soudain, il avait l'impression de respirer !

Jusqu'à ce qu'Imogen se mette debout et se penche pour

remplir les assiettes déjà vides et lui offre la vision de deux seins couverts de taches de rousseur qui étincelaient de paillettes.

— Elles se mettent partout, vous voyez bien ! dit Imogen, toute rougissante, avec un petit rire en surprenant son regard. Je n'arriverai jamais à les enlever.

Plus tard, une fois les enfants en pyjama, ils se réunirent tous les quatre dans le salon où régnait déjà l'atmosphère de Noël. Alors qu'ils étaient en train de regarder Shane embrasser une blonde sous le gui, Imogen jeta un coup d'œil à Angus.

— Vous allez bien ?

— Si je ne couve pas un ulcère…, répondit-il en se massant l'estomac.

— C'est le stress ! décréta-t-elle avant de se tourner de nouveau vers la télévision. Buvez un verre de lait.

— Jamais je n'ai vu autant de fractures de Colles !

— C'est banal sous nos latitudes ! dit Heather avec un large sourire.

Se redressant, Imogen fit rouler ses épaules douloureuses. Après le cas de Maria, elle ne souhaitait pas retourner aux urgences, mais l'agence avait téléphoné à plusieurs reprises et, son compte en banque ne lui permettant pas de réaliser tous les projets de Heath à Londres, elle n'était pas en mesure de refuser une garde de nuit, même aux urgences.

Heureusement, celle-ci s'était avérée beaucoup moins mouvementée que sa première garde à Londres.

Les fractures de Colles se produisaient souvent lorsque les gens tendaient les mains pour se protéger lorsqu'ils tombaient, expliqua-t-elle à sa dernière patiente avant la pause du dîner. Et dans les rues verglacées couvertes de neige fondue, les chutes étaient nombreuses.

— J'en ai vu plus en l'espace d'une garde qu'en une année

au Queensland, dit-elle à Ivy Banford en lui tenant la main tandis que l'interne, Owen Richards, la plâtrait.

— Vous avez beau dire, j'ai l'impression d'être une vieille imbécile ! gémit Ivy. Comme si je ne causais pas déjà assez d'ennuis à tout le monde.

— Des ennuis ?

Qui l'eût cru à voir son chemisier soigneusement repassé et ses chaussures élégantes, son nez poudré et ses lèvres où subsistait une trace de rouge ? Depuis 11 heures du matin, elle patientait sans se plaindre dans la salle d'attente, elle avait passé une radio à 15 heures, et maintenant, à 19 heures passées, on lui plâtrait le poignet. Et elle s'excusait de déranger !

— Depuis quand causez-vous des ennuis à quelqu'un ?

— Je suis censée aller chez mon fils William pour Noël. Je voulais fêter Noël chez moi, mais ils ont tous insisté… Maintenant, je vais gêner tout le monde.

— Alors il n'y aura pas de farce dans la dinde ? dit Imogen avec un sourire. Pas de couvert ni de corvée de pommes de terre…

— J'avais promis de m'occuper des navets, répondit Ivy en désignant du doigt son chariot à provisions, et j'avais dit que je ferais la farce…

— Ivy, je suis sûre que votre belle-fille meurt d'envie de vous impressionner avec son dîner de Noël.

— Elle veut juste me montrer qu'elle peut faire mieux !

— Faites-lui plaisir, alors ! insista Imogen dont le sourire s'accentua en prenant conscience qu'Angus était entré dans la salle des plâtres. Asseyez-vous avec un grand verre de sherry, jouez avec vos petits-enfants et laissez tout le monde vous gâter, pour une fois. Et même si les navets sont brûlés et la dinde rosée, vous lui direz que c'était le meilleur déjeuner de Noël de votre vie !

— Hors de question ! Ça servirait à quoi ?

— Ce serait peut-être le début de la paix dans le monde ! Essayez !

Elle fut soulagée quand Angus vint soutenir le bras trop

lourd de la vieille dame pendant que l'interne terminait le plâtre.

Un petit sourire se dessina sur les lèvres d'Ivy.

— Ma belle-fille aurait le choc de sa vie, c'est sûr !

— De toute façon, elle se douterait que vous n'êtes pas sincère, intervint Owen tandis qu'Imogen mettait le bras d'Ivy en écharpe.

— Ce n'est pas parce que vous vous comportez comme une vieille dame adorable que vous en êtes une ! dit Imogen en lui adressant un clin d'œil.

— Votre famille est ici, annonça Heather en faisant entrer un homme à l'air inquiet suivi de son épouse.

— Oh, maman, qu'est-ce que tu as fait ?

— Tout va bien, William, dit sèchement Ivy.

Croisant le regard d'Imogen, elle s'adoucit et accepta qu'il l'aide à enfiler son manteau.

— Je n'ai pas pu aller acheter les navets.

— Cela n'a aucune espèce d'importance, maman ! Elise s'est occupée de tout.

— Quel soulagement ! dit Ivy avec un sourire chaleureux à sa belle-fille. Je sens que ça va être le meilleur Noël que nous ayons passé. Elise, ma chérie, voulez-vous me donner mon sac ?

Avant même qu'elle ait sorti un billet de sa main valide, Imogen protesta.

— Pas question, Ivy !

— Vous achèterez des bonbons à votre petit garçon !

— C'est moi qui lui offre ses bonbons ! déclara Imogen en remettant le billet de cinq livres dans le sac qu'elle referma. Gardez vos sous pour le sherry !

— Vous êtes incorrigible !

Owen eut un large sourire tandis que le trio s'éloignait.

— J'ai soif, moi aussi ! dit Imogen. Je vais prendre ma pause.

— Bonne idée ! intervint Owen, en lui emboîtant le pas. Heather, je serai de retour dans un quart d'heure.

Leurs rires se perdirent dans le couloir et Angus ressentit de nouveau un pincement à l'estomac.

— Tout va bien ? demanda Heather, comme il se frottait l'abdomen.

— Tout va bien ! dit-il avec un signe de la tête avant de se raviser. Heather, vous ne pourriez pas me donner un peu de Gaviscon ou de Mylanta ?

— Pour qui ? J'ai oublié quelqu'un ?

— En fait, c'est pour moi. Je dois avoir un ulcère, ajouta-t-il avec une grimace. La soirée s'annonce tranquille…

— Le calme avant la tempête, commenta Heather, en versant une dose d'antiacide qu'elle tendit à Angus. Ça va mieux ? demanda-t-elle après qu'il eut avalé la boisson blanchâtre.

— Merci.

Dans le foyer, il trouva Imogen et Owen en train de s'esclaffer devant le *Docteur People* qui discutait posément de questions plutôt intimes, ce qui n'arrangea pas les choses.

— Est-on obligé de regarder ça ? marmonna-t-il d'un ton cassant. C'est un sujet sérieux si on se donne la peine d'écouter.

— Désolée !

Avec un sourire en coin, Imogen changea de chaîne. Alors il dut s'asseoir pour regarder *encore* cette tête blonde sur l'oreiller, qui, cette fois, se tordait de douleur pendant que les médecins se battaient pour sauver Shane.

— Qu'il est beau ! s'écria Cassie, une autre infirmière, qui s'était jointe à eux.

Bouche bée, cette dernière regardait tour à tour l'écran puis Imogen, manifestement incapable de comprendre que quelqu'un d'aussi beau que Shane ait pu être marié à une personne aussi insignifiante qu'Imogen.

— Et il est tellement bon acteur !

— Vous trouvez ? demanda Imogen d'un air surpris. Il est complètement hypochondriaque. Il se comportait comme ça quand il avait mal à une dent.

La tempête annoncée par Heather ne se produisit pas.

Lorsque le personnel de nuit commença à arriver, Heather avait renvoyé la plupart de son personnel régulier à la maison. Quelques infirmières veillaient sur les rares patients et Imogen tuait le temps en remplissant les étagères pendant que Heather et Angus bavardaient.

— Prêt pour Noël, Angus ? demanda Heather tout en mettant à jour le tableau blanc.

— J'espère.

— Ne vous inquiétez pas. Je suis sûre que Gemma gère la situation.

— Heather… Gemma et moi avons rompu.

La surveillante appuya la main sur le tableau blanc et elle se tourna vers lui, l'air atterré.

— Ça va, Heather ?

Elle le regarda comme si elle allait pleurer.

— Angus, pourquoi n'avez-vous rien dit ?

— Je viens de le faire.

— Mais…

— Ecoutez-moi ! coupa Angus. Je vous informe au cas où un événement imprévu se produirait… Gus a proposé son aide si nécessaire.

— Où sont vos enfants ?

— A la maison.

— Et Gemma ?

Comme il levait les yeux au ciel, Heather s'effondra.

— Quand tout ceci est-il arrivé ? Oh, Angus…

— Je gère.

— Mais comment ? Qui s'occupe des enfants ?

Imogen, qui n'avait pas perdu un mot de la conversation, retint son souffle. Angus fournirait-il des explications à Heather ?

— J'ai une aide temporaire pour l'instant, et ma mère descendra après Noël, répondit-il.

Il sourit à Imogen, mais elle détourna le regard.

Temporaire.

Bizarrement, ce mot l'avait piquée au vif.

Temporaire…

Chose curieuse, ce mot obséda aussi Angus pendant le reste de sa garde.

Et lorsqu'elle lui souhaita une bonne nuit, lorsque le service sembla vide sans elle, lorsque, plus tard, il rejoignit Owen dans le foyer et dut entendre son interne lui faire l'éloge de la nouvelle infirmière rousse de l'agence, deux semaines lui parurent soudain trop courtes.

Son ménage était brisé, sa vie censée être un enfer à deux jours de Noël, et pourtant, il faisait face, veillant à ce que ses enfants ne pâtissent de rien.

La seule chose qui le décourageait à ce moment était la perspective du départ d'Imogen.

Soudain, la solution temporaire qu'il avait trouvée soulevait une nouvelle série de problèmes…

8

Sur un coup de tête, Imogen avait acheté un Bikini rouge et un sarong argenté au terminal des départs de Queensland. Elle ne comptait pas les porter avant son retour en Australie, aussi étaient-ils restés dans sa valise avec leur étiquette. Mais réveillée aux aurores, elle trouva enfin l'occasion de les étrenner.

Angus avait refusé qu'elle lui verse un loyer.

A vrai dire, elle n'avait pas insisté, sachant qu'elle pouvait le payer d'autres façons — en mangues, par exemple. Aussi à 5 h 30 du matin décida-t-elle de récurer la salle de bains qui en avait bien besoin, Mme Gemma Maitlin n'ayant sûrement pas pris le relais de la femme de ménage depuis le départ de celle-ci !

Fronçant le nez, Imogen scruta la baignoire. Les travaux ménagers n'étaient pas exactement son fort, mais à l'occasion, une frénésie de ménage la prenait. Après avoir allumé le chauffage, elle fit l'inventaire des produits d'entretien puis, armée du poste radio, se dirigea vers la salle de bains, en laissant tomber son sarong dans le hall.

« En janvier, régime ! se promit-elle lorsqu'elle vit son reflet dans la glace de la salle de bains. A mon retour. »

Puis elle oublia cette perspective en se trémoussant au rythme de la musique.

Lorsque, satisfaite d'avoir terminé, elle commença à ressentir le décalage horaire, elle se réjouit que les enfants d'Angus se trouvent chez sa sœur et Heath avec Brad. Elle allait pouvoir descendre dans la cuisine se préparer une tasse de thé et se remettre au lit avant qu'Angus ne rentre à la maison.

C'est alors qu'elle entendit sa clé dans la serrure de la porte d'entrée.

Inutile d'espérer qu'il ne remarquerait pas si elle tentait de se glisser hors de la salle de bains. S'il regardait en l'air, il la verrait traverser le palier en direction de sa chambre. Autant aller à sa rencontre, pensa-t-elle, avant de s'asperger généreusement de parfum pour ne pas sentir l'eau de javel.

Fatigué, bougon et glacé, Angus n'avait qu'une envie quand il ouvrit la porte : s'effondrer sur son lit.

Il avait été debout toute la nuit.

Sa chemise, son costume et sa cravate qui avaient fait leur office jusqu'à 7 heures du matin, se trouvaient maintenant dans un sac en plastique à porter au pressing. Lançant le sac dans un coin, il décida de remettre cette tâche désagréable à plus tard.

Quand il serait reposé et réchauffé.

Les cheveux mouillés après une douche rapide à l'hôpital et vêtu d'une tenue stérile élimée, il avait découvert, cinq minutes avant d'arriver à la maison, qu'il aurait dû s'arrêter pour prendre de l'essence au dernier garage.

La chaleur le frappa dès qu'il pénétra dans le hall — on se serait cru dans un sauna !

Il n'avait pas l'énergie de chercher pourquoi — tout ce qu'il désirait, c'était son lit.

Jusqu'à ce qu'il aperçût Imogen debout sur le palier.

— Bonjour !

— Bonj… Imogen ! dit-il, ébahi. Pourquoi cette tenue ?

— Je nettoyais la baignoire…

— Vous portez un *Bikini* pour nettoyer la baignoire ?

— Habituellement, je ne porte *rien* pour nettoyer la baignoire, mais étant donné que je suis chez vous…

Elle ramassa un morceau de tissu argenté sur le sol et l'enroula autour de sa poitrine plutôt voluptueuse.

— Voulez-vous prendre le petit déjeuner ? suggéra-t-elle.

— Non !

Curieusement, il dut feindre un bâillement.

— Je vais tout droit au lit, je veux dormir quelques heures avant d'aller récupérer les enfants.

— J'irai les chercher, si vous voulez. Vous devriez manger quelque chose et, ensuite, vous dormirez bien.

Il dormirait bien sans manger, faillit-il dire, mais déjà, elle descendait l'escalier et le croisait. Pour ne pas sembler grossier, il la suivit donc dans la cuisine, en bâillant de nouveau, pour de bon cette fois.

— Je vais vous faire des crêpes, proposa-t-elle.

— Un peu de muesli fera l'affaire.

— Pas après une nuit de garde ! Je n'en ai pas pour longtemps.

— Très bien, dit-il en s'asseyant sur un tabouret de bar.

— Il reste de la mangue…

Sans attendre sa réponse, elle sortit du réfrigérateur une demi-mangue et quadrilla le fruit charnu à l'aide d'un couteau, puis retourna la peau de façon à faire ressortir les petits cubes orangés.

Chez elle, elle se promenait sans doute comme ça tout le temps, pensa Angus. Se balader dans la maison en Bikini était sûrement la norme dans la région d'où elle venait. Seulement, ici, on n'était pas en Australie.

La cuisine était vaste, mais il manquait d'air maintenant, les yeux rivés sur les seins piqués de taches de rousseur qui bougeaient légèrement devant ses yeux tandis qu'elle fouettait la pâte.

— Ce ne sera pas long ! dit-elle avec un sourire.

Puis elle versa la pâte qui grésilla en touchant la poêle. Le dos d'Imogen était tourné vers lui. Elle avait une peau dorée, délicieusement dorée, ce qui était si rare à cette époque de l'année…

— Voilà, dit-elle en lui tendant son petit déjeuner.

Comme elle se penchait par-dessus la paillasse, il aperçut

la peau laiteuse de ses seins là où le maillot avait un peu glissé, un petit bout d'Imogen qui n'avait jamais vu le soleil.

Il étouffait soudain dans la cuisine.

Alors que, depuis des années, que son mariage allait à vau-l'eau, il n'avait eu personne dans sa vie, contrairement à ce qu'avaient pensé sa mère, Gemma et même Imogen au début, mais là, il se sentait sur le point de succomber.

Devant l'assiette pleine de crêpes, de mangue et de sirop, il aurait dû saliver, mais il avait la bouche sèche.

Il regarda Imogen droit dans les yeux.

Mais, cette fois, elle ne détourna pas la tête, comme elle l'avait fait précédemment. Ses yeux se rivèrent aux siens. Pour la première fois, la femme qu'il désirait répondait à son regard...

Avec du désir dans les yeux.

Il était beau.

Elle le savait depuis le début.

Et il était gentil.

Elle le savait aussi.

Mais que cet homme sérieux, et cependant tendre, pût la désirer comme elle le désirait fut pour elle une révélation.

Angus Maitlin pouvait avoir toutes les femmes qu'il voulait...

Seulement c'était elle qu'il désirait.

Comme il s'avançait vers elle, elle devina le goût de ses lèvres avant même qu'il ne l'embrasse, tant elle souhaitait ce baiser. Angus réveillait sa féminité, son goût de la vie.

Pour Angus, ce fut le pas le plus facile de sa vie.

Il la vit s'empourprer quand il posa les mains sur ses bras. Que sa peau était douce ! Enivré par son parfum de bergamote, il approcha son visage du sien. Le désir dilatait les pupilles d'Imogen, et lorsque sa joue frôla la sienne, il ne put résister au désir de goûter les lèvres veloutées qui cherchaient les siennes.

— Mon Dieu, Imogen…, gémit-il quand elle glissa les mains sous le haut de sa tenue stérile.

Il aurait voulu que cela ne s'arrête jamais. Imogen était ensorcelante ! Sous ses doigts, il reprenait goût à la vie. Il brûlait d'envie d'explorer les courbes voluptueuses de cette femme qui, par la magie d'un Bikini et d'un sarong en plein mois de décembre, avait apporté soleil et chaleur dans ce qui aurait dû être le plus froid et le plus morne des hivers.

Tandis que les lèvres d'Imogen se faisaient plus pressantes sur son torse, il défit le nœud de son sarong et l'attira contre lui.

— Nous ne devrions pas…, commença-t-il sans conviction.

— Mais si !

— Tu seras bientôt partie.

— Je suis encore là.

— Il est trop tôt.

Le souffle court, elle l'étreignit.

— Pas pour moi, Angus.

— Je suis fou de toi.

— Moi aussi !

— Ma chambre, murmura Imogen.

— Mais le lit est minuscule !

— Formidable…

— J'ai souvent mal là… Au niveau du plexus solaire.

— Pauvre chéri !

Nus sur le lit à une place d'Imogen, dans la chambre où le chauffage fonctionnait depuis l'aube, ils redécouvraient ce que signifiait être vraiment heureux. Aux jeux de l'amour avait succédé un délicieux petit déjeuner de crêpes à la mangue.

Angus poussa un soupir.

— Chaque fois que je vois ton ex ou que j'entends Owen me dire que cette nouvelle infirmière rousse de l'agence est absolument fantastique, j'ai un pincement à l'estomac.

— Serais-tu jaloux ?

— Je ne sais pas, répondit-il avec une grimace.

— Tu n'as aucune raison de l'être. Brad ressemble à tes

boîtes sous l'arbre de Noël — un emballage magnifique, mais désespérément vide. Il n'y a plus rien entre nous.

Il était fatigué maintenant. Après l'avoir regardée se glisser sous le drap, il se blottit contre elle, une main sur la courbe de ses hanches. Dire que dans deux semaines elle serait partie !

— L'amant de Gemma n'est pas australien, par hasard ? demanda-t-elle, bien plus tard, avant de s'endormir.

— Non. Se peut-il que Brad ait encore du travail ici ?

— On lui a offert un emploi dans une émission pour enfants en Australie.

— Oh…

L'anxiété le gagna, l'empêchant de s'endormir. Comment trouver une solution ? Tout posait des problèmes. Les enfants, les carrières, les ex, les écoles… sans compter une dizaine de milliers de kilomètres.

Et elle, fixant le mur, attendait qu'il la rassure.

Seulement il ne pouvait pas.

— Nous devons rester discrets, dit-il.

Le corps d'Imogen se raidit.

— Je n'allais pas placarder une affiche à l'hôpital ! Tu n'as rien à craindre pour ta précieuse réputation.

— Imogen… La tienne est en jeu aussi.

— Je sais, malheureusement.

— Et les enfants ne s'y retrouveraient plus…

— Bien sûr. Ils n'ont pas besoin de savoir.

C'était exact, mais leur histoire d'amour devenait un secret inavouable.

— Tu sais, reprit-elle avec un faible sourire, je me suis toujours demandé comment se comporterait Heath si je faisais la connaissance de quelqu'un…

— Il n'a rencontré aucun de tes petits amis ?

— Il n'y a pas eu de petit ami.

— Mais Brad et toi avez rompu depuis une éternité !

— Je n'étais pas prête, dit-elle. Je ne partage pas ma mangue avec n'importe qui !

Elle essayait de plaisanter, mais il ne sourit pas parce que cette femme belle et profonde n'avait livré son cœur rafistolé qu'à lui seul, et qu'il ne pourrait jamais prendre cette confiance à la légère.

— Viens ici, dit-il comme si les deux centimètres qui les séparaient dans le lit préfiguraient leur éloignement futur.

L'attirant à lui, il l'embrassa avec passion, mais non sans tendresse, étouffant ses multiples questions par de longs baisers, parce que, pour l'instant, rien ne pressait. L'heure n'était pas encore à la réflexion.

Imogen n'allait nulle part ce jour-là et lui non plus.

9

— Qu'avez-vous fait aujourd'hui, tous les quatre ?

— Rien !

Détachant son regard des enfants, en pyjama, absorbés dans la reconstitution d'un grand puzzle, Imogen sourit à Angus qui rentrait du travail, le lendemain.

— On a traîné.

— Traîné ?

— On n'a pas fait grand-chose. On ne s'est même pas habillés, n'est-ce pas, les enfants ?

— On s'est lavé les dents, précisa Jack.

— Pas moi ! dit Heath avec un large sourire.

Sur un signe de sa mère, il grimpa l'escalier quatre à quatre en direction de la salle de bains.

Egalement en pyjama, Imogen se dirigea vers la cuisine où Angus mettait sur la table un appétissant plat de pennes.

— Merci !

— Ce ne sont que des pâtes.

— Je veux dire, merci pour tout…

Jetant un coup d'œil circulaire, elle poussa un soupir de contentement.

— Tu n'imagines pas ce que signifie *ne rien faire* avec Heath. Comme il est agréable de passer une journée tranquille, au lieu de chercher des idées de sorties ou de s'asseoir dans un fast-food, ce que j'aurais fait aujourd'hui si je n'avais pas été ici.

— Moi aussi, je te remercie…

Il sourit.

— Quel plaisir d'aller travailler en sachant que les enfants sont heureux, sans avoir à me soucier de ce que je vais trouver à mon retour… Ils ont posé des questions concernant Gemma ?

— Clemmie, oui, dit Imogen. Gemma a téléphoné cet après-midi et leur a parlé quelques minutes. Jack demande quand elle va revenir à la maison. Tu as parlé à Gemma ?

— Je l'ai appelée, mais je suis tombé sur sa boîte vocale. Je suis dans l'expectative, poursuivit-il en se frottant la nuque. Jusqu'à ce que je la voie, que je lui parle, je ne sais pas…

Et elle, elle n'était pas dans l'expectative, sachant qu'à tout moment, Gemma pouvait revenir, qu'un appel téléphonique risquait de tout remettre en question ?

Mais était-elle égoïste au point de ne pas désirer la réconciliation d'Angus avec Gemma ? De ne pas souhaiter que la maman de Clemmie et Jack se décide à rentrer au bercail ?

Après tout, elle-même repartirait bientôt pour l'Australie.

— As-tu préparé l'alcôve pour Heath ?

La question d'Angus arracha Imogen à son introspection.

— Il y a des oreillers en réserve dans le placard de l'entrée, je crois.

— J'avais espéré qu'il voudrait dormir avec moi, étant donné que nous n'avons pas passé une nuit sous le même toit depuis un bout de temps, mais apparemment, ce n'est plus à l'ordre du jour. Il a de nouveaux amis maintenant !

— Il y a un lit gigogne sous le lit de Jack, s'il veut.

— Toutes options considérées, ils ont décidé de camper. Dans le salon.

— Logique ! s'exclama-t-il avec un sourire qui la réjouit. Pourquoi préférer un lit chaud et douillet à un carrelage dur et froid ?

— Ils prévoient aussi de réveillonner, sous réserve de ton accord.

Non seulement il ne s'opposa pas à leur projet, mais sitôt leur repas terminé, il descendit les chips et autres délices d'une étagère pour qu'ils soient à portée de main, mit au réfrigérateur quelques canettes de boissons gazeuses réservées aux grandes occasions et plaça les glaces sur le devant du congélateur. Et elle adora le voir aider les enfants à se construire un fort avec des couvertures !

Puis elle les laissa pour aller prendre un bon bain pendant qu'ils terminaient les préparatifs.

— Ça, ce sont des tentes très confortables ! déclara-t-elle, impressionnée, en revenant inspecter le campement.

— La mienne, c'est la mieux ! s'écria Clemmie. N'est-ce pas, Imogen ?

— Elle est fabuleuse, déclara-t-elle en y pénétrant. Je pourrais y dormir.

Plus tard, lorsque le séjour fut devenu zone interdite et qu'Angus eut terminé ses mots croisés, elle s'installa dans la cuisine pendant qu'il montait prendre sa douche. Sa mère appela évidemment à ce moment-là.

— Ta maman, au téléphone, annonça-t-elle en frappant à la porte de la salle de bains.

Dégoulinant, une serviette autour des hanches, il prit l'appel dans la cuisine. Comme il fourrageait dans un tiroir à la recherche d'un stylo pour noter l'horaire d'arrivée de sa mère, elle lui souhaita une bonne nuit, incapable de passer une seconde de plus dans la même pièce que lui sans le toucher.

— Je vais me coucher !

— Il est à peine 21 heures !

La mine du crayon qu'il utilisait pour écrire se cassa avec un bruit sec.

— Zut ! Quel était le numéro du vol, déjà ?

Seulement elle était incapable de lui répondre. Comment lui avouer à quel point elle le désirait ? Elle avait le cœur déchiré à l'idée que cette soirée magique, délicieusement intime, ne pourrait jamais être partagée avec quiconque et ne durerait pas !

— Je vais te faire une tasse de thé, proposa-t-il.

Il allait saisir la bouilloire quand la sonnerie du téléphone retentit. A peine eut-il décroché que ses épaules se raidirent. Il passa sa main libre dans ses cheveux humides.

Imogen sut tout de suite qui appelait : Gemma.

Elle ne boirait pas sa tasse de thé.

Fermant la porte de la cuisine, elle alla rejoindre les enfants et s'amusa de leur excitation. Qu'il règle ses problèmes ! Après tout, sa rupture n'avait rien à voir avec elle.

Mais c'était dur.

En particulier quand le déclic du téléphone du séjour lui apprit que la conversation était terminée, et qu'elle ne le vit pas sortir ; quand, au bout d'un long moment, les enfants entrèrent en coup de vent dans la cuisine, sans qu'elle puisse les arrêter, et trouvèrent Angus la tête entre les mains.

— Tu pleures, papa ? demanda Clemmie d'un ton accusateur.

— Ne sois pas stupide ! répondit-il avec un sourire qui ne trompa pas Imogen. J'ai un rhume.

Plus tard, alors qu'elle essayait de s'endormir malgré le tapage et les rires des enfants au rez-de-chaussée, il la rejoignit dans sa chambre et s'assit au bord de son lit.

D'un geste tendre, il essuya une larme sur la joue d'Imogen.

— Pardon ! murmura-t-elle, la gorge serrée.

— De quoi ?

— Tu avais raison… Il est trop tôt.

— Pas pour moi.

— Elle te manque, Angus… Et c'est normal…

— Imogen, imagines-tu à quel point ces derniers jours auraient été insupportables sans toi ? dit-il en lui caressant tendrement la joue. Te figures-tu combien ma vie était insoutenable jusqu'à ce que je te rencontre ?

— Non.

— Gemma vient demain. Nous allons parler aux enfants, c'est ce qui me culpabilise.

— Juste avant Noël, dit-elle d'une voix enrouée.

— Ce qui nous laisse un peu de temps pour nous mettre d'accord avant le 25.

Il ferma les yeux en soupirant.

— Elle n'aurait pas pu attendre ? Je regrette d'avoir accéléré les choses…

— Angus, tu ne pouvais pas prévoir ces événements et Gemma non plus. Elle n'a pas *décidé* de tomber amoureuse.

— Ne t'attends pas à ce que je lui pardonne…

— Est-ce que cela aurait été plus facile en septembre ? Avec Clemmie tout excitée à l'idée de la rentrée des classes… Ou peut-être auriez-vous pu tenir jusqu'à Pâques…

— Imogen, arrête…

Mais elle poursuivit :

— Ou l'an dernier, quand tu as su que tout était fini ?

— Non, dit-il. Que ferais-je sans toi, Imogen ?

— Tu le découvriras bien assez tôt.

D'un baiser, il apaisa ses inquiétudes. Sa bouche tendre, sensuelle, se fit insistante. Comment aurait-elle pu dormir seule cette nuit sachant que, bientôt, ils seraient séparés ?

— Mets la chaise contre la porte, dit-elle. Tu retourneras dans ta chambre plus tard.

10

On a beau sourire, s'efforcer de donner le change ou même dissimuler la vérité, rien n'échappe aux enfants.

En particulier à Noël.

— Maman arrive dans une heure, dit Clemmie qui, assise sur les marches, regardait Imogen enfiler ses bottes et son manteau. Je vais jouer dans ma chambre.

— Très bien.

Comme promis, elle emmenait Heath faire le *Duck Tour*. Quand elle lui avait parlé de visiter le centre de Londres puis de plonger dans la Tamise à bord du même véhicule amphibie, les yeux de Heath avaient brillé d'excitation.

Jack et Clemmie n'avaient même pas demandé s'ils pouvaient les accompagner.

Elle ne cria pas au revoir à Angus ni aux enfants, soulagée de n'avoir qu'à ouvrir la porte d'entrée pour échapper à l'atmosphère oppressante qui régnait dans la maison.

— Bonjour, Imogen.

Sur le seuil, en imperméable crème et bottes à hauts talons assorties, se tenait une jeune femme qui devait mesurer près d'un mètre quatre-vingts. Gemma paraissait plus grande et plus splendide encore que sur les photos, avec son visage pâle encadré de boucles brunes, songea Imogen qui ne s'attendait pas à une telle beauté ni à ce qu'elle sache son nom.

— Angus m'a dit qu'il avait organisé une garde temporaire…

Comment cette femme superbe aurait-elle pu la considérer une seconde comme une menace ? se demanda Imogen. Il ne lui serait même pas venu à l'esprit qu'Angus pût désirer une fille aussi insignifiante et peu élégante qu'elle.

— Les enfants m'ont parlé de vous avec enthousiasme au téléphone… Merci de vous être occupée de mes bébés, continua Gemma précipitamment.

De toute évidence, la jeune femme était à bout de nerfs. Tout juste si elle ne lui demandait pas, à elle, Imogen, l'autorisation d'entrer dans sa propre maison.

L'arrivée d'Angus dans le hall la dispensa de répondre.

— Bonjour, Gemma.

— Oh, Angus…, dit-elle avant de fondre en larmes.

Imogen sortit dans la rue. Bien sûr que Gemma n'avait pas besoin de demander à entrer. D'ailleurs, en la voyant si bouleversée, Angus ne manquerait pas de la consoler. Après tout, ils étaient confrontés tous les deux à la pire tâche qui soit.

Peut-être même qu'ils se réconcilieraient, pensa-t-elle un moment plus tard, blottie contre Heath dans le véhicule amphibie. Malgré le froid, Heath était ravi et il poussa un cri de joie quand ils plongèrent dans la Tamise.

Quant à elle, déchirée entre sa compassion à l'égard de Gemma et son attachement pour Angus, elle n'avait pas le cœur à s'amuser.

Encore moins lorsqu'elle eut déposé Heath chez Brad et qu'elle retourna dans une maison qui lui parut différente, même si Angus,   après, lui sembla reprendre une vie normale.

Une vie normale, mais nouvelle, au cours de laquelle il alla travailler quelques heures et Gemma revint la veille de Noël prendre les enfants pendant qu'Imogen faisait quelques achats de dernière minute.

Trouver un cadeau pour Heath s'avéra facile, tout comme pour Jack et Clemmie.

Pour Brad ? Etant donné qu'on était en décembre, il y avait des réductions importantes sur les lunettes de soleil. Parfait.

Si seulement c'était aussi facile pour Angus.

Il s'agissait de trouver le cadeau idéal pour l'homme idéal — sachant que ce serait peut-être leur unique Noël.

Et que ce serait un miracle s'il était joyeux. Il y avait bien trop de cœurs blessés pour se réjouir.

— Tu as tout ? demanda Angus, quand elle rentra, chargée de paquets.

— J'espère… Sinon, ce serait trop tard !

Après l'avoir aidée à ranger les sacs dans les placards sous l'escalier, il l'entraîna dans la cuisine.

— Comment vont les enfants ? reprit-elle.

— Bien, apparemment. Tu sais, on s'est accrochés pendant un an, pensant bien faire, mais je commence à me demander si on…

— Ma dent est tombée ! s'écria Clemmie en faisant irruption dans la pièce, la gencive en sang et l'air réjoui.

— C'est ce qui arrive quand on n'arrête pas de tirer dessus, commenta Angus avec un large sourire.

Attrapant un rouleau de papier essuie-tout, il s'occupa de sa fille.

— Elle espère avoir des cadeaux en plus si le Père Noël et la petite souris passent tous les deux pendant la nuit.

Clemmie eut un sourire édenté qui rappela tellement Heath à Imogen qu'elle en fut bouleversée. Certes, elle adorait Clemmie et Jack, mais ils n'étaient pas ses bébés.

Pour la première fois, elle passait le réveillon de Noël sans Heath et personne au monde sans doute ne savait ce qu'elle éprouvait.

Personne sauf une.

— Maman au téléphone ! cria Angus, un peu plus tard, à l'heure de mettre au lit deux enfants excités.

Elle prit l'appel puis raccrocha, pas vraiment réconfortée. Assise dans la pièce éclairée par des guirlandes électriques, elle se sentait barbouillée d'avoir mangé trois *mince pies* et Heath lui manquait terriblement.

Comment les adultes pouvaient-ils commettre autant d'erreurs ? se demanda-t-elle en regardant une rediffusion de Shane. Comment pouvaient-ils provoquer un tel gâchis ? Qui souffrait le plus ?

Des larmes coulèrent sur ses joues. Elle leva à peine les

yeux quand Angus pénétra dans le salon, chargé de paquets, *pleins* cette fois, à placer sous le sapin.

— C'est encore douloureux, n'est-ce pas ? dit-il, en regardant un instant Shane à la télé avant de tourner les yeux vers elle.

— Toujours, répondit-elle alors que l'Alphapage d'Angus sonnait.

C'était la sortie des pubs, et il y avait du travail pour les urgentistes. Gus ayant promis à Angus de venir à 6 heures le lendemain matin s'il pouvait passer le réveillon de Noël tranquille, elle le laissa partir et prit la relève.

Elle rangea les paquets sous l'arbre tandis qu'il se hâtait vers l'hôpital.

Laissant allumées les guirlandes électriques, elle grignota encore une *mince pie*, puis mordit dans la carotte que les enfants avaient laissée pour Rudolph, le renne du Père Noël.

Après quoi, elle monta à l'étage. Sans bruit, elle remplit les bas pendus au pied des lits des enfants et pensa à laisser sur la table de nuit de Clemmie le cadeau de la petite souris. Enfin, à son grand soulagement, elle put aller se coucher.

Au loin, elle entendait le hurlement des sirènes et le glissement des pneus des voitures dans la nuit. « Ce serait vraiment un miracle que ce Noël soit joyeux », pensa-t-elle en regardant fixement sa petite lucarne.

A bout de forces, elle donna libre cours aux larmes qu'elle avait retenues en remplissant les bas de Clemmie et Jack ; en disant bonsoir aux enfants de Gemma…

Alors que, pendant tout ce temps, son propre fils lui manquait.

11

Quand la sonnerie du téléphone réveilla la maisonnée, il était plus de 8 heures. Les paupières gonflées, Imogen s'assit dans son lit et elle eut juste le temps de se draper dans son sarong avant que deux gamins surexcités ne fassent irruption dans sa chambre.

— Maman arrive ! cria Jack.

— Le Père Noël est passé, renchérit Clemmie.

Puis les deux minitornades sortirent de la chambre, et tandis qu'ils dévalaient l'escalier en poussant des cris perçants qui lui vrillèrent le crâne, elle fut saluée par un blond fatigué et non rasé, mais très sexy dans son pantalon de jogging ceint sur les hanches.

— Les enfants semblent en forme, dit-il. Gemma m'a appelé à l'hôpital. On va faire le repas de Noël ici.

— Formidable…

— Je n'en suis pas si sûr. Est-ce que cela ne va pas être trop déroutant pour eux ?

— Ils ne me paraissent pas désorientés ! répliqua-t-elle.

Puis elle l'observa attentivement. Il ne semblait pas désorienté non plus. L'homme qui se tenait devant elle était bien différent de celui qu'elle avait rencontré le premier jour… Ce jour où tout s'était effondré.

— Joyeux Noël, Angus.

— Joyeux Noël, Imogen.

Puis il l'embrassa avec tant de passion qu'ils se demandèrent s'ils n'allaient pas laisser les enfants déballer ce que le Père Noël leur avait apporté, pendant que papa et Imogen joueraient à d'autres jeux…

C'était bien possible…

— Quand es-tu revenu ? demanda-t-elle entre deux baisers.

— A 7 heures.

— Papa ! appela Clemmie en bas de l'escalier.

La magie de Noël n'était pas un vain mot.

Imogen avait pu le constater pendant sa formation lors d'une garde dans la salle des enfants : aussi désastreuses que soient les situations, chacun faisait un effort pour que le miracle se produise ce jour-là.

Elle l'avait aussi constaté dans sa propre famille à peine quelques années plus tôt et l'observait maintenant dans celle d'Angus.

Angus, qui n'avait dormi qu'une heure, essayait de trouver quel paquet le Père Noël avait apporté pour qui, parce qu'il avait été sûr, en les emballant, qu'il se souviendrait !

Souriant, rassurant, et faisant de son mieux pour les deux petits qui comptaient le plus.

Ou plutôt les trois petits.

Imogen avait pris son téléphone pour parler à Heath, qui était en train d'ouvrir ses cadeaux, puis à Brad, à qui elle recommanda de baisser le feu sous la dinde et précisa qu'elle serait là à 10 heures.

Gemma devait éprouver le même sentiment, car elle retéléphona. Elle bavarda gaiement avec les enfants et leur rappela qu'elle serait là à 11 heures.

Et pendant que les enfants jouaient dans le salon, qui aux Lego, qui à la poupée, Angus avait repéré sa petite pile de cadeaux à ouvrir.

— Allez, vas-y ! Ouvre-les, dit-il comme Imogen fixait, les yeux écarquillés, sa propre pile de cadeaux plutôt imposante.

— Toi d'abord, répondit-elle, regrettant d'avoir été aussi sentimentale dans ses achats.

— Un gaufrier ? dit-il en examinant l'appareil.

Devant son étonnement, elle sourit.

— Tu ne pourras bientôt plus t'en passer. C'est formidable pour un déjeuner rapide, ou un bon petit déjeuner avec les enfants… Tu y mets une sorte de pâte à crêpes…

Examinant le gaufrier de plus près, il esquissa un sourire.

— Des gaufres en forme de cœurs ! s'exclama-t-il.

— Et très rapides à faire ! dit-elle très vite.

— Je crois que je vais en manger beaucoup quand tu seras…

Il n'acheva pas sa phrase, car tous deux connaissaient la suite. Mais ce n'était pas le moment de pleurer, alors elle déballa un sachet de sels de bain parfumés.

— De la part des enfants ! expliqua-t-il. Ça, c'est moi…, ajouta-t-il d'un ton bourru, tandis qu'elle défaisait le papier d'emballage d'un immense couvre-lit de soie. Je paierai l'excédent de bagages. J'ai pensé que si je ne peux pas être avec toi…

C'était si gentil… trop gentil. Mais que n'aurait-elle donné pour continuer à se blottir contre lui ! Mieux valait ouvrir le cadeau suivant plutôt que d'y penser.

Une superbe boule à neige ! Elle la secoua et regarda la neige tomber sur Knightstbridge.

— De ma part aussi…, dit-il.

— J'aperçois le rayon alimentaire ! plaisanta-t-elle, faisant semblant de voir derrière les minuscules fenêtres. Oh, des mangues !

— Ouvre l'autre paquet.

— Encore ? Angus, tu n'aurais pas dû…

— Ce n'est pas moi. Tu as tout un fan-club ici.

— Des sucettes ?

— Anglaises ! Lis la carte.

« Chère Imogen, j'ai demandé à Elise de vous faire parvenir ces douceurs pour vous et pour votre petit garçon. Cela m'a fait mal au cœur au début de me sentir si inutile, mais Elise a dit qu'elle s'en moquait complètement ! Laissez-vous gâter. Comme moi ! Ivy Banford. »

— Quelle coquine ! commenta Imogen avec un sourire

ému. Et ça ? Qu'est-ce que c'est ? demanda-t-elle en retournant une enveloppe argentée.

— Je ne sais pas exactement. J'ai vu Heather la mettre dans la boîte des intérimaires et je l'ai récupérée pour toi.

— Probablement une carte de Heather…

Mais non. Elle lut la première ligne puis tendit la carte à Angus qui, après l'avoir parcourue, la lut à haute voix.

« Chère Imogen, vous avez passé du temps auprès de ma sœur quand cela m'était impossible. Maria s'inquiétait de sa maison, elle m'a dit que vous la compreniez — cela signifiait beaucoup pour elle d'être comprise ce jour-là. Pardonnez-moi si ce cadeau vous choque — j'ai l'espoir de vous faire sourire quand vous penserez à ma sœur. Avec mes sincères remerciements, Elijah et Guido Vanaldi. »

— Si je comprends bien, dit Angus en regardant la carte-cadeau de plus près, il t'offre une femme de ménage pour un an. « La crème des femmes de ménage, à votre disposition pendant une année. » Quel drôle de cadeau !

— Le cadeau idéal, murmura-t-elle, désemparée. Mais je ne serai pas là…

Elle ignorait totalement si elle devait pleurer parce que les enfants et Angus lui manqueraient, ou parce que Heath lui manquait, ou à cause de Maria, ou parce qu'elle n'était pas en mesure d'accepter cette offre ?

— Viens, Imogen, dit Angus en l'entraînant vers la cuisine. Le petit déjeuner nous attend.

Le petit déjeuner avec Angus, Jack et Clemmie fut merveilleux, mais en ce matin de Noël, elle avait hâte de retrouver Heath.

Angus la regarda partir.

Puis il attendit que Gemma arrive, sûr que, comme lui, elle ferait l'impossible pour que les enfants passent un bon Noël.

— Ouah ! s'exclama-t-elle d'un air admiratif quand les enfants lui montrèrent les modifications qu'ils avaient apportées à l'arbre de Noël. Vous avez bien travaillé !

— Imogen nous a aidés.

A ces mots, elle lança un regard à Angus.

— Les enfants semblent l'adorer, fit-elle remarquer. Elle peut rester ?

— Je crains que non, dit-il en s'appliquant à ramasser les papiers cadeaux. Mais maman arrive dans quelques jours et je mettrai une annonce au mois de janvier.

— Nous trouverons bien une solution.

La magie de Noël devait faire son effet, parce que après un long dîner et quelques verres du vin rouge d'Imogen, il n'explosa pas quand Gemma demanda si les enfants pouvaient passer la nuit avec elle là où elle logeait.

— Tu habites avec lui ?

— Oui, mais il ne sera pas là cette nuit — il est dans sa famille. J'ai pensé que ce serait mieux, la première fois, que Jack et Clemmie voient où j'habite sans que Roger soit là…

Ravalant une riposte, il hocha la tête.

Et lorsque plus tard, la maison fut mortellement calme sans les enfants, quand, pendant un instant, il se crut incapable de supporter ce vide dans un séjour jonché de jouets, la magie de Noël fit de nouveau son effet. Imogen fut là.

— Comment ça s'est passé ? demanda-t-il.

— Très bien ! répondit-elle d'un air rayonnant.

— Comment va Heath ?

— Il dort ! dit-elle en riant. Je m'étais fait du souci, mais nous avons passé une excellente journée. Et vous ?

— Pas mauvaise, compte tenu des circonstances.

— Les enfants sont au lit ?

— Ils sont chez Gemma.

Les yeux d'Imogen s'arrondirent une fraction de seconde.

— Ils vont y rester quelques nuits encore si tout se passe bien, expliqua-t-il. Ils sont partis environ une demi-heure avant que tu rentres à la maison.

Elle eut un léger sourire.

— Rentrer à la maison, c'est l'impression que j'ai eue en montant les marches…, dit-elle. Cela ne m'était pas arrivé depuis longtemps.

Ce délicieux sentiment persista quand, après les excès de la journée, ils trouvèrent encore le moyen de se gaver des sucreries d'Ivy, blottis sur le canapé devant le film à l'eau de rose que toutes les télévisions du monde diffusent le soir de Noël.

C'était comme à la maison et cette intimité semblait tout à fait naturelle.

Tellement naturelle que c'en était douloureux.

12

— J'ai peur.

A 3 heures du matin, après des contractions épuisantes mais inefficaces, Roberta Cummings avait toutes les raisons de s'inquiéter car le travail n'avait pas progressé.

Malgré tout, décidée à accoucher par les voies naturelles, elle avait tenu bon. Imogen était passée l'examiner à plusieurs reprises et, finalement, l'interne avait envoyé chercher son chef de clinique quand le rythme cardiaque du bébé avait commencé à baisser, à seulement cinq centimètres de dilatation. Il avait alors été décidé de pratiquer d'urgence une césarienne.

— Tout va bien se passer, Roberta, dit Imogen d'une voix rassurante.

— Et pour le bébé ? demanda la parturiente, terrifiée.

Imogen lui prit la main.

— Vous avez été en observation pendant toute la nuit, et on va faire la césarienne maintenant, *avant* que le bébé ne souffre trop… Quand vous vous réveillerez, votre bébé sera né !

Malgré l'animation qui régnait dans la salle d'opération, l'obstétricien, Oliver Hanson, était calme et souriant.

— Vous comprenez ce qui va se passer, maintenant ? On ne peut pas attendre que la péridurale fasse effet, c'est pourquoi l'anesthésiste va vous endormir…

— Détendez-vous, conseilla Imogen pendant que l'anesthésiste plaçait un masque sur le visage de Roberta.

Quand des médicaments furent ajoutés dans sa perfusion,

elle se raidit, puis se détendit de nouveau tandis que l'anesthésiste l'intubait rapidement.

— Allons-y… Aidons ce petit bout à sortir, dit Oliver.

Ce ne fut qu'à cet instant, une fois la patiente endormie, qu'il fit preuve de la rapidité exigée par la procédure pour que l'enfant naisse sans risque.

Après l'incision, il sortit le bébé dont la tête était déjà bien engagée dans la filière pelvigénitale. Même si c'était le troisième accouchement auquel Imogen avait assisté cette nuit-là, elle n'était pas blasée.

Emue, elle regarda une infirmière du bloc prendre le nouveau-né et le déposer sur le petit lit où il fut frictionné vigoureusement et ouvrit des yeux bleu marine.

— Couvrons vite cette vilaine tête avant que papa ne te voie ! plaisanta Rita, une sage-femme expérimentée.

Toute l'équipe savait que le crâne du bébé, allongé par la naissance difficile, retrouverait bientôt sa forme, mais que cela effrayait souvent les nouveaux parents.

— Bon, Imogen, voulez-vous l'emmener à la nurserie ?

Ravie, elle emporta l'enfant pour le présenter à son papa, qui s'assit et le tint en attendant que la maman soit prête à faire sa connaissance.

— Imogen ?

Rita passa la tête par la porte au moment où une Roberta épuisée mais radieuse prenait son fils des bras d'Imogen.

— La coordinatrice du personnel infirmier est au téléphone. Elle se demande si cela ne vous ennuierait pas de descendre finir votre garde aux urgences, maintenant que ça s'est calmé ici.

— Désolée ! dit Heather en conduisant Imogen au service de réanimation. Nous sommes surchargés de travail. J'ai dû renvoyer deux infirmières chez elles à minuit avec cette fichue grippe qui traîne — c'est pourquoi je suis coincée de nuit moi aussi — et puis on nous a amené cet homme… Blessure par balle ! ajouta-t-elle tandis qu'elles marchaient d'un bon pas.

Dans la partie supérieure droite de la cage thoracique. La police dit qu'il risque d'y en avoir encore quelques autres !

— Peut-on retourner le patient ? demanda Angus comme Imogen rejoignait une équipe de traumatologie plutôt réduite.

Quand ce fut fait, Angus examina la blessure de sortie, puis ils mirent en place un drain pulmonaire et se hâtèrent vers la salle d'opération avant que le blessé ne perde tout son sang. Pour la deuxième fois cette nuit-là, Imogen, courant aux côtés d'Angus, franchit les portes du bloc. L'équipe de chirurgie thoracique, qui les y avait précédés, était déjà prête.

— Désolé ! dit Angus.

— De quoi ? demanda Imogen, légèrement essoufflée.

— D'avoir envoyé Heather te chercher à la maternité.

Elle fronça les sourcils.

— Tu lui as dit que je travaillais ?

— Je lui ai raconté que je t'avais rencontrée sur le parking. Ce n'était vraiment pas le lieu pour lui expliquer que je savais que tu étais au travail.

— Ce n'est pas ça qui me contrarie. Ma garde se passait vraiment très bien. Tu n'avais pas le droit de leur demander de me retirer de la maternité.

— Imogen, un patient souffrait d'une hémorragie. Nos infirmières tombaient comme des mouches et Heather a téléphoné de tous les côtés pour faire venir du monde. Je *savais* qu'il y avait une infirmière expérimentée à la maternité. On avait besoin de toi…

— Vraiment ? interrompit-elle d'un ton furieux. Ou c'était juste très pratique que je me trouve là ?

— Bravo !

Deux visages de marbre accueillirent l'exclamation de Heather.

— Merci, Imogen, ajouta Heather. Je ne sais pas ce que nous aurions fait sans vous.

— Survécu, sans aucun doute !

— Probablement, répondit-elle en réprimant un bâillement. Mais vous nous avez facilité les choses. Hé, Angus, je pensais passer vous voir cet après-midi quand je me serai réveillée. J'ai préparé quelques repas…

— Inutile…, répondit-il en secouant la tête avec un sourire. De toute façon, je vais à l'aéroport chercher maman.

— Eh bien, demain, alors, insista Heather. Je peux les déposer…

— Et vexer ma mère !

Le sourire d'Angus se figea sur son visage quand il croisa le regard d'Imogen.

— Vraiment, Heather, nous nous débrouillons très bien, dit-il. Vous n'avez pas à vous inquiéter.

— Tu avais raison.

Angus arriva à la maison quelques heures après Imogen, et elle aurait pu faire semblant de dormir, mais elle n'avait pas envie de jouer à ce jeu. Au lieu de quoi, elle resta allongée quand il posa une tasse de thé sur sa table de chevet, et se contenta de pousser légèrement ses genoux pour lui faire de la place lorsqu'il s'assit.

— Je n'aurais pas dû dire à Heather que tu travaillais — j'aurais dû laisser la coordinatrice s'en occuper. Je n'ai pas réfléchi. Le service était débordé et on avait besoin d'aide rapidement…

— Je comprends, dit-elle en regardant fixement le ciel par la lucarne. Mais ne choisis pas de me connaître quand ça t'arrange, ajouta-t-elle en lui lançant un regard noir.

— Ce n'est pas le cas.

— Allons, Angus ! Tu ne pars pas pour l'aéroport avant 17 heures. Ne me dis pas que si je n'étais pas là, Heather ne serait pas la bienvenue.

— Je n'ai pas besoin de colis alimentaires, Imogen.

— Peut-être, mais si Heather passe et me voit ici, alors tout le service sera au courant, ce qui ne t'arrangera pas, n'est-ce pas ?

— Que veux-tu que je te dise ? Que nous devrions le crier sur les toits ? En informer l'hôpital, Gemma, ma mère, les enfants… Et après ? Tu vas t'en aller. Tu vas prendre l'avion. Tu vas continuer ta vie en Australie et moi ici. C'est certainement plus sage de garder le secret sur notre relation.

— C'est la raison pour laquelle je pense que je dois partir. Je ne crois pas que cela puisse marcher quand ta maman sera là. C'est déjà bien assez difficile d'être discret vis-à-vis des enfants, dit-elle, une boule lui bloquant la gorge.

Les larmes lui montèrent aux yeux.

— Elle saura que je ne suis pas la jeune fille au pair ou juste une amie qui vient pour dépanner. Elle verra que nous…

— Que nous quoi ?

— Que nous partageons beaucoup de choses ensemble.

Partager beaucoup de choses, voilà ce que Gemma et lui avaient voulu, ce qu'il attendait d'une relation et qu'il ne pouvait avoir.

— Reste, dit-il, sans savoir s'il désirait que ce fût pour quelques nuits ou pour toujours.

— Je ne peux pas.

— Ne t'en va pas. Viens avec moi à l'aéroport, reste quelques jours, au moins jusqu'après le nouvel an. Tu ne peux pas loger à l'auberge de jeunesse pour si peu de temps…

— Je peux avoir envie de faire la fête ! dit-elle, mais tous deux savaient que ce n'était pas le cas.

— Reste un peu plus longtemps, le temps que les enfants s'habituent à l'idée de ton départ…

— Je ne vais pas leur manquer…

— Oh, si, insista-t-il. Je peux t'assurer que ma mère ne remarquera rien. Et si par miracle cela arrive… Alors je suppose que je résoudrai le problème d'une façon ou d'une autre.

— Vous êtes tellement belle ! s'exclama Clemmie avec un soupir, alors que, se sentant tout sauf jolie, Imogen, devant la glace, se passait une brosse dans les cheveux.

— Tu trouves ? Eh bien, toi aussi.

— Je serai belle quand mes dents arrêteront de tomber.

Ils étaient absolument adorables.

Jack, aussi direct et sérieux que son père pouvait l'être.

Clemmie, aussi originale et drôle que son père pouvait parfois aussi se montrer !

— J'aimerais être belle demain, dit Clemmie.

Imogen réprima un sourire.

— C'est vrai, Jack et toi avez une fête demain.

— Je ne veux pas que Nanny me coiffe. Elle me fait mal quand elle me brosse les cheveux et elle ne me fait pas de très jolies coiffures — toujours des couettes…

— Bon, si tu veux, je pourrai te coiffer.

— Avec ce truc brillant qui était dans mon bas ? demanda Clemmie, arrivant là où elle voulait en venir depuis le début.

— D'accord, dit Imogen avec un large sourire.

Le trajet jusqu'à l'aéroport fut plutôt tendu, chacun restant absorbé dans ses pensées.

Trois semaines s'étaient écoulées depuis qu'elle était arrivée. Bientôt, elle rentrerait en Australie avec Heath. Au début, elle avait eu l'impression que son séjour durerait toujours, seulement maintenant, les jours commençaient à passer trop vite. La Saint-Sylvestre approchait et, ensuite, quelques jours encore, et elle prendrait l'avion du retour.

Elle avait fait tant de projets pour ce séjour en Angleterre et elle les avait tous réalisés… Mais jamais elle n'avait fait celui de tomber amoureuse.

Oui, amoureuse.

D'abord, elle s'était persuadée que c'était une amourette de vacances, mais il ne s'agissait pas de cela.

Une amourette de vacances ne survivait que si vous passiez vos journées sur une plage baignée de soleil, et vos nuits à siroter des cocktails, ce qui n'était pas le monde réel.

Angus et elle avaient vécu dans le monde tel qu'il était. Dans la pluie et la tristesse, ils avaient réussi à rire.

Et ce n'était certainement pas une aventure… du moins pour elle.

L'aéroport de Heathrow était aussi effrayant que le jour où elle était arrivée avec Heath : du monde partout, des chariots, du bruit…

Toutefois, l'excitation finit par la gagner. Clemmie, tout en dansant sur place, discutait avec Jack des cadeaux que Nanny pourrait apporter.

A quoi pouvait bien ressembler la mère d'Angus ? se demanda Imogen. Elle imaginait une femme à l'allure sévère et imposante, aussi eut-elle un léger choc quand on lui présenta Jane qui ne devait pas mesurer plus d'un mètre cinquante. Et le temps de revenir à la voiture, elle découvrit une femme complètement farfelue et tout à fait charmante.

— Pourriez-vous me faire une tasse de thé, Imogen ? demanda celle-ci avec un adorable sourire.

— Maman, je t'ai déjà dit qu'elle n'est pas gouvernante, protesta Angus. Imogen est une amie venue nous prêter main-forte.

— Alors cela ne l'ennuiera pas de me préparer un thé !

— Cela ne m'ennuie pas du tout, dit Imogen qui réprima un sourire en remplissant la théière.

— Elle va bientôt revenir ! dit Jane, comme si Gemma était partie en voyage.

— C'est fini, maman.

— Le mariage demande des efforts, Angus.

— Nous en avons fait.

— Tout n'était pas parfait entre ton père et moi. Mais nous y avons mis du nôtre.

— Maman, Gemma a rencontré quelqu'un d'autre.

— Peut-être qu'elle souffre de dépression postnatale ou de quelque chose de ce genre.

— Qu'est-ce qu'il ne faut pas entendre ! marmonna Angus entre ses dents pendant que Jane se dirigeait vers la salle de bains. Clemmie a quatre ans !

— Elle ne veut pas se faire à l'idée de votre rupture.

— Il le faudra bien. Pourquoi suis-je le seul à l'admettre ? ajouta-t-il en secouant la tête.

Aussi délicieuse que fût Jane, aussi agréable qu'ait été

le dîner, il ne serait pas question de sortir de sa chambre cette nuit-là, pensa Imogen allongée dans son lit. Angus avait raison, ce ne serait pas juste pour Jane d'apprendre si brutalement la vérité, pas juste pour les enfants… C'était complètement injuste pour tout le monde.

Le spectacle de l'aéroport de Heathrow, trop réel pour être ignoré, lui avait rappelé qu'elle ne pouvait pas faire comme si elle ne reprendrait pas l'avion.

13

— Non, désolée. A vrai dire, j'ai d'autres plans pour la Saint-Sylvestre !

Imogen raccrocha, les joues un peu rouges, car Angus savait qu'elle mentait.

— Lesquels ? demanda-t-il.

— Prendre un bain et aller me coucher !

— Allons ! Ce serait amusant de réveillonner à l'hôpital.

— Une nuit aux urgences ne correspond pas vraiment à l'idée que je me fais d'une Saint-Sylvestre réussie. Maintenant, si on me proposait la maternité, je pourrais y réfléchir.

— Bonjour ! Je peux faire quelque chose ?

Pas si folle, Jane était partie se coucher, la veille, à l'heure de la vaisselle et n'émergeait qu'après le petit déjeuner des enfants. Elle s'apprêtait à se servir un thé qu'Imogen venait de préparer.

— Tu as entendu la bouilloire, maman ? demanda Angus avec un large sourire, tandis que le portable d'Imogen sonnait de nouveau. Vas-y, Imogen. Ça te paiera l'entrée au musée de Madame Tussaud, ajouta-t-il sur le ton de la plaisanterie.

Quand il la vit pâlir, un moment plus tard, il cessa de sourire.

— Parler de quoi, Brad ? dit-elle en quittant la pièce.

Elle avait raison de s'éloigner, bien sûr, mais Angus eut beaucoup de mal à continuer à bavarder avec sa mère comme si de rien n'était. Quel supplice de rester assis là, à boire son thé, à prétendre que cela n'avait aucune importance si, pour la première fois depuis qu'il la connaissait, Imogen avait eu besoin de s'isoler pour prendre l'appel de Brad !

— Je dois sortir, annonça-t-elle en revenant.

— Un problème ? s'enquit Angus, essayant de ne pas montrer son inquiétude. Heath va bien ?

— Heath va bien. Brad veut discuter de quelque chose avec moi. Je devrais être de retour dans deux heures — à temps pour coiffer Clemmie.

— Qui est Brad ? demanda Jane, les sourcils froncés, une seconde après le départ d'Imogen.

— L'ex-mari d'Imogen.

Curieusement, parmi les nouvelles expressions auxquelles il s'était habitué ces dernières semaines, c'était celle qui avait le plus de mal à sortir.

— C'est bien qu'ils soient restés en bons termes.

« Je prends les habitudes locales », se dit Imogen en montant l'escalator au lieu d'attendre sans bouger qu'il avance. Fixant distraitement les vitres sales, elle n'avait pas prêté attention aux autres passagers du métro, ne cessant de se demander ce que Brad pouvait bien avoir à lui dire.

Jamais elle ne lui avait entendu une voix si tendue.

Brad, toujours si décontracté, s'était soudain montré d'une extrême politesse, et indéniablement nerveux.

Il avait rencontré quelqu'un, imagina-t-elle alors qu'elle prenait l'ascenseur jusqu'à l'appartement de Brad. Comme elle… Mais cela ne le décontenancerait pas ! Peut-être que cette fois, c'était *vraiment* sérieux… Peut-être que sa nouvelle compagne était enceinte et que Heath allait avoir un petit frère ou une petite sœur.

En frappant à sa porte, Imogen poussa un profond soupir, sûre d'avoir envisagé toutes les options.

— Salut ! dit-il.

Comme toujours, il l'embrassa sur la joue, et, comme toujours, elle joua avec Heath pendant quelques instants, puis

Brad pria Heath d'aller jouer dans sa chambre un moment parce que papa et maman avaient à se parler.

— Je ne sais pas comment le dire…

Au lieu de s'installer sur le canapé comme à son habitude, Brad restait debout et faisait les cent pas.

— En fait, je ne sais même pas si je devrais le dire. Mais si je ne te le dis pas…

Assise sur le canapé, elle l'écouta avec émotion. Dire qu'elle croyait avoir envisagé toutes les options ! Même après tout ce temps, Brad pouvait lui réserver encore des surprises…

Ils étaient en *excellents* termes, pensa Angus, d'humeur sombre.

Assis dans un salon vide, il faisait mine de ne pas remarquer la semi-obscurité, comme si cela lui était égal qu'en fait de deux heures, six se soient écoulées.

Mais cela ne lui était pas égal.

Pas du tout.

Devait-il l'appeler ou pas ?

Pour la énième fois, il décrocha le combiné, et pour la énième fois, il le replaça sur son socle, puis regarda par la fenêtre comme si cela la ferait apparaître.

Elle était partie voir Brad pour deux heures, il y avait six heures de cela. Elle avait promis à Clemmie qu'elle serait de retour pour la coiffer pour la fête — mais elle n'était pas revenue. Clemmie avait quitté la maison avec les couettes de Jane, même si Angus était parvenu à éviter les larmes en les vaporisant à la bombe argentée.

Est-ce qu'il aurait l'air de se renseigner sur elle s'il appelait ?

Mais si elle était blessée ?

S'il était arrivé quelque chose et qu'il ne téléphone pas, parce qu'il ne savait pas s'il était en droit de se renseigner sur elle ?

En voyant la voiture de Brad s'arrêter et Imogen en descendre emmitouflée dans son manteau, toute pâle, les épaules voûtées, Angus ne se sentit pas plus rassuré. Elle monta lentement les marches et tourna la clé dans la serrure. Avant même qu'il voie ses joues sillonnées de larmes et son regard fuyant, il sut qu'elle avait quelque chose de difficile à lui dire.

— Excuse-moi de ne pas être rentrée plus tôt.

— C'est sans importance.

— Clemmie n'a pas eu trop de peine ?

— Ça va. Maman les a emmenés à la fête…

Il parvint à sourire.

— Je lui ai vaporisé quelques paillettes.

— J'ai eu envie de téléphoner, dit-elle sans le regarder. Mais je ne savais pas quoi dire.

— Ce n'est pas grave…

Les larmes aux yeux, elle le regardait.

— Brad m'a prise au dépourvu. J'ai besoin de réfléchir, Angus. Je sais que tu dois penser…

— Je ne sais pas quoi penser, Imogen.

— On discutait.

— De quoi ?

La question était logique, songea Imogen. Cela aurait été facile de lui révéler le dilemme dans lequel elle était prise, de demander conseil à cet homme sage, solide et juste. Mais elle devait trouver la réponse elle-même. Depuis longtemps, elle avait appris que la voie la plus facile se révélait souvent la moins satisfaisante au bout du compte.

— Comment qualifierais-tu les liens qui existent entre nous ?

Devant l'expression perplexe d'Angus, elle précisa :.

— Une aventure, une liaison, un amour de vacances ? Je veux dire, si tu devais décrire notre relation…

Un silence s'installa, interminable. De toute évidence, il hésitait.

— En fait, reprit-elle avec amertume, tu ne risques pas de la décrire parce que personne n'est au courant à propos de nous, n'est-ce pas ?

Elle le fixa longuement avant d'ajouter :

— Y a-t-il une chance pour que Gemma et toi vous réconciliiez ?

— Je te l'ai déjà dit. Tout est fini entre nous. Penses-tu vraiment que je nous aurais engagés là-dedans si je n'avais pas définitivement rompu avec Gemma ?

— Engagés dans quoi, Angus ?

Il ne savait pas comment définir leur relation. Ce n'était pas une aventure ni l'expression d'un désir de liberté. Certainement pas non plus une amourette de vacances, parce qu'il était ici chez lui et qu'Imogen était restée à ses côtés pendant la plus difficile des périodes.

Pourtant, cela ne pouvait être de l'amour, parce que si c'était de l'amour, il allait le perdre, très bientôt. Il ne pouvait prendre le risque de l'aimer, pour la perdre aussitôt.

— Brad et moi avons des choses à régler, tout comme Gemma et toi.

Il n'éprouva pas de colère, même lorsque plus tard Brad passa la chercher en voiture, parce que Imogen, même si elle ne pleurait pas, était plus triste et désorientée qu'il ne l'avait jamais vue.

En outre, les enfants, qui n'auraient pas dû être affectés par le départ de personnes qu'ils ne connaissaient que depuis quelques semaines, étaient en larmes, ce qui ne facilitait pas les choses. Même Heath sanglotait à l'arrière de la voiture.

— Vous pouvez vous écrire, proposa Angus.

— Je ne sais pas écrire, gémit Clemmie.

— Eh bien, téléphone-leur.

Les yeux d'Angus rencontrèrent ceux d'Imogen. Peut-être avait-elle raison de partir, parce que si la séparation était aussi douloureuse au bout de quinze jours, que serait-ce trois semaines plus tard ?

— Téléphone-moi ! dit-il.

Il tripota les boutons du manteau d'Imogen.

— Je te verrai peut-être au travail. Je promets de ne plus t'arracher à la maternité, ajouta-t-il avec un faible sourire.

— Tu peux ! Je t'appellerai — avant de partir, je veux dire.

— Oui, appelle-moi.

Cela lui était égal que sa mère fût là et qu'il dût lui donner des explications plus tard. Tout lui était égal, sauf qu'elle parte, se dit-il en l'attirant contre lui.

— Il n'en vaut pas la peine.

Pour la première fois, il franchissait la frontière, il donnait son avis sur une question qui ne le concernait pas.

— Il te laissera tomber.

— Je dois réfléchir, marmonna-t-elle contre son épaule avant de s'écarter. Et toi aussi.

14

— Prêts pour l'action ?

A 20 h 50, Angus entra dans le foyer, le sourire aux lèvres même s'il n'avait pas le cœur à la fête. Tout en déposant quelques gâteaux et boissons gazeuses sur la table, il salua l'équipe qui vivrait sans doute la nuit la plus chargée de l'année pour le service des urgences.

Certes, la veille de Noël était pénible après la fermeture des pubs, et le jour de Noël réservait toujours quelques surprises déplaisantes, mais les feux d'artifice qui annonçaient la nouvelle année n'étaient pas réservés au ciel londonien. A minuit, le service, ou plutôt les patients, produiraient sûrement un spectacle de leur cru. Aussi des personnels de sécurité supplémentaires avaient-ils été postés ainsi que du personnel médical expérimenté.

— Prête ! s'écria Heather qui, en vraie infirmière des urgences, attendait avec impatience la nuit à venir. J'ai acheté un gros curry à la dinde — il est dans le réfrigérateur, vous n'avez qu'à vous servir !

— Oh, comptez sur moi !

Après s'être servi, il prit quelques *mince pies* pour commencer.

L'ambiance était presque festive, et il avait prévu de se joindre au réveillon de nouvel an du service, mais il avait le cœur serré dans un étau.

Une nouvelle année commençait, pour laquelle il ne se sentait pas tout à fait prêt.

Il s'y serait senti prêt, si Imogen n'était entrée dans sa vie.

— Prenez-en une part maintenant…

Barbara, une des infirmières, qui avait mal interprété son regard brillant, poussait vers lui une énorme tarte meringuée à la mangue.

— C'est Imogen qui m'a donné la recette.

Combien de temps cela durerait-il ?

Combien de temps encore son nom émaillerait-il les conversations du service ? Elle y avait fait quelques gardes et c'était comme si elle avait laissé une traînée de paillettes partout où elle était passée.

Et il ne voulait pas que disparaisse l'empreinte d'Imogen.

Il s'opposait à ce qu'on défît l'arbre de Noël.

Il refusait d'oublier, même si cela faisait mal de se souvenir.

— Allez, prenez-en une part. Vous savez que vous en avez envie.

Certes. Il avait envie de lui téléphoner et de lui conseiller de laisser tomber Brad. De lui dire que celui-ci ne la méritait pas, qu'il l'avait blessée une fois et qu'il recommencerait. Mais de quel droit aurait-il fait cela ?

Aucun, sauf qu'il l'aimait.

A cet instant Angus s'avoua ce qu'il s'était refusé à reconnaître. Qu'il ne voulait pas l'aimer, parce qu'il savait qu'il allait la perdre.

Tous deux avaient su dès le début que leur idylle ne mènerait nulle part ; que les circonstances, la géographie les sépareraient. Quoi qu'il en soit, il n'avait nul besoin que le nom d'Imogen fût mentionné pour se souvenir du matin où ils s'étaient rencontrés, se dit-il avec nostalgie en mordant dans la tarte meringuée à la mangue. Jamais un jour ne se lèverait sans qu'il se souvienne d'elle.

— Salut à tous !

Au son de sa voix, il avait sursauté. Ce n'était pas une hallucination auditive.

— Imogen, Dieu merci ! s'écria Heather.

La surveillante se précipita vers Imogen qui entrait dans le foyer au moment du changement d'équipe.

— J'ai supplié l'agence de vous envoyer. Deux de mes

infirmières ont téléphoné qu'elles étaient malades juste avant que je rentre à la maison ce matin. J'étais désespérée.

— C'est ce que m'a dit l'agence — la *troisième* fois qu'ils ont appelé !

Sur la table basse, Imogen posa un grand plateau où étaient disposées des brochettes d'ananas, de fraises, de kiwis et de mangues.

— Servez-vous à boire et approchez, ordonna Heather. On prendra nos pauses-café au poste des infirmières ce soir. Et, encore une fois, je suis désolée d'avoir insisté, ajouta-t-elle.

— Ça a marché, dit Imogen avec un sourire.

— Mais je n'aurais pas dû leur demander de vous appeler à l'auberge de jeunesse alors que vous ne répondiez pas sur votre portable.

Pendant un instant, ils furent seuls tous les deux. Imogen trempait un sachet de thé dans sa tasse avant de le sucrer abondamment, tandis qu'il tripotait son stéthoscope.

— Comment ça se passe ?

— Bien, répondit-elle d'un ton neutre.

— Je ne m'attendais pas à te voir ce soir.

— Je ne prévoyais pas d'être ici, mais l'agence n'arrêtait pas de téléphoner…

— Tu loges à l'auberge de jeunesse ?

— Où pourrais-je loger ? Tu ne crois pas que je me suis remise avec Brad ?

— Tu es bien partie avec lui, dit-il d'un ton amer.

— Je t'ai dit que nous avions à nous parler. Penses-tu vraiment qu'il n'a qu'à claquer des doigts pour que je revienne ?

— Bien sûr que non.

— Que j'ai une telle chance qu'il veuille me…

— Imogen, interrompit-il.

Mais elle refusa de l'écouter.

— Je t'ai dit que tout était fini avec lui. Je ne change pas d'avis comme de chemise, Angus…

Elle eut un sourire crispé.

— Sauf quand cette fichue agence n'arrête pas de téléphoner et que je me retrouve à faire une garde dans le dernier endroit où j'ai envie d'être.

— Je suis désolé que les choses soient si difficiles entre nous.

— Ce n'est pas entièrement à cause de toi, Angus.

Comme il fronçait les sourcils, elle eut un faible sourire.

— Je ferais mieux d'y aller…

Un calme relatif régnait dans le service, comme c'était souvent le cas en début de soirée le 31 décembre — à croire que les gens réservaient les drames pour plus tard. Heather veilla à ce que son personnel prenne de longues pauses et fasse bombance tant que cela était encore possible.

Vivement que l'accalmie prenne fin ! songea Imogen qui avait hâte que la nuit se termine.

Comme elle se demandait à quoi pensait Angus, elle sentit son regard peser sur elle.

— On nous amène un enfant victime d'un arrêt cardio-respiratoire ! dit-il, l'air sombre. Noyade.

— Maintenant ?

— C'est la Saint-Sylvestre…

Heather revint avec des renseignements complémentaires fournis au téléphone par le PC des ambulances.

— La baignoire était remplie de glace pour les boissons, et il est tombé dedans. Le père l'a trouvé sans connaissance. C'est chez lui qu'avait lieu la fête. On ne peut pas joindre la mère — apparemment, elle travaillait ce soir. On ne sait pas depuis combien de temps l'enfant était dans l'eau.

— Quel âge ? demanda Imogen d'une voix rauque.

— Trois ou quatre ans. On ne sait pas exactement.

— Ce n'est pas Heath, dit Angus en voyant les mains d'Imogen trembler tandis qu'elle sortait les fils pour le moniteur cardiaque et ouvrait les coussinets pour le défibrillateur.

— Qui sait ?

Il lui entoura les épaules de son bras. Maintenant qu'elle

était considérée comme un des membres de l'équipe, il pouvait se permettre un geste amical, se dit Imogen.

— Je vais attendre l'ambulance, dit-elle en se dégageant.

Dire qu'il lui restait encore neuf heures de garde ! Entendant approcher les sirènes, elle frissonna.

Ce n'était pas Heath.

A la seconde où les portes de l'ambulance s'ouvrirent, elle fut rassurée. Elle prit la relève des auxiliaires médicaux pour le massage cardiaque tandis qu'ils détachaient le brancard et pénétraient dans l'hôpital. Elle avait davantage l'habitude des noyades que des brûlures, car en Australie, il y avait une piscine dans presque tous les jardins et, malheureusement, ce type de patient ne se présentait que trop souvent.

Puis l'auxiliaire médical cita la liste de médicaments qui avaient été donnés sur les lieux et pendant le trajet.

En fait, le noyé avait deux ans, et non trois ou quatre, entendit Imogen comme elle pressait la paume de sa main sur le sternum de l'enfant. Plongé en hypothermie, il avait des chances de ne pas garder de séquelles cérébrales car la demande d'oxygène de son cerveau avait dû rapidement diminuer. Et son petit cœur fonctionnait aussi.

C'étaient les pensées qui lui passaient par la tête tandis qu'elle continuait le massage, reculant de temps à autre pendant qu'Angus envoyait une décharge électrique au petit corps…

— Voulez-vous que je vous remplace ? proposa Barbara.

Imogen secoua la tête.

— Je me débrouille.

Le défibrillateur vrombissait.

— Encore une fois…

Enfin, au grand soulagement de tous, ils réussirent à le ranimer, et après avoir réconforté les parents, elle emmena le garçonnet aux soins intensifs pédiatriques. Mais en sortant du service, elle passa devant celui des adultes et vit le lit dans lequel Maria avait été, maintenant occupé par une autre personne. Comme elle aurait voulu ne jamais retravailler aux urgences, songea-t-elle en y retournant.

— Vous paraissez épuisée ! dit Heather avec un sourire compatissant. La nuit n'a même pas commencé !

— H moins 15 minutes ! dit Imogen en jetant un coup d'œil à sa montre.

— Pourquoi ne faites-vous pas une pause ? proposa la surveillante. Prenez l'ascenseur et allez sur le balcon de la sortie de secours…

— La sortie de secours ?

— Vous aurez une belle vue sur les feux d'artifice. Si quelqu'un mérite de voir Londres *by night* ce soir, c'est bien vous.

— C'est ma dernière garde aux urgences, dit-elle sans tourner la tête.

Dès le moment où elle avait vu Angus lever les yeux quand Heather parlait de la sortie de secours, elle avait su qu'il viendrait.

— La dernière ? Alors, tu es prête à repartir pour l'Australie ?

— Je voulais dire…

Elle se tourna vers lui.

— C'est ma dernière garde aux urgences parce que je vais reprendre la profession de sage-femme. Avec un peu de chance, je passerai le reste de ma carrière à aider des enfants à naître au lieu de regarder s'éteindre des vies. Je ne peux plus continuer comme ça. Je ne peux plus rentrer à la maison en pleurant jusqu'à ce que je m'endorme, je ne peux plus supporter la violence et la mort, je n'ai plus…

Epuisée, elle secoua la tête

— Je n'en ai plus la force.

— Tu es à bout, dit-il doucement. Peut-être que tu devrais prendre des congés, changer d'activité pendant un temps.

— J'espérais le faire ici, mais dès qu'on découvre que tu as reçu une formation pour les urgences… Tu l'as constaté toi-même, ajouta-t-elle avec un sourire crispé.

— Je suis désolé.

— Ne regrette rien. Cela m'a aidée d'une certaine manière. J'ai compris que j'en avais assez. Je sais que je vais gagner moins d'argent car je suis en bas de l'échelle dans la profession de sage-femme et en haut aux urgences, mais il y a des choses plus importantes. Je vais demander un travail à temps plein en maternité.

— Il se peut que tu changes d'avis.

— Je te l'ai déjà dit, Angus, je ne suis pas une girouette.

— Ecoute, Imogen… Je n'ai pas été tout à fait honnête avec toi.

— Tu as couché avec Gemma ?

— Pourquoi faut-il toujours que tu envisages le pire scénario, Imogen ? C'est fini entre Gemma et moi. Même ma mère commence à le croire. Nous avons déjeuné ensemble la semaine dernière, mais c'était pour voir si nous pouvions gérer le divorce à l'amiable.

— Et alors ?

Il eut un demi-sourire.

— Non !

— Alors, quand n'as-tu pas été honnête ?

— Quand je t'ai dit que je voulais que personne ne soit au courant au travail, avoua-t-il avec un soupir. A vrai dire, cela me gênait que les gens sachent, si peu de temps après ma séparation d'avec Gemma et ton arrivée, notamment parce que tu devais repartir… Mais ce n'était pas tout à fait la raison…

— Dis-la-moi, Angus.

Elle était au bord des larmes, mais elle espérait que, dans l'obscurité, il ne le remarquerait pas.

— Je ne tenais pas à ce que Heather soit au courant. Je pensais que cela n'aurait pas été juste pour elle.

— Heather ? dit Imogen, n'en croyant pas ses oreilles.

— Je sais que je peux te faire confiance…

— Heather et toi ?

Elle le vit froncer les sourcils.

— Pardon…, reprit-elle. Compte sur moi pour ne rien ébruiter, bien sûr.

— Elle est un peu amoureuse de moi…, dit-il d'un ton plein d'affection. Elle avait un peu trop bu à une des fêtes de Noël de l'hôpital, il y a quelques années, et c'est sorti. Il ne s'est rien passé, bien sûr. Et je lui ai dit que rien ne se passerait jamais, tu sais, que j'étais touché, mais que j'étais heureux en ménage… Le jour suivant, elle était morte de honte. Elle m'a téléphoné en larmes. Elle m'a même offert de donner sa démission, mais…

Mal à l'aise, il eut un haussement d'épaules.

— J'ai plus ou moins fait semblant d'avoir trop bu et de ne pas m'être vraiment souvenu de tout ce qu'elle avait dit. Cela lui a facilité les choses…

La délicatesse d'Angus à l'égard de Heather était vraiment touchante, pensa Imogen, émue et soulagée. C'était une des nombreuses qualités pour lesquelles elle l'aimait.

— Je pense juste que cela lui ferait un peu l'effet d'une gifle, expliqua-t-il. Elle a téléphoné deux ou trois fois, et j'ai essayé de la décourager.

— Peut-être qu'elle veut seulement que vous soyez amis, maintenant.

— C'est une amie, dit-il avec un hochement de tête. C'est pourquoi je ne veux pas la blesser… Imogen, pourquoi crois-tu que je ne veux pas que les gens sachent ?

— Parce que c'est trop tôt…

— Mais encore ?

Angus la connaissait bien, certes, mais pouvait-elle lui avouer ses fragilités ? Des aspects d'elle qu'elle s'était juré de ne jamais laisser voir à un autre homme ?

— Brad était gêné d'être vu avec moi.

— Il est idiot.

— Regarde Gemma et regarde-moi…

— Je ne compare pas.

— Bien sûr que si, dit-elle d'une voix cassante. Moi, je le fais bien ! Brad et toi êtes tous les deux des hommes très séduisants, les femmes vous adorent, vous passez tous les deux à la télévision…

— Si tu veux poursuivre la comparaison, allons-y,

interrompit-il. Nous sommes tous deux fous de toi... Et de la même façon que Brad, j'en suis sûr, regrette de te perdre, je sais que je vais éprouver le même sentiment...

— Alors, fais quelque chose.

— Quoi, par exemple ? demanda Angus en secouant la tête. Je détestais la géographie à l'école... Maintenant, je sais pourquoi.

Sa plaisanterie ne la fit pas sourire. Et lui non plus, d'ailleurs.

Il jeta un coup d'œil à sa montre.

— Plus que quelques minutes, dit-il d'un ton léger pour détendre l'atmosphère. Hé, c'est déjà le nouvel an pour toi ! Quel est le décalage horaire avec l'Australie ?

— Non, c'est la Saint-Sylvestre pour moi aussi, rectifia-t-elle d'une voix ferme. Parce que tout ce que j'aime le plus au monde est ici, à Londres.

Oubliant que dans quelques jours elle serait partie, il la prit dans ses bras et l'embrassa longuement, comme pour se souvenir toujours du goût de ses lèvres.

— Hé...

Le souffle court, elle s'écarta une fraction de seconde.

— Si tu me fais l'amour ici, au moins, nous ne pourrons pas dire que nous n'aurons pas fait l'amour cette année...

— Je ne vais pas faire l'amour sur un balcon de secours de l'hôpital !

— Rabat-joie ! dit-elle d'un ton taquin.

— Imogen... C'est parce que je t'aime que je ne vais pas le faire.

Il marqua un temps d'arrêt, lui-même étonné de son aveu, mais il insista :

— Je t'aime Imogen.

Le silence plana. Elle se contentait de le dévisager. Puis elle prit une profonde inspiration.

— Alors il faudrait *vraiment* que tu fasses quelque chose...

— Comment étaient les feux d'artifice ? s'enquit Heather quand ils revinrent dans le service encore calme.

— Spectaculaires, répondit Imogen.

Avec un large sourire, elle prit une brochette de fruits et l'estomac d'Angus se noua quand elle lécha le bout d'une fraise.

— Mais ils se sont terminés en queue de poisson, ajouta-t-elle en lui jetant un coup d'œil. Il n'y a pas eu le bouquet final que j'espérais !

— Pourriez-vous voir rapidement cette patiente, s'il vous plaît ? demanda Heather en tendant une feuille à Angus. Le mari est un peu nerveux.

— Pardon ? dit Angus avec un froncement de sourcils.

— Louise Williams, la douleur abdominale dans le box quatre. Oh, excusez-moi…, dit-elle avec un sourire contrit. C'est à Gus que j'en ai parlé. Elle est enceinte de vingt semaines, elle a fait une fausse couche cette année, enfin, l'année dernière, maintenant…

Imogen observait la surveillante.

Comment ne s'en était-elle pas aperçue plus tôt ? Chaque fois qu'il y avait un problème ou presque, Heather appelait Angus, elle organisait ses pauses en fonction des siennes et probablement aussi ses gardes. Comme ce serait dur, non seulement pour Angus mais aussi pour Heather, si la vérité éclatait !

15

— On nous amène des agressions à coups de couteau.

Heather dut élever la voix car un groupe de jeunes hommes sortait en masse de la salle d'attente, encadrés par des gardes responsables de la sécurité.

— Gus s'en occupe et les chirurgiens arrivent. Imogen…, cria-t-elle. Pouvez-vous vous charger de la douleur abdominale ?

L'agitation qui régnait dans le service ne contribuait pas à apaiser la patiente terrifiée. Imogen lui tint la main pendant qu'Angus auscultait son abdomen, sous le regard du mari anxieux.

— Pas de saignement ? demanda Angus.

— Aucun, répondit Louise Williams. Juste cette douleur. Je suis en train de perdre mon bébé, n'est-ce pas ?

— Laissez-moi vous examiner avant de tirer des conclusions hâtives. Avez-vous eu des nausées ou des vomissements ?

— J'ai envie de vomir, mais je n'ai pas vomi.

— Comment est votre appétit ?

— Je ne peux pas manger.

— Bon…

Angus vérifia la fiche d'observations.

— Je vais chercher le Doppler.

— Le Doppler ?

Louise lança un regard interrogateur à Imogen.

— C'est un appareil qui lui permet d'écouter le cœur du bébé.

— Oh, mon Dieu !

— Détendez-vous…

Au bout de quelques secondes, Angus capta le battement cardiaque du fœtus.

— O.K…, dit-il avec un léger sourire. C'est une bonne nouvelle. Vous êtes un peu déshydratée, Louise. Je vois que Heather vous a fait une prise de sang. Je vais faire porter les prélèvements au labo et vous mettre sous perfusion…

— Vous n'allez pas m'examiner ? demanda Louise en rougissant. Je veux dire…

— Je ne fais pas de toucher vaginal, parce que l'obstétricien va vouloir en faire un. Si votre utérus est un peu irritable, je ne veux pas compliquer les choses. Je vais juste parler à un collègue puis je reviendrai vers vous.

— Qu'est-ce qui ne va pas, à votre avis ?

— Laissez-moi dire deux mots au chirurgien et je reviens.

— Le chirurgien ! s'écria Louise, alarmée.

Mais Angus était parti, laissant Imogen aux prises avec le mari.

— Comment ? Ne nous trouve-t-il pas assez intelligents pour nous dire ce qu'il pense ?

— Nous avons une urgence chirurgicale en réanimation, dit calmement Imogen. J'imagine qu'il veut rejoindre l'équipe avant qu'ils aillent au bloc.

— Ah…

Il s'avéra que c'était le cas. Le chef du service de chirurgie fit une brève apparition et examina Louise, puis il sortit du box pour parler à Angus. Lorsque la jeune femme eut fait une échographie en urgence, Imogen l'examina régulièrement pour essayer de rassurer le couple de plus en plus inquiet. Mais elle avait peu de temps à leur consacrer car la salle d'attente était pleine à craquer. Les infirmières et les médecins demandaient des renforts tous azimuts. S'ils avaient eu le double de personnel cette nuit-là, cela n'aurait pas été encore assez.

— Quelqu'un aura-t-il l'amabilité de nous dire ce qui se passe ? s'exclama M. Williams qui sortait du box. Ma femme souffre le martyre, et tout ce que vous trouvez à dire, tous autant que vous êtes, c'est que vous attendez les résultats des analyses de sang.

Equipée de gants stériles, Imogen s'occupait d'un patient ivre, dont la main, qu'elle tenait en l'air, était enveloppée dans un torchon à vaisselle qui contenait un doigt partiellement sectionné, et elle n'était pas vraiment en mesure de calmer la fureur de M. Williams.

— L'obstétricien arrive. Dès que…

— Ne me dites pas qu'il est occupé ! lui cria-t-il en s'approchant d'elle. Je ne veux pas entendre parler des autres patients quand ma femme…

En observant le visage congestionné du mari de Louise, Imogen se demanda s'il n'allait pas la frapper. Dans l'impossibilité de lâcher son patient, elle ne pouvait pas se défendre.

Elle vit le poing de M. Williams se lever et, derrière, Angus qui lâchait le téléphone pour accourir, mais déjà, les gardes chargés de la sécurité, habitués à ce genre de situation, s'étaient interposés entre elle et le mari de la patiente.

— Je vous remplace, proposa Cassie à qui la pâleur de sa collègue n'avait pas échappé.

Imogen lui laissa volontiers son patient et ôta ses gants tachés pendant qu'Angus tançait fermement M. Williams.

— Si jamais vous menacez ou insultez de nouveau mon personnel, je vous fais sortir de mon service et arrêter !

— Je ne l'ai pas menacée !

— Monsieur, quand un homme d'un mètre quatre-vingts hurle, c'est extrêmement menaçant, croyez-moi, dit-il d'un ton méprisant. Et quand ce même homme lève son poing…

— Je n'allais pas la frapper !

Peut-être. Ou tout simplement il n'en avait pas eu le temps.

Angus poussa un long soupir.

— Même s'il vous semble être ici depuis une éternité, il n'y a en fait qu'une heure que vous patientez. Pendant ce temps, votre femme a été examinée, on lui a posé une perfusion et fait une prise de sang, et on l'a envoyée passer une échographie. Il y a un instant, on m'a donné des résultats par téléphone et j'allais venir vous en parler.

— Bonjour, tout le monde !

Le sourire aux lèvres, Oliver Hanson arrivait en sifflotant.

— Salut, Imogen, dit-il en se joignant au petit groupe. Content de vous trouver ici.

Puis il s'adressa à Angus :

— Il paraît que vous voulez que je voie une éventuelle appendicite, à vingt semaines de grossesse.

Certes ce n'était pas la meilleure façon d'annoncer le diagnostic potentiel, mais depuis le début, le contact avec le mari de la patiente avait été désastreux. Encore un peu secouée, Imogen suivit les médecins et M. Williams dans le box.

— Je suis désolé ! dit ce dernier à l'adresse d'Imogen qui hocha la tête.

— Il n'avait pas l'intention de vous effrayer. Il s'inquiétait juste pour moi, intervint Louise, en larmes.

Imogen eut un sourire forcé.

— Ecoutons les médecins, dit-elle.

Ce n'était pas la faute de Louise si elle était mariée à cet individu. Mais travailler dans ces conditions devenait de plus en plus difficile.

— On pense que vous avez une appendicite, commença Angus. C'est difficile à diagnostiquer chez la femme enceinte car il y a des tests qu'on ne peut pas utiliser sans risque pour le bébé. Et certains changements du sang qui se produisent pendant la grossesse compliquent les interprétations des résultats du laboratoire. Votre échographie abdominale paraît normale, ce qui nous a permis d'éliminer les diagnostics préliminaires. J'ai reparlé à M. Lucas, le chirurgien qui vous a vue, et il est d'accord avec moi — l'appendicite est le diagnostic le plus probable. Cependant, tant que vous ne serez pas opérée, nous n'en serons pas sûrs.

— Mais est-ce que ce n'est pas dangereux pour le bébé ?

— Cela présente beaucoup plus de risques pour le bébé si votre appendice se rompt, expliqua Oliver. C'est pourquoi nous préférons ne pas attendre. Effectivement, il est possible que l'opération provoque un accouchement prématuré, mais je vous ferai une perfusion qui, avec un peu de chance, devrait permettre de l'éviter, et nous travaillerons en étroite coopération avec l'anesthésiste. On souhaite tous que votre grossesse continue.

— Alors il n'y a vraiment pas le choix ? demanda M. Williams d'un ton bourru.

— Non.

Angus s'adressa à sa patiente :

— M. Lucas, qui termine une opération, va bientôt s'occuper de vous, et le mieux que nous puissions faire est de vous faire monter aussitôt que vous aurez vu l'anesthésiste.

— Tout va bien se passer, dit Imogen avec un sourire.

Une fois que les médecins furent sortis, elle prépara Louise pour l'intervention, rassemblant toutes ses notes et pointant les interminables listes de contrôle.

— Jamais je n'ai pensé que ça pouvait être l'appendicite. Je croyais que j'étais en train de perdre le bébé.

— C'est toujours la première pensée quand on est enceinte, mais l'appendicite est aussi courante pendant la grossesse qu'à d'autres moments — juste plus compliquée. Vous monterez à la maternité après l'opération pour qu'on puisse surveiller le bébé de près.

— Vous avez déjà vu des cas de ce genre, si je comprends bien ?

— En effet. Je suis sage-femme.

— Sage-femme ? dit Louise avec un froncement de sourcils. Alors pourquoi travaillez-vous ici ?

— Je gagne ma vie.

— Vous avez été merveilleuse comme toujours, Imogen !

Jamais avare de félicitations avec son personnel, Heather remercia chaleureusement Imogen en signant sa feuille de présence. A 7 h 30, le service était encore plein avec des patients partout, des corbeilles à linge et des poubelles qui débordaient, mais peu à peu, on remettait de l'ordre.

— Jetez un coup d'œil au tableau de service avant de

partir et choisissez… Il y a plein de créneaux à remplir cette semaine.

— Non, merci ! dit Imogen en détachant ses cheveux. J'en ai assez.

— Je croyais que vous étiez ici pour quelque temps encore ?

— Je parlais des urgences, précisa-t-elle avec un tremblement dans sa voix. J'ai mon compte.

— Imogen, est-ce l'incident avec M. Williams qui…

— J'avais pris ma décision bien avant. Je suis juste… fatiguée de tout ça, ajouta-t-elle en haussant les épaules avec lassitude. J'adore les urgences, mais cela exige trop, depuis que j'ai Heath.

M. Williams fit irruption dans le bureau des infirmières.

— Excusez-moi.

Il ne ressemblait plus à l'homme furieux qu'elles avaient vu un peu plus tôt.

— Louise a été opérée, annonça-t-il. Et le bébé semble aller bien.

— C'est une bonne nouvelle, dit Imogen.

— A propos, ajouta-t-il en rougissant, je suis vraiment désolé de ce qui s'est passé.

Ses excuses étaient sincères, Imogen le savait. Elle faillit lui dire que ce n'était pas grave, qu'il avait été stressé et inquiet pour sa femme et pour le bébé, et que c'était sans importance.

Toutefois, ce n'était pas sans importance.

Cela avait beaucoup d'importance.

Ce n'était pas à cause de M. Williams qu'elle renonçait à un travail qu'elle adorait, mais les individus de son acabit y étaient pour beaucoup.

Et d'une manière ou d'une autre, ses excuses, aussi sincères fussent-elles, étaient la goutte d'eau qui faisait déborder le vase.

Sans un mot, elle saisit son sac et sortit de la pièce. Les joues baignées de larmes, elle franchit la porte de l'accueil des ambulances et put enfin articuler les mots qu'elle aurait vraiment eu envie de prononcer.

— Il y a de quoi !

16

Elle n'avait pas besoin de ça.

Alors qu'elle piétinait dans la neige fondue, Imogen regrettait de ne pas avoir refusé cette garde.

Certes, on lui avait assuré qu'elle ne serait pas aux urgences, la surveillante ayant accepté qu'elle reste en salle d'observation. Mais, en quelque sorte, c'était pire d'être là, à ne rien faire, d'entendre les autres qui s'affairaient aux urgences et de ne pas être des leurs.

De ne pas revoir Angus.

Cela faisait quatre jours qu'ils s'étaient embrassés pour la dernière fois, quatre jours qu'elle lui avait ouvert son cœur — quoique de manière énigmatique — et quatre jours qu'il n'avait pas réagi.

Aucun appel téléphonique.

Aucun texto.

Rien.

Les larmes lui piquèrent soudain les yeux quand elle entra, et la chaleur qui régnait dans l'hôpital n'y était pour rien.

— Bonjour, Imogen ! s'écria chaleureusement Cassie. Venez prendre un café avant le changement d'équipe.

— Je suis en salle d'observation. J'y vais directement.

— Vous avez bien le temps pour un café, insista Cassie. Vous me tiendrez compagnie. Je n'ai pas pris ma pause ce matin, le service étant en effervescence, comme d'habitude…

Capitulant, elle emboîta le pas de Cassie vers le foyer.

— Surprise, Imogen !

Derrière la porte, ses nouveaux collègues et amis l'attendaient devant une table couverte de plats à emporter chinois, de Coca-Cola et de chips.

Heather lui tendit un verre de Coca et prit la parole :

— Nous ne faisons pas cela pour tous les intérimaires, mais aujourd'hui, c'est le monde infirmier qui perd une bonne infirmière des urgences, et nous nous sommes dit qu'elle méritait des adieux chaleureux ! Combien de temps avez-vous travaillé avec nous ?

— Dix ans ? plaisanta Imogen, la gorge serrée.

— Alors, vous avez plus que mérité une fête !

Ils avaient signé une carte et les yeux d'Imogen se voilèrent quand elle lut les messages, surtout celui d'Angus. Court et affectueux, il lui souhaitait bonne chance dans sa nouvelle carrière, la remerciait pour son travail efficace dans le service et lui adressait tous ses vœux de bonheur pour l'avenir.

Un avenir qui ne serait pas le leur, bien sûr.

Il ne pouvait malheureusement pas être là, expliqua Heather, parce qu'il enregistrait son émission de télévision.

La fête terminée, Imogen s'assit dans la salle d'observation à côté de son unique patient qui souffrait d'une blessure à la tête. Tandis qu'il ronflait, la tête en arrière, elle se dit que dix infarctus et quelques agressions à coups de couteau seraient beaucoup plus faciles à gérer que ses propres pensées.

Jamais elle ne s'était sentie plus seule.

— Pourquoi ne prenez-vous pas votre pause ? suggéra Heather en entrant dans la pièce. Je surveillerai M. Knight.

Imogen leva les yeux du livre sur lequel elle essayait désespérément de se concentrer.

— Cela fait trois heures que je suis assise ! Je n'ai pas besoin de pause.

— Eh bien, moi si ! répliqua la surveillante qui se laissa choir sur une chaise à côté d'elle. Je suis vraiment contente que vous soyez venue aujourd'hui.

— Moi aussi. C'était vraiment très gentil à vous tous…, dit Imogen en rougissant. Je ne m'y attendais pas.

— Pas seulement pour ça. Cet incident avec M. Williams… Je ne voulais pas que vous partiez sur un mauvais souvenir…

— Ce n'est pas à cause de lui que j'arrête.

— Je sais bien, mais cela vous a contrariée. Et après la semaine que nous avons eue, l'histoire de Maria Vanaldi et tout le reste…

— Maria ? Que voulez-vous dire ?

— Vous n'avez pas vu les informations ?

— On n'a pas la télévision dans les chambres à l'auberge de jeunesse. Alors, qu'a-t-on dit au sujet de Maria ?

— Ce n'était pas un accident. La voiture avait été trafiquée. C'était la famille de son mari, apparemment.

Imogen ferma les yeux, sachant que ce choix si difficile à faire de quitter les urgences avait été le bon.

— Allez prendre votre pause, insista Heather.

Cette fois, elle ne se fit pas prier.

Entendre la voix d'Angus dans le foyer lui fit mal.

Même si elle avait plaisanté à ce propos avec Maria, elle n'avait jamais vraiment pensé à enregistrer l'émission d'Angus, ce qui valait mieux parce qu'il lui aurait été terriblement douloureux de le voir et de l'entendre sans partager sa vie.

Si elle avait une cassette vidéo, elle se torturerait à la repasser en boucle, pensa-t-elle en contemplant le visage beau et fier qui l'avait charmée.

Heureusement que le foyer était vide car elle ne put retenir ses larmes quand elle remit du pain dans le grille-pain, et elle se remplit l'estomac de toasts délicieusement beurrés, faute de combler le vide de son âme.

L'émission parlait des téléspectateurs seuls et malades pendant les fêtes, du miracle que devrait être Noël et de la dure réalité pour certains en cette période de l'année.

Puis le ton de la journaliste changea, et Angus leva le menton une fraction de seconde.

— Docteur Maitlin, nombre de nos téléspectateurs vont regretter d'apprendre que vous faites aujourd'hui votre dernière apparition régulière dans cette émission.

— C'est exact.

— On a lu dans les journaux de cette semaine que vous veniez de vous séparer de votre femme…

— En effet.

— Cela a-t-il un impact sur votre décision de quitter l'émission ?

— Bien sûr, répondit Angus d'un ton sec.

Voyant son visage fermé, Imogen ne put s'empêcher de sourire. Elle lui avait vu la même expression lorsqu'ils étaient tous deux assis dans le café la première fois.

— Ce doit être douloureux.

— C'est…

Il y eut un silence. La journaliste fronça les sourcils. Sans doute se demandait-elle si Angus allait dévier du script de l'émission.

— C'est un temps *d'introspection*, reprit-il prudemment. Pour toutes les personnes concernées.

— On dit qu'il y a une autre personne concernée… Avez-vous des commentaires à faire à ce sujet ?

— Ma femme, sans intention de nuire ni préméditation, est tombée amoureuse d'un autre.

— Oh ! s'exclama la journaliste, une lueur affolée dans le regard.

— Et on ne tombe pas amoureux de quelqu'un d'autre si les choses se passent bien à la maison, poursuivit Angus. J'assume ma pleine part de responsabilité en la matière.

— C'est très indulgent.

— On ne choisit pas de qui, quand et où on tombe amoureux. Je ne l'ai compris que récemment, grâce à une personne qui m'est très chère.

— Si je comprends bien…

La journaliste feuilletait ses notes, comme pour y trouver l'inspiration.

— … vous êtes en train de me dire que vous aussi…

— Tout à fait.

A cet instant, Imogen sentit son cœur battre follement, et lorsque la porte du foyer s'ouvrit et que des bras vigoureux l'enserrèrent, elle sut que c'était lui, sans même se retourner.

Pendant ce temps, à l'écran, il continuait de parler.

— Il y a en ce moment dans ma vie la femme la plus merveilleuse et j'ai l'intention de la garder.

Tournant le dos au téléviseur, elle se blottit contre l'épaule d'Angus.

— Gemma et moi avons décidé d'être honnêtes, murmura-t-il à son oreille. Elle ne mérite pas d'être désignée comme coupable. Nous voulons tous les deux en finir, et c'est pourquoi nous avons décidé d'être francs…

— Je suis si fière de toi.

— Moi aussi, je suis fier de toi, dit Angus.

— Pourquoi ?

— Parce que tu es toi. Parce que tu m'as ouvert les yeux.

— Tu ne m'as pas appelée.

— Je ne savais pas quoi dire. Je savais que je devais te proposer quelque chose, mais quoi ? Et on a été si occupés… Maria Vanaldi…

— J'ai appris que ce n'était pas un accident.

— Sale affaire… La police a pris contact avec moi pour me demander si Maria avait dit quelque chose. J'ai parlé à Elijah…

— L'oncle de Guido ?

— Il est son tuteur, maintenant. Il est fou de son neveu.

Que Guido soit pris en charge par quelqu'un qui l'aime était la meilleure nouvelle de la journée. Enfin presque, se dit Imogen en levant les yeux vers Angus.

— Tu n'as jamais été la solution de facilité, Imogen. Au contraire.

— Pourquoi ?

— Parce que tu habites à l'autre bout du monde, parce que, dans quelques jours, tu seras de retour là-bas avec Heath et que je serai ici avec Clemmie et Jack. Tu étais la dernière personne dont il était raisonnable de tomber amoureux.

Comme elle baissait la tête, il lui prit le menton pour l'obliger à le regarder.

— Tu n'as jamais été une menace pour mon mariage. Il allait à vau-l'eau depuis longtemps, bien avant que tu arrives. La seule menace que tu représentais, c'était pour ma santé mentale. La chose la plus folle que je pouvais faire était de tomber amoureux de toi, mais je l'ai faite. Je t'aime. Je t'aime à la folie. Et je ne sais pas comment, mais je suis convaincu que ça peut marcher.

Elle essaya de placer un mot, en vain.

— L'idée que vous deux soyez à l'autre bout du monde sans moi m'est pénible, poursuivit-il. Mais j'aime mieux ça que de te perdre. Cela m'est égal que les gens disent que l'amour à distance ne peut pas durer, ils ne me connaissent pas et ils ne te connaissent pas…

— Je ne changerai pas de cap. Même si je dois passer chaque minute de mes congés annuels dans l'avion pour venir te voir, si je dois faire toutes les gardes possibles pour t'offrir le billet pour l'Australie, si nous devons attendre que les enfants soient grands pour vivre ensemble, notre amour durera tant que tu voudras de moi.

Pour toute réponse, il s'empara de sa bouche et ce fut elle qui le repoussa doucement.

— C'est un miracle de Noël !

— Oui…, dit-il, sans se soucier que Heather soit entrée dans la pièce.

Imogen laissa échapper un petit rire.

— Non… Shane est en rémission !

— Shane ?

— Shane !

— Mais il ne lui restait que deux semaines à vivre ! s'écria Heather qui enregistrait tous les épisodes de la série et essayait toujours de soutirer des renseignements à Imogen qu'elle supposait bien informée. Il est complètement incurable — le Dr Adams l'a dit hier soir.

— C'est un miracle, je vous le dis, dit Imogen. Mais motus et bouche cousue ! Si jamais le scénario s'ébruite…

— Pas de danger ! dit Heather qui sortit de la pièce avec un large sourire.

— Elle est au courant ? demanda Imogen.

— Je le lui ai dit.

— Alors la fête…

— La fête, c'était leur idée. Heather m'a juste dit que tu reviendrais aujourd'hui. Imogen, quand as-tu su à propos de Brad ? Est-ce ce dont vous deviez discuter ?

Elle le regarda, soudain grave.

— Brad et moi devions parler. On lui a offert une autre année de travail ici et il veut l'accepter.

— Et tu ne pouvais pas me le dire ? Imogen, as-tu idée de ce que j'ai vécu, m'évertuant à trouver une solution pour que nous restions réunis ? Et pendant tout ce temps, tu en avais une.

— C'est une solution temporaire, Angus. Nous méritons mieux tous les deux. Brad vient de me l'apprendre — comme son personnage est populaire, ils lui ont offert un contrat d'un an. Bien sûr, ma première réaction a été d'accepter. Mais qu'arrivera-t-il dans un an, quand son contrat sera terminé ? Que se passera-t-il si je déteste ma vie ici ? Et pourquoi devrais-je quitter une maison et une famille que j'aime parce qu'on a offert un emploi à Brad ? Si toi et Gemma vous réconciliez ou si les choses se passaient mal entre toi et moi, j'avais besoin d'être sûre que je restais pour des raisons valables… Il a fini par comprendre que je ne peux pas suivre mon ex-mari autour du monde. Et j'ai dû admettre que tu n'entrais pas en ligne de compte.

Il fronça les sourcils, ne comprenant pas.

— Il s'agissait de Heath et de moi, précisa-t-elle. La question était : pouvais-je supporter de vivre à Londres sans toi à mes côtés ?

— Et alors ?

— Je peux tout supporter, Angus. Mais j'aimerais autant que ce soit avec toi, ajouta-t-elle avec un sourire tendre.

— Alors ce sera le cas.

— Mais l'an prochain… Quand son contrat…

— Qui sait ? coupa-t-il en effleurant ses lèvres des

siennes. Mais ce dont je suis sûr, c'est que les choses se passeront bien entre nous.

— Ah ? dit-elle en battant des cils, comme elle l'avait fait le premier jour.

— Oui. Toujours !

Épilogue

— Je me trouve si grosse !

Angus jeta un coup d'œil en direction d'Imogen.

— Il y a beaucoup de qualificatifs mieux adaptés pour te décrire.

Vêtue de son Bikini rouge préféré, elle avait pris un bain avec lui, dans la piscine, après un énorme barbecue de Noël. Maintenant, allongée sur le lit de plage, la peau couverte de taches de rousseur dont le chaud soleil du Queensland l'avait dotée, elle caressait son ventre arrondi où nichait leur bébé.

Chaque jour, elle mettait un peu plus de couleur dans sa vie. Ce qui aurait pu être la pire année de son existence avait été la meilleure.

Grâce à Imogen.

Grâce à cette femme belle, drôle et compliquée qui avait changé sa vie, ainsi que celle de Clemmie et Jack, en pleine forme eux aussi.

Noël en Australie.

Qui l'aurait pensé ?

Sortant de la piscine, Angus alla s'étendre sur le lit de plage à côté du sien, et regarda les trois enfants qui jouaient dans l'eau, puis se tourna vers Imogen avec un large sourire.

— Ils s'amusent comme des petits fous.

— Ils me tuent, marmonna-t-elle. Ils sont debout depuis 5 heures.

— La journée a été longue, mais on peut se coucher tôt. Brad sera bientôt ici, et Gemma et Roger viennent d'envoyer un texto pour dire qu'ils sont en route.

— Bien !

— Qui aurait cru ça ?

Pendant qu'Angus se séchait au soleil, Imogen se leva avec effort pour rejoindre les enfants dans la piscine pour un dernier jeu avant qu'ils aillent profiter du reste de la journée de Noël avec leur autre famille.

Elle avait voulu mettre au monde leur bébé en Australie.

Ce qui aurait dû être impossible étant donné que tous désiraient passer Noël avec les enfants.

Mais, d'une façon ou d'une autre, toutes les difficultés s'étaient aplanies comme par miracle.

Angus avait accumulé des congés qu'il pouvait prendre dans le Queensland, mais leurs projets avaient été facilités quand Gemma et Roger avaient décidé que ce serait plutôt sympathique d'emmener les enfants en Australie pour les vacances. Brad, lui aussi, avait pris des congés en dépit de son emploi du temps chargé, et il prévoyait même de négocier quatre semaines de vacances à chaque Noël.

Chacun y avait mis du sien, pour Imogen.

En fait, Brad était quelqu'un de sympathique, se dit Angus en voyant ce dernier entrer d'un pas nonchalant dans le jardin de derrière, accueilli par les cris de joie des enfants qui se précipitèrent hors de la piscine.

Oui, plutôt sympathique, malgré son allure de play-boy des plages, pensa-t-il tandis que Brad s'agenouillait et embrassait Imogen sur la joue.

— Salut, Angus !

— Joyeux Noël, Brad !

— Veux-tu que je les surveille ?

— Que tu les surveilles ?

— Jusqu'à ce que Gemma arrive ici, dit Brad en désignant Imogen de la tête.

Angus suivit la direction de son regard et fut debout en un instant.

Les avant-bras appuyés sur le bord de la piscine, Imogen paraissait intensément concentrée. Il était médecin, certes, mais c'était le play-boy des plages qui avait compris avant lui qu'elle était en train d'accoucher !

— Je voulais accoucher dans l'eau…, commença-t-elle quand il arriva près d'elle.

Le visage écarlate, déformé par la douleur, elle cessa de parler un long moment, puis expira lentement.

— Mais pas dans la piscine ! acheva-t-elle.

— Ça a duré une éternité pour Heath, intervint Brad. Mais c'est plus rapide en général pour le second, non ? Du moins, c'est ce que tu disais…

— Merci, Brad ! dit sèchement Angus. Occupe-toi des enfants et amène la voiture…

— Aide-moi à rentrer dans la maison…, gémit Imogen.

Cela ne se passait pas comme elle l'avait imaginé. Sage-femme à plein temps depuis son retour en Australie, elle avait tout organisé pour la naissance, mais n'avait pas prévu d'être hissée hors de la piscine, ni que ce soit son ex-mari qui appelle l'ambulance et surveille les enfants pendant qu'Angus prenait soin d'elle.

— Allons dans la chambre, Imogen.

Angus s'efforçait de garder son calme, mais il y avait une note de panique dans sa voix.

— La salle de bains, murmura-t-elle entre deux halètements. Je ne veux pas abîmer mon couvre-lit de soie…

— Quelle importance ?

— S'il te plaît…

Prenant un jeté de canapé, il le déplia sur le sol du séjour et y allongea Imogen.

Malgré le climatiseur réglé au maximum, il transpirait quand il lui enleva son bas de maillot.

— Je voulais accoucher sous péridurale.

— Je sais.

— Je comptais prendre un bain.

— Je sais…, dit-il, les dents serrées. Essaie juste de respirer comme tu sais si bien l'apprendre à tes patientes. L'ambulance sera bientôt là.

— Angus…

Une nouvelle contraction l'obligea à pousser.

— Angus, il y a quelque chose qui ne va pas.

— Tout va bien, dit-il avec un sourire qui se voulait rassurant. Il a les cheveux roux.

— Le pauvre, dit-elle en esquissant un sourire avant que ses yeux se remplissent de larmes en voyant qu'il était sérieusement inquiet. J'ai travaillé à tes côtés, Angus, je sais quand quelque chose ne va pas.

— Tout va bien, répéta-t-il. Simplement, il ne s'agissait pas de toi les autres fois.

Dans sa panique, elle ne comprit pas sur l'instant, mais entre deux contractions, juste avant l'expulsion, le brouillard se dissipa.

Il l'aimait.

Il l'aimait vraiment.

Et quand on aimait, on avait peur parfois.

— Parfait, dit-il. Tout paraît normal.

Et c'était le cas.

Avec l'aide d'Angus, Imogen donna le jour à leur fille et, émus et admiratifs, ils virent ses yeux bleus s'ouvrir tandis qu'elle poussait son premier cri. Avec son visage rougeaud tout fripé surmonté de touffes de cheveux roux, ses pieds et ses poings battant l'air avec rage, on aurait dit une petite flamme.

— Elle est parfaite…

— Oui, dit Angus, le souffle court, très soulagé de voir arriver l'auxiliaire médical lui permettant de n'être qu'un papa.

— Née sous un arbre de Noël ! s'exclama l'auxiliaire médical. Vous allez vous amuser à choisir des noms.

— Faut-il que j'aille à l'hôpital ?

— Il faut qu'on vous examine, ainsi que la petite.

— Tu pourras te doucher, dit Angus comme le visage d'Imogen s'assombrissait. Avoir du champagne et… Je peux demander à Gemma si cela ne l'ennuie pas de nettoyer ! ajouta-t-il avec une grimace.

Les auxiliaires médicaux étaient vraiment gentils, pensa-t-il, sous l'influence de l'adrénaline et donc bien disposé à l'égard de tous. Ils ne pressèrent pas du tout Imogen, et la laissèrent même se rafraîchir un peu une fois sur le brancard car elle avait décidé qu'elle ne voulait vraiment pas que Gemma la voie sortir dans cet état !

— Heath… Tu peux aller le chercher ?

Angus s'exécuta aussitôt. Le garçonnet avait l'air inquiet, mais il se détendit quand il vit sa petite sœur. Jack aussi paraissait ravi. Seule Clemmie fondit en larmes parce qu'elle aurait vraiment voulu que ce soit un garçon pour rester la seule fille.

Quand il fut temps de conduire la maman et le bébé à l'hôpital, Heath parut de nouveau inquiet.

— Il va se remettre, ne vous inquiétez pas, leur assura Brad avant d'embrasser affectueusement Imogen pour lui dire au revoir. Je te l'amènerai ce soir.

Il regarda Angus.

— Si vous êtes d'accord, tous les deux, bien sûr.

— Ce serait formidable.

— Et nous aussi ? demanda Clemmie.

— Oui, vous aussi ! répondit Gemma, souriante, mais ses yeux étaient un peu brillants et son air nostalgique n'échappa pas à Imogen. Félicitations !

— Félicitations !

Brad puis Roger serrèrent la main d'Angus.

La vie était un peu douloureuse parfois, pensa Imogen comme le chariot l'emportait. Pour tous. Mais elle valait la peine d'être vécue.

Et quelle meilleure façon de passer la nuit de Noël que dans un lit, à côté d'Angus, avec du champagne à portée de main, à piocher dans une grosse boîte de chocolats en choisissant des noms pour une petite demoiselle qui n'en avait pas encore ?

— Holly ? proposa Imogen.

— Natalie ? dit Angus en fronçant les sourcils. Tu sais, il n'y a pas tant que ça l'embarras du choix.

— Je sais !

Elle contempla sa fille. Après son premier bain, ses cheveux étaient tout duveteux. Elle avait le teint laiteux maintenant, les cils blonds et recourbés, et un petit nez retroussé que sa main cachait tandis qu'elle suçait son pouce.

— Summer !

— Summer ? répéta Angus avec une moue. Ce n'est pas un nom de Noël.

— Elle est née en été.

— Mais Noël tombe en hiver en Angleterre, ça n'aura aucun sens.

— Ça en aura un pour nous.

— Un bébé de décembre appelé Summer !

Angus regarda sa nouvelle fille en train de dormir. Un petit rayon de soleil, un peu d'été… Aussi froid soit l'hiver. Oui, Imogen avait raison, concéda-t-il gaiement en l'embrassant.

— Pourquoi pas ?

— Summer Lake…, dit Imogen avec un soupir.

— Summer Maitlin, rectifia-t-il en l'embrassant de nouveau.

Elle sourit.

— Summer Lake-Maitlin… Nous allons y réfléchir.

SUSAN MEIER

Le premier Noël de Molly

Traduction française de
LÉONIE GADES

HARLEQUIN

Titre original :
HER BABY'S FIRST CHRISTMAS

Ce roman a déjà été publié en 2015.

1

Jared Johnson sortait du parking souterrain de la résidence Clover Valley au volant de son luxueux 4x4 quand il aperçut Elise McDermott au coin de la rue, une valise et deux sacs posés à côté d'elle sur le trottoir. Sous une pluie battante et un parapluie à la main, la jeune femme essayait tant bien que mal de protéger son bébé, qu'elle tenait serré contre elle dans une coque.

Jared ne connaissait que de vue la jeune femme, qui avait occupé l'appartement de Michael Feeney pendant les six mois que celui-ci venait de passer en Europe. Que fichait-elle dehors par cette tempête, au lieu d'attendre dans le hall de l'immeuble ? Là au moins, elle et sa fille auraient été à l'abri. Agacé par ce manque de jugeote, il s'arrêta le long du trottoir et, baissant la vitre du côté passager, se pencha pour lui dire :

— Vous pensez que c'est un temps pour rester dehors avec un bébé ?

— J'attends un taxi pour la gare routière.

Il avait crié pour couvrir le fracas des trombes d'eau qui s'abattaient sur son pare-brise et sur son toit. Elle s'approcha. Ses boucles rousses dansaient dans le vent. L'inquiétude voilait l'éclat de ses jolis yeux verts.

— Mais il y a un moment que je l'ai appelé, reprit-elle, et il me reste moins d'une heure pour attraper mon bus. Si je le rate, je n'arriverai jamais en Caroline du Nord à temps pour régler mes affaires avant Noël. Selon vous, est-ce possible qu'il m'ait oubliée ?

— Oui !

Un sentiment de culpabilité envahit Jared ; de toute évidence, il n'avait pas affaire à une écervelée. Quand donc perdrait-il cette détestable habitude de tirer des conclusions hâtives sur les gens quand leur comportement lui paraissait incompréhensible ?

Mécontent de s'être ainsi emporté, il jeta un bref coup d'œil à sa montre. Hum, il était très en avance pour son vol…

L'expérience lui avait appris que le meilleur moyen de ne plus se sentir coupable était de racheter sa faute. Il coupa le moteur, sortit de la voiture, la contourna et se planta devant la jeune femme.

— Si vous voulez, je peux vous conduire à la gare routière…

Elise McDermott dévisagea le séduisant jeune homme aux cheveux noirs et aux yeux gris qui bravait la pluie pour voler à son secours. Jared Johnson portait un imperméable par-dessus son costume sombre et sa chemise blanche mais il serait bientôt trempé si elle ne se décidait pas rapidement. Quand elle avait accepté de garder l'appartement de Michael Feeney, ce dernier lui avait recommandé de s'adresser à Jared, en cas de problème. En s'esclaffant, il avait ajouté que son voisin était un véritable grincheux, mais qu'une fois qu'il avait surmonté le désagrément d'avoir été dérangé, il savait se montrer très serviable, ne serait-ce que pour se faire pardonner son accueil bourru. Jared lui proposait probablement un brin de conduite parce qu'il s'en voulait de lui avoir crié dessus.

— C'est très gentil à vous, mais je ne voudrais surtout pas vous retarder.

— Vous ne me retardez pas, répliqua-t-il en s'emparant de sa valise.

Elise l'arrêta en posant une main sur la sienne.

— Je sais parfaitement que vous aviez d'autres projets.

Il voulait sans doute se faire pardonner sa brusquerie à son égard, mais pourtant, il ne lui devait rien. Depuis le début de sa grossesse, elle avait appris à se débrouiller sans l'aide de personne.

— Je vais appeler un autre taxi, ajouta-t-elle.

— J'étais en route pour l'aéroport, admit-il, mais je suis très en avance. En fait, je suis tellement en avance que c'est vous qui me rendriez service en acceptant mon offre. Grâce à ce crochet, je ne vais pas passer trois heures à m'ennuyer en attendant le début de l'embarquement.

— Mais…

— Allons, acceptez.

Lorsqu'il reprit sa valise, elle ouvrit la bouche pour protester, mais une bourrasque plus forte que les autres lui arracha son parapluie des mains. Il s'envola comme un cerf-volant.

Jared désigna du menton la coque du bébé.

— Attachez-la à l'arrière pendant que je range vos bagages dans le coffre.

Puis, considérant le débat clos, il se dirigea vers l'arrière du véhicule.

Quelle tête de mule ! songea Elise en poussant un soupir de résignation. Mais à quoi bon résister ? Puisqu'il se proposait de l'accompagner — qui plus est, lui permettant ainsi d'économiser une course —, elle aurait été folle de refuser.

Quand il referma le coffre, elle avait pratiquement terminé d'installer sa fille. Une fois la dernière sangle fixée, elle alla s'asseoir à la place du passager. Jared la rejoignit quelques secondes plus tard.

Il mit aussitôt le chauffage en route et Elise apprécia le confort et le silence qui régnaient dans l'habitacle.

— Quel calme ! s'exclama-t-elle.

— Je crois me souvenir que son silence exceptionnel était l'un des principaux arguments de vente du concessionnaire.

— J'imagine que ce n'est pas le seul. Elle est splendide. Le prix doit être à la hauteur…

— Je l'ai trouvé plutôt raisonnable si l'on songe à celui des voitures que conduisent mes clients.

— Peut-être, mais par rapport au commun des mortels, vous devez reconnaître que c'est un véritable carrosse.

D'après la rumeur qui circulait dans l'immeuble, le type qui occupait le grand appartement du dernier étage — car c'est ainsi qu'on surnommait Jared — était l'avocat de plusieurs musiciens, d'un studio d'enregistrement et de quelques stars de cinéma. Ses clients ne devaient se déplacer que dans des véhicules extraordinaires, en effet.

— Je ne suis pas né avec une cuillère en argent dans la bouche, vous savez, se défendit-il.

Visiblement, l'admiration que suscitait sa voiture le mettait mal à l'aise. Leur seul contact ayant consisté à attendre l'ascenseur dans le hall de l'immeuble où ils résidaient tous deux, Elise ne le connaissait pas réellement ; elle n'aurait su dire pourquoi sa fortune semblait l'embarrasser. Mais comme de toute façon elle n'allait plus jamais le revoir, que lui importait ? Quoi qu'il prétende, il était riche. Surtout comparé à elle. Six ans auparavant, quand sa mère était morte, elle avait quitté la Caroline du Nord avec son petit ami Patrick. Les grands projets qu'ils avaient nourris n'avaient jamais abouti et elle avait fini par subvenir seule aux besoins du ménage. Quand elle lui avait annoncé qu'elle était enceinte, il l'avait quittée.

Savourant le confort du siège, elle ferma les yeux. Non, elle n'avait rien en commun avec Jared Johnson. A quoi bon, dans ce cas, se creuser la tête pour entretenir une conversation superficielle ? L'incertitude quant à son avenir occupait déjà amplement ses pensées. Bien qu'elle fût originaire de Caroline du Nord, ce n'était pas dans sa ville natale qu'elle se rendait. Elle avait hérité de la maison de sa grand-mère, dans une petite ville voisine, Four Corners. L'endroit où son père avait grandi. Mais pouvait-elle appeler ainsi l'homme qui avait abandonné sa mère alors qu'elle n'était encore qu'une enfant ? Pour ajouter à son appréhension, elle ignorait quel genre d'accueil les habitants de Four Corners lui réserveraient. Tout ce dont elle était sûre c'était que sa grand-mère, qu'elle n'avait jamais rencontrée, lui avait légué une propriété, dont elle espérait tirer un bon prix. Grâce à elle, l'avenir de sa fille et le sien seraient peut-être meilleurs.

Le silence profond qui s'installa dans le 4x4 fit regretter à Jared son mouvement charitable. Maintenant, il se retrouvait coincé pour au moins vingt minutes avec une parfaite inconnue... De quoi diable allaient-ils pouvoir parler ? Pour se donner une contenance, il fit mine de se concentrer sur sa conduite. Mais quand son regard accrocha le majestueux sapin de Noël qui ornait la devanture d'un grand magasin, son cœur manqua un battement et son souffle devint court.

Dans l'espoir de chasser le flot de souvenirs douloureux qui le submergeait, il changea de position. Il devait à tout prix contrôler ses émotions, sinon, qui sait dans quel état il arriverait à New York, la ville où chaque rue, chaque arbre, lui rappelleraient cette ancienne vie qu'il avait perdue à jamais ! Comme cela lui était arrivé à plusieurs reprises ces dernières semaines, il songea un bref instant à annuler son voyage. Mais c'était hors de question... La patience de ses parents avait atteint ses limites et s'ils avaient accepté pendant cinq ans ses prétextes pour ne pas retourner à New York pour Noël, cette année, ils l'avaient menacé de venir le chercher eux-mêmes — avec leur ami psychiatre — à Los Angeles. Il était conscient que son obstination commençait à les inquiéter ; aussi s'était-il résigné à ce voyage, pour les rassurer sur son état mental.

Comme au fond il doutait sérieusement que celui-ci fût bon, il préféra mettre momentanément de côté ces pensées qui le perturbaient pour récapituler les aspects épineux d'un contrat qu'il avait négocié la veille, et le reste du trajet se déroula sans qu'il vît passer le temps.

Elise quitta le véhicule dès l'instant où il coupa le contact sur le parking de la gare routière. A son tour, il sortit pour se diriger vers le coffre.

— Je prends vos bagages, lança-t-il, occupez-vous du bébé.

— Merci, mais je vous assure que je peux me débrouiller toute seule.

— Je n'en doute pas. Mais, comme je vous l'ai dit, j'ai quelques heures à tuer. Considérez que vous m'aidez à passer le temps.

Légèrement excédée, Elise leva les yeux au ciel. Bientôt elle plaçait le siège bébé sous son bras droit, avant de tendre l'autre main pour saisir le sac isotherme et le sac à langer que portait Jared.

— Je peux les prendre, déclara-t-elle.

Décidément, elle semblait vouloir à tout prix se passer de son aide ! songea Jared. C'était ridicule ! Elle ne pouvait pas porter tous ses bagages en plus de la coque avec le bébé. Toutefois, il ne la contredit pas. Faisant mine d'obtempérer, il posa la valise devant elle, et avant qu'elle ait pu deviner ses intentions, il s'empara de la coque.

— Dans ce cas, je porterai le bébé.

— Ce n'est pas la peine !

— Vous tenez absolument à jongler avec la coque et votre sac à main au moment de payer votre billet ? Ça ne va pas être très pratique…

— Je vous remercie de vous préoccuper de mon sort, mais savez-vous que si vous arrêtiez simplement de hurler sur les gens, vous ne vous sentiriez pas obligé ensuite de faire amende honorable ?

Ainsi, elle l'avait percé à jour… Loin de le contrarier, sa perspicacité lui arracha un sourire.

— D'après vous, je ne m'adresse aux gens qu'en hurlant ? Et pourquoi agirais-je ainsi ?

— Je pensais que c'était par snobisme.

Cette fois, il éclata de rire. Elise lui jeta un regard indéchiffrable, avant de tourner les talons et d'entrer dans la gare routière. Il la suivit, la coque sous le bras. Penchant la tête vers le bébé qui l'occupait, il le salua :

— Bonjour, Molly.

En réponse, la petite fille aux joues rebondies lui dédia un charmant sourire. Avec ses fines boucles roux clair et sa barboteuse rose, elle était adorable.

Content de la facilité avec laquelle le bébé l'avait adopté, il se dirigea vers un banc. Son répit fut cependant de courte durée, car dès qu'Elise se fut éloignée pour faire la queue, Molly se mit à s'agiter, puis à pleurer.

Tout en maugréant, il défit les sangles qui attachaient la fillette dans son siège. Les passagers sur les bancs alentour lui jetaient des regards réprobateurs ; ils n'appréciaient guère cette présence bruyante parmi eux.

— Chut, murmura-t-il. Je fais aussi vite que possible.

Quand il la sortit enfin de sa coque et qu'il la prit dans ses bras, les pleurs cessèrent comme par enchantement et elle le gratifia de nouveau de son joli sourire édenté.

— Oh, j'ai compris ! Tu as fait exprès, petite coquine. Tu m'as fait croire que tu allais faire une scène, alors que tu voulais seulement que je te prenne dans mes bras.

Comme si elle l'avait compris, son sourire s'élargit.

— N'essaie pas de m'attendrir, je suis immunisé !

Sous son ton de gronderie moqueuse, la bouche de Molly trembla. Redoutant de s'attirer les foudres des personnes qui attendaient leur bus, Jared se leva pour marcher. Comme il l'avait espéré, Molly se calma aussitôt. En passant devant l'écran où s'affichaient les horaires, il chercha machinalement le bus pour la Caroline du Nord que devait prendre Elise. Quand il le trouva, il se figea, stupéfait.

Huit jours ! Comment était-ce possible ? Le bus devait desservir toutes les villes situées sur le trajet entre Los Angeles et Raleigh… Il parcourut la salle d'attente du regard. Elise allait passer huit jours dans l'espace restreint d'un bus avec ces gens qui le fusillaient du regard dès que Molly faisait mine de pleurer ? Elle allait vivre un enfer.

Une pensée lui vint soudain : s'il conduisait Elise, le voyage durerait presque deux fois moins longtemps… Et elle ne serait pas obligée de le passer en compagnie de passagers maussades. Sans compter que cette solution aurait pour lui l'avantage de repousser de cinq jours son arrivée à New York. Ainsi, il éviterait de passer quatre semaines entières dans une ville où tout lui rappellerait une période de bonheur définitivement révolue. Et il pourrait encore écourter son séjour du temps nécessaire pour rentrer à L.A. en voiture…

L'idée paraissait brillante. Cependant, à bien y réfléchir… La Caroline du Nord se situait tout de même à quelques centaines de kilomètres au sud de New York ! Et ce n'était pas en leur annonçant qu'il faisait un tel détour pour les beaux yeux d'une inconnue qu'il convaincrait ses parents qu'il était parfaitement bien dans sa peau et dans sa tête.

Lorsque Elise le rejoignit après avoir acheté son ticket, il avait abandonné son beau projet.

— Pourquoi l'avez-vous détachée ? s'enquit-elle en tendant les bras pour reprendre sa fille.

— Elle pleurait.

— Ah, elle vous a fait du chantage.

— C'est l'impression que j'ai eue, en effet.

— Eh bien, je vous libère, dit-elle en souriant. Merci de l'avoir gardée. Je suis désolée de m'être montrée un peu brusque tout à l'heure. Ce voyage me rend nerveuse.

— Je comprends, répondit-il en regardant par terre, avant de relever les yeux vers elle. Moi aussi, mon voyage me rend nerveux.

— On dirait que nous avons un point commun, en fin de compte.

Il lui sourit, heureux de constater que l'inquiétude qui la tenaillait quand elle pensait manquer son bus s'était dissipée.

— Il ne me reste donc plus qu'à vous souhaiter un bon voyage.

— Bon vol à vous aussi.

Comme il s'éloignait vers les portes automatiques, il entendit sans y prêter attention les haut-parleurs diffuser une annonce :

— Mesdames et messieurs, nous avons le regret de vous annoncer que le bus numéro…

— … destination finale, Raleigh, Caroline du Nord, a dû être reporté à demain matin, 10 heures, en raison de problèmes mécaniques.

Incrédule, Elise baissa les yeux sur son ticket. Ce n'était pas possible ! Dire qu'elle avait fini par croire que sa chance avait enfin tourné ! Depuis qu'elle avait entrepris ce voyage, elle accumulait les contretemps. Qu'allait-elle faire durant vingt-quatre heures dans cette gare, avec un bébé ? A moins qu'elle puisse changer son ticket et prendre le bus suivant…

Apparemment, les autres passagers avaient eu la même idée qu'elle, car en quelques secondes, le guichet fut pris d'assaut. Abasourdie, elle se contentait de les regarder se disputer les places dans la file d'attente, quand elle sentit une main se poser sur son épaule.

Pivotant sur elle-même, elle se retrouva nez à nez avec Jared.

Le jeune homme lâcha son épaule pour passer la main dans sa chevelure sombre. Son regard gris parcourut le grand hall avant de se poser sur elle.

— C'est votre bus ?

— Oui, mais ne vous en faites pas. Je vais prendre une chambre d'hôtel pour la nuit. Je suis certaine que le voyage de demain se passera bien.

— A votre place, je n'en serais pas si sûre, répliqua-t-il en désignant du menton les passagers agglutinés devant le guichet. Vous voyez les trois femmes, là-bas ? Eh bien, quand Molly s'est mise à pleurer, elles m'ont lancé des regards assassins. Et le type avec le blouson gris, qui semble avoir arrosé son petit déjeuner de vodka ? Quand Molly a commencé à s'agiter, il a violemment tapé son journal contre la banquette pour marquer son mécontentement. Je vous assure qu'ils ne sont pas ravis du tout à l'idée de traverser les Etats-Unis en bus en compagnie de ce petit bout de chou…

Tandis que Jared parlait, Elise prit conscience du brouhaha qui régnait dans la gare routière. Bien sûr, elle s'était dit que le voyage serait long et ennuyeux et que ses compagnons de route, tout comme elle-même, risquaient d'être de plus en plus irritables au fur et à mesure que le temps passerait. Mais elle n'avait pas pensé aux réactions que provoquerait la présence d'un bébé à bord d'un bus roulant pratiquement vingt-quatre heures sur vingt-quatre… Ce voyage risquait d'être un calvaire pour tout le monde.

— En quoi cela vous concerne-t-il ? répliqua-t-elle en le défiant du regard.

— Je pensais vous proposer de faire un bout du trajet ensemble en voiture.

— Avec vous ? Mais… vous prenez l'avion.

— Changement de programme ! Quand j'ai vu les horaires sur ce panneau, j'ai soudain eu envie de prendre la voiture.

— Vous prétendez qu'entre une semaine en voiture et quelques heures d'avion, vous préférez la première option ?

— C'est ça.

Il repassa la main dans ses cheveux.

— Ecoutez, voilà ce que je vous propose : quand nos routes bifurqueront, je vous déposerai dans une gare routière où vous pourrez prendre un bus pour le Sud.

A première vue, la proposition de Jared lui semblait très tentante, et pourtant elle hésitait à l'accepter. Sa mésaventure avec Patrick l'avait rendue méfiante et, au cours des mois écoulés, seul Michael avait su gagner sa confiance.

— Non, merci. Je vais me débrouiller.

Jared laissa échapper un soupir contrarié.

— Pour tout vous avouer, je ne tiens pas à rester quatre semaines à New York avec mes parents, qui vont passer leur temps à me harceler à propos de la vie que je mène. Un trajet en voiture me permettrait de gagner dix jours de tranquillité.

— J'en déduis que, soit votre vie est encore plus pathétique que la mienne, soit c'est une piètre excuse pour cacher que vous avez pitié de moi.

— Ma belle, si vous croyez que j'ai pitié de vous, c'est que vous me connaissez mal. Mes rares bonnes actions sont dictées par le désir de me racheter. Et à l'heure qu'il est, je n'ai rien à me reprocher à votre sujet.

Elise prit le temps de soupeser ces mots, puis elle sourit.

— Si c'est la seule excuse que vous ayez trouvée pour expliquer à vos parents que vous ne prendrez finalement pas l'avion, c'est que votre vie est *vraiment* plus pathétique que la mienne.

Sans s'offusquer, il la toisa d'un regard impénétrable.

— Je ne m'en cache pas. N'est-ce pas justement ce que je viens de vous dire ?

— Pas exactement. Vous allez raconter à vos parents que vous devez conduire une jeune mère et son bébé en Caroline du Nord parce que leur bus a été annulé, et ils ne mettront pas votre parole en doute.

Jared resta silencieux, mais son expression butée ne trompa pas Elise. Elle avait visé juste. Parcourant la salle d'attente bondée, elle songea à la perspective peu réjouissante de passer une nuit à l'hôtel, puis de traverser le pays en bus avec ces gens, et ses dernières réticences finirent par céder.

— Comment être sûre que je peux vous faire confiance ?

— Que voulez-vous dire ?

— Comment savoir si vous n'allez pas m'abandonner sur le bord de la route au milieu de nulle part ?

— Pourquoi ferais-je une chose pareille alors que vous êtes mon alibi vis-à-vis de mes parents ?

Elise eut un soupir d'exaspération.

— Parce que ma mère m'a toujours déconseillé de monter en voiture avec des inconnus.

— Je ne suis pas un inconnu. Nous nous sommes rencontrés au moins une fois par semaine devant l'ascenseur au cours des six derniers mois.

— C'est vrai. Mais nous ne nous étions jamais parlé.

— Si vous avez des doutes, appelez donc Michael. Il se portera garant pour moi. De plus, ajouta-t-il après avoir jeté un bref coup d'œil à Molly, je ne suis pas attiré par les mères de famille. C'est à peine si je leur parle. Et puis, vous n'êtes pas mon genre. Pas assez plantureuse.

Devant tant de franchise, Elise ne savait pas si elle devait se sentir vexée ou si elle devait en rire. Molly était d'un calme remarquable dans ses bras, mais sa bonne humeur serait mise à rude épreuve pendant le long voyage en bus… Elle regarda Jared. Devant son visage à la perfection de statue et ses yeux semblables à l'océan avant la tempête, elle ne pouvait que reconnaître qu'il était extrêmement séduisant. Et après ? Il était peut-être un des hommes les plus beaux qu'elle ait rencontrée, comme il l'avait dit : elle n'était pas son genre. Et Michael lui avait assuré que Jared était un homme sur lequel on pouvait compter en cas de problème. Pourquoi refuserait-elle son offre ?

— Accordez-moi cinq minutes pour appeler Michael.

— Prenez tout votre temps. Je vous l'ai dit, je ne suis pas pressé.

2

— Michael dit que vous êtes l'une des personnes les plus fiables qu'il connaisse, déclara Elise quand elle eut passé son coup de fil.

— Ravi de l'apprendre ! fit Jared en s'emparant de ses bagages. Puisque nous allons passer quelques jours ensemble, que diriez-vous si nous nous tutoyions ?

Elise acquiesça et, sans perdre plus de temps, le suivit à travers le parking. Jared rangea de nouveau ses affaires dans le coffre, puis la rejoignit à l'arrière de la voiture. Elle venait de poser la coque de Molly.

— Laisse-moi faire, dit-il.

Lorsqu'il se pencha pour attraper la ceinture de sécurité en même temps qu'Elise, leurs épaules, puis leurs bras et leurs doigts s'effleurèrent. A ce simple contact, une décharge électrique remonta le long de son bras et Jared s'immobilisa. La jeune femme aussi s'était figée. Surpris par sa propre réaction, il la fixa quelques secondes de son regard gris impénétrable.

Prise au dépourvu par le frémissement qui l'avait parcourue quand leurs mains s'étaient frôlées, Elise parvint néanmoins à recouvrer rapidement ses esprits. Certes, Jared l'attirait, et bien qu'il s'en défende, il était de toute évidence plus sensible à son charme qu'il ne voulait l'admettre. Mais il semblait décidé à ne pas se laisser entraîner sur ce terrain mouvant et il était en effet plus prudent de garder ses distances. Sinon, les quelques jours qui les attendaient dans l'espace confiné de la voiture deviendraient intenables…

Résolue à minimiser l'étrange phénomène qui venait de se produire entre eux, elle soutint son regard, impassible. Ses prunelles gris acier la fixèrent encore un instant, puis il détourna la tête. Elle s'aperçut alors seulement qu'elle avait retenu son souffle pendant les interminables secondes qu'avait duré cette confrontation muette.

La coque fixée, Jared invita Elise à prendre place. Quand il s'installa au volant, elle avait déjà attaché sa ceinture. Sans un mot, il démarra et se glissa dans le flot de la circulation. Le voyage commençait.

Il ne leur fallut que quelques minutes pour arriver sur l'autoroute.

— Je vais d'abord prendre la Route 5 vers le nord, puis la 80, qui traverse le pays jusqu'à New York. En Pennsylvanie, tu pourras prendre un bus pour le Sud.

— O.K.

Ce bref échange terminé, le silence se fit dans le 4x4, rythmé par le va-et-vient régulier des essuie-glaces. Du coin de l'œil, Elise vit Jared se caler plus profondément dans son siège. Ce n'était sans doute pas un signe d'embarras. Un homme qui pouvait attendre l'ascenseur pendant de longues minutes sans lui décocher le moindre mot devait sûrement redouter davantage son bavardage que le silence. Il n'y avait de toute façon aucune raison de prendre ombrage de sa froideur. Après tout, s'il voulait garder ses distances, c'était son droit.

Ils roulaient depuis une trentaine de kilomètres quand la pluie commença enfin à se faire moins forte. Comme si son bruit l'avait bercée, Molly se réveilla dès qu'il s'atténua.

Percevant la légère agitation, Elise se tourna pour regarder à l'arrière. Bien que le siège bébé fût dos à la route, un système de miroirs lui permettait de voir sa fille. Celle-ci, visiblement désorientée, se mit à pousser des petits cris.

— Molly, mon cœur, murmura Elise de sa voix la plus rassurante, regarde, maman est là. Il n'y a pas de raisons de pleurer.

Molly tendit les bras vers le reflet de sa mère et ses pleurs redoublèrent d'intensité.

— Il va falloir s'arrêter pour lui donner son biberon…

— S'arrêter ?

— Oh, tu peux te garer sur le bas-côté, ça ne prendra pas plus de cinq minutes.

— O.K., fit Jared en poussant un soupir résigné.

Dès qu'il eut coupé le moteur, Elise se précipita vers le coffre pour prendre un biberon dans le sac isotherme. En toute hâte, elle détacha Molly, lui donna son biberon et lui fit faire son rot. En temps ordinaire, elle aurait joué un peu avec la fillette, mais, soucieuse de ne pas contrarier Jared, elle la remit aussitôt dans la coque, rangea le biberon dans le sac et revint s'installer à l'avant.

— Combien de fois par jour mange-t-elle ? s'enquit Jared quand il eut repris la route.

— Toutes les trois ou quatre heures, répondit Elise en esquissant une grimace d'excuse.

— Dois-je surveiller l'heure ?

— C'est inutile, Molly se charge généralement toute seule de faire savoir qu'elle a faim.

Jared ne fit aucun commentaire. Pendant qu'elle nourrissait Molly, il avait allumé la radio, mais à présent, la musique qui jouait en sourdine s'était arrêtée ; ils avaient dû quitter le rayon d'émission de la station.

— Je vais chercher une autre station, proposa Elise.

— Si tu veux.

Elise aurait aimé entendre de la country, mais la première station qu'elle trouva diffusait des chants de Noël. Jared tendit aussitôt la main pour changer de fréquence. De la musique pop emplit l'habitacle.

Sa réaction ne la surprit pas outre mesure. Il était évident qu'il n'appréciait pas particulièrement Noël…

Que savait-elle de lui, au juste ? Malgré sa fortune, il ne semblait pas heureux, et c'était à contrecœur qu'il se rendait dans sa famille pour les fêtes de fin d'année…

Mais elle avait assez de ses propres problèmes pour se soucier de ceux de son compagnon de voyage.

Ironie du sort, si le trajet en voiture permettait à Jared

de retarder son arrivée à New York, elle, au contraire, allait être confrontée plus tôt que prévu à l'inconnu qui l'attendait à Four Corners.

Sa grand-mère avait-elle parlé d'elle aux gens ou son existence même étonnerait-elle tout un chacun ? Pourquoi avait-elle hérité de la maison, et non son père ?

Pour ce qu'elle en savait, son père et sa grand-mère s'étaient brouillés. Elle se retrouverait mêlée malgré elle à une querelle de famille… Et si son père avait d'autres enfants ? Peut-être allait-elle se découvrir des demi-frères et demi-sœurs et ceux-ci estimeraient-ils qu'elle les avait spoliés de leur héritage ?

Au milieu de ces pensées peu réjouissantes, une petite voix s'élevait au fond d'elle-même. Elle serait peut-être accueillie à bras ouverts dans sa nouvelle famille. Parfois, elle se prenait même à rêver de grandes fêtes, de cadeaux échangés avec des gens qu'elle aimait et qui l'aimaient, d'un matin de Noël dans un foyer plein d'amour et de bonne humeur…

Mieux valait ne pas trop y compter, se sermonna-t-elle en fermant les yeux. Bien sûr, cette issue heureuse était toujours possible. Mais elle préférait ne pas trop se bercer d'illusions et s'épargner ainsi de cruelles déceptions. N'avait-elle pas assez souffert ? Son père l'avait abandonnée. Sa mère était morte l'été où elle avait terminé le lycée. Patrick n'avait pas voulu d'elle et de leur bébé…

Elle soupira, excédée. Elle était pourtant parvenue à ne pas se laisser submerger par ces pensées contradictoires pendant tout un mois ! Mais le silence qui régnait dans la voiture était propice à l'introspection et elle ne pouvait faire autrement que de laisser libre cours à ses angoisses comme à ses rêveries. Elle devait tenter de le briser…

— Combien de temps penses-tu que le voyage va durer ?

— Quatre ou cinq jours.

Elise sentit son estomac se nouer. Cela semblait si court pour se préparer à affronter sa nouvelle vie ! Et en même temps, terriblement long, si l'on considérait qu'elle allait passer quatre ou cinq jours dans cette voiture à ressasser ses inquiétudes et ses espoirs.

A midi, Jared s'arrêta dans un fast-food sans prétention, où ils déjeunèrent de hamburgers et de frites. Molly s'endormit aussitôt que la voiture eut repris sa vitesse de croisière et le trajet se poursuivit au son de la musique que diffusait la radio.

A 6 heures, Jared lui proposa de s'arrêter pour la nuit.

— Déjà ? Mais nous n'avons même pas quitté le Nevada.

— Mon dos est en compote. Surveille les panneaux. Nous prendrons la première sortie où il y aura un hôtel.

— Je peux conduire, si tu veux.

— Non, je préfère m'arrêter.

— Tu ne me fais pas confiance ?

— Je sais que tu es pressée d'arriver chez toi, et je te promets que l'étape de demain sera beaucoup plus longue.

La déception d'Elise était évidente et, malgré lui, Jared songea à l'époque où lui aussi était impatient de renter à la maison. Une foule de souvenirs l'assaillit : les gâteaux de Noël que MacKenzie préparait en ajoutant du colorant rouge et vert au glaçage pour leur donner une touche festive ; les baisers de bienvenue qui l'accueillaient dès qu'il avait franchi le pas de la porte ; la façon dont ils se serraient l'un contre l'autre sous la couette pour se réchauffer, parce que le propriétaire coupait le chauffage la nuit…

La voix d'Elise le rappela à la réalité.

— Regarde ! Il y a un hôtel à la prochaine sortie.

Empruntant la bretelle qu'elle lui indiquait, il roula quelques centaines de mètres, jusqu'au portail de l'hôtel. Aussitôt que le 4x4 fut garé, Elise sauta de la voiture et libéra Molly de son siège.

— Salut, bébé, s'exclama Jared en s'approchant d'elles.

Pour toute réponse, Molly se blottit contre l'épaule de sa mère.

— Elle n'est pas assez réveillée pour te reconnaître.

— Je ne suis pas vexé.

A l'approche de la nuit, le froid commençait à devenir plus mordant, aussi ne s'attardèrent-ils pas inutilement et pressèrent-ils le pas vers la réception. Après s'être enregistré, Jared prit Molly des bras d'Elise, ainsi que le sac à langer. La jeune femme sortit alors de son sac son porte-monnaie et l'ouvrit. Jared ne put s'empêcher de remarquer qu'il ne contenait qu'une petite quantité d'argent liquide. Elle avait probablement une carte de crédit, ou des grosses coupures. Il s'éloigna de quelques pas.

— Combien coûte une chambre pour la nuit ? demanda-t-elle à la réceptionniste, d'une voix inquiète.

Il connaissait bien ce ton. C'était le même que MacKenzie avait eu en interrogeant le propriétaire sur le montant du loyer de leur premier appartement. Elle s'était autoproclamée « responsable des finances du ménage » et, sachant depuis à quel point elle était peu douée pour les questions d'argent, Jared étouffa un rire amer, teinté de mélancolie.

Comme il savait aussi que ce genre de situation était pénible pour la personne qui devait compter chaque sou, il s'éloigna encore de quelques pas.

Même à cette distance, toutefois, il entendit Elise demander la chambre la moins chère, puis grommeler quand la réceptionniste lui apprit que toutes les chambres étaient au même tarif. De toute évidence, ce prix était encore trop élevé pour son budget.

Jared se mordit la lèvre. Il n'avait même pas pris l'aspect financier en compte quand il avait décidé de s'arrêter dans le premier hôtel venu. S'il lui proposait maintenant de chercher un endroit moins cher, il ne ferait qu'ajouter à son embarras. Et il ne fallait même pas songer à lui proposer de payer sa chambre : sa fierté lui ferait refuser une telle offre.

Cependant, la situation d'Elise lui rappelait les débuts de son mariage. Il y avait sans doute un moyen de lui venir en aide. Pourquoi l'argent était-il toujours un problème ? Il eut un pincement au cœur. MacKenzie avait passé des années à rêver devant les devantures de magasins où elle ne pouvait rien s'acheter. Mais pour Elise, la situation était plus critique encore. C'était particulièrement injuste que le dénuement puisse frapper une jeune mère. Une idée le frappa alors. Où était donc passé le père de l'enfant ? S'il le tenait, celui-là, il lui ferait passer un sale quart d'heure !

Cela dit, que savait-il de cet homme ? Rien. Et si c'était Elise qui l'avait quitté, et non le contraire ? Qui sait ? Il ignorait peut-être même l'existence de son enfant. L'indépendance farouche de la jeune femme rendait cette éventualité tout à fait plausible. Et quoi qu'il en soit, rien de tout ceci ne le concernait.

Quand Elise revint vers lui, elle brandissait la carte magnétique ouvrant sa chambre.

— Ça y est ! annonça-t-elle comme si de rien n'était. Allons chercher les bagages.

Calquant son attitude sur la sienne, Jared la précéda dans le parking, Molly toujours dans les bras.

Elise reprit Molly pendant qu'il déchargeait le coffre.

— Qu'y a-t-il là-dedans ? demanda-t-il en montrant le sac isotherme.

— Du lait, des jus de fruits et des céréales pour bébé. J'ai des cookies dans ma valise. Si tu as un petit creux, n'hésite pas !

De nouveau, le souvenir des gâteaux verts et rouges de MacKenzie lui traversa l'esprit. Il dut prendre une profonde inspiration pour contenir le chagrin qui l'envahissait.

— J'ai passé l'âge des cookies.

— Si tu changes d'avis, tu sais où en trouver.

Ne voulant pas lui laisser penser qu'il jugeait ses gâteaux indignes de lui — ne l'avait-elle pas soupçonné de snobisme ? —, il la remercia. Puis il l'accompagna jusque devant sa chambre.

— Ouah ! C'est super ! s'exclama-t-elle en entrant dans la pièce. Je comprends maintenant pourquoi c'est si cher.

Jetant un œil à son tour, Jared se retint de faire remarquer que la chambre était tout au plus acceptable et que le prix, quoi qu'elle en pense, n'était en rien élevé. Il se contenta de déposer ses babages.

— Bonne nuit.

— Bonne nuit, Jared.

Il n'avait pas atteint la porte qu'elle le rappelait :

— Jared… ?

Il s'interrompit pour lui faire face.

— Je sais que tu as tes propres raisons pour faire ce voyage en voiture, mais je tenais à te remercier une fois encore pour nous avoir emmenées avec toi. Tu m'as épargné une sacrée épreuve.

Jared fut surpris par le curieux pincement qu'il ressentit. Ce n'était pourtant pas la première fois depuis cinq ans qu'on le remerciait. Mais c'était bien la première fois que des remerciements lui réchauffaient le cœur. Il avait touché le fond du désespoir, et seul son travail était parvenu à l'empêcher de sombrer complètement. Il s'était lancé à corps perdu dans des procès complexes qui exigeaient un investissement total. Le temps qu'il consacrait à sortir ses riches clients des situations incroyables où ils se fourvoyaient lui permettait d'éviter de se poser des questions sur le sens de sa propre existence. Et parfois il se disait que MacKenzie aurait honte de l'homme qu'il était devenu.

A vrai dire, certains jours, il avait honte de lui-même. Après le coup terrible que le sort lui avait assené, il n'avait pas perdu sa capacité de vivre, mais il avait certainement perdu celle d'éprouver des sentiments. Or voilà qu'au moment où il s'y attendait le moins, son humanité resurgissait des décombres de sa vie ; pour la première fois depuis cinq ans, être lui-même ne le faisait pas souffrir.

— Je t'en prie, répondit-il.

Elise avait déjà commandé son petit déjeuner quand Jared apparut dans le restaurant de l'hôtel, le lendemain matin. Il avait échangé son costume sombre, sa chemise blanche et sa cravate contre une tenue plus décontractée. En jean, T-shirt et blouson de cuir, il avait l'air plus jeune, plus détendu, et il était tellement séduisant que la réceptionniste ne prit pas la peine de masquer son admiration. Elle-même sentit les battements de son cœur s'accélérer quand il s'approcha de sa table.

C'était la même sensation qui s'était emparée d'elle quand leurs mains s'étaient frôlées la veille. Elle avait beau se répéter qu'il valait mieux ignorer l'attirance qui semblait exister entre eux, les choses n'étaient pas si simples. Comment pouvait-elle résister au charme viril qui se dégageait de toute sa personne ?

Elle parvint toutefois à maîtriser ses émotions et l'invita à s'asseoir. A son grand étonnement, il paraissait moins sur sa réserve que la veille et il bavarda joyeusement avec Molly tout en dévorant son petit déjeuner.

Pourtant, quand ils reprirent la route, Jared concentra de nouveau toute son attention sur sa conduite et il ne lui adressa la parole que lorsque Molly se réveilla de sa sieste du matin, pour l'informer que le moment était bien choisi pour déjeuner.

Après ce bref arrêt, le voyage se poursuivit en silence tout l'après-midi, et ils ne s'arrêtèrent pas avant l'heure du dîner. Ils roulèrent ensuite deux heures encore. Quand il commença à pleuvoir, Jared demanda à Elise de se mettre en quête d'un hôtel.

Sur une route aussi fréquentée, ce ne fut pas difficile ; elle en dénicha un presque immédiatement. Quelques minutes plus tard, Jared se garait. Elise s'apprêtait à sortir du véhicule lorsqu'il la retint en posant une main sur la sienne.

— Avant d'entrer, j'aimerais avoir une petite conversation avec toi.

Surprise par le contact de ses doigts, elle réprima un frisson. Son ton sérieux, du reste, la rappela rapidement à la réalité. Si elle se fiait à son expérience, ce type de préambule ne présageait généralement rien de bon.

La nécessité d'une « conversation » avait été invoquée par sa mère quand elle lui avait demandé de s'asseoir pour lui annoncer que son père les avait quittées. Quand elle avait retrouvé Patrick, dont elle était sans nouvelles depuis son départ pour chercher du travail dans le nord de l'Etat, celui-ci lui avait aussi dit qu'il était temps pour eux d'avoir une « conversation », avant de lui avouer qu'il n'éprouvait plus rien pour elle depuis un certain temps déjà et qu'il n'était pas prêt à assumer ses responsabilités de père. Pour conclure, il l'avait mise à la porte de l'appartement qu'il partageait avec sa nouvelle petite amie et elle s'était retrouvée seule au monde. Seule et enceinte.

— A quel sujet ? fit-elle, la gorge nouée par l'anxiété.

— Je sais que tu es fauchée en ce moment, ce qui est loin d'être mon cas. Je te propose donc de prendre en charge les frais du voyage à partir de maintenant.

La vague de soulagement qui la submergea céda rapidement la place à un autre sentiment quand le sens de ses mots pénétra son cerveau.

— Je n'ai pas besoin qu'on me fasse la charité, s'indigna-t-elle.

— Je sais. C'est pourquoi j'aimerais que tu considères cela comme mon cadeau de Noël.

Elle éclata de rire.

— Tu n'aurais jamais songé à me faire un cadeau de Noël si nous étions toujours à Los Angeles. Alors, c'est non.

— Pourquoi refuses-tu mon aide ?

— Parce que je n'en ai pas besoin.

Elle se garda d'ajouter qu'elle ne voulait surtout pas se sentir redevable de qui que ce soit ; cela aurait été comme renoncer à son indépendance. Là encore, son expérience l'avait échaudée. Chaque fois qu'elle s'était reposée sur quelqu'un, surtout quand il s'agissait d'un homme, il l'avait laissée tomber. Elle n'avait aucune envie d'ajouter un nouveau nom sur la liste.

— Etre économe ne signifie pas être fauché, reprit-elle. Michael m'a bien payée pour garder son appartement, et j'ai pu mettre une jolie somme de côté.

Mettant un terme à cette *conversation*, elle sortit de la voiture. Mais elle n'avait pas fait un pas dehors que l'air glacé lui coupa le souffle. Le blizzard lui fouettait le visage. Née en Caroline du Nord et vivant en Californie depuis des années, elle n'était pas habituée à des températures aussi basses et à ce vent mordant.

Elle se rua vers le coffre, mais Jared l'avait devancée.

— Prends Molly et allez vous mettre à l'abri dans l'hôtel. Je vous rejoins avec les bagages.

Elise ne se le fit pas répéter. Serrant la coque de Molly contre elle, elle courut se réfugier dans le hall de l'hôtel. Jared s'y engouffra à sa suite. Le vent était tellement fort qu'il dut poser leurs bagages par terre pour refermer la porte.

— Ouah ! s'exclama-t-elle.

— Comme tu dis !

Mais déjà son regard balayait le comptoir de la réception, où de nombreux voyageurs attendaient leur tour.

— On dirait que nous ne sommes pas les seuls que le mauvais temps a obligés à s'arrêter, dit Jared. C'est inutile que nous fassions la queue tous les deux. Va plutôt t'asseoir dans le canapé près de la cheminée pendant que je nous enregistre.

— Je refuse que tu paies ma chambre, lui rappela-t-elle en le retenant par le bras.

— Je vais seulement leur donner mon numéro de carte de crédit pour garantir les réservations. Chacun paiera sa note demain matin.

Le premier client venait de recevoir sa clé, et toute la file avança d'un pas. Devant l'affluence, un second réceptionniste vint en renfort et le tour de Jared arriva bientôt. Occupée à distraire Molly, Elise ne prêtait pas attention à ce qui se passait autour d'elle, jusqu'à ce que l'exclamation de Jared lui fasse lever la tête.

— Vous plaisantez ?

Un instant, elle crut que les hôteliers avaient profité de la tempête de neige pour augmenter subitement leurs prix. Quand elle s'approcha du comptoir, Jared lança au réceptionniste :

— Répétez-lui ce que vous venez de me dire.

— Je suis désolé, madame, reprit le jeune homme avec un sourire embarrassé, mais il ne nous reste plus qu'une seule chambre libre… avec un lit double.

— Vous plaisantez ? s'étrangla Elise, désarçonnée.

— Vous avez oublié un dernier détail, dit Jared.

— L'hôtel le plus proche se trouve à quatre-vingts kilomètres, ce qui explique pourquoi nous sommes presque complet.

Elle parvint à sourire au réceptionniste malgré son envie de hurler. Si passer la journée dans le silence de la voiture n'était pas véritablement un enfer, ce n'était pas non plus une partie de plaisir, aussi aspirait-elle à un minimum d'intimité le soir venu. Sans compter qu'elle avait suffisamment de mal à lutter contre les sentiments troublants que lui inspirait Jared… Partager une chambre avec lui ne l'aiderait pas.

Elle imaginait la nuit qui les attendait. S'ils décidaient de partager le lit, la crainte de se frôler par inadvertance les empêcherait de dormir paisiblement. Et s'ils jouaient le lit à pile ou face, l'un d'eux devrait dormir par terre…

Mais tout cela n'était pas plus la faute du réceptionniste que de Jared, aussi décida-t-elle de faire contre mauvaise fortune bon cœur.

— Avez-vous un berceau pour ma fille ?

Le réceptionniste s'empressa de pianoter sur son clavier pour vérifier la disponibilité et c'est avec un soupir de soulagement qu'il lui annonça qu'il en restait un.

— Parfait ! s'écria-t-elle avant de se tourner vers Jared. Prends la clé, je me charge de mes affaires.

Tandis qu'elle s'éloignait, Molly se mit à gazouiller joyeusement dans ses bras.

— Oui, je sais, tout va bien pour toi, marmonna Elise. Tu vas boire ton biberon, puis tu t'endormiras dans ton berceau bien douillet, sans devoir le partager avec un inconnu. Les adultes n'ont pas la vie aussi facile…

Elle prit les bagages qu'elle avait laissés à côté de la cheminée et s'avança vers la porte d'entrée. Bien sûr, elle n'avait pas à craindre de gestes déplacés de la part de Jared. Mais, pour l'un comme pour l'autre, l'intrusion d'un inconnu dans son intimité allait engendrer un malaise et la nuit s'annonçait longue et inconfortable.

— Notre chambre est juste sur la droite en sortant. Je vais te montrer le chemin, dit Jared quand il les rejoignit.

Il semblait tellement nerveux qu'Elise eut pitié de lui et lui adressa un sourire rassurant.

Puis elle remonta les couvertures sur le visage de sa fille et ils sortirent de nouveau dans le blizzard ; penchés en avant pour offrir moins de prise au vent, ils se dirigèrent vers leur chambre. Après avoir ouvert la porte et déposé leurs bagages, Jared la laissa seule le temps d'aller garer la voiture.

Dès qu'il eut refermé la porte, elle sortit Molly de sa coque et s'installa sur le lit pour lui donner son biberon. Quelques minutes plus tard, Jared vint déposer son sac à côté de sa valise dans la penderie.

— Tu veux utiliser la salle de bains en premier ? demanda-t-il.

Il se tenait debout devant elle, et Elise ne put s'empêcher de l'examiner. Elle regretta presque aussitôt sa curiosité, car la musculature harmonieuse de ses jambes et la largeur de ses épaules, que laissaient deviner son jean et son T-shirt, déclenchèrent en elle un frisson langoureux.

Détournant son regard, elle extirpa une couche et un pyjama propres du sac à langer.

— Volontiers, répondit-elle. Comme ça, je pourrai la coucher pendant que tu te laveras.

— Ma question va sans doute te paraître absurde, mais j'avoue que je suis novice en matière de bébés. Comment fais-tu pour prendre une douche si Molly est avec toi ?

— Je la laisse dans sa coque pour pouvoir la surveiller.

— Ne serait-ce pas plus simple de me la confier une fois qu'elle aura pris son bain et qu'elle sera en pyjama ?

— Je ne veux pas t'embêter.

— Je pensais que nous avions dépassé ce stade, pas toi ?

Ses yeux gris se teintaient d'une nuance plus sombre ce soir, et ils étaient empreints d'une émotion nouvelle. Aussi étrange que cela puisse paraître, il semblait avoir besoin qu'elle lui fasse confiance. Or, au-delà de l'extravagance de leur situation, ils étaient l'un comme l'autre des gens honnêtes et droits. N'était-ce d'ailleurs pas parce qu'elle en était convaincue qu'elle avait accepté de partager une chambre avec lui ?

— Je suppose que oui, admit-elle.

Apparemment satisfait de leur arrangement, Jared se saisit de la télécommande tandis qu'Elise emmenait Molly et ses affaires de toilette dans la salle de bains, où, à défaut de baignoire pour bébé, elle la lava dans le lavabo. Quand elle revint dans la chambre, Jared, allongé sur le lit, regardait les informations.

— Que veux-tu que je fasse ? dit-il en se redressant.

Bon sang, elle aurait pu se noyer dans ces prunelles ardoise qui la dévisageaient ! Malheureusement il y avait peu de chances que son trouble fût partagé. Il y avait bien eu ce moment fugace, lors du départ, où elle avait pensé que l'attirance qu'elle éprouvait pour lui était réciproque, mais depuis, elle semblait être la seule à lutter contre les sentiments violents qui l'assaillaient chaque fois que leurs regards se rencontraient. En ce moment, par exemple, la seule chose qui semblait préoccuper Jared était de gagner sa confiance. Comment avait-elle pu s'imaginer que ce millionnaire, beau comme un dieu, qui côtoyait des célébrités tous les jours, perdrait pour elle son self-control ? Elle prenait vraiment ses désirs pour des réalités !

Même s'il ne pouvait suivre le cours de ses pensées, elle préféra détourner son regard.

— Elle a mangé et pris son bain. Généralement, avant de la coucher, je la garde dans mes bras en lui chantant des berceuses. Quand elle commence à se frotter les yeux, c'est qu'il est temps de la mettre au lit.

— Ça ne me semble pas trop compliqué.

— Le berceau n'est pas encore là ?

— Ils sont débordés. Je suis sûr qu'ils l'apporteront d'un instant à l'autre. Sinon, je prendrai Molly avec moi sur le lit et on regardera la télé.

— J'ai du mal à te la confier, avoua-t-elle.

— Tu as peur que je m'enfuie avec elle dès que tu auras le dos tourné ?

Elise laissa échapper un petit rire gêné.

— Non, mais…

— Tu penses que je ne saurai pas m'occuper d'elle ?

— Je suis sûre que tu te débrouilleras très bien.

— Dans ce cas, qu'est-ce qui te tracasse ?

Comment pouvait-elle lui faire comprendre — sans le blesser — que la vie lui avait appris à être toujours sur ses gardes ? Il aurait fallu lui confier ses angoisses d'enfant, quand elle priait avec ferveur à la fenêtre de sa chambre pour que son père revienne. Ou encore lui raconter les premiers mois de sa grossesse, quand Patrick l'avait abandonnée alors qu'elle aurait tellement eu besoin de lui. Mais Jared n'avait rien à voir avec son père ou Patrick.

— En fait, j'ai du mal à accepter que d'autres fassent mon travail à ma place, dit-elle simplement.

— Va prendre ta douche. Une longue route nous attend demain.

Devant le sourire goguenard de Jared, elle se rendit compte à quel point son argument était pitoyable. Ne s'était-il pas occupé de Molly à plusieurs reprises déjà, depuis le début de leur voyage ? Pour elle, toutefois, la situation était complètement inédite. Cette fois, une porte close la séparerait de sa fille et le bruit de la douche couvrirait ses cris, si elle se mettait à crier. Et quand bien même elle entendrait un bruit suspect, elle ne pourrait pas se ruer immédiatement hors de la salle de bains…

Seigneur ! Et si c'était justement cela qu'elle redoutait avant tout : de devoir se précipiter dans la chambre à moitié ou complètement nue ? Elle secoua la tête. Ses appréhensions étaient vraiment injustifiées. Non seulement Jared était tout à fait capable de calmer les éventuels pleurs de Molly pendant les cinq ou dix minutes que durerait sa douche, mais s'il arrivait quelque catastrophe, trois secondes lui suffiraient pour s'envelopper dans une serviette.

Il n'y avait vraiment aucune raison de se mettre dans un état pareil. Après un dernier regard pour Molly, elle gagna la salle de bains.

Quand elle en ressortit, quelques minutes plus tard, elle avait revêtu en guise de pyjama un jogging et un T-shirt plutôt informe. Pendant sa brève absence, on était venu apporter le berceau et, dans un coin de la chambre, Molly dormait paisiblement. Jared, quant à lui, avait repris sa place sur le lit, devant la télé. Confortablement appuyé contre les coussins, il avait l'air parfaitement détendu et… il était diablement sexy. Ses cheveux en bataille et sa barbe naissante ajoutaient au magnétisme qui se dégageait de toute sa personne, lui conférant un air rebelle irrésistible.

Elise s'efforça de donner un tour différent à ses pensées, mais l'atmosphère d'intimité qui régnait dans la chambre ne lui facilitait pas la tâche.

Elle tira nerveusement sur son T-shirt.

— Euh… merci de t'être occupé de Molly…

— Je t'en prie.

Sur ces mots, il quitta le lit pour aller chercher son sac. Etait-il conscient du trouble où il la jetait ou préférait-il l'ignorer ? Elle n'aurait su le dire.

Quand la porte de la salle de bains se referma sur lui, Elise ferma les yeux. Son instinct lui soufflait de prendre ses jambes à son cou… Mais sa raison reprit rapidement le dessus. Où irait-elle à cette heure, et dans cette tempête ?

A présent, le bruit de la douche lui parvenait à travers la cloison ; et la vision du jet d'eau chaude aspergeant le corps sculptural de Jared s'imposa à son esprit. Fermement décidée à ne pas laisser son imagination vagabonder, elle appuya rageusement sur le bouton de la télécommande et concentra toute son attention sur l'émission qui passait.

Ne sachant que penser du comportement d'Elise, Jared entra dans la cabine de douche. De toute évidence, elle était physiquement attirée par lui, mais ce n'était pas la cause de sa nervosité, car il était tout aussi évident qu'elle était résolue à ne pas succomber à cette attirance. Essentiellement parce qu'elle ne parvenait pas à lui faire confiance.

Pourquoi cette défiance à son égard ? Ne lui avait-il pas donné des gages de son intégrité, depuis la veille ? Il ne s'était pas rendu compte, jusqu'à présent, à quel point elle était obstinée. Il pouvait comprendre qu'elle refuse son aide financière puisque Michael l'avait généreusement rétribuée. Mais comment expliquer autrement que par l'obstination son refus de lui confier son bébé pour le court laps de temps où elle serait sous la douche ? La scène qui s'était déroulée entre eux à ce propos lui avait en tout cas ouvert les yeux. L'indépendance de la jeune femme ne se bornait pas à vouloir payer sa part dans les restaurants ou à l'hôtel. En fait, elle n'appréciait pas qu'il fasse quoi que ce soit pour elle. Elle était la première femme qu'il rencontrait en cinq ans qui ne le considérait pas comme la réponse à tous ses problèmes. Certes, les autres femmes qu'il connaissait étaient ses clientes et il ne pouvait leur reprocher de compter sur lui pour faire ce pour quoi elles le payaient… Mais devoir lutter sans cesse avec Elise pour avoir le « privilège » de l'aider commençait à lui saper le moral.

Perdu dans ses pensées, il tourna le robinet et se mit sous le jet. Il était tellement habitué à ce que les gens se reposent sur lui ! En fait, il n'avait pas côtoyé des gens aussi méfiants à son égard depuis le temps où il était encore assistant du procureur. En l'occurrence, il s'agissait de femmes maltraitées, au moment de les préparer à témoigner contre leur bourreau.

Il fronça les sourcils. Décidément, il aurait volontiers dit sa façon de penser au salaud qui avait laissé tomber Elise.

Rejetant la tête en arrière, il laissa l'eau ruisseler sur son visage et ses cheveux. Quand il fut rincé, il se sécha et enfila une tenue — un jogging et un large T-shirt noirs — semblable à celle d'Elise. Si elle voulait lui montrer qu'elle n'était pas intéressée par lui, sa propre tenue lui signifierait clairement qu'il avait compris le message et qu'il était d'accord.

Sur le point de se brosser les dents, il se figea. Comment allait-il convaincre Elise de le laisser dormir par terre ? Zut, à la fin ! Pourquoi fallait-il qu'avec cette femme chaque discussion se transforme en un combat acharné ?

Résolu à avoir le dernier mot cette fois, il sortit de la salle de bains d'un pas décidé, pour se retrouver nez à nez avec Elise qui l'attendait, une pièce de monnaie à la main.

Jared s'arrêta net. Les superbes cheveux roux de la jeune femme flamboyaient dans la douce lueur de la lampe de chevet. Son T-shirt, aussi large fût-il, ne parvenait pas à cacher complètement la courbe de ses seins, tout comme il laissait deviner sa taille fine et ses hanches parfaites. Le parfum fruité de son shampooing, mêlé à celui de son savon, vint lui chatouiller les narines.

La réaction de son corps le prit totalement au dépourvu. Il y avait si longtemps qu'il n'avait pas éprouvé d'attirance pour une femme que les sensations qui l'envahissaient lui semblaient inédites. Un désir puissant, qu'il pensait endormi à jamais, se réveilla soudain avec violence. Pour la première fois en cinq ans, il dut faire appel à toute sa volonté pour rester maître de lui-même.

Pourtant, Elise était la dernière femme qui aurait dû éveiller ces émotions profondément enfouies. Non seulement parce qu'ils allaient voyager ensemble pendant des heures interminables, mais encore parce qu'elle lui rappelait trop ces femmes battues qu'il avait appris à connaître jadis.

Se pouvait-il qu'Elise ait été maltraitée ? C'était peu probable, car dans ce cas elle n'aurait sûrement pas accepté de prendre la route avec lui. Mais son expérience lui avait appris que les femmes victimes de violences physiques pouvaient parfois se montrer exagérément jalouses de leur indépendance.

Sans lui laisser le temps de protester, il s'empara de la pièce, la lança en l'air, la saisit au vol et la plaqua sur le dos de sa main.

— Pile ou face ?

— Face.

Soulevant sa main, il aperçut le côté face.

— Pile, affirma-t-il. C'est moi qui dors par terre.

Puis il lança la pièce dans sa direction.

— Hé ! Je n'ai rien vu, s'insurgea-t-elle. Si tu crois que je vais me laisser rouler…

— Te laisser rouler ? Alors que c'est toi qui vas dormir dans le lit ?

Il éclata de rire et marcha vers l'armoire, d'où il sortit un oreiller et une couverture.

— Je serais un piètre arnaqueur…

— Mais je…

— Tu as gagné le droit de dormir dans le lit à la loyale. De quoi te plains-tu ?

Tout en parlant, il préparait son « lit » à même le sol. Malgré le soin qu'il prit de choisir le coin le plus éloigné du lit, il pouvait encore percevoir les effluves de l'envoûtant parfum de sa compagne…

3

Un éclat de rire tira Jared de son sommeil au milieu de la nuit. Le bond qu'il fit pour se redresser lui arracha une grimace de douleur ; son dos n'appréciait pas le confort rudimentaire de la moquette…

Intrigué, il tourna la tête vers la salle de bains. Un rai de lumière dessinait l'encadrement de la porte.

— Ça te plaît, hein, mon cœur ? entendit-il Elise murmurer.

Le doux son de sa voix lui remémora les difficultés qu'il avait éprouvées à s'endormir. La présence si proche de la jeune femme, son parfum ainsi que le frottement des draps quand elle se retournait dans le lit l'avaient mis au supplice. Etouffant les sensations que ce souvenir éveillait en lui, il demanda :

— Tout va bien ?

— Pardon ?

Jared se leva complètement et s'approcha de la salle de bains. Bien que la porte fût entrouverte, il garda les yeux fixés au sol, sans savoir au juste ce qu'il redoutait de découvrir à l'intérieur.

— Je demandais si tout allait bien.

— Oui.

La porte s'ouvrit entièrement et il vit Elise, assise à même le carrelage, soutenant Molly qui tentait quelques pas sur ses jambes incertaines. Levant la tête vers lui, elle lui adressa un sourire malicieux.

— Molly ne va pas se rendormir de sitôt. Tu devrais en profiter pour prendre le lit.

— Non merci, c'est O.K. Je…

— Ne sois pas buté ! l'interrompit Elise en riant. Elle est réveillée et ça risque de durer toute la nuit.

Ses yeux émeraude étincelaient et le désordre de ses boucles de feu la rendait incroyablement sexy. Il ne l'avait jamais vue aussi détendue. Son bonheur d'être mère, ajouté à son charme, décuplait sa féminité. Comment expliquer autrement la réaction masculine de son propre corps ?

— Molly a passé les deux derniers jours à dormir et je m'attendais à ce qu'elle fasse une nuit blanche.

Conscient qu'il la fixait avec insistance depuis quelques minutes, Jared s'éclaircit la voix pour se donner une contenance. Mais il était trop profondément troublé pour se ressaisir. N'aurait-il pas dû se réjouir d'être encore capable d'éprouver de l'attirance pour une femme ? Le problème était qu'Elise était justement la dernière femme avec qui cela aurait dû se produire. Bon sang ! Elle avait un enfant, en tant que sa passagère, elle était sous sa responsabilité, et l'atmosphère risquait de devenir irrespirable dans la voiture s'ils se laissaient emporter par leurs appétits sexuels.

— Et toi ? demanda-t-il enfin.

— Quoi, moi ?

Son rire en cascade déchaîna un nouveau tourbillon de sensations en lui. Résistant à la délicieuse impression d'intimité qui l'enveloppait, il parvint à se retenir de lui sourire. Curieusement, ce sentiment d'intimité n'émanait pas, comme il l'avait d'abord cru, du fait de partager la même chambre. Non, c'était beaucoup plus profond. Comme si un lien se tissait entre eux au-delà des mots, presque à leur insu.

Avait-il perdu la tête ? Toute complicité entre eux était inimaginable. S'ils franchissaient la limite qu'ils avaient réussi à maintenir jusque-là, qui sait où cela les mènerait ? Il mourait d'envie de la toucher, de l'embrasser et il savait qu'il ne pourrait en rester là.

Il laissa son regard errer sur sa silhouette gracieuse. Comment avait-il pu prétendre qu'elle n'était pas son genre ?

— Tu n'es pas fatiguée ? lança-t-il d'un ton délibérément bourru.

— Si, mais ce n'est pas très grave. Je te rappelle que je passe mes journées assise dans la voiture, à regarder défiler le paysage. Je suis sûre que je rattraperai le sommeil perdu par une petite sieste demain. Je t'en prie, prends le lit.

Le sourire dont elle appuya ces dernières paroles déclencha une nouvelle vague d'émotions contradictoires en lui. Il fallait vraiment qu'il recouvre ses esprits ! Et pour commencer, il devait s'éloigner d'elle. Or, en dépit de ses courbatures, il ne se résolvait pas à prendre le lit.

— Et si Molly finit par s'endormir ? Que feras-tu ?

— Si tu y tiens tant que ça, je te laisse volontiers le tapis, répliqua-t-elle d'un ton excédé.

— Tu vois, tu es de mauvaise humeur. C'est à cause du manque de sommeil.

— Je ne suis pas de mauvaise humeur ! se défendit-elle en prenant Molly dans ses bras. Mais tu es un adulte et je ne vais pas passer une heure à essayer de te convaincre de dormir dans un lit plutôt que par terre. Si tu te sens l'âme d'un martyr, libre à toi.

De toute évidence, elle n'avait pas la moindre idée de la lutte intérieure qu'il menait pour ne pas lui sauter dessus. Aurait-elle été moins cassante dans le cas contraire ? Vexé, il ramassa son oreiller et s'avança vers le lit. Cela lui servirait de leçon et on ne l'y reprendrait plus à laisser ses émotions dicter sa conduite ! D'un geste rageur, il écarta l'oreiller imprégné du parfum d'Elise, et posa le sien contre la tête du lit. Puis il se glissa entre les draps en poussant un soupir de bien-être. Il venait de fermer les yeux quand le rire étouffé d'Elise, dans le silence de la nuit, résonna de nouveau à ses oreilles.

— Tu sais que tu es dégourdie, ma jolie ? Tu tiens presque sur tes jambes toute seule !

Malgré lui, ce babillage arracha un sourire à Jared. Il devait reconnaître que Molly était un amour de bébé. Son expérience en matière de nourrissons n'était certes pas très grande, mais il la trouvait particulièrement agréable à vivre pour une enfant de son âge.

— Je me demande quel genre d'accueil on nous réservera à Four Corners…

Elise avait encore baissé la voix et Jared devait à présent tendre l'oreille pour entendre son murmure. Allait-elle laisser échapper des confidences qui l'éclaireraient sur son passé ?

— Je ne connais personne là-bas, poursuivit-elle.

Jared fronça les sourcils. Ne rentrait-elle donc pas chez elle pour les fêtes, comme il l'avait cru ? Dans ce cas, qu'allait-elle faire en Caroline du Nord ? Un long silence s'ensuivit et il crut qu'elle avait cessé de penser à haute voix, quand le chuchotement reprit :

— Mais on ne va pas s'en faire, mon cœur. J'ai une maison. Et le notaire de ma grand-mère a dit que j'en tirerais un bon prix, à condition de faire quelques travaux.

Voilà donc de quoi il retournait ! Elle se rendait dans la ville où avait vécu sa grand-mère, dont elle avait hérité la maison. Cette nouvelle le soulagea. Ainsi, Elise n'était pas sans ressources. En plus de ses économies, elle possédait une maison. Et si elle avait traversé une période difficile, elle semblait déterminée à aller de l'avant.

— Tout va bien aller, reprit-elle de sa voix douce comme le miel. Je n'ai pas à m'inquiéter. Même si mon père a d'autres enfants, ils ne pourront pas me chasser de la ville. Et de toute façon je ne vais pas m'y attarder. Dès que les réparations seront terminées, je mettrai la maison en vente.

Jared resta interloqué. Ainsi, Elise avait entrepris ce voyage sans savoir ce qui l'attendait à l'arrivée ! Elle semblait ignorer si elle avait des frères et sœurs, ou l'accueil qu'on lui réserverait.

Les rires mêlés de Molly et d'Elise l'arrachèrent à l'hébétude où l'avait plongé cette révélation. Quand elle reprit la parole, ce fut sur le ton de la taquinerie :

— Ne va pas t'imaginer qu'une nouvelle famille nous attend les bras ouverts. De toute façon, toi et moi, on a déjà une famille, puisqu'on est ensemble. Et ça ne sert à rien d'espérer des choses qui n'arriveront pas, sauf à nous faire souffrir.

A présent, le cœur de Jared saignait pour elle. Elise n'était pas une victime de violences, conjugales ou autres, comme il l'avait d'abord soupçonné. Elle avait été abandonnée. D'abord par son père, probablement quand elle n'était qu'une enfant, si elle envisageait la possibilité d'avoir des frères et sœurs. Puis par le père de Molly. Jared ignorait ce qui était advenu de sa mère, mais manifestement, Elise ne pouvait pas compter sur elle.

Dans ces conditions, la méfiance viscérale de la jeune femme à l'égard de l'espèce humaine n'avait rien de surprenant.

— Comment as-tu rencontré Michael ? demanda Jared tout en manœuvrant pour quitter le parking de l'hôtel le lendemain matin.

Etonnée qu'il engage la conversation, contrairement à l'habitude qu'ils avaient prise depuis le début de leur périple, Elise pencha la tête pour observer son compagnon. Depuis qu'il s'était levé — à 9 heures, ce qui ne lui arrivait jamais, avait-il juré —, son comportement était étrange. Il avait bondi du lit et s'était rué dans la salle de bains pour se raser et s'habiller en toute hâte. Il n'avait pas terminé de boutonner sa chemise quand il en était ressorti et elle avait senti ses genoux fléchir en entrevoyant la toison sombre de son torse. Déroutée par la vague de désir qui l'avait alors submergée, elle n'avait jamais été aussi soulagée de quitter une chambre d'hôtel. Elle frémit. Il l'avait dévisagée avec une telle intensité la nuit précédente ! C'était clair maintenant : il était aussi attiré par elle qu'elle par lui.

Cette attirance expliquait peut-être d'ailleurs son changement d'attitude. Elle arqua un sourcil. Non, il n'avait pas décidé subitement de flirter. Il était bien trop compliqué. Mais il était tout à fait capable, par exemple, de penser qu'une conversation banale les aiderait à oublier cette attirance mutuelle dont ni l'un ni l'autre ne voulaient. A la réflexion, cette idée n'était pas si déraisonnable et mieux valait se prêter de bonne grâce à son stratagème.

— Je travaillais comme serveuse dans son restaurant italien favori, répondit-elle. Comme il arrive toujours aux heures les plus improbables, il est souvent le seul client. J'avais donc du temps pour m'asseoir avec lui et bavarder. Nous avons fini par bien nous connaître.

— Ce qui explique pourquoi il t'a fait assez confiance pour te confier son appartement pendant son absence.

— Oui.

Elise prit une profonde inspiration avant de se lancer à son tour. Après tout, puisqu'il lui posait des questions personnelles, il ne se braquerait pas si elle lui rendait la pareille.

— Et toi, comment l'as-tu rencontré ?

— En attendant l'ascenseur.

— Vous êtes devenus amis en attendant l'ascenseur ? répéta-t-elle, incrédule.

— Non, admit-il en esquissant un sourire. En réalité, nous sommes devenus amis quand je ne suis pas allé à sa fête de Noël.

— C'est original !

— Chaque année, il organise une fête somptueuse, à laquelle il convie tout l'immeuble. C'est l'événement de l'année, que tout le monde attend avec impatience. L'année de mon arrivée, il m'a invité. Il m'a même rappelé la date à plusieurs reprises. Mais je n'y suis pas allé.

Elise sourit, amusée.

— Connaissant Michael, il n'allait pas te laisser t'en tirer sans une explication. Il est très persévérant.

— Effectivement. Il est venu frapper à la porte de mon appartement pour me demander des comptes. Je ne sais pas comment il s'est débrouillé, mais il a fini par m'obliger à le laisser entrer, puis il s'est servi un verre et sans que je comprenne vraiment comment on en était arrivés là, on s'est mis à parler des Raiders.

— Les Raiders ?

— L'équipe de football américain d'Oakland. Quelques

jours plus tard, il a débarqué avec un pack de bières et nous avons regardé un match de basket. De fil en aiguille, nous nous sommes retrouvés tous les soirs où il y avait du sport à la télé, soit chez moi, soit chez lui.

— Et l'année suivante, tu es allé à sa fête ?

— Non.

— Il n'avait pas réussi à t'amadouer ?

— Nous étions devenus amis et il a compris pourquoi je n'irais jamais à sa fête.

— Tu n'aimes pas Noël ?

— Disons plutôt que je n'apprécie pas les mondanités.

— Toi ? Qui l'eût cru !

Jared sourit et laissa passer quelques secondes.

— Alors comme ça, tu vas passer Noël en Caroline du Nord… Ta famille vit là-bas ?

Molly choisit cet instant pour s'agiter dans son siège. A la précipitation avec laquelle Elise en profita pour changer de sujet, Jared sut qu'il avait franchi une limite invisible.

— Je pense qu'il faut que je la change.

— Je m'arrête à la prochaine station-service.

Elise soupira. Heureusement, Molly l'avait soustraite à des questions qu'elle préférait pour l'heure laisser en suspens. Un silence pesant s'installa et elle regretta aussitôt l'amorce de complicité que Jared avait tenté d'instaurer. Elle n'aurait pas dû laisser la discussion s'éteindre. Après tout, Jared avait été bon pour elle et pour sa fille. Elle ne pouvait pas l'accuser de chercher à se mêler de ce qui ne le regardait pas. Et si, comme elle le pressentait, il ne cherchait qu'à leur faire oublier l'attirance qui les embarrassait tous deux, elle avait tout intérêt à faire comme si de rien n'était. Il y avait beaucoup de sujets dont ils pouvaient s'entretenir sans risque d'éveiller les angoisses qui la taraudaient.

— Je vais à Four Corners parce que ma grand-mère m'a légué sa maison, reprit-elle.

— C'est super !

— Si l'on oublie que ma grand-mère a dû mourir pour que j'hérite…

— Désolé.

— En fait, je ne la connaissais pas.

— Oh…

Elisa se tourna vers lui. A son ton détaché, il était évident que cette révélation n'en était pas une pour lui !

— Tu m'as entendue la nuit dernière, l'accusa-t-elle.

— Tu chuchotais, mais j'ai l'ouïe très fine, reconnut-il simplement. Je pense que c'est plutôt une bonne nouvelle que ta grand-mère t'ait légué sa maison.

— C'est vrai. Je ne te cache pas que l'argent de la vente sera le bienvenu.

— Le père de Molly ne te verse pas de pension alimentaire ?

— Patrick ne fait plus partie de notre vie, répondit-elle sans plus de précision.

— C'était son choix ou le tien ?

— Le sien. Quand je lui ai annoncé que j'étais enceinte, il est parti chercher du travail. Je n'ai plus eu de ses nouvelles jusqu'à ce que je retrouve sa trace à Sacramento, où il vivait avec sa nouvelle petite amie.

Elle fit un petit sourire à Jared avant de continuer.

— C'est loin, maintenant. Et il faut dire que je n'ai pas eu le temps de m'appesantir sur son départ. Pendant les premiers mois, je me suis surtout préoccupée de mettre suffisamment d'argent de côté en prévision de la fin de ma grossesse. Mais un salaire de serveuse n'est pas très élevé et je commençais sérieusement à m'inquiéter quand Michael a fait irruption dans ma vie.

— Et ensuite tu as hérité de la maison.

— Cet héritage ne pouvait pas mieux tomber. D'après le notaire, la maison vaut une coquette somme d'argent. En la vendant, je compte bien prendre un nouveau départ.

Jared hésita. Visiblement, l'enjeu était beaucoup plus crucial que le ton désinvolte d'Elise ne le laissait penser. Certes, elle avait dit à sa fille qu'elles n'avaient pas besoin d'une famille, mais cette ostensible bravoure ne l'avait pas convaincu.

— Où est ta mère ? demanda-t-il.

— Elle est morte d'une pneumonie pendant ma dernière année de lycée.

— Je suis désolé.

— C'était affreux. Ma mère n'avait personne quand elle a rencontré mon père. Quand il est parti, nous nous sommes retrouvées toutes les deux. On ne roulait pas sur l'or et quand elle est décédée… Elle ne m'a laissé que sa vieille voiture, avec laquelle Patrick et moi sommes partis en Californie. Elle a d'ailleurs rendu l'âme une semaine après notre arrivée.

Jared eut un pincement au cœur. La vie s'était montrée sans pitié avec Elise. Que pouvait-il bien lui dire pour la réconforter ? L'encourager à faire preuve d'optimisme lui semblerait factice… Il comprenait mieux à présent pourquoi elle refusait de se bercer d'illusions.

— Tout se passera bien à Four Corners, dit-il sans conviction.

Elise eut un petit rire ironique.

— Bien sûr ! J'en suis d'ailleurs tellement convaincue que je m'attends au pire !

Les craintes d'Elise faisant écho aux siennes, Jared s'abstint de la contredire. Lui aussi avait beau espérer que son séjour à New York ne serait qu'une succession de repas entre amis et de réunions de famille baignant dans une ambiance chaleureuse, il savait parfaitement au fond de lui-même qu'il n'en serait rien. Dès qu'il aurait posé un pied à New York, les souvenirs douloureux l'assailliraient et il lui faudrait des mois pour s'en remettre.

A ses yeux pourtant, Elise avait plus de chance de trouver une famille qui l'accueillerait pour Noël qu'il n'en avait de trouver enfin la paix. Mais cette chance était maigre et il ne servait à rien de prétendre le contraire. Sauf à risquer de la faire souffrir encore davantage.

Pour dîner, Jared proposa de s'arrêter dans un véritable restaurant.

— Je ne peux pas me permettre de traînasser, objecta Elise.

Plus ils s'approcheraient de la Pennsylvanie, plus la nervosité de la jeune femme augmenterait. Conscient que son estomac noué ne lui permettrait sans doute pas d'apprécier un bon repas, il n'insista pas davantage. Il ne s'était pas trompé. Dans le fast-food où ils s'arrêtèrent, c'est à peine si elle toucha à son hamburger et à ses frites.

— Tu sais que nous allons devoir nous arrêter bientôt et que demain matin il faudra te trouver un bus, lui dit-il.

Il souffrait de devoir la quitter. Non seulement parce qu'elle et sa fille avaient encore un long trajet en bus devant elles, mais davantage encore parce qu'il sentait qu'Elise était effrayée. Malgré la différence de leurs situations, il était peut-être la seule personne qui pouvait comprendre ce qu'elle traversait.

— D'accord. Mais serait-il possible de trouver un endroit un peu moins cher, cette fois ?

— Tu commences à être à court d'argent ?

Devant son air inquiet, elle éclata de rire.

— Je t'ai dit que Michael m'avait grassement payée, le rassura-t-elle. Seulement, je préfère garder mes économies pour les travaux.

Jared acquiesça. Bien sûr, le courage avec lequel elle affrontait l'adversité méritait amplement un coup de pouce, mais il se retint de lui proposer de l'argent. A quoi bon, puisque de toute façon, elle refuserait ?

Elise se leva alors et saisit la poignée de la coque du bébé.

— Je vais changer Molly.

Il soutint son regard d'émeraude. Que pouvait-il bien faire pour lui venir en aide sans qu'elle ne rejette son offre ? Une idée germa alors dans son esprit.

— D'accord, se contenta-t-il de répondre. On se retrouve à la voiture.

Tandis qu'elle se dirigeait vers les toilettes, il se dépêcha de finir son hamburger et d'avaler sa limonade. Après avoir jeté le contenu de son plateau à la poubelle, il retourna promptement au 4x4, où il se précipita sur son atlas routier. Ils venaient d'entrer dans l'Ohio. Parcourant la carte de l'index, il suivit la route jusqu'à Cleveland. A partir de Cleveland, la Route 77 en direction du sud menait tout droit en Caroline du Nord.

Lorsqu'il leva la tête de la carte, il aperçut Elise qui sortait du fast-food. Il s'empressa aussitôt de ranger l'atlas. La jeune femme installa la coque avant de prendre place à côté de lui. Quand ils furent de nouveau sur l'autoroute, la nuit commençait à tomber. Elise s'attendait sûrement à ce qu'il lui demande d'un moment à l'autre de chercher un hôtel pour passer la nuit.

Mais il continua de conduire. Quand ils parvinrent à Cleveland, il suivit les panneaux indiquant la Route 77, jusqu'à l'échangeur.

— Où vas-tu ? s'étonna Elise.

— Dans le Sud, répliqua-t-il en plongeant un instant son regard dans le sien. Et à moins que tu ne comptes sauter en marche et laisser Molly dans la voiture, je vous raccompagne chez vous.

4

Elise eut soudain l'impression qu'un piège se refermait sur elle. Au fil des jours, la présence rassurante de Jared et sa réserve à son égard avaient fini par endormir sa méfiance, lui faisant oublier qu'après tout, il était un parfait inconnu.

Son changement d'attitude ce matin aurait pourtant dû l'alerter. Repensant à la flamme de désir qui brûlait dans le regard de son compagnon la nuit précédente, son inquiétude se transforma en angoisse. Et si derrière sa volonté affichée de l'accompagner jusqu'en Caroline du Nord se cachaient des intentions beaucoup moins avouables ?

Il ne correspondait pourtant pas à l'idée qu'elle se faisait d'un homme prêt à profiter de la faiblesse d'une femme. Mais qu'en savait-elle ? Patrick n'était-il pas la preuve vivante qu'en ce qui concernait la gent masculine, elle manquait cruellement de discernement ?

Le cœur battant à tout rompre, elle calcula la distance qui les séparait de Four Corners. C'était trop long pour y parvenir d'une seule traite : ils devraient passer encore une nuit à l'hôtel. Jared ne s'imaginait tout de même pas qu'ils allaient partager de nouveau une chambre ? Prenant une profonde inspiration, elle parvint enfin à calmer les battements erratiques de son cœur. Mieux valait garder la tête froide pour lui fausser compagnie à la première occasion.

Ils roulèrent encore quatre-vingts kilomètres avant que Jared ne propose de s'arrêter pour la nuit.

Quand il se fut garé dans la cour d'un motel familial, Elise descendit de la voiture et entreprit calmement, malgré son impatience de mettre son plan à exécution, de défaire les sangles du siège de Molly. Contrairement à son habitude, Jared, au lieu de se diriger vers le coffre, la rejoignit. La peur qui l'étreignit soudain rendit sa respiration pénible.

— Tu ne sors pas le sac à langer ? demanda-t-elle d'une voix dont elle ne put maîtriser le tremblement.

— Une fois que nous serons enregistrés.

— Mais si j'en avais besoin tout de suite ?

— C'est vrai, admit-il après un instant d'hésitation.

Au grand soulagement d'Elise, il alla chercher ses effets. Elle n'était toutefois pas encore tirée d'affaire. Car si elle avait obtenu satisfaction, c'était toujours Jared qui portait ses sacs tandis qu'il gagnait la réception.

La mort dans l'âme, elle ne put que lui emboîter le pas. Elle ignorait encore où elle irait, une fois qu'elle aurait récupéré ses bagages, mais une chose était sûre : elle ne resterait pas une seconde de plus avec cet homme qui avait trahi sa confiance.

A l'accueil, une employée entre deux âges se détourna à contrecœur de l'écran de télé qu'elle regardait pour demander d'une voix lasse :

— Que puis-je pour vous ?

— Nous aimerions deux chambres pour la nuit, répondit Jared.

L'étonnement d'Elise fut presque aussi grand que celui de la réceptionniste, dont le regard navigua d'Elise à Molly avant de revenir vers Jared.

Ainsi, il n'avait sans doute jamais eu l'intention de la forcer à partager sa chambre. Soulagée, Elise s'approcha à son tour du comptoir.

— J'aurais besoin d'une carte de crédit, reprit la réceptionniste en commençant à pianoter sur son clavier.

— Je préfère payer en liquide, intervint Elise.

— Encaissez-la et prenez mon numéro de carte de crédit pour garantir ses autres dépenses.

— Je ne compte pas faire d'autres dépenses, protesta Elise.

— Peut-être, mais madame ne peut pas le savoir à l'avance,

rétorqua Jared, et l'enregistrement de ma carte de crédit n'est qu'une formalité sans conséquences.

— Exactement ! fit la réceptionniste avec un sourire.

Devant son évidente bonne foi, Elise se sentit ridicule.

— D'accord, finit-elle par concéder.

La réceptionniste leur ayant remis leurs clés, Jared reprit les sacs sur son épaule et l'accompagna jusqu'à sa chambre.

— Tu te méfies toujours de moi, n'est-ce pas ? demanda-t-il en chemin.

Elise esquissa une grimace. Elle se montrait injuste envers lui alors qu'il faisait preuve de générosité à son égard, mais la méfiance était devenue sa seconde nature. De plus, elle lui en voulait d'avoir décidé de poursuivre la route jusqu'en Caroline du Nord sans la consulter. Elle détestait se sentir redevable et il n'avait jamais été question qu'il fasse un tel détour. C'était d'ailleurs uniquement parce que leurs trajets correspondaient jusqu'à un certain point qu'elle avait accepté d'en faire une partie avec lui.

— Ne le prends pas personnellement, mais j'ai beaucoup de mal à accorder ma confiance, répliqua-t-elle.

— Ce soir, je suis trop épuisé pour que ça me blesse, avoua-t-il en poussant un soupir de lassitude.

Elle ouvrit la porte de sa chambre et Jared entra pour déposer ses sacs sur l'un des deux grands lits qui occupaient la pièce, avant de se retirer en lui souhaitant bonne nuit.

Les paroles de Jared résonnaient encore dans son esprit tandis qu'elle ôtait son manteau et sortait Molly de la coque pour lui enlever ses vêtements chauds. Bien qu'il s'en défendît, son attitude l'avait visiblement heurté. Elle ne pouvait cependant pas se résoudre à le laisser s'immiscer dans sa vie. Que deviendrait-elle si elle lui faisait confiance, et qu'ensuite il l'abandonnait, lui aussi ?

Non, elle ne prendrait pas ce risque.

Le lendemain, ils déjeunèrent d'un café dans le hall du motel et se remirent en route peu avant 7 heures. Jared ne lui adressa la parole qu'une fois, pour la prier de le prévenir quand elle souhaiterait s'arrêter pour prendre un petit déjeuner plus consistant. Le trajet se passa en silence, comme durant les premiers jours de leur voyage. Mais ce matin, l'atmosphère était différente. De toute évidence, les sombres desseins qu'elle lui avait prêtés et sa méfiance inaltérable avaient fini par l'offenser et il s'était lassé de devoir sans cesse lutter pour gagner sa confiance, sans jamais y parvenir.

Vers 10 heures, Elise commença à avoir faim. Quand elle pointa un panneau indiquant un restaurant, Jared quitta l'autoroute sans mot dire. Dix minutes plus tard, ils étaient installés sur une banquette capitonnée. Pendant qu'ils déjeunaient, Molly mordillait son anneau de dentition. Quand ils eurent terminé, Jared sortit un téléphone de la poche de sa veste en attendant que la serveuse leur apporte la note.

— Ton téléphone n'a pas sonné une seule fois depuis que nous sommes partis ! fit-elle remarquer pour briser le silence pesant.

— Je l'avais éteint.

— Tu peux faire ça ?

— Il y a un bouton exprès.

— Je sais ! Je m'étonnais seulement que tu puisses couper tout contact avec le monde extérieur. Et si tes parents avaient essayé de t'appeler ?

— Ils savent que je ne vais pas décrocher en conduisant. Si des gens ont essayé de me joindre, ce seraient plutôt mes clients.

— C'est vrai ! Ces célébrités que tu conseilles…

— Ceux-là mêmes.

— A quoi ça ressemble ?

— Quoi ? fit-il en posant un regard impénétrable sur elle.

— Allez, sois gentil, ne fais pas la tête ! Si tu savais comme je m'en veux d'avoir douté de toi.

— Comment peux-tu te méfier de quelqu'un qui ne pense qu'à te rendre service ?

« Comment pouvais-je me douter que tu étais parfaitement désintéressé ? » se retint-elle de rétorquer. Il aurait fallu évoquer le regard éloquent dont il l'avait dévorée, dans la salle de bains, ou pire, l'attirance qu'elle aussi éprouvait pour lui. Mieux valait ne pas s'aventurer sur ce terrain glissant.

— Pour moi, la méfiance est un réflexe de survie. Comme je te l'ai dit hier, ça n'a rien à voir avec toi. Il y a un peu plus d'un an, le père de ma fille m'a plaquée quand il a appris que j'étais enceinte. Tu admettras que c'est un peu normal que je me méfie des hommes.

Estimant en avoir assez dit sur le sujet, elle reprit la conversation où elle s'était arrêtée avant cette mise au point.

— Alors, quel effet ça fait de travailler avec des stars ?

Il la dévisagea quelques secondes en silence, comme s'il hésitait à la questionner davantage.

— Ça ressemble beaucoup à du baby-sitting.

Elle éclata de rire.

— Du baby-sitting ?

— Oui. Quand les gens riches ont des ennuis, ils n'appellent pas leurs amis ou leur psychanalyste. Ils appellent leur avocat. Moi, en l'occurrence.

— Et moi qui m'imaginais que tu passais tes journées à élaborer des contrats et à négocier avec les studios…

— Il m'arrive aussi de m'occuper de ça, effectivement, mais en général ce sont les agents qui s'en chargent. Mon rôle est plus terre à terre.

— Raconte !

— Tu sais comment sont ces jeunes acteurs, à Hollywood. Ils se font arrêter en possession de drogue et ils passent pas mal de temps en cure de désintoxication…

— Et à quel moment interviens-tu ? Ce n'est quand même pas toi qui les inscris à la clinique ?

— Non, c'est moi qui règle les détails avec la justice. Je les représente à l'interrogatoire puis au procès, je leur apporte des vêtements convenables pour qu'ils n'aient pas l'air de clochards ou de prostituées de bas étage à leur sortie du commissariat.

— « De bas étage » ? Tu exagères !

— Je t'assure que ces derniers temps, les goûts vestimentaires de mes clientes relevaient davantage de la maison close que de la soirée de gala.

— C'est super !

— Pas tant que ça. Ce n'est pas une mince affaire de défendre des gens qui se comportent comme s'ils ignoraient que la terre entière guette leur moindre faux pas.

— Quand je disais que c'était super, je pensais au fait de savoir s'y prendre pour tirer quelqu'un du pétrin.

— C'est gratifiant, certes. Et puis tous mes clients ne sont pas des cas limites. Beaucoup sont des gens très sympathiques et ça me plaît de voler à leur secours. Ils sont débordés, et toujours sous l'œil du public. La plupart du temps, ils se retrouvent sans l'avoir cherché au mauvais endroit au mauvais moment.

— Par exemple ?

— Quand un de mes clients négocie un rôle avec un metteur en scène sans passer par son agent parce qu'il souhaite le virer, ou quand un autre veut sortir d'une maison où il ne devrait pas se trouver au milieu de la nuit et qu'il a repéré des photographes devant le portail.

— Ils n'ont pas de gardes du corps ?

Ce fut au tour de Jared de rire.

— Nous voilà revenus au point de départ, quand je te disais qu'à Hollywood, on appelle plutôt son avocat que son meilleur ami. Nous vivons une époque où tout est prétexte à procès. Bientôt, mes clients me demanderont conseil avant d'oser éternuer.

Elise comprenait mieux à présent pourquoi Jared avait été si gentil avec elle.

— Au fond, tu as l'âme d'un bon Samaritain…

— Comme je te l'ai dit, je me considère plutôt comme un baby-sitter.

— Non, tu es un bon Samaritain. Et c'est pour ça que tu as voulu me raccompagner en Caroline du Nord.

— Disons que j'aime faire une B.A. de temps en temps.

— Je ne te crois pas. Si c'était le cas, tu ne vivrais pas en reclus au dernier étage de l'immeuble en évitant tout contact avec tes voisins. C'est vrai qu'il t'arrive de faire une bonne action, comme tu dis, mais c'est uniquement pour te racheter quand tu considères que tu as dépassé les bornes avec quelqu'un. Ici, il s'agit d'autre chose. Pendant le voyage, tu as appris à mieux nous connaître, Molly et moi, et tu ne peux plus faire autrement que de nous conduire jusqu'à la maison.

Jared baissa la tête et fixa la nappe pendant un moment, avant de se redresser et de planter son magnifique regard gris empreint de sérieux dans le sien.

— C'est un tort ?

— Pas en ce qui me concerne. Je considère que j'ai plutôt eu de la chance en tombant sur toi l'autre matin.

Sur ces entrefaites, la serveuse revint avec la note, interrompant la conversation le temps que chacun paye son repas.

— Mais toi, qu'est-ce que ça te rapporte ? reprit Elise quand la jeune femme se fut éloignée.

— J'espère réduire autant que possible la durée de mon séjour à New York.

— Je voulais dire : sur un plan professionnel. Pourquoi as-tu choisi de voler au secours des gens ?

— Pour l'argent.

— Je ne te crois pas.

— C'est pourtant vrai. Non seulement ce métier me rapporte énormément d'argent, mais en plus il m'occupe.

Elise examina le visage de son compagnon. Il était si séduisant ! Comment était-il possible qu'aucune de ses clientes ne lui ait mis le grappin dessus ?

A moins qu'il ne fût rétif à toute forme d'engagement ?

Il lui avait avoué son horreur des mondanités. Elle venait d'apprendre que son travail accaparait une grande partie de son temps. De toute évidence, il redoutait l'oisiveté. Tout comme elle, quand Pat l'avait plaquée et qu'elle ne supportait pas de rester à la maison à ressasser des idées sombres.

— Que cherches-tu à fuir ? voulut-elle savoir.

— Que veux-tu dire ?

— J'ai l'impression que nous fuyons tous les deux. Moi, je me rends à Four Corners, sans savoir ce qui m'y attend, pour oublier que j'ai fait confiance au mauvais garçon. Et toi, pourquoi as-tu quitté New York ? Cinq mille kilomètres… ! Ce n'est certainement pas une broutille que tu cherchais à oublier.

Jared se leva, mais avant qu'il puisse se redresser complètement, Elise lui saisit le bras.

— Je ne te fais peut-être pas entièrement confiance, mais reconnais que tu en sais déjà beaucoup sur moi. Un peu à ton tour, maintenant.

— Je ne fuis rien. Je me suis installé en Californie parce que j'y gagne beaucoup d'argent.

— Tu essaies de me faire croire que tu étais le seul avocat fauché de New York ?

— J'étais procureur et non avocat. J'étais bien payé, mais sans plus. Aujourd'hui, je suis millionnaire.

Elise arqua un sourcil. Son départ de New York obéissait sans doute à des motifs plus complexes, mais à quoi bon insister ? Quand il était sur ses gardes, Jared se transformait du tout au tout. Il était inutile alors de chercher à lui soutirer des réponses.

Ils reprirent la route et bientôt Elise fut accaparée par ses propres préoccupations. Au fur et à mesure qu'ils approchaient de Four Corners, sa nervosité augmentait et le mystère qui entourait Jared passa au second plan.

Ils avaient traversé une grande partie de la Caroline du Nord quand Jared reprit la parole :

— Ton calme ne me dit rien qui vaille. Pour tout dire, j'ai l'impression que tu es en train de changer d'avis. Tu ne songes pas, par hasard, à vendre la maison au plus vite, sans même entreprendre les réparations ? Tout ça pour éviter d'être confrontée à ce qui t'attend à Four Corners.

— J'ignorais que tu avais aussi un diplôme de psychologue.

— Ce n'est pas le cas, dit-il sans se laisser démonter par son ton mordant. Mais mon expérience de la nature humaine me permet souvent de deviner ce qui se trame dans la tête des gens.

Il s'interrompit pour désigner un panneau de signalisation.

— Nous avons déjà dépassé Raleigh et je commence à me demander si tu n'as pas volontairement « oublié » de m'indiquer la sortie qu'il faut prendre.

— C'est la prochaine, répliqua-t-elle.

Sa voix était si faible qu'il préféra arrêter de l'interroger sur ses intentions. Elle avait les nerfs à vif et il ne voulait pas que ses questions finissent par lui faire rebrousser chemin.

— T'es-tu déjà demandé pour quelles raisons ta grand-mère t'avait légué sa maison, à toi en particulier ?

— Oui.

D'un bref regard, il lui fit comprendre qu'il espérait un peu plus que cette réponse laconique.

— Je pense que cela signifie que mon père n'a pas eu d'autres enfants. Il n'y avait personne d'autre à qui elle aurait pu la donner.

— Peut-être qu'elle regrettait de n'avoir jamais essayé de te rencontrer ? Ou qu'elle voulait compenser le fait que ton père ne se soit jamais soucié de ton éducation.

Elise haussa les épaules avec fatalisme.

— Je crois plutôt que ma grand-mère ne voulait pas que sa propriété soit vendue aux enchères au profit du fisc. Quitte à la léguer à une parfaite inconnue, elle a préféré qu'elle reste dans la famille.

Sa voix, douce et égale, plus encore que ses paroles, frappa Jared en plein cœur. Elle reflétait la tristesse d'être seule au monde, et il ne pouvait rien faire pour la décharger de ce fardeau. Lui aussi était seul, mais contrairement à Elise, il avait choisi sa solitude.

Veillant à ne pas manquer la sortie, il se tut pendant quelques minutes. Ce ne fut qu'une fois arrivé au premier carrefour qu'il se tourna de nouveau vers Elise.

— Je vais à gauche ?

Elise hocha la tête et lui montra le panneau vert qui indiquait que Four Corners se situait à trente kilomètres.

— Donc, reprit-il, tu ne penses pas que ta grand-mère t'a laissé sa maison pour te donner un coup de pouce ?

— Quelles qu'aient été ses intentions, c'est bel et bien ce qu'elle a fait. Et c'est tout ce qui compte à mes yeux.

— Alors pourquoi es-tu aussi nerveuse ?

— Il reste possible que mon père ait eu d'autres enfants. Peut-être que ma grand-mère était riche et qu'elle leur a laissé ses autres biens. Ou alors, elle les détestait, et elle m'a donné la maison qu'ils convoitaient pour les faire enrager. Si c'est le cas, je dois m'attendre à affronter une situation compliquée et, qui sait, peut-être même un procès.

Satisfait qu'elle ait exprimé ses craintes, Jared la dévisagea brièvement. Il la voyait enfin telle qu'elle était réellement. Vulnérable. Inquiète. Seule.

— Je connais un bon avocat, déclara-t-il.

Cette fois, le rire d'Elise était joyeux.

— Je te rappelle que tu es attendu à New York, et qu'ensuite tu devras retourner à Los Angeles.

— Je peux t'aider à trouver un confrère compétent.

— Tu seras parti depuis longtemps quand tout cela arrivera.

Elle avait raison, et cela le contraria. Une ribambelle de frères et sœurs dont elle ignorait l'existence pouvait surgir une fois qu'elle aurait réparé la maison, et réclamer sa part de l'héritage devant un tribunal. Il faudrait qu'il tire les choses au clair avant de repartir pour New York.

5

En arrivant à Four Corners, Jared crut entrer dans un décor de carte postale, ou plutôt de carte de vœux. Des couronnes de lierre nouées de rubans rouges égayaient les portes des maisons victoriennes ; des clôtures blanches délimitaient des petits jardins où, çà et là, sur la pelouse, se dressaient des Pères Noël ventrus et des crèches grandeur nature ; même les lampadaires et les parcmètres scintillaient de décorations dans la lumière crue du soleil hivernal.

Elise semblait toutefois indifférente au charme provincial de la petite ville.

— Je dois récupérer les clés chez le notaire, dit-elle en sortant une lettre de son sac à main.

— Tu sais où se trouve son étude ?

— Dans la Grand-Rue.

— J'aurais dû m'en douter ! s'esclaffa Jared.

Ils repérèrent rapidement l'étude, située au rez-de-chaussée d'un immeuble ancien dont la façade était ornée d'une splendide guirlande de branches de sapin. Des rubans rouges et des clochettes argentées décoraient l'entrée et les fenêtres.

— Je m'attends à voir une calèche tirée par des chevaux descendre la rue d'une seconde à l'autre, fit remarquer Elise tandis qu'ils montaient les marches du porche de bois.

— Moi aussi. Il faut avouer que cet endroit est ravissant… On se sent tout de suite chez soi.

Ils pénétrèrent dans un vaste vestibule transformé en pièce de réception par l'adjonction d'un antique bureau, d'une armoire et d'un tapis persan. Une femme d'une cinquantaine d'années était assise derrière le bureau et pianotait sur le clavier d'un ordinateur.

— Que puis-je pour vous ? s'enquit-elle.

— Je suis Elise McDermott.

Le visage de la femme s'éclaira d'un large sourire.

— La petite-fille de Debbie McDermott ?

— Oui.

La secrétaire décrocha aussitôt le combiné du téléphone posé à côté d'elle.

— Monsieur Collins, la petite-fille de Debbie est là...

Un bref échange s'ensuivit, puis elle raccrocha.

— Si vous voulez, reprit-elle, je peux m'occuper du bébé pendant que vous vous entretiendrez avec M. Collins...

Jared se tourna vers Elise. A l'expression qui se peignait sur son visage, il était clair que cette idée lui déplaisait. Comme il s'y attendait, elle serra la coque contre elle d'un geste protecteur.

— C'est très gentil de votre part, répondit-elle en souriant, mais ce n'est pas la peine.

Dès qu'ils franchirent la porte que la secrétaire leur avait indiquée, un homme d'un certain âge se leva de son massif bureau d'acajou pour les accueillir. Jared réprima un sourire. Avec sa moustache et ses cheveux blancs, ses joues rouges et son ventre rond, cet homme ressemblait au Père Noël. Le bocal contenant des bonbons rouges et verts sur son bureau parachevait cette impression.

— Bonjour, Elise ! s'exclama le vieil homme. Je suis George Collins. Prenez un siège, je vous prie.

D'un geste de la main, il les invita à s'asseoir.

— Nous sommes sur la route depuis plusieurs jours, répondit Elise, et nous aimerions d'abord déposer nos affaires dans la maison, si ça ne vous ennuie pas.

— Mais pas du tout, fit M. Collins en ouvrant un tiroir. Je comprends que vous ayez envie de vous reposer. Vous avez apporté les justificatifs que je vous ai demandés ?

Comme elle l'avait fait maintes fois au cours du voyage, Elise confia Molly à Jared, le temps de fouiller son sac. Dès qu'elle les eut trouvés, elle tendit son permis de conduire et son acte de naissance au notaire. S'étant assuré qu'il avait bien affaire à Elise McDermott, George hocha la tête.

— C'est parfait, dit-il en lui tendant un trousseau de clés et une feuille de papier. La clé dorée ouvre la porte de la maison, les autres sont celles des dépendances. Voici un plan pour vous rendre à la ferme. Je vous attends demain pour signer les papiers officiels.

Elise s'apprêtait à partir après l'avoir remercié quand Jared s'avança à son tour vers le notaire. N'étant pas l'avocat de la jeune femme, il ne pouvait revenir plus tard pour poser les questions qui le taraudaient ; il devait le faire en sa présence.

— Monsieur Collins, Elise sait très peu de choses sur sa famille. Pouvez-vous nous éclairer sur certains points ?

Puis, sans attendre la réponse du notaire et parce qu'il craignait qu'Elise ne proteste, il ajouta :

— Son père est-il dans les parages ? A-t-elle des demi-frères ou des demi-sœurs ?

Elise se figea, comme frappée par la foudre. Certes, l'intervention de Jared partait d'une bonne intention, mais elle n'était pas prête à entendre les révélations que pourrait lui faire le notaire. Sa vie n'avait été qu'une succession de coups de théâtre et elle n'avait pas besoin d'une mauvaise surprise supplémentaire.

Son désarroi avait apparemment échappé à George Collins, qui lui adressa de nouveau un sourire bienveillant.

— Vous avez un peu de temps devant vous ?

Elle se retint de répondre qu'il n'était pas question de temps, mais de courage. Toutefois, maintenant que le sujet était sur le tapis, elle ne voulait pas passer pour une lâche en reculant, même si l'expression pleine de sympathie dont le vieil homme la couvait laissait présager que les nouvelles seraient mauvaises.

— Je vous écoute, répondit-elle en souriant faiblement.

— Votre père est mort et vous n'avez ni frères ni sœurs.

Sentant ses genoux se dérober, Elise s'effondra dans un des fauteuils que M. Collins leur avait obligeamment proposés. Dieu merci, c'était Jared qui portait Molly…

— Je suis désolé, Elise, continua le notaire, mais la maison vous est échue par défaut. Etant donné que vous ne connaissiez pas votre grand-mère, je n'ai pas jugé utile de vous apprendre qu'elle n'avait pas fait de testament. Tout le monde savait que son fils unique — votre père — était mort depuis des années. Quand j'ai engagé un détective pour chercher d'éventuels héritiers, selon la procédure habituelle, j'étais convaincu qu'il reviendrait bredouille et que la propriété serait vendue aux enchères. Vous imaginez ma surprise quand j'ai appris votre existence. Grâce aux registres de l'état civil, nous avons découvert l'acte de mariage de vos parents et votre acte de naissance. Vous-même avez été plus difficile à localiser, l'acte de naissance ne nous donnant aucune précision sur votre lieu de résidence actuel. Le détective a dû éplucher les listes de permis de conduire, Etat par Etat.

— Ainsi, ma grand-mère n'a pas rédigé de testament ? fit Elise d'une voix blanche.

— Non. Chaque fois que j'évoquais ce sujet avec elle, elle me disait qu'on verrait ça la prochaine fois. Mais je la connaissais assez bien pour vous assurer qu'elle ignorait votre existence.

— Ce qui explique pourquoi elle ne m'a jamais appelée pour m'annoncer que mon père était mort.

Le sourire du vieux monsieur se chargea de compassion.

— Elle aurait été heureuse de vous rencontrer, Elise. Je suis navré que cela ne se soit pas produit. Tout comme je suis navré d'avoir dû vous apprendre ces tristes nouvelles.

Comme elle l'avait toujours fait, Elise refusa de s'apitoyer sur son sort.

— Ne vous inquiétez pas pour moi, j'avais envisagé cette éventualité. Je m'en remettrai.

— Je vous le souhaite.

— Je reviendrai demain pour signer les papiers.

— Cela peut attendre deux ou trois jours.

Abasourdie, Elise quitta le bureau. Ce ne fut qu'une fois sous le porche de l'immeuble qu'elle se rendit compte qu'elle ne portait pas Molly. Sans un mot, elle se tourna vers Jared et reprit sa fille dans ses bras. C'était sa seule famille. Elle la serra plus fortement contre elle tandis qu'ils sortaient dans la rue.

En silence, ils parcoururent la Grand-Rue, ses parcmètres festonnés et ses devantures célébrant avec exubérance la joie de Noël. Quand elle ouvrit la portière du 4x4 pour installer Molly, Jared se dressa soudain à côté d'elle.

— Ce n'est pas la peine de me suivre comme une ombre, lui dit-elle. Je ne vais pas m'évanouir.

Il recula de quelques pas.

— Je sais. Mais tu ne peux pas nier que tu viens de recevoir un sacré choc.

Molly attachée, elle referma la portière et se tourna vers Jared.

— Pour ma part, je suis habituée à ce genre de surprise. Autant considérer le côté positif de la chose : personne ne contestera cet héritage !

Sa tentative de prendre la situation avec humour échoua lamentablement et elle sentit la rage l'envahir. Pourquoi la vie se montrait-elle si cruelle envers elle ? Et pourquoi Jared n'avait-il pas attendu un peu avant de poser ces questions au notaire ? N'aurait-il pas pu lui laisser le temps de s'habituer à l'idée que sa grand-mère ne savait même pas qu'elle existait, avant de s'intéresser à ses éventuels frères et sœurs ? Et d'abord, en quoi tout ceci le concernait-il ?

— Qu'est-ce qui t'a pris de te mêler de mes affaires ? Sans toi et tes questions stupides j'aurais pu passer une semaine à m'imaginer que quelqu'un par ici avait peut-être envie de passer les fêtes avec moi.

Jared frémit. D'une froide colère, insensible à l'atmosphère de fête des lieux, Elise le défiait du regard.

— Dans ce genre de situation, il vaut mieux ne pas tourner autour du pot, se justifia-t-il.

— Et apprendre que je suis encore plus seule que je ne le croyais ?

— Je ne pouvais pas partir sans savoir si tu avais besoin ou non d'un avocat.

Elle laissa échapper un rire amer.

— Nous y voilà ! Tout ce qui te préoccupe, c'est d'être en paix avec ta conscience. Maintenant tu peux partir sans te sentir coupable.

Jared ne répliqua pas. C'était horrible, mais les accusations d'Elise n'étaient pas infondées. Ne savait-il pas qu'elle nourrissait secrètement le rêve de faire enfin partie d'une véritable famille ? En voulant s'assurer qu'elle n'aurait plus besoin de lui, il ne s'était pas soucié des effets que les révélations du notaire pourraient avoir sur elle.

Cette attitude égoïste ne lui ressemblait pas. Décidément, Elise avait le chic pour lui faire perdre sa maîtrise de soi ! Il contourna le véhicule pour s'installer derrière le volant. La première fois, c'était dans la chambre d'hôtel, quand un désir qu'il n'avait pas éprouvé depuis des années l'avait assailli. Il était parvenu à maîtriser ces émotions qu'il pensait à jamais mortes. Si seulement il avait fait preuve de jugeote dans le bureau du notaire, il n'aurait pas cédé à son envie de se mêler de ses affaires !

— Donne-moi le plan, dit-il quand les portières furent closes.

— Ce n'est pas compliqué. Continue tout droit. Trois kilomètres après la sortie de la ville, tu devrais apercevoir une boîte aux lettres en forme de chat.

Jared mit la clé dans le contact et démarra. S'éloignant du bord du trottoir, il descendit la Grand-Rue.

— Une boîte aux lettres en forme de chat ? On dirait que ta grand-mère aimait les animaux.

Craignant qu'elle ne lui pardonne pas sa terrible bévue, il cherchait désespérément à alléger l'atmosphère. Mais Elise restait muette. Au bout d'une minute cependant elle se tourna vers lui.

— Il nous faut du lait.

Il la connaissait suffisamment pour ne pas se réjouir de ce revirement. Sa remarque signifiait seulement que sa colère contre lui ne lui faisait pas oublier les besoins de sa fille. Apercevant une épicerie à quelques mètres de là, il se gara devant. Il ne prit pas la peine d'ôter les clés du contact, prévoyant que la course ne lui prendrait guère plus de quelques minutes. A son grand étonnement, Elise détacha elle aussi sa ceinture de sécurité.

— Nous n'avons pas besoin d'y aller tous les deux, lui dit-il.

— Je suis tout à fait capable d'acheter une bouteille de lait, tu sais.

— Arrête de prétendre que tout va bien. Je sais que c'est faux. Et je m'en veux parce que c'est ma faute.

Sans même daigner le regarder, Elise détacha Molly de son siège. Puis elle entra dans le magasin où elle se dirigea vers le rayon des laitages. Jared verrouilla la voiture et la suivit à l'intérieur. Quand elle eut trouvé une grande bouteille de lait, elle gagna la caisse.

— Bonjour ! fit l'employé d'une voix enjouée.

C'était un grand homme chauve d'une cinquantaine d'années. Elise ne répondit pas et Jared vit qu'elle était totalement perdue dans ses pensées. Elle n'avait sans doute même pas entendu le salut du commerçant.

— Bonjour, répondit-il donc en s'avançant.

— Vous êtes nouveaux par ici, fit remarquer l'épicier.

Il prit la bouteille de lait et, sur une caisse d'un autre âge, tapa la somme qui figurait sur l'étiquette.

— Je m'appelle Pete, et je suis le propriétaire de ce magasin. Si vous avez besoin de quoi que ce soit, n'hésitez pas à demander. Vous pouvez aussi vous adresser au bazar qui se trouve un peu plus bas dans la rue, sur la droite.

Il s'interrompit pour adresser un clin d'œil à Elise.

— Et si vous ne trouvez toujours pas, revenez chez moi. Je déploierai mes antennes et c'est bien le diable si on ne finira pas par vous dénicher ce que vous voulez.

Lorsque Elise lui tendit un billet sans prononcer un mot, l'inquiétude de Jared se mua en angoisse. Pas parce qu'il pensait qu'elle était furieuse, mais parce qu'il redoutait de reconnaître les signes avant-coureurs d'un repli sur soi. Il ne pouvait pas la laisser ainsi ! Elle avait la responsabilité d'un enfant. Toujours sans un mot, Elise prit sa monnaie, puis la bouteille, et s'avança vers la sortie.

— Merci, dit Jared en souriant à Pete.

— Je vous en prie, repartit celui-ci, non sans lancer un regard intrigué vers Elise.

Jared soupira. Pour avoir vécu la même chose pendant des années, il savait ce que la jeune femme éprouvait : elle se sentait aspirée par la spirale sombre de la dépression. Par sa faute ; car si elle avait découvert la vérité sur sa famille par elle-même, elle aurait probablement mieux su appréhender sa déception.

Il marcha rapidement vers la voiture et lança le moteur dès qu'il fut derrière le volant. De quelle façon pourrait-il tirer Elise de la mauvaise passe où sa précipitation l'avait entraînée ?

En quelques minutes, ils avaient quitté la ville. La route de campagne qu'ils empruntèrent longeait trois fermes. Bientôt, il aperçut la boîte aux lettres en forme de chat et il s'engagea dans l'allée de gravier. D'emblée, il aima les arbres majestueux qui la bordaient, protégeant la propriété des regards extérieurs. Mais quand ils arrivèrent au bout de l'allée, le paysage idyllique laissa la place à un lieu envahi par les ronces et les mauvaises herbes.

Des buissons et des arbustes qui n'avaient pas été taillés ployaient sous le poids de leurs branches, au milieu des hautes herbes recouvrant ce qui avait dû autrefois être une pelouse. Une voiture rouillée était rangée dans un garage de bois dont la peinture s'écaillait.

— Je comprends mieux pourquoi M. Collins t'a conseillé de faire quelques travaux avant de la mettre en vente, s'exclama-t-il, abasourdi par l'état d'abandon des lieux.

Sans prendre la peine de relever sa remarque, Elise sauta de la voiture et sortit Molly de son siège. Etouffant un juron de frustration, Jared se dirigea vers le coffre pour prendre les affaires de la jeune femme. La maison en elle-même n'avait pas l'air en si piteux état. De plus près, il constata néanmoins que le bâtiment principal avait besoin d'une couche de peinture. Deux planches de l'escalier qui menait au porche d'entrée étaient cassées.

Seigneur ! Il ne pouvait pas la laisser, seule et triste, dans cet endroit passablement délabré.

Elise ouvrit la porte principale. Il eut alors l'agréable surprise de découvrir un vestibule au joli carrelage de céramique grège et un escalier en merisier. Mis à part la poussière qui voilait les meubles, le salon et la salle à manger lui firent aussi une bonne impression. Les meubles étaient anciens, mais élégants. Ils entrèrent dans la cuisine, et Elise parcourut la pièce d'un regard circulaire.

— On dirait que j'ai également hérité de l'équipement électroménager…

Bien qu'il fût soulagé qu'elle ait enfin parlé, Jared éprouva un bref accès de panique. Elle était arrivée chez elle et c'est ici que leurs routes se séparaient. Parcourant à son tour la pièce du regard dans l'espoir absurde d'y trouver un prétexte pour rester, il remarqua une tache d'humidité au plafond.

— Cette tache ne me dit rien qui vaille. Il doit y avoir une fuite quelque part.

— Peut-être que la salle de bains se trouve juste au-dessus de la cuisine ; dans ce cas c'est sans doute une canalisation.

Elle ouvrit un tiroir du plan de travail.

— Apparemment, la personne qui a fait le ménage a laissé les couverts.

— Tu penses sérieusement que quelqu'un a fait le ménage ici ?

— Rien ne traîne, répliqua-t-elle en haussant les épaules. Pas de vaisselle sale. Juste de la poussière.

Après avoir inspecté les placards, elle se tourna vers Jared.

— Il n'y a rien à manger, mais je possède une maison meublée et équipée, annonça-t-elle, un sourire au coin des lèvres.

Jared sourit à son tour. Il avait décelé de l'enthousiasme

dans sa voix, et peut-être disait-elle vrai quand elle affirmait qu'elle allait bien. A moins qu'elle n'affiche une satisfaction de façade pour hâter son départ ? Attendait-elle d'être seule pour laisser libre cours à son désespoir et sombrer dans la tristesse ? Il fallait à tout prix qu'il trouve un moyen de l'occuper. En s'assurant qu'elle engage des artisans qui se chargeraient des réparations, pour commencer.

— Allons voir à quoi ressemble cette fuite, dit-il.

Tandis qu'il montait l'escalier, il se fit la réflexion que les murs étaient sains. Les marches ne craquaient pas et le parquet sous les tapis au rez-de-chaussée lui avait paru en bon état. La tache qu'ils découvrirent au plafond de la salle de bains du premier lui fit comprendre qu'il y avait une fuite dans la toiture. Enfin un problème qu'il pouvait l'aider à résoudre ! Il lui suffirait d'exagérer légèrement la gravité de la fuite pour la convaincre de prendre une chambre dans la maison d'hôtes qu'il avait repérée à Four Corners… Il serait plus rassuré de savoir qu'elle avait de la compagnie.

— Tu ne comptes pas rester dans la maison pendant les travaux, n'est-ce pas ?

— En fait si.

Il pointa le plafond du doigt.

— Je te le déconseille.

Au lieu de l'alarmer, son air sérieux la fit éclater de rire.

— Tu te fiches de moi ? Une petite tache d'humidité ne rend pas une maison insalubre.

Appuyé contre le lavabo, Jared planta son regard dans le sien.

— Ecoute, Elise, ce n'est pas le moment de faire ta tête de mule. Tu peux sans doute t'accommoder d'une fuite, mais as-tu vraiment envie que Molly vive ici dans ces conditions ?

— Je compte faire réparer le toit. De toute évidence, je vais devoir réparer beaucoup de choses si je veux obtenir un bon prix de la maison…

— Je refuse de vous laisser dans cette maison où le toit risque de vous tomber sur la tête.

Sur ces mots, il sortit de la salle de bains et parcourut le couloir de l'étage à la recherche de l'accès au grenier. Ne trouvant rien, il entra dans la première chambre. Les draps et les oreillers avaient été enlevés pour ne laisser qu'un matelas recouvert d'une housse en plastique. Ici aussi, quelqu'un avait ôté les effets personnels de la grand-mère d'Elise après sa mort. Ce qui restait ressemblait à une coquille vide. Tout comme la vie d'Elise. Elle avait tout, sauf des amis sur qui compter. Et il remédierait à cette situation avant de partir ! Quitte à mentir un peu.

Outre le lit, une armoire et un grand miroir constituaient l'ameublement de la pièce. Deux portes faisaient face au lit. Il ouvrit la première pour trouver un placard rempli de linge. La seconde lui découvrit l'escalier menant au grenier.

Comme il avait l'intention d'exagérer la taille de la fuite afin de convaincre Elise de ne pas rester dans la maison, il ne pouvait la laisser l'accompagner pour examiner les dégâts. Se tournant vers la jeune femme, il désigna Molly du doigt.

— Tu ferais mieux de rester ici.

Puis il grimpa les marches raides.

L'épaisse couche de poussière parfaitement sèche qu'il trouva partout dans les combles lui confirma que la fuite ne touchait qu'une partie limitée du toit. Par chance, rien n'avait été entreposé à cet endroit. Il inspecta soigneusement la charpente, ce qui lui rappela le temps où il travaillait comme charpentier pour payer ses études de droit. Le toit n'était pas délabré, mais il était vétuste. Etant donné la taille de la maison, ce ne serait pas très long de le changer ; une équipe de deux ou trois hommes le ferait en quelques jours. Avec un peu d'aide, *lui-même* le ferait en quelques jours…

Plus il retournait cette idée dans son esprit, plus elle lui paraissait excellente. S'il restait, Elise ne serait pas seule… Un sourire étira ses lèvres tandis que son plan prenait forme. A l'approche de Noël, les couvreurs étaient sans doute tous déjà pris par des chantiers. Quand elle constaterait qu'ils étaient tous débordés, il lui proposerait son aide, et resterait ainsi quelques jours supplémentaires.

Satisfait, il redescendit où Elise l'attendait.

— D'accord, admit-il, j'ai peut-être paniqué un peu trop tôt. Je vais encore jeter un œil à la cave, mais si tu fais réparer ce toit rapidement, je pense qu'il n'y a pas de danger à occuper la maison.

— Parfait ! Si tu me prêtes ton portable, j'appellerai un couvreur pendant que tu visites la cave.

— La cave peut attendre, je préfère rester avec toi pendant que tu téléphones, au cas où on te poserait des questions précises sur l'état du toit.

Ils revinrent dans la cuisine, où Elise fouilla les placards à la recherche d'un annuaire. Quand elle l'eut trouvé, Jared lui tendit son téléphone et prit Molly dans ses bras.

Comme il s'y attendait, aucun entrepreneur n'était disponible, pas même pour établir un devis. Lorsqu'elle eut terminé, Jared lui tendit Molly et reprit son portable.

— Laisse-moi essayer, proposa-t-il.

— Tu as bien vu que personne n'était libre.

— Sait-on jamais, peut-être saurai-je me montrer plus persuasif ?

Bien entendu, ce stratagème n'était destiné qu'à endormir sa méfiance. Comme un joueur de poker avec une main gagnante désirant pousser son adversaire à surenchérir, il agita une carotte devant son nez.

— Si je trouve quelqu'un pour demain, tu seras enfin débarrassée de moi.

— Comment t'y prendras-tu ?

— Je te rappelle que la persuasion est ma spécialité.

Il composa le premier numéro sur la liste et la secrétaire qu'il eut au bout du fil lui apprit que le patron et son équipe étaient tous occupés à l'extérieur. Jared lui susurra que son patron ne le regretterait pas s'il le rappelait, mais elle éclata de rire avant de lui répondre qu'il avait tellement de travail que la perspective de gagner davantage ne suffirait pas à lui faire accepter un contrat supplémentaire.

Jared appela donc l'entreprise suivante. Il s'agissait d'une compagnie plus importante, et la réceptionniste transféra son appel à un responsable commercial. Celui-ci aussi refusa l'offre alléchante qu'il lui fit : ses équipes faisaient déjà des heures supplémentaires pour honorer les contrats en cours.

Il appela ainsi tous les noms figurant dans l'annuaire, sans rencontrer plus de succès qu'Elise.

— On dirait que l'argent n'a pas autant de poids ici qu'à L.A., fit-elle remarquer avec un petit sourire narquois quand il raccrocha.

— En temps normal, j'obtiens toujours ce que je veux.

— Bienvenue dans la vraie vie !

— En fait, je connais très bien la vraie vie. Ne t'ai-je pas dit que j'avais financé mes études de droit en travaillant sur des chantiers de construction ?

Il prit une profonde inspiration avant de se lancer.

— J'ai une offre à te faire. Je vais réparer ton toit.

— Toi ? s'esclaffa-t-elle.

— Je ne plaisante pas ! Je m'y connais, ce n'est pas très compliqué. Et puis le grand air me fera le plus grand bien.

Incrédule, elle se contenta de le fixer.

— Donne-moi cinq jours, insista-t-il, tout en s'avançant vers l'escalier.

S'il voulait changer la toiture, il devait prendre des mesures.

— Si je trouve quelques gars pour m'aider, tu seras débarrassée de moi en moins de temps qu'il n'en faut pour le dire. Ce n'est pas un chantier très difficile.

— Jared, Noël approche, tes parents…

Il était déjà à mi-chemin du premier étage quand sa phrase le coupa net dans son élan. Il se retourna et plongea son regard gris dans le sien.

— Mes parents seront fiers de moi quand ils apprendront que je t'ai donné un coup de main.

— Je ne fais que te retarder davantage.

— Tu n'es responsable de rien. C'est mon choix. Si tu es d'accord pour que je me charge de ton toit, je vais aller faire un tour en ville afin de trouver des hommes pour me seconder. A plusieurs, ce sera terminé avant Noël et je serai à la maison pour les fêtes.

Elle poussa un soupir à fendre l'âme, et il sut qu'il avait remporté la partie.

— D'accord…

— Je m'attendais à plus de résistance.

— Je suis bien obligée de faire preuve de pragmatisme. Je ne peux tout de même pas passer des semaines ici avec un bébé en attendant qu'un entrepreneur ait un créneau libre.

— J'aime bien quand tu es pragmatique !

Oui, il appréciait cette facette de sa personnalité. Cela le changeait tellement des célébrités écervelées qu'il avait coutume de secourir ! En outre, le bon sens avec lequel Elise abordait la vie lui permettait, à lui, de se pardonner plus facilement la bévue qu'il avait commise en interrogeant le notaire sur sa famille. Pour une fois, il ne se sentait pas forcé de se racheter. Et c'était agréable. En fait, les quelques jours qu'il avait passés avec Elise l'avaient profondément changé. Ou plutôt, il était redevenu lui-même. Pas l'homme insensible qui pouponnait les stars du tout-Hollywood. Pas le reclus que les murs de son appartement séparaient du reste du monde. Simplement lui-même. Et jamais il n'aurait cru que cela lui semblerait aussi facile.

— Mais avant d'entreprendre quoi que ce soit, reprit Elise, tu dois accepter que je paie pour le matériel.

— Pas de problème. Accorde-moi le reste de la journée pour engager des ouvriers et repérer les magasins de matériaux. J'espère qu'il y a une quincaillerie et un dépôt de bois dans la région. J'achèterai ce dont j'ai besoin et je t'apporterai la facture.

— J'ai l'impression d'être la complice d'un fugitif.

Jared s'arrêta et leva la main comme s'il prêtait serment.

— Tu n'y es pas du tout.

— Un de ces jours tu vas devoir me parler de ton passé.

— Je t'ai dit tout ce qu'il y avait à savoir. J'étais assistant du procureur et j'ai quitté New York pour Los Angeles, son soleil et ses grosses fortunes.

— J'ai du mal à te croire.

Mais il était déjà arrivé sur le palier du premier étage, d'où il s'écria :

— Regarde si tu trouves un crayon et un mètre !

6

Lorsque Jared retourna à Four Corners, le charme suranné de la petite bourgade s'insinua de nouveau en lui, ainsi que cette impression d'être chez lui dans un endroit où il n'avait pourtant jamais mis les pieds. Convaincu que, dès qu'ils apprendraient la présence de la petite-fille de Debbie parmi eux, les habitants lui rendraient des visites de courtoisie, il comptait annoncer discrètement la nouvelle afin qu'elle se propage en ville. Un flot de visiteurs empêcherait Elise de souffrir de la solitude et de l'isolement.

Quand il franchit la porte du bar-restaurant situé sur la Grand-Rue, les cloches tintèrent joyeusement.

— Bonjour, monsieur, l'accueillit la serveuse, qui essuyait le comptoir.

— Bonjour, répondit-il sur le même ton enjoué.

L'endroit lui rappelait un petit restaurant new-yorkais qu'il fréquentait jadis. MacKenzie aurait aimé le sapin décoré de boules multicolores…

— Qu'est-ce que je vous sers ? demanda la serveuse quand il fut installé au comptoir.

Décidé à mettre toutes les chances de son côté, il la gratifia d'un sourire enjôleur. Sa réputation était en jeu. Ne se flattait-il pas de toujours obtenir ce qu'il voulait ?

— Un café, s'il vous plaît. Ne connaîtriez-vous pas, par hasard, quelqu'un qui pourrait me donner un coup de main pour remplacer un toit ?

Elle posa une tasse de café devant lui et pointa le menton vers deux hommes assis dans un box.

— Je suis sûre que Tim et Brent seront ravis de gagner un peu d'argent pour acheter des cadeaux de Noël.

Jared prit son café et s'avança vers le box pour se présenter. Il leur apprit qu'il était un ami d'Elise McDermott, qui avait hérité de la propriété de sa grand-mère Debbie, et qu'il était à la recherche d'une équipe pour l'aider à refaire la toiture. Les deux hommes l'écoutèrent sans sourciller, peu soucieux, au fond, de savoir qui avait besoin d'un nouveau toit ou pourquoi. Ce qui les intéressait davantage, c'était de gagner un peu d'argent avant Noël.

Jared jeta un œil vers la serveuse. Leur conversation ne lui avait pas échappé et la nouvelle que Debbie McDermott avait une petite-fille se répandrait sous peu dans toute la ville.

Tandis qu'ils buvaient leur café, les deux hommes, Brent Logan et Tim Tibbadeau, lui confirmèrent qu'il trouverait un magasin de matériel de construction dans la petite ville voisine — et se proposèrent même de l'accompagner.

Tout se passa bien jusqu'à ce que Jared se retrouve avec un marteau entre les mains. Ce simple fait le transporta aussitôt dans le passé, à l'époque où il étudiait le droit. Il entendait la voix de MacKenzie l'accueillir quand il rentrait après avoir enchaîné huit heures sur un chantier et quatre heures de cours du soir ; il pouvait presque sentir l'odeur délicieuse des petits plats qu'elle préparait avec le peu d'argent qui leur restait, une fois ses frais de scolarité et ses livres payés.

— C'est la première fois que vous voyez un marteau ?

La réflexion de Tim l'arracha à ses souvenirs, et il leva les yeux vers ses deux compagnons. Son comportement les déconcertait visiblement ; il avait intérêt à leur expliquer de façon plausible pourquoi il était resté ainsi figé, dans le rayon d'un magasin, à fixer sans le voir un marteau tout à fait banal.

— Je me demandais quel type d'outils Elise pouvait avoir à la maison.

— Ah, bon, fit Tim. Je n'en reviens pas que Mme McDermott ait une petite-fille…

Tim était un homme de grande taille, aux épaules larges. Il lui faisait l'effet d'un joyeux boute-en-train. Jared avait appris lors du trajet en voiture qu'il entraînait l'équipe de football américain du lycée.

— Vous connaissiez son père ? demanda-t-il.

— Pas vraiment, reconnut Tim. Mais mon père le connaissait. Je l'ai entendu dire que Bill avait disparu sans donner de nouvelles quand il avait vingt ans. Tout le monde se disait qu'il avait dû se faire tuer, ou quelque chose dans ce genre. Mme McDermott ne parlait jamais de lui, comme si elle avait honte.

— Il y avait de quoi ?

— D'après mon père, c'était un bon à rien.

Tim s'interrompit un instant, comme si les éléments se mettaient lentement en place dans son esprit, puis son visage s'éclaira.

— Alors comme ça, Elise a hérité de la ferme pour elle toute seule ? C'est une jolie propriété. Elle doit valoir un paquet d'argent.

Une pensée lui vint soudain et il dévisagea Jared.

— Vous n'êtes pas ensemble, tous les deux, par hasard ?

— Non.

Malgré l'indifférence qu'il affichait, Jared sentit une vague de jalousie le submerger avec une violence inouïe. Son plan aurait une conséquence qu'il avait négligée ! Si, comme il le souhaitait, toute la ville défilait à la ferme pour voir à quoi ressemblait la nouvelle propriétaire, des hommes allaient inévitablement s'intéresser à Elise. Et pas seulement pour sa ferme. Un seul de ses sourires innocents — et malgré tout incroyablement sexy — suffirait à mettre tous les célibataires du coin à ses pieds. Tim Tibbadeau serait sans doute le premier à succomber au charme de la jeune femme.

Pourquoi était-il soudain aussi jaloux ? N'était-ce pas justement ce qui pouvait arriver de mieux à Elise ? Qu'elle rencontre un homme gentil, sur qui elle pouvait compter ? A en juger par l'accueil chaleureux qu'elle avait reçu chez le notaire, et même chez l'épicier, malgré son humeur maussade, il ne faisait aucun doute qu'elle s'intégrerait parfaitement dans cette petite communauté. Encore fallait-il qu'elle se rende compte que les sympathiques habitants de Four Corners remplaceraient avantageusement la famille dont elle avait toujours rêvé.

En retournant à la ferme, Jared échafauda un nouveau plan. Après avoir garé le 4x4 devant le garage, il déchargea le matériel tout neuf. Au bruit de la porte d'entrée, il devina qu'Elise, l'ayant entendu arriver, venait à sa rencontre. Il se tourna vers elle et son cœur fit une embardée. Qu'elle était ravissante ! En Caroline du Nord il faisait encore doux, et elle avait troqué son jean et son T-shirt contre un débardeur laissant deviner la naissance de ses seins et un bermuda mettant en valeur ses jambes fuselées ; la masse vaporeuse de ses boucles rousses flottait autour de son visage. Sa fraîcheur et son innocence étaient mille fois plus séduisantes que le glamour apprêté des actrices que son métier lui faisait rencontrer.

— Tu as les factures ?

Le crépuscule se reflétait dans sa chevelure et soulignait les taches de rousseur qui parsemaient son petit nez. Jared tenta une fois de plus de lutter contre les réactions qu'elle provoquait en lui, mais il finit par abandonner le combat. A quoi bon s'obstiner à nier l'évidence ? Qu'Elise paraisse ne pas être consciente de son charme le fascinait autant que son charme même. En tout cas, elle n'essayait pas d'en jouer. N'importe quel homme perdrait ses moyens en sa présence. Surtout s'il mourait d'envie de toucher sa peau, qui semblait si douce dans la lumière du soleil couchant.

Réprimant tant bien que mal le feu qui bouillonnait dans ses veines, il lui tendit les factures, qu'elle se mit à éplucher. Il devait absolument trouver un endroit pour dormir en ville : il ne pouvait rester sous le même toit qu'Elise sans risquer à tout moment de commettre une bêtise qu'il regretterait ensuite.

— Merci, dit-elle en lui souriant. Je vais te faire un chèque.

Comme il ne répondait rien, elle ajouta :

— Je suis surprise que tu ne tentes pas de m'en dissuader.

Il jugea inutile de lui annoncer que s'il acceptait qu'elle

paie les matériaux, c'était uniquement parce qu'il avait l'intention de payer la main-d'œuvre.

— Je ne me disputerai pas avec toi à propos d'un arrangement qui me convient très bien.

— Tu dois être le seul type au monde à considérer le remplacement d'un toit comme une partie de plaisir.

— Ce n'est pas une partie de plaisir. C'est une bonne action.

— Je pensais que tu n'accomplissais une bonne action que pour te racheter, ou pour de l'argent ?

Il n'allait quand même pas lui avouer qu'il devait faire pénitence pour expier le désir brûlant qu'elle lui inspirait !

— J'avais besoin d'un prétexte pour mes parents, lança-t-il négligemment.

En riant, elle s'éloigna. Jared fit un second voyage au magasin pour charger le reste de ses achats. Il était 8 heures passées quand il revint à la maison. Ses muscles le faisaient souffrir, mais pas autant que son cœur. Cette pensée le taraudait : une fois que les hommes de la ville auraient vu Elise, elle croulerait sous les invitations à dîner et les offres de services pour l'aider à remettre sa maison en état. Ce serait merveilleux pour elle, mais pas pour lui ! Bientôt, il ne ferait plus partie de sa vie et cela l'emplissait d'un curieux sentiment de vide. Pourtant, sa jalousie était mal placée. Tout comme l'attirance physique qu'il éprouvait pour elle. Refoulant ces pensées désagréables, il pénétra dans la cuisine.

— J'espère que cette maison a l'eau chau…

Il s'arrêta net en découvrant la pièce. Elle était d'une propreté immaculée. Elise l'avait nettoyée de fond en comble et même les appareils électriques étincelaient comme s'ils sortaient du magasin. Les rideaux avaient été lavés et une nappe à carreaux rouges et blancs recouvrait la table ronde. Molly siégeait fièrement dans une vieille chaise haute que sa mère avait dû dénicher dans la maison. Sur le feu, une cocotte exhalait un fumet divin. Jared s'en approcha.

— Qu'est-ce que c'est ?

Elise eut un sourire malicieux.

— Du jambalaya. Je pensais que, comme nous étions dans

le Sud, il fallait me montrer à la hauteur de notre réputation de gastronomie et d'hospitalité.

— Comment as-tu acheté toute cette nourriture ? s'étonna-t-il en montrant la miche de pain, le beurre et le thé glacé qu'elle avait posés sur la table.

— J'ai utilisé ton téléphone pour appeler l'épicerie.

— Tu as appelé Pete ?

— Oui. Ce vieux Pete m'a dit qu'il n'était pas homme à laisser une jeune femme et son bébé mourir de faim. Mais je le soupçonne d'avoir sauté sur l'occasion pour découvrir qui j'étais vraiment. Il faut dire que notre première rencontre lui avait laissé un souvenir mitigé.

Jared sentit les battements de son cœur s'accélérer, moitié par jalousie, moitié par fierté. Elle commençait déjà à se faire des amis ! Il aurait dû se douter que quelqu'un comme elle, livrée à elle-même depuis l'âge de dix-huit ans, encaisserait mieux la nouvelle qu'elle était seule au monde que lui, quand il avait appris la mort brutale de sa femme.

Elise tourna sur elle-même pour soulever le couvercle de la cocotte et vérifier l'assaisonnement.

— J'ai aussi trouvé des draps propres et j'ai préparé la chambre d'amis pour toi.

— Merci, grommela-t-il.

Devant la bonne humeur retrouvée de la jeune femme, il n'eut pas le courage de lui annoncer tout de suite qu'il ne pouvait pas accepter son invitation.

— Comment as-tu fait pour l'électricité ?

— Quand j'ai appelé M. Collins, il y a un mois, pour le prévenir que je venais, il m'a proposé de reprendre l'abonnement. C'est lui qui m'a suggéré de vivre ici pendant les travaux. Maintenant, dépêche-toi de prendre ta douche si tu ne veux pas que les gombos ressemblent à une infâme bouillie.

Même s'il ignorait à quoi ils pouvaient bien ressembler, la crainte que les gombos pâtissent de son retard le fit renoncer à prendre une douche. Il se contenta de se laver les mains et la figure dans le cabinet de toilette du rez-de-chaussée.

— Je pense que tu pourrais obtenir un très bon prix de

certains de ces meubles si tu les mets en vente sur internet, lança-t-il en revenant dans la cuisine. J'ai des amis antiquaires qui pourraient te faire une estimation.

— J'y réfléchirai.

— Ça te rapporterait pas mal d'argent, insista-t-il.

Elle le rejoignit à la table et lui servit du riz fumant, qu'elle recouvrit de la préparation rouge qu'elle appelait jambalaya.

— Je ne suis pas pressée, dit-elle en se servant à son tour. J'aimerais profiter des meubles quelque temps. C'est peut-être idiot, mais j'ai l'impression qu'ils m'aideront à découvrir qui était ma grand-mère.

— Toutes ses affaires ont été enlevées, fit-il remarquer. Je me demande qui s'en est chargé.

— Je me suis aussi posé la question et, pendant ton absence, j'ai téléphoné à M. Collins. Il m'a appris que c'est lui qui avait demandé aux amies de ma grand-mère de mettre de côté ses effets personnels, au cas où la maison serait mise en vente. C'était sa façon de préserver sa vie privée.

Jared allait décidément de surprise en surprise. Alors qu'il redoutait qu'Elise sombre dans l'abattement, elle s'était rapidement ressaisie ! Mais au lieu de le réjouir, ce constat l'emplissait d'une certaine tristesse. Elle n'avait plus vraiment besoin de lui. Troublé par les sentiments confus qui s'entrechoquaient dans son esprit, il s'éclaircit la gorge.

— Tim et Brent, les deux gars qui vont m'aider pour le toit, m'ont dit que ta grand-mère était une femme très sympathique et appréciée de tous.

— Je m'en doutais.

L'affection qu'elle ressentait pour son aïeule illuminait ses traits tandis que son regard effleurait les rideaux de cretonne, le plan de travail de bois, l'abat-jour ancien. Jared soupira. Bien sûr, il restait encore beaucoup à faire pour rendre la maison agréable à vivre, mais sa mission de sauveteur était terminée. Pourtant, Elise pouvait encore avoir besoin de lui, ne serait-ce que pour l'empêcher de dévier de la voie qu'elle s'était fixée.

— Quand tu auras bien inspecté ses affaires, je te conseille de faire un inventaire.

— Je ne comprends pas pourquoi tu insistes pour que je vende ces meubles ! s'exclama-t-elle en riant. Ne t'est-il pas venu à l'idée que je pourrais vouloir en garder pour moi ? Après tout, ils sont tout ce qui me rattache à ma famille.

Jared plongea le nez dans son assiette. Lui-même avait vendu jusqu'à la dernière petite cuillère que contenait son appartement à New York ; il n'avait rien voulu garder de ce qui pouvait lui rappeler la mort de sa femme. Il en était tout autrement pour Elise, et les objets ayant appartenu à sa grand-mère inconnue semblaient lui apporter un véritable réconfort.

Le moins qu'on puisse dire était que la jeune femme et lui avaient des façons diamétralement opposées de réagir aux événements traumatisants qu'ils avaient vécus. La capacité d'Elise à rebondir venait probablement de ce qu'elle n'était pas directement responsable de ses malheurs, contrairement à lui. Pour rien au monde il n'aurait pu garder des meubles ou des objets qui lui auraient rappelé qu'il avait commis l'erreur tragique qui avait coûté la vie à sa femme.

Repoussant le souvenir de la mort de MacKenzie, il porta sa fourchette à sa bouche.

— Hum… C'est délicieux !

Elise rosit sous le compliment.

Molly se joignit à la bonne humeur générale en gigotant dans sa chaise haute. Quand il lui fit des grimaces, elle poussa des petits cris de joie, et Jared oublia les blessures du passé. Le reste du dîner, la conversation roula sur les améliorations qu'Elise comptait apporter à sa maison. A la fin du repas, Molly se mit à bâiller et Jared proposa de faire la vaisselle pendant qu'Elise la coucherait. Il ne faisait que reculer pour mieux sauter, mais n'était-il pas normal qu'il l'aide après la rude journée qu'elle avait eue ? Il serait bien temps ensuite de lui annoncer qu'il allait dormir dans une maison d'hôtes. Quand elle redescendit du premier étage, il avait fini la vaisselle et remisé les restes dans le réfrigérateur.

— Elle s'est endormie tout de suite.

— Tu as un berceau ?

— Oui, une antiquité que j'ai trouvée au grenier. Même si je tiens à garder les affaires de ma grand-mère, je vais devoir en acheter un nouveau.

Une fois tous les sujets de conversation épuisés, un silence gêné s'abattit dans la cuisine. Elise et Molly étaient bien installées et elles ne risquaient rien. Qu'attendait-il donc pour se lever et dire au revoir ?

Ce fut Elise qui rompit le silence.

— Je prends la salle de bains en premier.

Cette remarque anodine lui fit soudain comprendre pourquoi il hésitait à s'en aller : Elise s'attendait à ce qu'il reste et il ne voulait pas la décevoir. Elle avait peut-être retrouvé le courage d'affronter l'avenir, mais elle n'en détestait pas moins être déçue. Dans ce domaine, il fallait reconnaître qu'elle avait eu son lot, et chaque déconvenue supplémentaire l'affectait plus violemment. Après l'incident de ce matin, il ne voulait pas qu'elle souffre de nouveau par sa faute. Il mit donc ses propres sentiments de côté et tâcha d'oublier les affres où le plongeait son désir pour elle.

— J'avais oublié. Nous n'en avons qu'une pour deux.

— Eh oui ! Et tu devras attendre ton tour.

En riant, elle sortit de la cuisine. Partager une salle de bains et un même toit ne semblait pas lui causer autant de problèmes qu'à lui… Au moins, cela prouvait qu'elle lui faisait enfin confiance, ce qui n'était pas le cas deux jours auparavant, quand la tempête les avait contraints à partager une chambre d'hôtel.

Bien sûr, la situation n'était pas tout à fait comparable. Ici, il y avait beaucoup plus d'espace… Hélas, ses hormones ne semblaient pas s'en apercevoir. Tandis qu'elle grimpait les marches quatre à quatre avec insouciance, il leva les yeux vers le plafond. Au bruit léger de ses pas, elle devait rassembler ce dont elle avait besoin. Sa chemise de nuit, son savon, son shampooing… Dans quelques instants, elle serait nue sous la douche… Horrifié par le tour que prenaient ses pensées, Jared alla rapidement s'installer devant la télé du salon. Quand il entendit Elise quitter la salle de bains, il laissa passer quelques minutes avant de monter à son tour à l'étage. Il se dirigeait vers la chambre de la jeune femme pour lui demander où elle avait rangé son sac de voyage, quand la lumière qui sortait d'une autre pièce l'arrêta. Intrigué, il passa la tête pour regarder à l'intérieur.

Elise se tenait près du berceau et contemplait Molly qui dormait. Quand elle sentit sa présence derrière elle, elle tourna la tête vers lui et Jared en eut le souffle coupé. Elle portait un peignoir rose par-dessus son pyjama à rayures roses et blanches. Sa tenue était parfaitement décente, mais sa couleur sublimait l'éclat de son teint de pêche et la rendait incroyablement jolie. Elle n'avait pas l'air sur la défensive, ni soucieuse. La vie s'ouvrait devant elle et ses soucis commençaient à s'envoler. L'expression qu'il découvrit sur son visage traduisait exactement ce nouvel état d'esprit. La gorge sèche, il passa la langue sur ses lèvres.

— Je... je voulais te demander où tu avais rangé mes affaires, parvint-il à articuler.

Elle le rejoignit dans le couloir puis referma derrière elle.

— C'est la deuxième porte sur la droite.

Ils restèrent quelques instants immobiles, les yeux dans les yeux. Ce fut encore Elise qui parla la première.

— Je voulais te remercier pour tout. Je sais que tu fais tout ça pour retarder ton arrivée à New York, mais je suis heureuse que tu sois resté pour m'aider.

Il déglutit péniblement. Le regard qu'elle plongeait dans le sien, dépourvu de crainte et de nervosité, le troublait profondément. Dans ce couloir faiblement éclairé, il prit soudain conscience qu'elle lui plaisait. Elle lui plaisait même beaucoup. Non, l'attirance qu'il éprouvait pour elle n'était pas une simple réaction physique de son corps après cinq ans de solitude affective. C'était comme s'il revenait enfin à la vie après une longue léthargie. Il brûlait de plonger les mains dans sa chevelure de feu, d'effleurer le contour délicat de son visage, de l'embrasser. Ses lèvres étaient-elles aussi douces qu'il l'imaginait ?

Un éclair de lucidité interrompit le cours sensuel de ses pensées. Avait-il donc oublié que sa faute le condamnait à la solitude ? Si la façon dont il avait perdu sa femme lui avait appris une chose, c'est qu'il ne méritait pas une seconde chance. Et encore moins avec une femme comme Elise. Après les épreuves qu'elle avait traversées, elle avait enfin trouvé un havre de paix dans cette maison, et il n'avait pas le droit de gâcher ses espoirs de bonheur.

Prenant une profonde inspiration, il recula d'un pas.

— Bonne nuit, Elise.

7

Le lendemain matin, Elise était dans la cuisine quand elle vit entrer Jared. Il la salua d'un ton détaché, comme si rien de particulier ne s'était passé entre eux la nuit précédente. Bien qu'elle fût persuadée que l'expression ardente avec laquelle il l'avait dévisagée dans la lumière tamisée du couloir trahissait la puissance de son désir, elle décida de calquer son attitude sur la sienne.

Elle lui rendit son salut et attendit qu'il se fût servi une tasse de café.

— Il y a aussi des céréales et des muffins. Mais je vais devoir aller en ville pour faire les courses.

— Si je mange ici pendant que je répare le toit, j'insiste pour participer aux frais.

Pour la première fois depuis qu'il l'avait rejointe dans la cuisine, leurs regards se rencontrèrent. Elise sentit une douce chaleur l'envahir quand les yeux gris de Jared se troublèrent, et la vérité s'abattit sur elle comme la foudre. L'indéniable attirance physique qui existait entre eux depuis le début, et contre laquelle ils n'avaient cessé de lutter, s'était progressivement compliquée de sentiments. Au fil des jours et des discussions, ils avaient appris à mieux se connaître, pour finir par s'apprécier réellement. Le seul problème, c'était que cette révélation ne semblait pas enchanter Jared, loin de là.

Comment allaient-ils affronter ce désir qui les dévorait ? Ils ne pouvaient pas continuer à se comporter comme s'il n'existait pas. Devait-elle convaincre Jared que ça valait la peine d'approfondir leur relation naissante, alors qu'elle n'était pas sûre d'en être convaincue elle-même ? Sans compter qu'elle risquait d'aller au-devant d'une cruelle désillusion, si, au bout du compte, il partait pour New York et qu'elle n'entendait plus jamais parler de lui.

N'était-ce pas l'histoire de sa vie ? Tous les gens à qui elle s'était attachée avaient fini par l'abandonner. Pourquoi en serait-il autrement avec Jared ?

Quand, à la suite de Jared, Tim et Brent descendirent du toit, à la nuit tombante, Elise les rejoignit dans la cour et leur proposa de rester dîner. Les deux hommes déclinèrent son invitation. Brent était attendu chez lui par sa femme et ses quatre enfants et le chien de Tim avait besoin d'une longue promenade après une journée enfermé dans le jardin. De toute évidence, Tim regrettait de ne pouvoir rester pour lier plus ample connaissance, mais au fond, Elise se réjouissait de passer une soirée en tête à tête avec Jared : elle avait besoin d'en savoir davantage sur lui avant de lui ouvrir son cœur.

Lorsque Jared pénétra dans la cuisine, le dîner était prêt. Molly, qui avait bu son biberon, était assise dans la chaise haute et mâchouillait son anneau de dentition.

— J'ai besoin de me débarbouiller.

— O.K.

Le sourire qu'elle affichait dut, à juste titre, lui paraître forcé.

— Quelque chose ne va pas ?

— Tout va très bien.

— Tu crois que je suis tombé de la dernière pluie ? Quand quelqu'un nie quelque chose un peu trop énergiquement, ou avec un trop grand sourire, c'est qu'il y a anguille sous roche…

— N'importe quoi. Va donc te débarbouiller.

— D'accord, mais tu ne perds rien pour attendre.

Jared s'absenta plus longtemps que prévu et revint dans la cuisine pieds nus et les cheveux humides. Il avait pris une douche.

— J'en avais vraiment besoin, dit-il en s'attablant. J'avais oublié à quel point ce genre de travail était salissant.

Tirant une chaise, Elise s'assit à son tour.

— J'apprécie vraiment ton aide.

Il prit deux côtelettes dans le plat et les déposa dans son assiette.

— C'est pour me montrer ta reconnaissance que tu me fais la tête ?

— Je ne fais pas la tête !

Bon sang ! Voilà le genre de malentendu où la conduisait sa tentative de masquer ses véritables sentiments.

— Parfait. Dans ce cas, nous allons pouvoir discuter.

A son ton, elle sut qu'il se sentait prêt à entrer dans le vif du sujet. Elle pouvait déjà l'entendre lui expliquer qu'ils n'étaient pas faits l'un pour l'autre, ou qu'une relation plus sérieuse ne les mènerait nulle part. Ce n'était certes pas le genre d'aveux qu'elle espérait, mais au moins, il cesserait de nier que cette attirance existait.

— Ah oui ? fit-elle en lui décochant un sourire narquois. De quoi veux-tu que nous discutions exactement ?

— J'ai pris une chambre dans une maison d'hôtes, annonça-t-il sans ambages.

— Quoi ?

— Je ne peux pas rester ici. Four Corners est une petite ville. Les gens vont commencer à jaser et tu dois penser à ta réputation.

Son raisonnement lui sembla tellement absurde qu'elle ne sut pas par où commencer pour le réfuter. Quand elle parvint enfin à recouvrer ses esprits, elle ne put que dire :

— Après tout ce que tu as fait pour moi, je ne pourrais pas te remercier en t'hébergeant quelques jours ?

— Tu as vu ce qui s'est passé la nuit dernière…

— Oui. Mais nous sommes des adultes. Nous nous sommes débrouillés jusqu'à présent, je ne vois pas pourquoi ça te pose un problème.

Jared baissa la tête pour éviter son regard.

— Tu n'as pas peur que nous fassions une bêtise que nous regretterions ensuite, l'accusa-t-elle. Ce qui t'effraie c'est de me faire souffrir quand tu t'en iras.

— Est-ce si mal ? fit-il en relevant la tête.

Elise n'en revenait pas. Tous les hommes auxquels elle s'était attachée avaient fini par l'abandonner. Sur ce point, Jared n'avait donc rien d'exceptionnel. Mais ses motivations le distinguaient de son père ou de Patrick. Il la fuyait parce qu'il voulait justement lui épargner les souffrances de la séparation, qu'il savait inévitable. Comment pouvait-elle lui en vouloir ?

— Tu prétends refuser mon hospitalité par égard pour moi ?

— C'est comme ça que je gagne ma vie, lui rappela-t-il. En protégeant les gens.

— Es-tu sûr que la maison d'hôtes a des chambres disponibles ?

— Quand je suis descendu du toit pour me désaltérer, j'en ai profité pour les appeler. J'ai réservé une chambre pour trois nuits.

Elise se sentit brusquement désemparée. Dans trois jours, il serait parti… Pourtant, il l'aimait assez pour se soucier de sa réputation ; et il n'était pas sûr de pouvoir résister à l'attirance qu'il éprouvait pour elle s'il restait sous son toit. Bah, elle le verrait encore la journée, même s'il ne passait plus ses nuits chez elle…

— Puis-je au moins payer ta chambre ?

Il secoua la tête avec lassitude.

— Nous savons tous les deux que j'ai largement les moyens de dormir à l'hôtel.

— Oui, mais tu ne restes à Four Corners que pour…

— Pour donner un coup de main à une amie. Une *amie*.

Il tendit la main pour saisir la sienne.

— Pour une fois, laisse tomber, Elise.

Elle frémit. Elle ne l'avait jamais entendu prononcer son nom avec autant d'émotion. Elle pencha légèrement la tête, sans quitter son regard, et de nouveau, elle lut comme à livre ouvert les sentiments violents qui se bousculaient en lui. La tendresse, l'envie qu'il avait d'elle, le désir brûlant qu'il ne songeait même plus à nier.

Elle lui plaisait ! En baissant les yeux sur leurs mains jointes, leur attirance mutuelle lui sembla soudain incroyablement réelle. Il ne s'agissait pas d'un fantasme, d'une rêverie éveillée de sa part. Et il n'était plus question d'une simple attirance sexuelle. Elle lui plaisait ! Mais elle ne devait pas se laisser submerger par l'excitation que cette révélation lui causait. Que penser de sa réticence à évoquer son passé ? En outre, quels que soient les sentiments qu'ils nourrissaient l'un pour l'autre, il allait partir bientôt. Selon toute vraisemblance, le temps qu'ils passaient ensemble ne serait qu'un interlude dans leurs existences. Allaient-ils prendre le risque de tout gâcher en cédant à leur passion ? Dégageant sa main de l'étreinte de Jared, elle soupira.

— D'accord, puisque tu insistes…

— Tu as encore mitonné des délices ! s'écria-t-il en s'emparant du plat de purée.

Comment arrivait-il à se montrer si désinvolte ? Et si Jared refusait de laisser libre cours à ses sentiments parce qu'il avait l'intention de trouver une compagne plus en rapport avec son statut d'avocat millionnaire ? Il était riche et beau comme un dieu, alors qu'elle-même était une mère célibataire fauchée tout juste jolie. On ne pouvait imaginer couple plus mal assorti. Mais oui, si elle lui avait plu, c'était uniquement dû à la promiscuité forcée de leur voyage en voiture…

Jared ne s'attarda pas après le dîner. Il aida Elise à débarrasser et à faire la vaisselle, mais quand elle s'apprêta à aller coucher Molly, il se dirigea vers la porte d'entrée.

— A demain…

Elise s'arrêta pour lui faire face. Pendant une fraction de seconde, il crut qu'elle allait tenter de le retenir, mais elle n'en fit rien.

— A demain, se contenta-t-elle de répondre avec un sourire.

La fraîcheur du dehors le surprit. Sur le toit aux bardeaux sombres qui reflétaient le soleil, il avait eu chaud toute la journée. Il s'installa au volant du 4x4. Au fond, cette extrême variation de température était à l'image de sa vie. Lorsqu'il se trouvait dans la lumière qui entourait ses clients célèbres, l'existence lui paraissait facile. Avec un sang-froid remarquable, il prenait les bonnes décisions, donnait des conseils avisés, résolvait les problèmes. La nuit, cependant, quand il se retrouvait seul dans son vaste appartement, la vie lui semblait dure et froide. Il avait lu des livres censés aider à surmonter le chagrin, sans succès. Rien ni personne ne parvenait à alléger le poids de sa culpabilité.

Voilà ce qu'il devait se rappeler chaque fois qu'il rêvait de se noyer dans les magnifiques yeux verts d'Elise. Il n'avait pas le droit de l'entraîner dans sa vie marquée par le drame.

A la maison d'hôtes, un monsieur d'un certain âge vint l'accueillir sous le porche.

— Bienvenue ! Je suis Dave et je suppose que vous devez être monsieur Johnson.

— Oui, dit-il en posant sa valise.

Il avait utilisé tous les vêtements de son sac de voyage et avait besoin des affaires qu'il avait rangées dans son second bagage. Il envisageait d'ailleurs d'acheter des vêtements plus appropriés pour exercer son activité de couvreur.

— Y a-t-il un centre commercial où je pourrais acheter un jean ?

— Inutile d'aller aussi loin. Pete vend des jeans, et des vêtements de travail.

— Effectivement. Je dois aussi laver du linge. Pourriez-vous m'indiquer une laverie automatique ?

— J'ignore si nous avons ça à Four Corners, répondit Dave avant d'ajouter avec un sourire : mais nous avons une machine à laver et un sèche-linge à demeure, ils sont à votre disposition.

Décidément, il n'avait jamais rencontré un aussi grand nombre de gens chaleureux dans une même ville. Elise et Molly avaient bel et bien trouvé l'endroit rêvé pour s'établir.

— Merci. Vous savez que votre ville est exceptionnelle ?

— Nous aimons à le penser, repartit Dave, manifestement touché par le compliment.

Puis il se tourna pour appeler :

— Aaron !

Un instant plus tard, un garçon de douze ans tout au plus surgit d'une porte à droite de l'entrée.

— Monte les bagages de M. Johnson à la chambre « Brise estivale ».

Le garçon acquiesça avec un sourire, prit la valise de Jared et grimpa l'escalier. Quand il fut hors de vue, Dave alla s'asseoir derrière un petit bureau.

— Je vous montrerai où se trouve la buanderie une fois que vous serez installé. Si vous voulez bien signer le registre et me donner votre carte de crédit… En cas de besoin, n'hésitez pas à m'appeler. Maude et moi tenons à ce que nos hôtes ne manquent de rien.

Curieusement, alors qu'il était habitué à ce que les gens se plient en quatre pour lui, Jared se sentait mal à l'aise, sans pouvoir se l'expliquer. Peut-être que cette sensation n'avait rien à voir avec la prévenance de son hôte et qu'au fond de lui, il rêvait de se trouver sur un lit grinçant, dans une vieille maison à la plomberie défaillante et au toit percé ? Il avait beau se répéter qu'il s'inquiétait pour Elise et Molly, qui allaient passer la nuit toutes seules, il ne parvenait pas à s'en convaincre.

Quand Elise se réveilla, le lendemain, la température avait chuté de façon spectaculaire. Le souvenir des hivers dans la Caroline du Nord de son enfance lui revint à la mémoire et elle comprit que le rafraîchissement de l'air annonçait le mauvais temps. Peut-être auraient-ils de la neige à Noël ?

Vêtue d'un jean et d'un T-shirt à manches longues, elle descendait l'escalier, Molly dans les bras, quand l'arôme du café chaud lui chatouilla les narines. Jared était déjà arrivé ! Elle pressa le pas. Elle le découvrit assis à la table de la cuisine, lisant le journal devant un panier de pâtisseries.

— Goûte un pain aux raisins, dit-il quand il la vit. Tu ne le regretteras pas, Maude est un authentique cordon-bleu.

Elise ne put s'empêcher d'éclater de rire. Décidément, Jared avait le don de la surprendre ! Sa froideur cachait des trésors de générosité et, bien qu'il ne se livrât pas facilement, il se révélait un agréable compagnon, facile à vivre. Elle installa Molly dans la chaise haute, puis alla vers le placard. Elle avait à peine sorti les céréales du bébé que Jared l'avait rejointe.

— Je t'en prie, goûte-les et prends un café. Pendant ce temps-là, je ferai déjeuner Molly.

Elle n'était pas d'humeur à se disputer pour quoi que ce soit avec Jared aujourd'hui. Il ne leur restait plus que quelques jours à passer ensemble et elle était déterminée à en profiter. Pour commencer, elle n'avait pas l'intention de rester cloîtrée dans la maison pendant qu'il travaillait sur le toit.

Forte de cette résolution, elle sortit un bol du placard et y versa les céréales.

— Tu peux prendre le lait dans le réfrigérateur ? Je vais préparer les céréales et tu pourras lui donner pendant que je goûterai ces fameux pains aux raisins.

Quand il revint vers elle avec la bouteille de lait, leurs regards s'accrochèrent.

Que n'aurait-elle donné pour être plus jolie ! Elle aurait également voulu être un peu plus expérimentée, un peu plus sophistiquée, bref posséder les qualités que Jared recherchait sans doute chez une femme.

Mais ce n'était pas le cas. Et ça ne le serait jamais. Sinon, pourquoi lutterait-il contre son attirance pour elle ? Elle pouvait lire dans ses yeux ardoise que ce qu'il ressentait le désolait... Tout en préparant les céréales de Molly, son esprit battait la campagne.

— J'ai une faveur à te demander, dit-elle enfin.

— Je t'écoute.

— J'ai besoin d'une voiture.

— Dans ce cas, appelle Pete et demande-lui l'adresse d'un concessionnaire. Je peux te prêter le 4x4 pour y aller.

— Tu penses que je peux acheter une voiture toute seule ?

— Oui. Tu ne t'en sens pas capable ?

— C'est juste que je ne l'ai jamais fait, et comme ça va

me coûter une partie de mes économies, j'ai un peu peur de faire une mauvaise affaire.

— Je suppose que Tim et Brent pourront se débrouiller sans moi aujourd'hui.

— Vraiment ?

Il parut se livrer à un rapide calcul, puis il lui sourit.

— Oui, ça devrait aller. Donne-moi dix minutes pour leur expliquer ce qu'ils doivent faire et nous partons.

— Merci ! Je vais vite prendre une douche et m'habiller.

— J'appelle Dave pour lui demander l'adresse d'un garage.

Elise n'entendit pas la fin de sa phrase : elle montait déjà l'escalier. Son cœur battait à tout rompre. Elle n'aurait pas cru si facile de le convaincre de passer la journée avec elle ! Si elle avait été d'un naturel plus optimiste, elle en aurait déduit qu'il voulait autant passer du temps avec elle qu'elle avec lui.

Malheureusement, elle connaissait trop bien les dures réalités de la vie pour se bercer ainsi d'illusions.

8

Dès qu'Elise eut quitté la cuisine, Jared appela la maison d'hôtes. Il entendait profiter pleinement des quelques heures qu'il allait passer avec la jeune femme pour la convaincre que Four Corners était l'endroit idéal pour elle et pour sa fille. En premier lieu, il allait la présenter à Maude et Dave.

— Maison d'hôtes de Four Corners ?

— Dave ? C'est Jared.

— Jared ? Tout va bien ?

— Oui. Je dois accompagner Elise pour acheter une voiture et j'aurais voulu savoir si vous et Maude seriez d'accord pour garder son bébé.

— Mais bien sûr, nous serons ravis ! Nous n'avons plus eu de bébé chez nous depuis le séjour des O'Hara, il y a des mois de ça.

— Parfait ! Au fait, pouvez-vous me conseiller un garage ?

A l'instant où il raccrocha, Elise le rejoignit. Elle portait un jean taille basse, un haut rose et un sweat-shirt gris.

Elle était décidément plus séduisante qu'aucune femme qu'il avait jamais rencontrée. A l'expression de son regard, on voyait qu'elle était toujours sur ses gardes, mais il avait appris à dépasser cette barrière qu'elle dressait pour se protéger du monde extérieur et il ne voyait plus que la merveilleuse jeune femme qu'elle était. Cette superbe créature qu'il mourait d'envie de prendre dans ses bras et de caresser... Juste une fois.

Au prix d'un terrible effort, il parvint à cesser de la fixer comme un homme affamé pour se concentrer sur l'organisation de leur matinée.

— Je viens de parler avec Dave. Il m'a donné l'adresse d'un concessionnaire dans la ville voisine. Four Corners n'a qu'un vendeur d'occasions. D'après lui, si tu veux une voiture qui tienne plusieurs années, mieux vaut aller directement à Omega.

— Je n'ai pas les moyens d'acheter une voiture neuve.

— Dans ce cas, va pour le garage local. Ah, j'oubliais : Maude et lui ont accepté de garder Molly pendant que nous serons partis.

La nuance de méfiance qui voilait toujours légèrement son regard émeraude se mua en franche inquiétude. Il ne l'avait pas piégée, pourtant. Ce n'était pas comme s'il avait attendu d'être arrivé à la maison d'hôtes pour lui dévoiler son projet ! Devant son absence de réaction, il insista :

— Je t'assure que ce sont des gens adorables, Elise.

— Je te crois. Mais Molly ne nous gênera pas.

— Considère que c'est une expérience.

— Que veux-tu dire ?

— Un jour ou l'autre, tu vas devoir chercher du travail et il faudra bien la confier à une nounou. Pourquoi ne pas faire un essai avec des gens charmants et dignes de confiance ?

— Je ne les connais pas.

— Je suis sûr que si tu passais un quart d'heure avec eux, tu leur ferais confiance.

Sans attendre sa réponse, il sortit Molly de la chaise haute et la prit dans ses bras.

— Elle est prête ?

Elise poussa un soupir de résignation.

— Oui. J'aurais dû me douter que tu mijotais un mauvais tour quand tu as accepté de m'aider aussi rapidement... Mais tu as raison, je vais bien devoir la confier à des étrangers un jour ou l'autre. Autant voir comment ça se passe avec tes amis. Laisse-moi lui laver la figure, et on y va.

Le trajet jusqu'au centre-ville se fit en silence. Nerveuse malgré tout à l'idée de confier sa fille à de parfaits inconnus,

Elise contemplait les décorations de Noël. Le rouge et le vert dominaient parmi les reflets clinquants des guirlandes qui dansaient dans le vent glacial annonçant la tempête. Dans son siège à l'arrière, Molly mordillait distraitement son anneau de dentition, sans se douter qu'elle allait bientôt être séparée de sa mère pour la première fois depuis sa naissance. Quand Jared se fut garé dans le petit parking attenant à la maison d'hôtes, Elise se précipita pour sortir sa fille de la voiture avant que Jared ait pu seulement songer à la porter. Si Dave et Maude ne lui revenaient pas, il était hors de question qu'elle leur confie son bébé.

— En tout cas, j'aime leur maison, fit-elle remarquer tandis qu'ils montaient les marches du porche.

— Attends de voir l'intérieur, c'est magnifique.

Il ouvrit la porte et s'écarta pour la laisser passer. La rampe d'escalier en chêne du vestibule était parée d'une guirlande argentée et de nœuds de satin rouge ; de petites bougies électriques scintillaient sur le délicat secrétaire qui devait servir à enregistrer les clients. Ils longèrent le couloir du rez-de-chaussée, découvrant au passage plusieurs petits salons meublés avec une élégance discrète.

— Dave ? héla Jared quand ils eurent traversé plusieurs pièces sans rencontrer personne.

— Aux fourneaux !

Elise suivit Jared dans la direction d'où provenait la voix. Poussant une porte battante, il la fit entrer dans la cuisine.

Quelle ne fut pas sa surprise de découvrir une vaste pièce, au design résolument contemporain ! Elle ne s'était pas attendue à trouver dans cette maison au charme suranné des éléments dernier cri en inox et un immense plan de travail en granit. Derrière l'espace dédié à la cuisine à proprement parler trônait une longue table de bois peinte en noir, avec dix chaises de bois noires aux dossiers en aluminium. Son étonnement n'avait pas échappé à Dave.

— Il faut bien que Maude ait un endroit pour préparer ses pâtisseries, déclara-t-il avec un clin d'œil malicieux.

La dame aux courts cheveux blancs qu'elle supposa être Maude lui donna une tape affectueuse sur le bras.

— C'est lui qui voulait cette cuisine pour ses repas de fruits de mer ! protesta-t-elle. Ça ne lui suffisait pas d'inviter la moitié de la ville, il fallait que tout ce beau monde puisse être installé dans la cuisine pour lui permettre de participer à la conversation tout en jonglant avec ses casseroles.

Jared éclata de rire, puis fit les présentations.

— Elise, je te présente Maude et Dave Greenway. Maude, David, voici Elise McDermott. Elle a hérité de la maison de…

— Nous sommes au courant, l'interrompit Dave.

Puis il tira une chaise et tendit les bras vers Elise.

— Donnez-moi le bébé et asseyez-vous donc !

Serrant Molly contre elle dans un geste protecteur, Elise se tourna vers Jared.

— Avons-nous le temps ?

— Nous avons toute la journée devant nous. Tim et Brent posent les bardeaux, c'est long mais facile, et ils peuvent très bien se passer de moi.

Voyant Dave s'approcher avec son sourire bienveillant, Elise déglutit péniblement.

— Laissez-moi lui ôter son manteau, dit-elle pour gagner du temps.

— D'accord. Je vais apporter le café.

Tandis qu'il s'éloignait, Elise se sentit idiote. Elle voyait bien que tout le monde essayait d'apaiser ses craintes, mais laisser Molly à quelqu'un pour la première fois n'était vraiment pas chose aisée ! Jared lui prit le manteau des mains. Il la débarrassa également du sac à langer.

— Je vais poser tout ça dans le salon bleu, dit-il.

— Vous voulez parler du « Paradis tropical » ? intervint Dave, qui revenait avec les tasses de café.

— Dave a baptisé chaque pièce, l'informa Jared.

— Les maisons d'hôtes les plus réputées le font ! Je me dois de me maintenir au niveau de la concurrence.

Elise, qui s'approchait de la table, ne put contenir son rire.

— Molly est un bébé magnifique, fit remarquer Maude en tirant une chaise pour Elise.

— Merci.

— Jared nous a appris que vous l'éleviez seule.

— Oui.

— Alors c'est bien que vous ayez hérité de la maison de Debbie.

— J'avoue que l'argent de la vente me sera utile.

David versa le café et tendit une tasse à Elise.

— Vous pouvez en tirer un bon prix.

— Je l'espère.

— Pourquoi ne pas la garder ? s'étonna Maude. C'est un endroit magnifique quand il est entretenu. Le jardin est merveilleux pour les enfants. Vous devriez y réfléchir.

— Oh, c'est impossible…, commença Elise.

Elle hésitait à s'épancher devant des inconnus. Mais après tout, puisqu'elle serait partie dans quelques semaines…

— En fait, je comptais sur cet argent pour prendre un nouveau départ.

Dave s'assit en face d'elle, bientôt imité par Jared, qui prit place à côté d'elle. Après avoir rempli la tasse de Jared, Dave hasarda :

— Pourquoi ne vendriez-vous pas les quelques hectares qui sont derrière la maison ? Ils sont constructibles. La somme que vous en tirerez vous permettrait de voir venir.

— Quelle est la surface exacte de la propriété ? voulut savoir Jared.

— Un peu plus de quinze hectares. Ce n'est rien si on pense à la taille des surfaces cultivables de nos jours. Mais si vous en vendez deux, mettons, vous gagnerez de l'argent sans renoncer à votre tranquillité.

— Vraiment ? murmura Elise, qui n'avait jamais envisagé cette solution.

— Je peux vous conseiller, si vous voulez, proposa Dave. Avant de me lancer dans l'hôtellerie j'étais dans l'immobilier.

Elise n'en croyait pas ses oreilles. Elle pourrait avoir de l'argent *et* une maison. Cela lui semblait tellement inconcevable.

— Je vais y réfléchir, promit-elle.

— Les travaux prendront encore quelques semaines. Tu as tout ton temps.

Le ton dégagé de Jared ne trompa pas Elise.

— Tu perds ton doigté, lui dit-elle en pivotant sur sa chaise pour lui faire face.

— Pardon ?

Elle se mit à rire.

— Dans les premiers jours de notre voyage, tu cachais mieux ton jeu quand tu voulais me manipuler.

— Je ne te manipulais pas, je te guidais ! La différence est subtile, mais de taille.

Puis, tout sourires, sans la quitter des yeux, il but quelques gorgées de café. Elise sentit son cœur palpiter. Il était vraiment superbe. Et il tenait suffisamment à elle pour s'assurer qu'elle prenne les bonnes décisions en ce qui concernait son avenir… Il avait compris son caractère ; il savait qu'il était inutile de lui imposer des idées, aussi bonnes soient-elles. Mieux valait tout mettre en œuvre pour qu'elle parvienne aux bonnes conclusions par elle-même. Néanmoins, il aurait à l'évidence préféré ne pas être attiré par elle… Sans doute parce que s'il appréciait certaines choses chez elle, d'autres devaient lui déplaire.

Le sujet de sa propriété étant épuisé, ils passèrent l'heure qui suivit à parler de Four Corners. Quand il sentit qu'elle était parfaitement à l'aise avec le couple, Jared se leva.

— Nous devons y aller.

Persuadée que Maude et Dave s'occuperaient bien de Molly, Elise se leva à son tour.

— Oui, et je pense que Molly aimerait faire une sieste.

— J'ai installé un berceau d'appoint dans la chambre « Famille heureuse », déclara Dave.

Elise ne put retenir un joyeux éclat de rire.

— Vous n'avez pas réellement appelé une de vos chambres « Famille heureuse » ?

— Si, il a osé, répondit Maude d'une voix faussement lugubre.

Quand ils quittèrent la maison, Elise reconnut que Maude et Dave étaient adorables.

— Je savais qu'ils te plairaient.

— La suggestion de Dave me paraît bonne.

— En effet.

— J'ai dit que j'y réfléchirais, pas que j'étais d'accord.

— C'est suffisant. Une décision aussi importante demande à être mûrement réfléchie. Je voulais seulement m'assurer que tu n'écartais pas cette possibilité.

— C'est noté ! lança-t-elle en se hâtant vers le 4x4.

Jared la suivit et lui tint la portière. Dans l'état d'émotivité où elle se trouvait, ce geste chevaleresque la bouleversa plus que de raison, et elle prit place en évitant soigneusement le regard de son compagnon.

Lorsqu'ils furent en vue du garage, un homme émergea du bâtiment en préfabriqué qui tenait lieu de bureau aux « Occasions Tomko », comme l'annonçait le panneau ornant la façade. Il se présenta comme Ed Tomko, le propriétaire. Il tenta d'abord de leur vendre un véhicule tout-terrain, mais Elise n'avait pas l'intention de dépasser le budget qu'elle s'était alloué et elle opta pour une petite voiture bleue, sûrement moins gourmande en essence.

Après l'avoir essayée, elle signa les papiers nécessaires au transfert d'argent de sa banque californienne sur le compte du garage. Ed Tomko lui promit que son véhicule serait prêt le lendemain matin, le temps que ses mécaniciens effectuent les derniers contrôles et fassent la vidange.

Heureuse de sa nouvelle acquisition, Elise glissa son bras sous celui de Jared tandis qu'ils retournaient vers le 4x4.

— Je t'invite à déjeuner.

— Je pensais que tu étais impatiente de retrouver Molly.

— Appelons Maude et Dave, et si Molly va bien, nous irons déjeuner.

Il sortit son portable de sa poche et le lui tendit.

— Leur numéro est mémorisé. Tape étoile, puis quatre.

Maude ne voyait aucun inconvénient à garder l'enfant une heure de plus.

— Eh bien, nous voilà en tête à tête…, dit Elise en raccrochant.

Si elle n'avait pas voulu flirter, sa voix ne s'était pas moins faite un peu rauque en prononçant ces mots. Jared s'écarta aussitôt d'elle. Bien sûr, il fit mine de se diriger vers la voiture, mais elle n'était pas dupe : il ne voulait surtout pas que leur escapade prenne une tournure romantique.

Cela valait sans doute mieux ainsi. La chance leur sourit et ils trouvèrent un box libre dans un restaurant bondé du centre-ville. Une serveuse avenante leur apporta deux tasses de café.

— Le café est offert par la maison, précisa-t-elle en leur tendant le menu. Je reviens prendre votre commande dans quelques minutes.

Elise parcourut la carte et eut un petit rire.

— Les spaghettis sont accompagnés de « sauce aux boulettes », et non de boulettes de viande ! s'exclama-t-elle. Ça me rappelle ma mère.

Des larmes lui montèrent aux yeux. Sa mère était la seule personne de son passé qui lui manquait. Elle n'avait pas choisi de mourir et si elle vivait encore, c'est elle qui serait en train de pouponner Molly en ce moment.

— Je prends les spaghettis.

— Moi aussi, dit Jared. Ça me rappellera la fac.

Ses traits s'étaient crispés. Se méprenant sur sa réaction, Elise le taquina :

— Qu'est-ce qui te gêne ? D'avoir choisi le plat le moins cher du menu ?

— Non.

— Dans ce cas, pourquoi cette grimace ?

Sans lever la tête du menu posé sur la table, il répondit :

— C'était une période difficile de ma vie, financièrement parlant. C'est tout.

— Une des premières choses que tu m'aies dites sur toi est que tu n'avais pas toujours été riche.

— C'est le moins qu'on puisse dire, fit-il avec un rire amer.

Elle attendit en vain des détails, mais n'insista pas. Après tout, le peu de confidences qu'il avait laissées échapper étaient déjà une sérieuse preuve de confiance.

La conversation prit un tour plus général et le déjeuner se déroula dans une ambiance détendue, Jared s'employant à lui peindre les avantages d'une installation à Four Corners. De retour à la maison d'hôtes, ils passèrent une autre heure à bavarder avec Dave et Maude, et quand ils revinrent chez elle, il était 5 heures. Alors que la ville étincelait des mille clignotements de guirlandes électriques, la maison et ses alentours étaient plongés dans l'obscurité ; elle paraissait abandonnée et cette pensée chagrina soudain Elise. Et si le foyer auquel elle aspirait depuis si longtemps n'était pas une ou plusieurs personnes, mais cette propriété qui avait appartenu à sa grand-mère ? Celle-ci l'aurait sûrement accueillie si elle avait eu vent de son existence et elle se devait de choyer cette maison comme le trésor qu'elle lui avait légué. Après tout, ne représentait-elle pas ses racines ?

Jared voulut voir le travail que Tim et Brent avaient accompli dans la journée. Elise s'apprêtait à monter les marches du porche quand il se pencha vers Molly et déposa un baiser sur la joue rebondie de la fillette.

— Bonne nuit, ma chérie.

Elise le dévisagea, interloquée et émue à la fois. Au fond de lui, Jared était un homme plein de tendresse. Pourquoi réprimait-il cet aspect de sa personnalité ? Jusqu'à présent, il n'était sorti de sa réserve un peu froide que pour lui apprendre qu'il avait été d'une pauvreté extrême pendant ses études. Et bien que ses parents soient encore vivants, et qu'il ait sans doute de la famille, il semblait plus seul au monde qu'elle, ce qui était un comble. Une pensée s'insinua dans son esprit. Peut-être que c'était lui qui devrait s'installer à Four Corners, cette petite ville dont il lui vantait les charmes dès qu'il le pouvait ? Peut-être devraient-ils y vivre ensemble ?

Craignant qu'il ne devine le cheminement de ses pensées, elle détourna la tête et poursuivit sa montée vers le perron.

— Je vais la coucher. C'est un peu tôt, mais Maude m'a

dit qu'elle n'avait pas fermé l'œil de l'après-midi et elle tombe de sommeil. On se retrouve dans la cuisine.

Molly fut bientôt changée et couchée dans son berceau. En attendant que sa fille s'endorme, Elise fit lentement les cent pas dans sa chambre. Elle aimait déjà les meubles de sa grand-mère. Si seulement elle avait pu la remercier de lui avoir donné, même sans le savoir, cette seconde chance pour un nouveau départ ! Elle caressa le contour de la coiffeuse qu'elle avait cirée la veille. Pourquoi ne se satisfaisait-elle pas de ce qu'elle avait ? Pourquoi voulait-elle à tout prix que Jared fasse partie de sa nouvelle vie ?

Malgré elle, elle pensa à Patrick. Quand elle l'avait rencontré, il était jeune, brillant, et débordait de projets. Aux yeux de la jeune fille de dix-huit ans qu'elle était, il semblait voué à un grand avenir. Bien sûr, elle ne pouvait pas accuser Jared d'être aussi irresponsable que Patrick, mais, lui aussi, elle le voyait comme quelqu'un ayant essentiellement besoin d'amour pour s'épanouir.

En fait, elle ignorait tout de Jared. Elle supposait qu'il retardait son voyage à New York de peur d'affronter quelque chose, mais quoi ? Il refusait d'en parler. Et si elle se trompait sur son compte, comme elle s'était trompée sur celui de Patrick ? Si elle avait tort de lui accorder le bénéfice du doute ? La vérité était qu'elle ne le connaissait pas assez pour savoir s'il était foncièrement bon ou mauvais.

S'apercevant que Molly s'était endormie, elle gagna le rez-de-chaussée, où elle trouva Jared dans l'entrée, sur le point de partir.

— Tu as déjà vérifié le toit ? s'étonna-t-elle.

— Il fait trop sombre pour distinguer quoi que ce soit.

La main sur la poignée de la porte, il semblait très pressé de s'en aller.

— Mais j'ai pu voir que Tim et Brent avaient pensé à fixer la bâche. Si la tempête se lève cette nuit, vous serez à l'abri.

— Bien.

Elise pencha la tête. Leur situation était vraiment compliquée. Elle se souciait de ce qu'il allait devenir quand il serait parti, tout comme lui se souciait de son avenir à elle. Le côté chevaleresque de Jared était tellement sexy, aussi sexy que ses boucles sombres ébouriffées par le vent d'hiver. Quel contraste il offrait avec l'avocat toujours tiré à quatre épingles qu'elle croisait en Californie, à le voir se tenir ainsi dans le vestibule d'une vieille ferme au fin fond de la Caroline du Nord, vêtu d'un jean et d'un blouson de cuir ! Il était si séduisant que son cœur battait à un rythme effréné quand elle le regardait. Elle mourait d'envie de le toucher, de l'embrasser. Juste une fois.

Mue par une force irrésistible, elle fit quelques pas vers lui, persuadée qu'il allait tourner la poignée et sortir, mais il ne bougea pas. Quand elle fut devant lui, il se mordit la lèvre, comme pour se donner une contenance.

— Eh bien, je vais y aller, dit-il d'une voix hésitante.

Elise enregistra les paroles de Jared sans les comprendre, fascinée par ses lèvres pleines aux contours harmonieux. Quel effet cela lui ferait de l'embrasser ?

— Tu sais, les femmes reprochent souvent aux hommes d'admirer leur poitrine quand elles leur parlent, articula Jared, alors je me demande si je dois mal le prendre quand tu fixes ma bouche comme ça.

Elle chercha son regard, parfaitement consciente que ses sentiments se lisaient dans le sien.

— Je ne veux pas que tu t'attaches à moi, marmonna-t-il.

— Trop tard.

A l'idée que cette occasion ne se représenterait sans doute jamais, elle eut le courage d'ajouter :

— Et toi aussi, tu t'es attaché à moi.

— Nous ne devons pas…

— C'est comme ça, c'est tout, murmura-t-elle.

Enhardie par son immobilité, elle se haussa sur la pointe des pieds, posa les mains sur ses épaules. Savourant la douceur du cuir sous ses doigts, elle s'avança et effleura ses lèvres des siennes.

Il prit une courte inspiration, et une de ses mains se posa sur sa hanche.

Elise sourit. Mais à l'instant où elle s'apprêtait à presser ses lèvres davantage contre sa bouche, il s'arracha à son étreinte.

Il la fixa pendant quelques secondes, puis ferma les yeux un bref instant.

— Bonne nuit, Elise.

Et, avant qu'elle ait pu le retenir, il était parti.

9

Ce furent les pleurs de Molly qui réveillèrent Elise le lendemain matin. Rejetant les couvertures, elle bondit hors du lit.

— Oh, mon cœur ! s'exclama-t-elle, maman est désolée. Je ne pensais pas dormir aussi tard.

Assise dans son berceau, les joues baignées de larmes, Molly tendait les bras vers elle. Elise la saisit aussitôt et la serra contre elle pour la consoler.

— Je vais changer ta couche, et ensuite je te préparerai ton biberon.

Molly se calma peu à peu et bientôt n'émit plus que des petits hoquets de plus en plus espacés. Contrariée, Elise alla prendre une couche propre dans l'armoire.

— Voilà où ça mène d'embrasser Jared, marmonna-t-elle. J'ai mis des heures à m'endormir et pour couronner le tout, ma petite fille doit s'égosiller pour que je me réveille enfin. Sans parler de la gêne que Jared et moi allons maintenant éprouver quand nous serons ensemble !

Malgré tout, elle ne pouvait s'empêcher de sourire en repensant à ce baiser. Il ne l'avait pas repoussée, tout d'abord. Au souvenir de sa main sur sa hanche, un frisson la parcourut de la tête aux pieds. La situation serait peut-être tendue entre eux, mais elle avait une preuve supplémentaire, si besoin était, qu'il avait envie d'elle.

Elle s'était tellement dépêchée de s'habiller, avant de dévaler l'escalier, qu'elle avait encore le souffle court quand Jared entra dans la cuisine. Au bruit de ses pas, elle se détourna de la machine à café, et quand leurs regards se croisèrent, sa respiration s'arrêta complètement.

Quand donc son cœur cesserait-il de battre la chamade chaque fois qu'elle le découvrait ? Il fallait reconnaître que, même vêtu d'une simple chemise à carreaux et d'un jean, il se dégageait de toute sa personne un magnétisme extraordinaire. Comment pouvait-elle s'imaginer qu'un homme comme lui s'intéressait à une femme comme elle ? Puis le souvenir de leur baiser lui revint à la mémoire.

Il la désirait autant qu'elle le désirait.

— Bonjour.

La gorge nouée, elle parvint à lui rendre son salut.

— Il faut que nous parlions, poursuivit-il.

Bien sûr, encore une discussion… Qu'il ne s'attende pas cependant à ce qu'elle le laisse mener la conversation, car cette fois elle avait la ferme intention de faire valoir son point de vue.

— Le café sera prêt dans deux minutes et il me reste encore des pains aux raisins de Maude…

— Ce matin, elle m'a préparé des toasts à la confiture d'abricot maison, avoua-t-il d'un air contrit. La bonne nouvelle, c'est que tu peux manger tous les pains aux raisins. La mauvaise, c'est que je vais devenir énorme si je ne quitte pas rapidement cette ville.

Le cœur d'Elise se serra. Elle chercha son regard, mais il le fuyait délibérément.

— Tu ne veux pas t'asseoir ? demanda-t-il.

La mort dans l'âme, elle prit la chaise qu'il venait de tirer. Jared s'attabla en face d'elle.

— Je ne veux pas que tu te fasses des idées sur moi, attaqua-t-il.

— Quel ego surdimensionné !

— Mon ego n'a rien à voir là-dedans. Tu voudrais me faire croire que ton baiser, hier soir, était innocent ?

— Certainement pas. Mais contrairement à toi, je ne cherche pas à me voiler la face, et je pense que les sentiments que tu éprouves pour moi ne sont pas moins forts que ce que je ressens pour toi.

Touché par l'accusation, Jared se renfonça dans sa chaise.

— C'est justement ce qui me dérange.

— Pas moi. Les émotions donnent un sens à la vie.

Il leva lentement son regard pour le plonger dans le sien.

— Je te rappelle que je ne vis pas dans la « vraie vie ».

— Il est peut-être temps de nous rejoindre.

— Tu ignores tout de moi.

— Je crois pourtant être la personne qui te connaît le mieux, mis à part peut-être Michael Feeney.

— Tu crois ? lança-t-il en repoussant sa chaise pour se lever. Tu ne sais même pas que j'ai été marié ! C'est ça que tu appelles me connaître ?

Sur cette réplique cinglante, il se dirigea à grands pas vers la porte, qu'il referma derrière lui avec un claquement sec, laissant Elise interloquée et furieuse contre elle-même. Comment ne s'était-elle pas doutée qu'un homme aussi séduisant que Jared avait été marié ? Pendant quelques secondes, le silence plana sur la pièce, finalement interrompu par le crachotement de la cafetière et le doux babil de Molly. Réalisant soudain que sa fille devait avoir faim, Elise s'arracha à la stupeur où l'avait plongée la révélation de Jared. Mue par la force de l'habitude, elle prépara rapidement le petit déjeuner de Molly, puis vint s'asseoir devant la chaise haute.

Jared avait raison : elle ne savait rien de lui ni de ses sentiments. Aveuglée par ses propres émotions, elle avait mal interprété la réaction purement sexuelle de son compagnon. Comme il était un gentleman, il refusait de s'engager dans une aventure sans lendemain. Par ailleurs, ne lui avait-il pas dit dès le premier jour qu'il s'interdisait toute liaison avec des mères de famille ?

Elle ferma les yeux pour retenir ses larmes. Quelle idiote elle était ! Elle n'avait aucune chance avec lui. Comment avait-elle pu s'imaginer qu'elle lui plaisait ?

Certes, il la désirait, indéniablement. Mais ça n'allait pas au-delà d'une attirance physique. Elle était décidément un piètre juge en matière d'hommes.

A midi, Jared traversa la cuisine pour se rendre dans le cabinet de toilette du rez-de-chaussée. Elise ne se retourna pas sur son passage. Quand il ressortit, elle lui demanda si Tim et Brent se joindraient à eux pour le déjeuner.

— Nous avons fini pour aujourd'hui.

— Déjà ?

— A trois, nous avons abattu un travail considérable. Je peux me charger seul du peu qu'il reste à faire.

— Mais ce qui aurait pris une journée à trois t'en prendra deux.

— Voire trois, admit-il en souriant d'un air penaud.

Le cœur d'Elise fit un bond dans sa poitrine. Comment pouvait-elle lui en vouloir quand il la regardait ainsi ?

— Je pensais te conduire au garage pour aller chercher ta voiture.

— Tu ne veux pas déjeuner ? Je comptais réchauffer le jambalaya.

— Je prendrai quelque chose en ville. Mais je reviendrai travailler cet après-midi.

Elise ravala sa déception.

— J'espère que tu as appelé tes parents pour les prévenir que tu avais encore changé tes plans.

— Oui, ne t'inquiète pas pour eux. Tout ce qui leur importe, c'est que je sois là à Noël.

— Tu as encore trouvé un moyen pour retarder ton départ.

— Il y a beaucoup de souvenirs que je n'ai pas envie d'affronter là-bas, admit-il avant d'enchaîner : je t'attends à la voiture.

Elise sursauta. Evidemment, s'il rechignait tant à rentrer à New York, c'est qu'il redoutait de rencontrer son ex-femme ! Peut-être l'aimait-il encore ? Cette pensée la plongea dans un profond abattement. Mais elle ne céderait pas au désespoir ! Une fois qu'elle aurait sa propre voiture, elle ne serait plus obligée de rester cloîtrée dans sa maison. N'était-ce pas ce que Jared voulait qu'elle fasse ? Rencontrer des gens, prendre part à la vie de Four Corners et… l'oublier.

L'après-midi, Elise se rendit à l'épicerie afin de faire quelques emplettes pour le dîner : même si elle avait renoncé à croire en l'avenir de leur relation, elle souhaitait laisser un bon souvenir à l'une des rares personnes qui l'avaient aidée sans rien attendre en échange.

Dès qu'elle fut de retour chez elle, elle rangea ses achats, puis entreprit de farcir le poulet entier qu'elle avait acheté chez Pete. Quand Jared descendit du toit, la journée finie, une délicieuse odeur de poulet rôti embaumait la maison.

— Hmm, ça sent merveilleusement bon !

— Dès que tu seras prêt, on passe à table.

— Mais…

— Il n'y a pas de mais ! Tu restes dîner avec moi. Je ne vais pas manger un poulet entier toute seule. Après le mal que je me suis donné pour préparer ce repas, je serais très déçue si tu refusais.

Comme elle l'avait prévu, ce dernier argument étouffa ses protestations dans l'œuf. Avec un haussement d'épaules résigné, il se dirigea vers la salle de bains.

Jared ôta sa chemise poussiéreuse pour se laver le visage et les bras. Quand il se tourna pour prendre une serviette, il aperçut son reflet dans le miroir. Ses cheveux en désordre formaient une couronne autour de sa tête, son visage hâlé par les quelques jours passés au grand air respirait la santé, ses yeux brillaient d'une lueur qu'il n'y avait plus vue depuis des années.

Il connaissait la cause du changement qui s'était opéré en lui. Tout comme il savait que le motif qui lui faisait retarder son départ avait changé. A l'origine, il ne voulait pas aller à New York, à présent il rechignait à quitter la Caroline du Nord.

Il n'aurait su dire exactement comment ce revirement s'était produit. En prenant une chambre en ville, il avait pourtant cru qu'il chasserait plus aisément Elise de ses pensées… C'était le contraire qui était arrivé. Malgré l'hospitalité sans faille de Dave et Maude, il comptait chaque minute qui le séparait d'Elise et de Molly.

Etouffant un juron, il essuya son visage. Il ne pouvait pas se permettre de tomber amoureux et d'imposer les fantômes de son passé à la femme qu'il aimait. S'il succombait à l'envie qu'il avait de coucher avec Elise, alors qu'il savait qu'il allait la quitter, il serait vraiment le dernier des derniers. Pourtant, chaque minute supplémentaire qu'il passait en sa compagnie semblait le précipiter vers cette issue fatale.

Lorsqu'il retourna dans la cuisine, le poulet trônait sur la table et la simplicité de cette scène le ramena des années en arrière, dans la maison de ses parents. Etait-ce cela qui le séduisait chez Elise ? L'attrait d'une vie simple et honnête, comme celle qu'il avait connue enfant ? Il secoua la tête. Il fallait cesser de divaguer. Cette vie-là n'était pas pour lui. Il avait eu sa part de bonheur et il l'avait détruite.

— Poulet rôti, purée de pommes de terre maison et haricots verts, annonça gaiement Elise en s'asseyant en face de lui.

Le sang de Jared se glaça dans ses veines. Par une cruelle coïncidence, ce menu était identique à celui que MacKenzie avait préparé pour fêter sa réussite à l'examen du barreau. Au prix d'un effort surhumain, il parvint néanmoins à surmonter le choc et c'est d'une voix enjouée qu'il répondit :

— Tu me gâtes trop.

— C'est bien la moindre des choses que je puisse faire pour te remercier.

Jared était incapable de détacher son regard d'Elise. Le visage de la jeune femme irradiait littéralement et il savait ce qu'elle ressentait. Cette pensée lui fut soudain insoutenable.

— Nous devons arrêter de prétendre qu'il ne se passe rien entre nous ! dit-il en posant brutalement sa fourchette sur la table.

— Mais il ne se passe rien entre nous ! Et tu fais tout pour éviter qu'il en soit autrement.

— Et toi, tu refuses de laisser tomber. Pourquoi as-tu préparé mes plats favoris ?

Devant une accusation aussi extravagante, Elise ne put retenir un éclat de rire.

— Je t'assure que je n'ai pas fait exprès.

— Pourtant, tout y est.

— Mais enfin, comment veux-tu que je sache quels sont tes plats préférés ? Bon sang, Jared, c'est toi-même qui n'arrêtes pas de me rappeler à quel point j'ignore tout de toi.

Les souvenirs qu'il avait réussi à museler jusque-là se bousculèrent dans son esprit. La voix de MacKenzie, son rire quand il l'avait appelée pour lui annoncer la nouvelle de sa réussite à l'examen… L'ascenseur le menant au nouvel appartement, plus spacieux, situé dans un immeuble plus chic, qu'ils habitaient deux ans plus tard. La même odeur délicieuse… Et cette douleur atroce, quand il était entré pour retrouver la femme qu'il aimait…, et qu'il l'avait découverte nageant dans une mare de sang.

S'arrachant à ce souvenir abominable, il bondit de sa chaise.

— Tu veux tout savoir de moi ? fit-il rageusement. Voilà l'histoire : mes parents étaient des ouvriers qui voulaient un avenir meilleur pour leur fils et ils ont sué sang et eau pour me payer des études. Mais pas assez pour me permettre d'aller jusqu'au bout, et j'ai dû me débrouiller tout seul.

— Jared, arrête !

— Oh non, tu voulais savoir, eh bien, tu sauras tout ! Deux mois avant le début des cours, j'ai rencontré une fille dont je suis tombé amoureux. Je l'aimais tellement que je ne voulais pas attendre d'avoir fini mes études pour l'épouser. Jusqu'à ce que je passe l'examen du barreau, nous avons connu une période de vaches maigres, mais ça lui était égal.

— Si tu n'as pas l'intention de manger, je vais débarrasser la table, l'interrompit Elise calmement en se levant.

— Qu'est-ce qui se passe ? Ça ne t'intéresse plus ?

Elise prit une profonde inspiration avant de répondre d'une voix posée :

— Pas de cette manière. Pas quand tu es en colère.

— C'est pourtant la seule émotion dont je suis capable.

— Eh bien, je pense que tu as tort de t'enferrer dans une émotion aussi négative.

— Ah oui ? Et qu'aurais-je dû éprouver quand j'ai trouvé ma femme assassinée en rentrant chez moi ? dit-il d'une voix sourde. Alors que c'était ma faute ? Quand je me suis vanté devant la presse que j'allais faire arrêter Tommy Hernandez, j'aurais pu tout aussi bien appuyer sur la détente. Ah, j'étais un sacré assistant du procureur ! Intraitable avec le crime. Mais cette fois-là, le crime a été impitoyable avec moi.

Quand il vit Elise pâlir, il réalisa ce qu'il venait de faire.

— Je dois m'en aller, jeta-t-il.

Elise ne tenta pas de le retenir et il ne pouvait la blâmer. A en juger par l'expression de son visage, il avait finalement obtenu ce qu'il voulait. Elle ne pourrait plus éprouver de sentiments bienveillants à son égard.

10

Le lendemain matin, Jared arriva une heure plus tard que d'habitude. Soit qu'il voulût rattraper le temps perdu, soit qu'il eût l'intention de l'éviter, il monta directement sur le toit.

Le cœur d'Elise saignait quand elle repensait à ce qu'elle avait appris la veille. Jared s'estimait responsable de la mort violente de sa femme. Face à une telle souffrance, elle se sentait totalement démunie. Aucune parole de réconfort ne suffirait à soulager sa peine.

Perdue dans ses pensées, elle rangeait la cuisine quand un coup frappé à la porte la fit sursauter. Quelle ne fut sa surprise, quand elle se retourna, de voir Maude qui entrait.

— Bonjour !

— Maude ! Quel bon vent vous amène ?

— Je me disais que vous aviez peut-être besoin de faire des courses et je me proposais de garder Molly, répondit Maude en accrochant son manteau à la patère. Mieux vaut qu'elle ne soit pas dans vos pattes pendant que vous vous transformerez en « vous savez qui ».

Elise éclata de rire.

— Vous n'avez pas besoin de prendre des précautions pour Molly. Je pense qu'elle ne soupçonne pas encore l'existence du Père Noël.

— Oh, vous seriez surprise de découvrir tout ce que les bébés comprennent, répliqua Maude en prenant Molly dans ses bras. Allez, sauvez-vous.

— Si ça ne vous ennuie pas, j'aurais voulu dire un mot à Jared avant de partir.

— Mais bien sûr ! Ne vous inquiétez pas pour Molly et moi, nous allons bien nous amuser.

— Vous êtes un ange.

Elise prit sa veste en polaire grise sur le portemanteau et sortit de la maison. Grimpant sur l'échelle, elle se hissa sur le toit.

— C'est superbe ! s'exclama-t-elle quand elle eut rejoint Jared.

Jared ne leva pas la tête du bardeau qu'il était en train de fixer. Elise sentit son cœur se serrer. Vu les cernes qu'il avait sous les yeux, il n'avait sans doute pas beaucoup dormi.

— Je n'ai pas l'intention d'en parler, maugréa-t-il.

— Bien sûr que si ! rétorqua-t-elle. Tu n'as pas le choix. Mais si tu préfères, nous pouvons parler de la pluie et du beau temps, pour commencer. Il gèle, ici !

— A cette hauteur, il n'y a pas d'arbres pour protéger du vent.

— En tout cas, c'est calme…

— Oui.

Muré dans un silence obstiné, il concentrait toute son attention sur sa tâche. Elle le laissa poser deux autres bardeaux avant de reprendre la parole.

— Tu sais, Maude est venue garder Molly, je peux donc rester ici toute la journée.

— Je ne pense pas que tu aies envie de perdre ton temps aussi bêtement.

— Tu crois vraiment me connaître, n'est-ce pas ?

— Ce n'est pas difficile de lire en toi.

— Après ce que tu m'as appris hier, moi aussi j'ai l'impression que je peux lire en toi.

Devant l'absence de réaction de Jared, elle poursuivit :

— Tu te sens responsable de la mort de ta femme.

— Laisse tomber, Elise.

— Certainement pas. J'ai l'impression que je suis la première personne à qui tu aies jamais parlé de ce qui est arrivé. Pour moi, ça signifie qu'il est temps.

Sa remarque énigmatique parvint à lui faire lever les yeux de son travail.

— Temps de quoi ?

— D'en parler.

— Ce n'est pas très prudent de venir me harceler quand j'ai une cloueuse à la main, dit-il.

— Je retrouve enfin le Jared que je connais ! s'exclama-t-elle en riant.

— Je pensais que nous étions convenus que tu ne me connaissais pas.

— Eh bien, nous nous sommes trompés. Tes révélations m'ont permis de compléter le puzzle.

— Super !

Le sarcasme dans sa voix la fit sourire, mais elle reprit immédiatement son sérieux.

— Je suis désolée de ce qui t'est arrivé. Mais je crois qu'il est temps que tu te pardonnes.

Il rejeta la tête en arrière et contempla le ciel un long moment.

— Tu ne vas pas me laisser tranquille, n'est-ce pas ? dit-il finalement.

— Explique-moi pourquoi tu refuses de faire la paix avec toi-même.

— Je ne peux pas, c'est tout.

— C'est faux. Mieux encore : je pense que tu es en train d'y parvenir. Et c'est ça qui te tracasse. Je te plais et tu ressens des choses que tu t'étais interdit de ressentir depuis la mort de ta femme. C'est pour ça que, chaque fois que tu fais un pas en avant, le rappel du passé t'oblige à reculer. La mort de ta femme a dû être horrible et je comprends que tu te sentes coupable, mais pour autant, tu ne peux pas vivre dans le passé indéfiniment. Je suis sûre que ta femme elle-même voudrait que tu arrêtes de te torturer ainsi.

Pour toute réponse, Jared se contenta de poser un nouveau bardeau et de le clouer. Elise remonta le col de sa veste.

— Elle était jolie ?

— Qui ?

— Ta femme.

— Oui, très, répondit-il au bout d'un temps qui lui sembla interminable. Elle était blonde aux yeux bleus.

Elise émit un sifflement admiratif, ce qui provoqua un petit rire chez Jared. C'était bon signe.

— Elle n'était pas seulement très jolie, reprit-il, elle était intelligente et douce.

Elise sourit. Même s'il ne parvenait pas encore à franchir la muraille invisible qu'il avait dressée pour réprimer ses sentiments, il parvenait enfin à évoquer sereinement le souvenir de sa femme. Cela dit, tant qu'il estimerait ne pas mériter le pardon, il ne pourrait pas dépasser complètement son chagrin. Or ce pardon ne pouvait venir que de lui-même. Une chose était sûre : s'il ne se l'accordait pas avant son départ, elle allait le perdre pour toujours.

— Combien de temps ça va durer ? demanda-t-elle.

— Quoi ?

— Le toit.

— Deux jours.

Ainsi, comme prévu, il partirait le soir du réveillon. Et, persuadé qu'il n'avait pas le droit de l'aimer, il ne la rappellerait jamais.

Elle serra les lèvres pour les empêcher de trembler.

— Maude m'a gentiment proposé de garder Molly, répéta-t-elle. Je vais en profiter pour aller en ville lui acheter un cadeau.

— O.K., fit-il sans la regarder.

Elise déglutit péniblement. Jared avait remis sa cuirasse et elle avait bien peur qu'il ne s'en défasse plus.

Jared suivit Elise du regard tandis qu'elle traversait le toit jusqu'à l'échelle et, longtemps après qu'elle eut disparu de son champ de vision, il continua à fixer le vide dans la direction qu'elle avait empruntée. L'inconcevable venait de se produire. Par sa persévérance, Elise avait réussi à gagner sa confiance et il lui avait ouvert son cœur. Il ne pouvait plus prétendre qu'elle ne signifiait rien à ses yeux. Personne, à part elle, n'avait réussi à percer la carapace derrière laquelle il s'était retranché pendant cinq ans. Et il ne pouvait nier que le baiser qu'elle lui avait donné l'avait bouleversé au plus profond de son être. Elise lui apparaissait comme une coupe d'eau fraîche après la traversée du désert. Mais comment savoir si ce désir dévastateur qu'elle lui inspirait n'était pas seulement sexuel ?

Quand Elise fut de retour, des nuages de plus en plus sombres s'accumulaient dans le ciel, laissant présager l'imminence d'une tempête de neige. La température avait encore chuté de façon spectaculaire et le vent la poussait dans le dos tandis qu'elle montait les marches du porche pour s'engouffrer dans la maison ; une bourrasque fit claquer la porte derrière elle. Une fois à l'abri, elle leva la tête et aperçut Jared qui s'avançait dans le vestibule, Molly dans les bras.

— Dave a appelé Maude pour qu'elle rentre à la maison. Je pense qu'elle lui manquait.

— Je suis désolée !

— Ce n'est pas grave. De toute façon, j'avais fini ma journée et j'étais heureux de prendre la relève.

Elise déposa ses paquets et ouvrit les bras.

— Coucou, mon bébé. Maman est rentrée.

— Je peux la garder le temps que tu montes tes achats à l'étage.

— Volontiers. Tu as faim ?

— J'ai préparé un gratin.

Elise le dévisagea quelques secondes, bouche bée. Non seulement il restait dîner avec elle, mais en plus il avait préparé le repas !

— Un gratin ? Avec quoi ?

— Les restes du poulet d'hier soir, des pâtes et de la sauce au fromage.

— Ça a l'air délicieux.

— Attends d'y avoir goûté avant de me féliciter.

Quand Elise entra dans la cuisine après avoir déposé les cadeaux de sa fille sur la commode de sa chambre, Molly était assise dans sa chaise haute et jouait avec un biscuit, pendant que Jared mettait la table.

Elle ignorait absolument pourquoi il était resté et pourquoi il avait préparé à dîner, mais elle était trop heureuse de passer quelques heures avec lui pour risquer de tout gâcher par ses questions. Elle se dirigea vers le réfrigérateur, d'où elle sortit la carafe de thé glacé.

— A en juger par le vent, la tempête ne va pas tarder à nous tomber dessus, fit-elle remarquer.

— Ça ne me plaît pas de te laisser seule ce soir.

Ainsi, c'était donc ça ! Le bon Samaritain avait repris du service…

— J'ai une voiture.

— Si tu avais un problème, tu viendrais à la maison d'hôtes ?

— Que pourrait-il m'arriver ?

— Je ne sais pas, admit-il en passant la main sur sa nuque.

Riant de son inquiétude sans fondement, elle s'assit.

— Je vais te laisser mon téléphone portable, dit-il en s'asseyant à son tour.

— Si tu y tiens.

Il prit son assiette et lui servit une généreuse part de gratin.

— Tu comptes t'acheter un téléphone, un de ces jours ?

— Je serai bien obligée.

— Comment as-tu fait pour vivre sans aussi longtemps ?

— J'avais un portable, mais Patrick est parti avec.

Peu soucieuse de s'appesantir sur son ex-petit ami, elle se mit à manger.

— C'est super bon !

— Merci. C'est une recette que je tiens de ma mère.

C'était la seconde fois qu'il laissait échapper une allusion à ses parents, mais comme il ne semblait pas vouloir en dire davantage, elle aborda un sujet plus général.

— Je suppose que la tempête t'empêchera de travailler sur le toit demain.

— Probablement. Tiens, pendant que Molly dormait, je suis allé faire un tour au grenier et j'ai découvert un carton plein de décorations de Noël. Si tu veux, je pourrais les installer avant de partir.

Ravie de cette occasion de passer du temps avec lui, Elise accepta son offre. Elle lui raconta alors comment sa mère décorait le porche de leur maison quand elle était enfant. A son tour, il évoqua des souvenirs de fêtes de fin d'année à Brooklyn.

Ils débarrassèrent la table et firent la vaisselle, tout en commentant leurs journées respectives, comme l'auraient fait un mari et sa femme. Toutefois, quand ils eurent terminé de ranger la cuisine, Jared refusa à Elise de rester pour une partie de cartes.

— Dans ce cas, je t'apporte ta veste, dit-elle en masquant sa déception.

Quand elle revint dans la cuisine, elle avait même réussi à plaquer un sourire sur ses lèvres.

— Ce n'est pas très chaud, fit-elle remarquer en lui tendant sa veste en cuir.

— C'est vrai. La vie à Los Angeles m'a fait oublier à quel point l'hiver pouvait être froid. J'ai intérêt à trouver quelque chose de plus chaud avant de m'aventurer à New York.

L'allusion à New York transperça le cœur d'Elise. Son départ semblait soudain imminent. Pourtant, chaque fibre de son être lui criait qu'ils étaient faits l'un pour l'autre. Mais que valait sa conviction face à l'obstination de Jared ? Elle ferait mieux de cesser de rêver, sinon, quand il partirait, elle se retrouverait non seulement seule, mais aussi malheureuse…

Elle se tournait pour ouvrir la porte, quand Jared la saisit par la taille et dans un mouvement fluide, il l'attira contre lui et se pencha pour poser sa bouche sur la sienne.

Elise crut que son cœur allait cesser de battre, et soudain, plus rien n'exista, hormis la sensation des lèvres tièdes de Jared, éveillant une multitude de sensations plus exquises les unes que les autres. Ainsi, Jared n'avait pas pu résister à l'envie de l'embrasser avant de partir !

Elle glissa les mains le long de son torse, où elle sentit ses muscles se contracter sous le cuir de sa veste. Pendant une seconde, elle crut qu'il allait s'interrompre ; mais il poussa un grognement contre ses lèvres et, resserrant son étreinte, il approfondit son baiser.

Un vertige délicieux l'envahit. Patrick et elle n'étaient que des adolescents inexpérimentés quand ils avaient commencé à sortir ensemble. Au fil des ans, ils avaient acquis une plus grande expérience, mais jamais leurs baisers n'avaient eu une telle intensité. Les lèvres expertes de Jared allumaient un désir violent en elle et elle aspirait de tout son corps à une intimité plus grande.

Aussi brusquement qu'il l'avait enlacée, Jared l'écarta pour plonger son regard dans le sien. Elle pouvait à peine respirer, et encore moins parler. Si un simple baiser lui coupait souffle et jambes, qu'en serait-il s'ils devenaient amants ?

Jared aussi semblait avoir du mal à respirer normalement.

— Bonne nuit, Elise, dit-il d'une voix rauque.

Ce fut seulement quand la porte se fut refermée derrière lui qu'Elise parvint à murmurer :

— Bonne nuit, Jared.

11

Lorsque Jared se réveilla le lendemain matin, la neige avait recouvert la petite ville de son blanc manteau. Savourant le silence si particulier qui règne après une première chute de neige, il se perdit dans la contemplation du spectacle apaisant qui s'offrait à ses yeux. Il avait oublié à quel point il aimait l'air vif qui piquait le visage en hiver, la blancheur immaculée des rues avant que les premières traces de pas ne viennent la souiller. L'essentiel devenait soudain évident, débarrassé des contingences de la vie quotidienne.

Quelques minutes plus tard, il entra dans la salle à manger, où se trouvait déjà Dave.

— Puis-je utiliser votre téléphone ?

— Je m'étonne qu'un gars de la ville comme vous n'ait pas de portable.

— J'en ai un, mais je l'ai laissé à Elise hier soir. Avec la tempête de neige qui menaçait, je ne voulais pas qu'elle et Molly se retrouvent coupées du monde.

— Sage initiative, approuva Dave avant de pointer l'index vers une porte fermée. Il y a un poste dans la salle de séjour.

— Merci.

L'estomac noué comme s'il avait été un collégien avant son premier rendez-vous amoureux, Jared s'installa dans le confortable fauteuil de velours rouge du salon. Le baiser de la veille n'avait fait qu'attiser son désir et c'est d'une main légèrement tremblante qu'il composa le numéro de son portable. A la troisième sonnerie, Elise décrocha.

— Allô ?

— Salut, c'est moi.

— Salut, répondit-elle après une brève hésitation.

Le son de sa voix douce et très légèrement voilée l'effleura comme une caresse. Seigneur, il avait oublié combien c'était agréable d'avoir une présence féminine dans sa vie ! Quelqu'un avec qui il s'entendait bien et dont il avait envie de sentir le corps nu contre le sien.

— Je voulais m'assurer que Molly et toi alliez bien.

— Nous allons bien. Tu es en train de déjeuner ?

— Dès que j'aurai raccroché.

— Qu'est-ce que Maude t'a préparé aujourd'hui ?

Jared ferma les yeux et huma l'air.

— Une omelette, je pense.

— Quel veinard !

— Tu veux que je t'en apporte ?

Elise eut un petit rire.

— Voyons ! Comme si toute la ville ne commençait pas déjà à jaser ! Qu'est-ce que ça sera quand on saura que tu m'apportes mon petit déjeuner tous les matins ?

— Les gens ont déjà cessé de se poser des questions à ton sujet. Ils savent que tu es une originale.

Elise s'esclaffa. Il avait aussi oublié combien il était agréable de faire rire quelqu'un ! En fait, il avait oublié bien des choses, et tout lui revenait avec une rapidité stupéfiante. Et c'est cette rapidité même qui l'effrayait. Depuis la mort de MacKenzie, les rares aventures qu'il avait eues étaient purement sexuelles. Or, même si le désir charnel qu'il éprouvait pour Elise était bien réel, il s'y mêlait aussi des sentiments beaucoup plus profonds et complexes.

Et il n'était pas sûr d'être prêt.

A cause de ses doutes, il ne pouvait prendre le risque de s'engager avec elle. Qu'adviendrait-il s'il reculait au dernier moment ? La souffrance d'Elise serait terrible.

Il s'éclaircit la gorge avant de reprendre :

— Je t'appelais aussi pour te prévenir que je ne viendrai pas ce matin. Mais je serai là cet après-midi pour t'aider à décorer la maison.

— D'accord. Quels sont tes projets pour la matinée ?

— Je vais faire du tourisme.

Le rire clair d'Elise lui chatouilla de nouveau l'oreille.

— Du tourisme ?

— Tu ne t'en rends sans doute pas compte parce que tu es née dans une petite ville, mais pour moi, Four Corners est très exotique. Je vais me balader et prendre des photos pour mes parents.

— O.K.

— A cet après-midi.

Pendant le petit déjeuner, Dave lui indiqua sur un plan les endroits particulièrement dignes d'intérêt. Avant de commencer sa visite, il se rendit chez Pete pour acquérir un appareil photo jetable et une veste fourrée. Quand il descendit la Grand-Rue, les mains enfoncées dans les poches, l'air mordant picotant son visage, il se sentit incroyablement vivant. Il avait trente-quatre ans, il était millionnaire et, si l'envie lui en prenait, il pouvait s'installer n'importe où, pour peu qu'il réussisse l'examen du barreau de l'Etat, comme il l'avait fait à New York et en Californie. Bref, l'avenir s'ouvrait à lui et il se sentait de taille à obtenir tout ce qu'il voulait. Mais ce qu'il voulait par-dessus tout, c'était Elise…

Le sentiment d'euphorie qui l'avait envahi se dissipa soudain. Il ne pouvait sérieusement envisager un avenir avec la jeune femme. D'abord, elle avait huit ans de moins que lui. Et après les épreuves qu'elle avait traversées, elle aspirait à une vie simple. Or la vie avec lui n'avait jamais été simple. Il était un bourreau de travail. Dès qu'un de ses clients l'appellerait, il abandonnerait Elise pour voler à son secours.

N'était-ce pas ainsi qu'il avait agi avec MacKenzie ? Son travail passait avant tout, au point que les rares souvenirs qui lui restaient de leurs derniers temps ensemble étaient ceux de son départ de l'appartement le matin et de son retour après une journée harassante. Et le même schéma risquait de se reproduire avec Elise. En pire, puisque des milliers de kilomètres les sépareraient. Leur relation était vouée à l'échec ; il ne vivait que par son travail et Elise, comme MacKenzie avant elle, méritait mieux.

Après quelques heures passées à visiter des lieux historiques et des boutiques, il reprit le chemin de la maison d'hôtes. En passant devant la vitrine d'une bijouterie, son regard fut attiré par un pendentif en or en forme de cœur. Immédiatement, il le fit penser à Elise, non pas parce qu'il l'avait vue porter un tel bijou, mais parce que — grâce à sa patience, son obstination et sa douceur — la jeune femme l'avait aidé à panser son cœur meurtri.

Ce n'était peut-être pas très sage de lui laisser un souvenir aussi personnel, mais il ne pouvait pas se résoudre à la quitter sans lui offrir un cadeau de Noël.

Si la neige recouvrait encore les jardins et les champs, le soleil avait pratiquement séché les routes quand Jared se rendit chez Elise. Il fut surpris, en arrivant devant la maison, de découvrir la voiture de Maude. S'il appréciait son hôtesse, sa présence contrariait ses projets : il aurait eu peur, en offrant son pendentif à Elise devant elle, d'éveiller des espoirs qui ne pourraient qu'être déçus. Aussi rangea-t-il l'écrin dans la poche de sa veste.

Elise avait dû l'entendre arriver car la porte d'entrée s'ouvrit sur elle avant même qu'il ait frappé.

— Joyeux Noël ! s'exclama-t-elle.

Jared tapa ses bottes contre le sol pour en ôter la neige, puis entra. Au même instant, Maude apparut dans le vestibule, portant Molly.

— Joyeux Noël ! lança-t-elle à son tour.

— Vous semblez bien gaies, toutes les deux, fit-il remarquer en se débarrassant de sa veste.

Elise lui adressa un merveilleux sourire.

— Nous avons fait des cookies, tu en veux un ?

Simultanément, ils s'approchèrent du portemanteau où Jared accrochait sa veste. Lorsqu'il s'écarta, il tendit la main vers elle, avant de s'interrompre. Elise inclina la tête, intriguée. Avait-elle rêvé, ou Jared venait-il de réprimer l'élan qui le poussait à la saluer par un rapide baiser ? Cette pensée la fit frissonner.

Quoi qu'il en soit, il s'était rapidement ressaisi.

— Je n'apprécie plus autant les cookies qu'avant, avoua-t-il en suivant Maude dans la cuisine.

Elise leur emboîta le pas. Bientôt, Jared se tenait devant la table et contemplait l'assiette de cookies aux formes extravagantes.

— C'est original, dit-il en souriant.

— C'est une tradition familiale, expliqua Maude. Au fil des ans, Dave et moi avons développé notre créativité en matière de cookies.

Elise tendit un gâteau en forme d'église à Jared.

— C'est moi qui ai peint les vitraux.

Jared ne put s'empêcher de rire à son tour.

— MacKenzie colorait le sucre en vert et en rouge pour décorer ses gâteaux de Noël.

Il secoua la tête et Elise retint son souffle. Bien qu'il ne lui eût jamais dit le nom de sa femme, elle sut qu'il s'agissait d'elle. Elle observait son visage, mais n'y décela aucune douleur quand il se tourna vers Maude pour préciser :

— MacKenzie était ma femme. Elle est morte.

Il avait dit cela si calmement qu'Elise se détendit.

— Oh, je suis désolée, répondit Maude.

Jared eut un sourire triste.

— Ça s'est passé il y a longtemps.

Il reporta son attention sur les gâteaux.

— Vous n'avez pas fait de pains d'épice ?

— Nous nous apprêtions à les préparer.

Jared fronça les sourcils devant l'étalage déjà conséquent de gâteaux de toutes tailles et formes sur la table.

— Vous trouvez qu'il n'y en a pas assez ? s'étonna-t-il.

— Je vais probablement en faire tout l'après-midi, repartit Maude. Dave a envahi ma cuisine avec ses crevettes. Ce soir, il a invité des amis pour jouer au poker et il leur prépare un petit festin. Elise m'a gentiment prêté son four.

— Oh ! Elise et moi avions l'intention de fixer les guirlandes électriques…

— Excellente idée ! s'exclama Maude. Pendant ce temps-là, Molly et moi, on s'occupera des gâteaux.

— Je vais chercher mon manteau, dit Elise à l'intention de Jared.

Au fur et à mesure qu'elle montait les marches vers sa chambre, son cœur battait plus vite. Passer un peu de temps seule avec Jared ! Cette pensée l'électrisait. Allait-il l'embrasser de nouveau ? Le souhaitait-elle seulement ? La réponse fusa : oui ! Mille fois oui ! Qu'il l'embrasse autant de fois que possible avant son départ. Peu lui importait qu'elle n'ait pas sa place dans sa vie et qu'elle ne le reverrait sans doute jamais. Elle était bien décidée à savourer chaque instant du temps qui leur restait à passer ensemble.

Quand elle sortit par la porte donnant sur l'arrière, un bruit de ferraille, en provenance du garage, lui fit tourner la tête, et quelques secondes plus tard, Jared apparut, une échelle sur l'épaule.

— Où sont les guirlandes ? s'enquit-elle quand il fut à sa hauteur.

Comme si sa proximité le troublait, il s'écarta légèrement.

— Zut ! s'écria-t-il en posant l'échelle contre la façade, je les ai oubliées dans le placard du vestibule.

— J'y vais !

— Non, c'est bon, j'y vais.

Elise saisit son bras pour l'arrêter.

— On ne va pas se disputer pour une broutille.

— Tu as raison…

Il gravit néanmoins les marches du porche en évitant soigneusement son regard.

Elise poussa un profond soupir. Décidément, s'il était aussi distant et mal à l'aise, l'après-midi menaçait de tourner à la corvée… Mue par une subite impulsion, elle se baissa et prit une grosse poignée de neige pour façonner une boule, qu'elle envoya sur Jared. Avec un bruit mat, elle le toucha dans le dos. Il tourna sur lui-même et la dévisagea, interloqué.

— Bon sang, qu'est-ce qui te prend ?

Avant qu'il ne comprenne ce qui lui arrivait, elle avait confectionné un autre projectile, qu'il reçut dans l'estomac.

— Elise, si j'étais toi, je ne jouerais pas à ce petit jeu-là ! Je te rappelle que je viens de Brooklyn. Chez nous, la bataille de boules de neige est un art.

Ignorant la menace, elle le bombarda de nouveau.

— Ah, c'est comme ça ! fit Jared en dévalant les marches.

Sa première boule atteignit les fesses de la jeune femme. Eclatant de rire, elle plongea à son tour, reprit une poignée de neige, mais avant qu'elle ait eu le temps de se redresser, Jared fut devant elle et il l'ensevelit sous des tombereaux de neige, l'obligeant à demander grâce.

— Je t'avais prévenue.

Loin de s'avouer vaincue, Elise profita de ce bref répit pour ramasser une grosse poignée de neige, qu'elle lui lança dans la figure. Devant l'expression incrédule de Jared, son hilarité redoubla.

— C'est une déclaration de guerre ! rugit-il.

Avant qu'elle ait pu riposter, il la saisit par la taille pour la plaquer au sol. Lorsqu'elle tomba sur le tapis neigeux et qu'il s'écrasa sur elle, le rire qui avait accompagné sa chute mourut dans sa gorge. Dans le silence hivernal, ils ne perçurent plus, soudain, que leurs souffles mêlés.

— Dommage que ça ne puisse pas durer, soupira Jared en fermant les yeux.

— Ça pourrait durer. Ne sommes-nous pas heureux ensemble ?

Il rouvrit les yeux.

— La vie à deux est un peu plus compliquée que ça.

— Je sais. Ma vie avec Patrick m'a guérie des histoires d'amour à sens unique. J'aimerais rencontrer quelqu'un qui s'engage autant que moi.

Jared se laissa rouler sur le côté et regarda le ciel.

— « Rencontrer quelqu'un… », répéta-t-il en poussant un

soupir. C'est à ce genre d'expression que je me rends compte combien tu es jeune.

— Que dirais-tu à ma place ?

— « Si j'avais une relation avec quelqu'un. »

— La différence ne me semble pas frappante, rétorqua Elise en riant.

Jared s'empara de sa main, comme s'il voulait s'assurer de retenir son attention.

— Tu me demandes de rester avec toi, et aussitôt, j'imagine des draps défaits et nos corps nus.

Elise se redressa sur un coude et effleura ses lèvres d'un baiser léger.

— Ça ne me déplairait pas non plus, murmura-t-elle.

— Ne me tente pas…

— Qu'est-ce qui te gêne ? Le fait que j'ai envie de toi, ou que je n'ai pas peur de l'avouer ?

— Je ne suis pas fait pour la vie à deux. Mon travail ne m'en laisse pas le temps.

— Je l'avais compris, mais je peux m'en accommoder. J'ai vingt-six ans, pas dix-neuf.

Sur ces mots, elle l'embrassa. Jared posa les mains sur sa taille tandis qu'il répondait à son baiser avec une lenteur exquise. A la douceur dont il faisait preuve, Elise aurait juré que son désir n'avait rien de sexuel, jusqu'à ce que la pression de ses lèvres se fît plus forte et qu'il l'entraînât sur le côté pour renverser leurs positions. Quand il fut de nouveau sur elle, il approfondit son baiser, écartant ses lèvres du bout de la langue. Ses mains remontèrent le long de la fermeture de sa veste fourrée.

— Tu portes bien trop de vêtements, grommela-t-il.

— Toi aussi…

— Tu penses que c'est un signe ?

Elle éclata de rire.

— Aurais-tu oublié Maude ? Qui sait ? Peut-être qu'elle nous observe par la fenêtre de la cuisine.

Le visage de Jared se décomposa.

— Bon sang !

— Comme tu dis.

Dès qu'il se fut levé, Elise se redressa à son tour. Elle épousseta la neige qui s'était collée sur ses vêtements.

— Je vais chercher les guirlandes, dit Jared.

Elle le regarda s'éloigner sans broncher. Mais quand il fut sur le perron, elle l'interpella :

— Jared ?

Il se tourna vers elle.

— Je sais que je pourrais tout supporter de toi. Je suis prête à essayer.

— Tu ne sais pas de quoi tu parles.

— Si. Et je n'ai pas peur.

12

Si elle n'avait aucunement eu l'intention de lui lancer un ultimatum, Elise comprit cependant au silence pensif de Jared durant le reste de l'après-midi que c'était ainsi qu'il avait perçu ses paroles. Lorsqu'il partit en même temps que Maude, après l'avoir aidée à fixer les guirlandes électriques, elle crut déceler dans son regard une lueur de regret.

C'était parce qu'elle était maintenant certaine de l'aimer qu'elle avait eu le courage de lui faire cet aveu. Tout comme elle savait que lui aussi l'aimait. D'ailleurs, n'était-ce pas, paradoxalement, parce qu'il redoutait de la faire souffrir qu'il se dérobait ? Se retranchant derrière ses obligations familiales, il s'apprêtait à partir pour New York. Mais une fois là-bas, face aux démons de son passé, le sentiment de culpabilité de Jared reprendrait le dessus ; il se convaincrait qu'elle serait plus heureuse sans lui.

Il ne reviendrait pas.

Après avoir donné son biberon à Molly, elle dîna légèrement d'une tartine de pâté et d'un verre de lait. Toutes ses pensées étaient pour Jared. Que faisait-il en ce moment ? Dînait-il au restaurant sur la Grand-Rue ? Etait-il en train de rire aux plaisanteries de Destiny, la jolie serveuse du soir ? Une vague de jalousie l'envahit. Elle ne pouvait pas le laisser partir sans réagir ! Il n'était pas question, évidemment, de l'empêcher de se rendre chez ses parents, mais avant qu'il parte, elle devait à tout prix le convaincre qu'ils pouvaient vivre quelque chose de merveilleux ensemble.

Un plan commença à germer dans son esprit. Un bref

coup d'œil à sa montre lui indiqua qu'elle avait juste le temps d'arriver chez Pete avant la fermeture du magasin, à 8 heures. Il ne lui fallut que quelques minutes pour préparer Molly et l'installer dans son siège auto.

— J'ai besoin d'un sapin, déclara-t-elle sans ambages en entrant en trombe dans l'épicerie.

— Un sapin ? se récria Pete. Comment comptez-vous le faire entrer dans votre petite voiture ?

— J'allais vous demander si c'était possible de le livrer chez moi… avant 7 heures demain matin.

Le vieil homme éclata de rire.

— 7 heures du matin ? Cette fois c'est sûr, vous mijotez quelque chose.

— J'aimerais faire une surprise à Jared avant son départ pour New York.

— C'est gentil, ça. J'ai cru comprendre qu'il avait connu des tragédies dans sa vie et qu'il allait passer les fêtes chez ses parents pour la première fois depuis cinq ans.

La joie submergea Elise. Si Jared était capable d'évoquer son passé avec Pete, n'était-ce pas la preuve qu'il commençait à aller de l'avant ? Elle avait peut-être une bonne influence sur lui. Quelques jours plus tôt, il n'aurait jamais laissé échapper une telle confidence devant un quasi-inconnu ! A présent, non seulement il allait vers les gens, mais il se liait d'amitié avec les habitants de la petite ville où elle avait décidé de s'installer. Il fallait vraiment qu'elle mette son projet à exécution. C'était sa dernière chance pour lui faire comprendre qu'il tenait à elle et à Four Corners plus qu'il ne se l'imaginait.

— Je peux donc compter sur un arbre devant chez moi demain matin ?

— Mon petit-fils Chase vous le livrera à l'aube. J'adore les surprises.

— Merci, Pete. J'aurais encore besoin d'autres choses…

— Prenez votre temps, je ne suis pas pressé.

Un quart d'heure plus tard, ayant acheté les ingrédients

nécessaires à la préparation de son déjeuner de fête, elle quitta l'épicerie, un sourire de satisfaction dansant sur ses lèvres.

Rentrée, elle coucha Molly, puis alla au grenier chercher les décorations de Noël dont Jared lui avait parlé. Celles-ci s'avérèrent très anciennes et révélaient le goût de sa grand-mère pour les antiquités. Enchantée, elle les descendit dans le salon, où elle les recouvrit d'une vieille couverture, au cas où Jared s'aventurerait plus loin que la cuisine le lendemain.

Ses préparatifs terminés, elle gagna la salle de bains.

En se déshabillant, elle découvrit le bleu qui ornait le haut de sa cuisse. Au souvenir de la bataille de boules de neige de l'après-midi, un sourire étira ses lèvres et c'est le cœur léger qu'elle entra dans la douche. Fermant les yeux sous le jet brûlant, elle s'abandonna aux sensations que ce souvenir faisait naître en elle. Quand il n'était pas sur ses gardes, Jared était vraiment un homme plein d'humour. Elle avait du mal à croire qu'il ait pu passer cinq années replié sur lui-même.

Penser à la complicité mêlée de désir qui existait entre eux l'emplit d'une joie indicible. N'était-ce pas tout ce dont elle avait toujours rêvé : quelqu'un qui l'aimait pour elle-même et qui voudrait passer sa vie auprès d'elle ?

Elle voulait que Jared parte pour New York avec au fond du cœur un souvenir merveilleux qui l'aiderait à terrasser les fantômes du passé. Elle voulait qu'il cesse de nier l'évidence : ils s'aimaient et ils allaient former une famille.

Et quoi de plus touchant, de plus magique que le premier Noël d'un bébé ? Certes, Jared serait absent le matin de Noël, mais au moins il aurait été le témoin de l'émerveillement de Molly quand elle découvrirait le sapin. Il saurait qu'elle-même avait enfin trouvé le foyer dont elle avait toujours rêvé et il réaliserait que sa place était auprès d'elles.

Lorsque Jared arriva le lendemain, il ne prit pas la peine de faire un détour par la cuisine pour la saluer. Son attitude confirma les craintes d'Elise : en lui avouant à mots couverts son amour, elle l'avait effrayé. A moins qu'il ne voulût se dépêcher pour arriver chez ses parents à l'heure promise ?

Plus que jamais décidée à mettre son plan à exécution, elle profita de la sieste de Molly pour décorer le sapin que Chase avait installé le matin même dans le salon. Elle orna ensuite la rambarde de l'escalier de guirlandes argentées et de rubans rouges. Enfin, elle prépara du punch, un potage aux légumes et deux miches de pain blanc. Lorsque Molly s'éveilla, elle la vêtit d'une robe de velours rouge qu'une amie lui avait offerte avant son départ de Californie, puis elle enfila son plus joli pull rouge.

A midi, elle sortit de la maison par l'arrière et s'avança dans le jardin, protégeant d'une main ses yeux du soleil.

— Hé ! J'ai préparé de la soupe. Ça t'intéresse ?

La silhouette de Jared se découpa contre le ciel bleu.

— Je suis en train de terminer. J'arrive dans cinq minutes.

Une délicieuse odeur de pain chaud et de punch au cidre et à la cannelle accueillit Jared quand il entra dans la cuisine. Balayant la pièce du regard, il nota la nappe rouge sur la table, au centre de laquelle Elise avait posé un bocal rond garni de boules de Noël anciennes.

Guettant sa réaction, Elise retenait son souffle.

— C'est… charmant, dit-il enfin.

— Attends de voir le sapin.

— Tu as un sapin ?

— Le petit-fils de Pete l'a livré et installé ce matin, et je l'ai décoré. J'ai déposé les cadeaux pour Molly à son pied. Tu pourras assister à son premier Noël.

Il la fixa quelques secondes, puis il ferma les yeux. Quand il les rouvrit, l'expression de ses prunelles grises était sérieuse, presque solennelle.

— Elise, en fait, je ne peux pas rester pour déjeuner. Je dois y aller.

Une fraction de seconde, elle crut que son cœur allait s'arrêter de battre, mais elle parvint à se ressaisir rapidement. Tout ce qu'elle voulait, c'était qu'il lui accorde une heure.

— Je comprends, répondit-elle en s'essuyant les mains

sur un torchon. Dans ce cas, laissons tomber le repas. Mais reste avec nous pendant que Molly ouvre ses cadeaux.

— Non, il est grand temps que je parte, s'obstina Jared en faisant quelques pas dans la pièce. Tu essaies de me prouver à quel point je me sens bien quand je suis avec toi et Molly. Mais tu prêches un converti. Malheureusement, ça ne change rien à ce que j'ai fait il y a des années de ça.

— Jared…

— Non. Je dois partir.

Il marcha vers la porte. Ses brèves paroles avaient blessé Elise au vif. S'il l'aimait, il ne lui aurait pas parlé aussi sèchement. Ses émotions auraient percé sous ses mots, or il n'en avait rien été. De toute évidence, elle lui plaisait, la maison et la petite ville où elle vivait lui plaisaient, mais il ne l'aimait pas, elle.

La vue brouillée par les larmes, elle sentit soudain ses mains puissantes se poser sur ses épaules. D'un geste doux, il la fit pivoter sur elle-même, puis il s'empara de ses lèvres. La douceur bouleversante de son baiser laissait transparaître les émotions qui bouillonnaient en lui. Il tentait de lui montrer à quel point il tenait à elle, mais elle devinait le conflit qui le tiraillait. Il savait qu'il devait partir et qu'il ne reviendrait pas.

Quand il s'écarta d'elle, il mit aussitôt les mains dans les poches de sa veste, comme pour se retenir de la reprendre dans ses bras.

— Je suis désolé, déclara-t-il calmement.

Puis il tourna les talons et sortit de la cuisine sans un regard en arrière. Quelques secondes plus tard, elle entendit le 4x4 démarrer, le gravier de l'allée crisser. Puis le silence.

Chassant de son esprit l'image d'Elise seule et désemparée, Jared quitta Four Corners comme un fuyard. Bientôt, il s'engageait sur l'autoroute. Celle-ci était presque déserte, et il se souvint que c'était la veille de Noël. Il était inutile d'accélérer, la plupart des gens avaient déjà rejoint leur famille et il ne risquait pas de se retrouver retardé par des bouchons. De plus, il avait appelé ses parents ce matin pour les prévenir qu'il arriverait tard.

Ses pensées revenaient irrésistiblement vers Elise. Il se remémorait la douceur de sa peau et de ses lèvres, l'humour avec lequel elle affrontait l'existence et qui rendait sa compagnie si agréable. Il ne pouvait s'empêcher de penser que s'il était resté, comme elle le lui avait demandé, ce soir ils auraient fait l'amour.

Une vague de désir, violent et familier, le submergea, qu'il parvenait de plus en plus difficilement à maîtriser. Il avait bien fait de partir. Pour lui-même comme pour Elise. Dans l'espoir de se changer les idées, il brancha le kit mains-libres de son portable et il se mit à écouter ses messages. Brianna James avait été prise en photo ivre, à la sortie d'un bar. Etouffant un juron, il passa au message suivant. Art Winfield piétinait dans ses négociations avec le studio et il avait besoin qu'on lui tienne la main. Jared leva les yeux au ciel. Ces gens vivaient dans des maisons magnifiques, pouvaient s'acheter tout ce qui leur faisait envie, des dizaines de personnes — agents, amis, personnel de maison et Dieu sait qui encore — les entouraient et les dorlotaient. Pourquoi fallait-il qu'ils l'appellent toujours, lui ?

Elise réagirait bien différemment, dans les mêmes circonstances. Elle ne geindrait pas parce qu'un studio tardait à la rappeler. Pas plus qu'elle n'irait noyer son chagrin dans le premier bar venu parce que sa carrière connaissait un creux.

Non, quand la vie jouait un sale tour à Elise, la jeune femme essayait d'en tirer quelque chose de positif. Lorsque Patrick l'avait plaquée, elle n'avait pas perdu de temps à s'apitoyer sur son sort. Elle avait trouvé le moyen, non seulement de gagner de l'argent pendant sa grossesse, mais encore de mettre une petite somme de côté pour subvenir à ses besoins et à ceux de son bébé. Quand elle était arrivée à Four Corners, elle s'était obligée à aller en ville pour lier connaissance avec les gens du coin. Quand elle avait compris que lui-même ne parvenait pas à se remettre de la mort de sa femme, elle avait cherché à le réconforter et à l'aider à sortir de cette impasse.

Et au lieu de se lamenter sur sa solitude, elle s'était pliée en quatre pour organiser un déjeuner de Noël digne de ce nom pour elle, sa fille *et lui*…

Et il l'avait quittée.

Il avait beau se répéter qu'Elise aurait plus de chances de s'épanouir sans lui, il ne pouvait oublier l'expression déçue qui s'était peinte sur son visage quand il lui avait annoncé qu'il ne resterait pas pour voir Molly ouvrir ses cadeaux. Son cœur se serra dans sa poitrine.

En l'abandonnant, il avait agi exactement comme le père de la jeune femme ou son ex-petit ami. Ce n'était pourtant pas l'envie qui lui manquait de rester auprès d'elle… Mais il devait d'abord secouer le joug que ses erreurs passées faisaient peser sur lui.

Arrête de pleurer, se sermonna Elise en se mouchant. Certes, elle aimait Jared sans espoir de jamais le revoir, mais elle allait surmonter cette déception comme elle l'avait toujours fait. Ne serait-ce que pour sa fille, elle devait se reprendre pour fêter dignement Noël.

Pivotant sur ses talons, elle se détourna de la porte d'entrée par laquelle, depuis une heure, elle fixait obstinément l'allée de gravier dans l'espoir que Jared aurait changé d'avis.

— Je vais te mettre en pyjama, dit-elle à Molly en montant l'escalier, tu seras mieux pour faire la sieste.

Sa fille lui répondit par un gazouillement et elle la serra plus fort contre elle. Comment pouvait-elle considérer qu'elle était seule au monde, alors qu'elle avait Molly ? Réconfortée par cette pensée, elle changea le bébé, puis lui chanta une berceuse jusqu'à ce qu'elle s'endorme.

Quand elle revint dans la cuisine, la douce odeur de son repas de fête qui parfumait la pièce semblait la narguer. A présent, la soupe et le pain étaient froids et le punch tiède. Comment avait-elle pu être stupide au point de croire qu'un repas de Noël, même préparé avec un soin tout particulier, ferait prendre conscience à Jared qu'il l'aimait ? Surtout s'il ne l'aimait pas.

Dans l'espoir que la musique atténuerait sa tristesse, elle alluma la radio. Des chants de Noël retentirent, et elle faillit l'éteindre aussitôt. Elle n'en fit rien cependant, car c'était la réaction qu'avait eue Jared, le premier jour de leur voyage. Et ce n'était pas ainsi qu'elle tournerait la page.

La musique emplissait à présent la cuisine et elle s'imagina avoir entendu le bruit d'une voiture remontant l'allée. Décidément, elle persistait à prendre ses désirs pour des réalités ! Résolument, elle ouvrit le robinet d'eau chaude pour remplir l'évier. Quand elle crut entendre le claquement de la porte d'entrée, elle s'immobilisa. Si elle continuait ainsi, elle serait devenue folle avant Pâques. Poussant un soupir, elle plongea une assiette dans l'eau savonneuse. A l'instant où elle se tourna pour aller chercher les couverts sur la table, la porte de la cuisine s'ouvrit à la volée et Jared entra.

— Je suis désolé, dit-il simplement.

Elle crut un instant que son imagination lui jouait un tour cruel.

— Pardon ? balbutia-t-elle.

— Je suis désolé, répéta Jared en refermant la porte derrière lui.

Voyant qu'elle était trop stupéfaite pour prononcer le moindre mot, il s'avança vers elle.

— Tu as préparé un repas de Noël spécialement pour moi, et je n'ai même pas goûté à ta soupe.

— Tu es revenu pour goûter ma soupe ?

L'incrédulité la plus totale se lisait dans le regard qu'elle fixait sur lui.

— Tu oublies les petits pains. Et je veux aussi assister au premier Noël de Molly.

Elise sentit son cœur bondir, tandis que des larmes brouillaient sa vision. Il était revenu, il était vraiment revenu !

— Mais…, tu n'arriveras jamais à temps à New York, murmura-t-elle d'une voix hachée par l'émotion.

Jared fit un pas de plus vers elle.

— J'ai prévenu mes parents que nous fêterons le jour de l'an avec eux.

— Nous ?

— Toi, moi et Molly.

A présent, ils étaient l'un en face de l'autre, et ce fut sans la moindre hésitation que Jared leva les bras pour la prendre par la taille et l'attirer contre lui.

— Je t'aime.

Elise le serra si fort dans ses bras qu'il comprit par ce seul geste les tourments qu'elle avait traversés pendant l'heure qui venait de s'écouler. Remontant les mains le long de son buste, il plongea son regard dans le sien.

— Je ne te quitterai plus jamais.

— Vraiment ?

Il soutint son regard.

— Je te le promets.

— Et que vont devenir toutes ces célébrités qui comptent sur toi à L.A. ?

Il sortit son téléphone de sa poche et l'éteignit, avant de répondre :

— Aussi incroyable que cela paraisse, je me suis aperçu qu'ils se débrouillaient très bien sans moi.

Les yeux d'Elise brillant de larmes s'emplirent d'espoir.

— Tu vas les abandonner ?

— Mieux que ça : je vais nommer mon assistante directeur général et c'est elle qui sera le saint-bernard en chef.

— Le « saint-bernard en chef » ?

— Elle raffole des titres ronflants.

— Ça me semble un plan excellent ! fit Elise en riant.

— A vrai dire, j'avais un plan encore meilleur, repartit Jared en l'attirant de nouveau contre lui.

Après avoir écouté ce qu'il lui murmura dans le creux de l'oreille, Elise eut un rire ravi.

— J'adore ce plan-là aussi, avoua-t-elle.

— Je m'en doutais.

— Molly est en train de faire la sieste…

Le sourire de Jared s'élargit et il se pencha vers elle pour l'embrasser. L'odeur de cannelle et de sapin les enveloppait et Jared sut que désormais Noël serait à jamais associé à son amour pour Elise. Il avait fait ses adieux à MacKenzie sur le chemin qui le ramenait à Four Corners et c'était un homme neuf qui avait franchi le seuil de la maison d'Elise. Prêt pour la nouvelle vie qui s'ouvrait à eux.

Épilogue

Quand les cris de Molly réveillèrent Elise, elle eut l'impression qu'elle venait à peine de s'endormir. Le matin de Noël était enfin arrivé. Elle ouvrit les yeux, s'attendant à trouver Jared allongé à côté d'elle, mais il était parti. Il devait se trouver dans la cuisine, en train de préparer le petit déjeuner.

Elle se pencha sur le berceau.

— Bonjour, mon cœur ! C'est Noël, allons voir ce que le Père Noël t'a apporté.

Elle sortit Molly du berceau, la changea, puis gagna le rez-de-chaussée. Devant la porte du salon, elle lui montra le sapin.

— Regarde, Molly !

Les guirlandes scintillaient, et Elise fronça les sourcils. Tout au bonheur de sa nuit avec Jared, elle avait dû oublier de les éteindre…

Elle alla s'asseoir au pied de l'arbre illuminé.

— Tu vois tous ces cadeaux ? Ils sont pour toi ! Voyons voir ce que nous a…

Apercevant deux paquets bleus qu'elle n'avait pas déposés, elle s'interrompit, intriguée. Elle ne voyait pas à quel moment Jared avait pu avoir acheté ces cadeaux, mais de toute évidence, il avait trouvé le temps. Elle prit le premier paquet bleu et vit que son nom était inscrit sur l'étiquette. Elle amorça le geste de le secouer, pour s'arrêter aussitôt. Quelle gamine elle faisait ! Elle pouvait au moins patienter jusqu'à ce que Jared soit là pour ouvrir ces cadeaux.

Prenant un de ceux qu'elle avait achetés pour Molly, elle le posa devant la petite fille, puis elle attrapa l'appareil photo qu'elle avait laissé sur la table basse la veille en prévision de ce moment.

— Vas-y, tu peux ouvrir ton cadeau ! Tu n'as qu'à déchirer le papier.

Quand Molly commença à tirer sur le papier, elle l'appela pour qu'elle regarde l'objectif.

— Tu n'as pas l'impression que tu lui demandes beaucoup de choses en même temps ? Ce n'est qu'un bébé.

— Jared ! s'exclama-t-elle en levant la tête.

Portant deux tasses de café fumant, il entrait dans la pièce.

— Je pensais que tu tenais à ce que j'assiste au premier Noël de Molly…

Elle se redressa pour recevoir un baiser.

— Ça va lui prendre un bon moment pour ouvrir ses cadeaux, et je me suis dit que tu nous trouverais avant qu'elle ait fini.

Il posa les tasses sur la table basse et se pencha vers le paquet bleu qu'elle avait failli secouer.

— Ouvre-le, dit-il en le lui tendant.

Elle ne se le fit pas répéter. Quand elle découvrit l'écrin au nom de la bijouterie locale, elle déglutit péniblement. Les doigts tremblants, elle en sortit un pendentif en forme de cœur. Des larmes d'émotion lui montèrent aux yeux.

— Tu me donnes ton cœur ?

— Je l'avais acheté avant de partir.

— C'est encore mieux, reconnut-elle tandis qu'un sourire éclairait son visage baigné de larmes.

Sans lui laisser le temps de se ressaisir, Jared lui présenta une bague sertie d'un diamant qu'il cachait jusque-là derrière son dos.

Abasourdie, elle contempla longuement le bijou avant de lever les yeux vers lui.

— Quand… comment as-tu fait pour…

— Disons que M. Dugan, le bijoutier, et moi-même, nous sommes levés de très bonne heure ce matin. Alors, tu ne dis rien ? Tu ne veux pas que je fasse une honnête femme de toi ?

Elle éclata de rire et bondit sur ses pieds pour se jeter dans ses bras.

— Bien sûr que si !

HEIDI BETTS

Un héritier pour le réveillon

Traduction française de
ROSA BACHIR

HARLEQUIN

Titre original :
INHERITING HIS SECRET CHRISTMAS BABY

Ce roman a déjà été publié en 2012.

1

Devant l'entrée privée du *Jarrod Manor*, un hôtel de grand luxe, Trevor Jarrod tapota ses lourdes bottes de ski, s'assura que la neige en était bien tombée, puis emprunta le long couloir qui menait à son bureau et à ceux de ses frères.

D'épais tapis persans recouvraient le parquet de bois brillant et étouffaient le bruit de ses pas. Certaines portes étaient ouvertes, d'autres fermées, des bribes de conversation, bruits de clavier et sonneries de téléphone s'en échappaient.

Des tables étroites couraient le long des murs gris pâle. En été, les vases bleu cobalt qui y trônaient seraient emplis de roses fraîches, d'hortensias et autres fleurs de saison, mais, en ce moment, ils débordaient d'étoiles de Noël rouge vif. Les vacances de fin d'année approchaient.

Dans cette aile du manoir, des touches de pierre et de bois rappelaient que le Jarrod Ridge Resort était né là, plus de cent ans auparavant. Depuis, le complexe touristique s'était développé de manière impressionnante. Au bâtiment originel s'étaient ajoutés de luxueux chalets individuels, des boutiques, et bien d'autres services, si bien qu'aujourd'hui l'endroit, niché au creux des montagnes du Colorado, ressemblait à un véritable petit village, pittoresque et charmant.

Les bureaux de la famille étaient toujours installés dans l'hôtel principal, et leurs quartiers privés — pour ceux qui avaient choisi de vivre sur place — étaient situés au dernier étage. Les Jarrod étaient donc presque constamment en contact. Que cela leur plaise ou non, d'ailleurs.

En arrivant à l'accueil de ses bureaux, Trevor salua Diana,

sa très efficace assistante, avant de ranger sa paire de skis dans le vaste placard situé derrière elle.

— Comment étaient les pentes ce matin ? demanda-t-elle en inclinant la tête, ses longs cheveux noirs tombant sur son épaule.

— J'ai déjà été en meilleure forme.

Il retira ses bottes et sa combinaison de ski bleu marine pour enfiler une paire de chaussures Timberland, qui se mariaient parfaitement avec son jean et son pull irlandais couleur crème.

Il trouvait parfaitement normal de porter une tenue décontractée au bureau, et de venir travailler juste après avoir dévalé les pistes. Après tout, Jarrod Ridge était situé dans une station de ski — c'était aussi une résidence d'été prisée, qui accueillait un des événements annuels les plus importants du Colorado, le gala Food and Wine. Selon lui, il était bon pour les affaires que les clients voient les propriétaires et les employés profiter de toutes les activités et équipements que Jarrod Ridge avait à offrir.

— Je crois que je perds la main, dit-il, morose.

— Mais non, vous n'avez pas eu autant de temps que d'habitude pour vous amuser... je veux dire, vous entraîner, rectifia-t-elle avec un clin d'œil.

Diana avait tout à fait raison. Depuis le décès de son père, cinq mois plus tôt, il jonglait entre deux emplois à plein temps. Le testament de Donald Jarrod avait forcé ses six enfants à revenir à Jarrod Ridge pour diriger conjointement le complexe. En cas de refus, ils perdaient leurs parts de l'héritage familial.

Mais pour Trevor, prendre la tête du département marketing de Jarrod Ridge n'avait pas été une corvée, loin de là. Il avait déjà fondé avec succès sa propre société de marketing sur les lieux mêmes, à Aspen, et sa nouvelle fonction lui avait paru aussi naturelle que de respirer.

Malheureusement, cela ne lui laissait guère de temps pour ce qu'il aimait le plus — les sports de plein air, et la plupart des activités que la station proposait. En été, il passait quasiment l'intégralité de son temps libre à faire des randonnées, de l'escalade du kayak, ou du vélo tout-terrain. En hiver, il adorait dévaler les pistes, la plupart du temps sur une paire de skis, parfois en snowboard.

La nature était magnifique, et il l'appréciait comme tout un chacun. Mais ce qui primait pour lui, c'était le goût de l'aventure. L'amour de la vitesse. Rien n'était plus excitant que de filer à toute allure sur un flanc de montagne enneigé, en évitant les rochers et les arbres, en sentant le vent vous piquer le visage. Ou de sauter d'un avion à treize milles pieds d'altitude, avec un simple parachute pour amortir la descente.

Oui, il fallait qu'il s'organise pour trouver un équilibre entre ses deux postes. Il voulait revenir à des heures de travail normales, et passer plus de temps dehors. Mais tant qu'il n'aurait pas trouvé la personne de confiance pour diriger sa société, Jarrod Promotion and Marketing, il lui faudrait s'accommoder de la situation.

— Des messages ? demanda-t-il à Diana en passant énergiquement la main dans ses cheveux bruns pour finir de les sécher.

Elle se leva et lui tendit une pile de papiers. C'était plus qu'il n'avait envie d'en traiter pour le moment.

— Avant que vous n'entriez dans votre bureau…, dit-elle en se mordillant nerveusement la lèvre.

— Oui ?

Elle prit une inspiration puis le regarda dans les yeux.

— Une jeune femme vous attend. Elle a appelé plusieurs fois, et insiste pour vous voir en personne. Je voulais la renvoyer, mais je n'ai pas eu le cœur de le faire, car… enfin, j'ai pensé que vous devriez voir cela avec elle.

Il fronça les sourcils. Diana était petite et menue, mais il l'avait déjà vue se transformer en cerbère très dissuasif. La femme qui attendait dans son bureau devait être courageuse pour avoir réussi à passer le barrage. Courageuse, ou très convaincante.

— Qui est-ce ? demanda-t-il. Une commerciale qui veut

placer ses produits, ou une cliente potentielle qui n'a pas pu me joindre chez JPM ?

Diana haussa les épaules.

— Vous devriez le lui demander vous-même. Elle n'a rien dit, elle avait juste l'air… très déterminé.

Avec un soupir, il fourra ses messages dans la poche de son pantalon.

— Bien. Je m'en charge.

Il poussa une des lourdes portes de chêne de son bureau, et marqua un temps sur le seuil de la vaste pièce. L'épais tapis oriental. La cheminée en galets de rivière. Et, au centre, son bureau de bois massif sculpté, couvert de piles de documents, et son fauteuil, tourné vers la baie vitrée.

Mais il n'y avait aucune trace de la visiteuse sur les sièges installés de l'autre côté du bureau.

Il ferma les portes derrière lui et s'avança. A sa grande surprise, il vit alors son fauteuil de cuir noir se relever légèrement et pivoter pour révéler une charmante jeune femme aux cheveux blond miel et aux yeux couleur de bleuet. Sur ses genoux, un bébé mâchouillait son poing.

La femme n'était pas une surprise, Diana l'avait prévenu. Mais son assistante d'habitude si efficace avait oublié de mentionner qu'elle avait un enfant avec elle.

Quel genre de femme se rendait à un rendez-vous d'affaires avec un bébé ? Même un rendez-vous imprévu qui — à en juger par la façon dont celui-ci commençait — pourrait ne pas durer très longtemps.

— Ma secrétaire m'a dit que vous aviez besoin de me parler.

Il contourna son bureau, avec la ferme intention de reprendre sa place et de reléguer la jeune femme sur une chaise.

Mais, loin de se lever d'un bond pour rejoindre d'un pas précipité l'autre bout du bureau, elle resta assise dans son fauteuil de directeur. Celui qu'il avait commandé spécialement et attendu presque un mois, qu'il avait mis un autre mois à roder, et qui épousait à présent son corps comme un gant durant ses longues heures de travail au manoir. L'intruse y était à présent occupée à faire rebondir l'enfant sur ses genoux.

— Je suis Trevor Jarrod, dit-il comme elle ne semblait pas décidée à briser le silence glacial qui avait envahi la pièce.

— Je sais qui vous êtes. Cela fait deux mois que j'essaie de vous joindre.

Elle avait dit cela d'une voix neutre, avec juste un soupçon d'irritation. Une voix par ailleurs légère et très féminine.

Elle remit une mèche blonde derrière son oreille, révélant le rubis assorti au pull en col en V qu'elle portait avec un pantalon de ville noir.

Quant au bébé sur ses genoux, il était habillé d'une salopette en jean. Un train était brodé sur la poche avant, et sa chemise était parsemée de dizaines d'autres petits trains. C'était donc probablement un garçon, une fille aurait eu une robe couverte de papillons roses ou quelque chose de ce genre.

Comme s'il avait senti son regard sur lui, le bébé battit des jambes et lui adressa un sourire en gazouillant.

Reportant son attention sur la femme qui avait tant bataillé pour avoir un rendez-vous avec lui mais qui semblait soudain à court de mots, il croisa les bras et haussa un sourcil.

— Et vous êtes ?…

Aussitôt, elle se leva et cala l'enfant sur sa hanche.

Comment les femmes réussissaient-elles à faire cela ? Savaient-elles de manière innée comment porter les bébés, changer des couches, identifier un cri parmi dix-huit autres ?

Des six enfants Jarrod, Melissa et Erica étaient les seules qui soient plus jeunes que lui. Il n'avait donc pas eu beaucoup d'expérience avec les bébés, dans sa jeunesse. Etre près d'un très jeune enfant, même avec sa mère juste là, prête à répondre à tous ses besoins, le mettait toujours légèrement mal à l'aise.

Il s'éclaircit la gorge pour masquer qu'il avait presque reculé devant la femme et son enfant, et patienta. Elle ne s'était toujours pas présentée, pas plus qu'elle ne lui avait donné la raison de sa présence, or il avait beaucoup de travail.

— Je m'appelle Haylie Smith.

Il cligna des yeux, attendant qu'elle développe. Mais elle rejeta la tête en arrière, et le toisa du regard. On aurait dit qu'elle venait de prononcer une formule choc, mais il ne saisissait pas la plaisanterie.

— Haylie Smith, dit-elle de nouveau, plus fermement cette fois, en prenant soin d'articuler chaque syllabe. De Denver.

— Je vous ai entendue, dit-il en réprimant un sourire.

On ne lui parlait pas souvent comme s'il était un peu lent. Très peu de gens auraient osé car, s'il était connu pour sa décontraction et son goût pour les distractions, voire pour son côté séducteur avec les femmes, il n'en restait pas moins un Jarrod. Il était un des héritiers de la fortune de Donald Jarrod, mais aussi un homme d'affaires avisé, qui avait réussi sa carrière seul.

Il était riche, et puissant. Et même s'il en fallait beaucoup pour le faire sortir de ses gonds, il n'était pas le genre d'homme que les gens se risquaient à contrarier.

Que cette jeune personne — une femme, en plus — semble n'avoir aucun mal à lui tenir tête l'amusait plus qu'il n'était raisonnable.

Certes, elle était séduisante. Elle mesurait à vue de nez un mètre soixante-cinq, et lui un mètre quatre-vingt-cinq. Elle n'était ni trop petite ni trop grande. Elle était également loin d'être filiforme, sans pour autant être ronde. Ses courbes étaient voluptueuses, et très bien placées.

Ses longs cheveux étaient si raides et lumineux qu'on aurait dit des rayons de soleil, ils encadraient son visage triangulaire, mélange fascinant d'innocence et de sensualité. Il étudia l'arc bien dessiné de sa bouche rose, le bleu cristal de ses yeux, la façon dont elle portait son bébé, avec un air à la fois assuré et protecteur…

Rien de tout cela n'aurait dû l'exciter, puisqu'il allait la chasser de son bureau dans moins de trois secondes, et pourtant, il commençait déjà à ressentir une chaleur familière monter dans ses veines.

Malheureusement — ou peut-être heureusement —, son interlocutrice ne semblait pas en proie à la même réaction physique.

— Cela fait deux mois que j'essaie désespérément de vous

joindre, dit-elle, accusatrice, d'un ton impatient. Je vous ai laissé nombre de messages auxquels, apparemment, vous n'avez pas pris la peine de répondre.

Avec un hochement de tête, il passa devant elle et reprit sa place derrière son bureau.

— Ma secrétaire m'en a parlé. Mais quelque chose m'échappe. Vous prétendez que c'est important, pourtant vous avez refusé de préciser la raison de vos appels.

L'air encore plus contrarié, elle revint vers lui, sans pour autant s'asseoir. Elle oscillait d'avant en arrière, probablement pour calmer le bébé.

— Il y a des choses qu'il vaut mieux dire en personne. Et vous n'auriez pas apprécié que votre secrétaire soit au courant de vos affaires personnelles, n'est-ce pas ?

Il fronça les sourcils et leva les yeux du dossier qu'il avait ouvert.

— Je suis navré, mais je ne vous ai jamais vue, et je n'ai jamais entendu parler de vous. Quel genre d'affaires personnelles pourrait-il y avoir entre vous et moi ? dit-il d'un ton presque moqueur.

Cette femme était-elle légèrement déséquilibrée ? Peut-être s'était-elle convaincue qu'elle était, comme sa jeune sœur Erica, une héritière cachée. Ou bien elle avait vu trop de photos de lui dans les journaux à scandale, et s'était persuadée qu'elle était une de ses nombreuses conquêtes.

Alors qu'il se demandait s'il devait ouvrir les portes du bureau, voire appeler la sécurité, elle passa le bébé sur son autre hanche et avança de nouveau vers son bureau, d'un pas lent et décidé.

— Vous avez raison, vous ne me connaissez pas. Nous ne nous sommes jamais rencontrés. Mais il y a un an, vous avez rencontré ma sœur, et, d'après ce que je sais, vous avez passé un très bon moment ensemble.

Elle s'arrêta devant lui, le regardant d'un air menaçant qu'il n'appréciait *pas du tout*... Il recula dans son fauteuil, prêt à se lever et à la défier du regard à son tour, si nécessaire.

Mais ce qu'elle lui annonça le cloua sur place.

— Et si vous aviez répondu à mes appels, je n'aurais pas mis deux mois à vous retrouver pour vous présenter votre fils.

Sur ce, elle lui déposa le bébé sur les genoux, croisa les bras, et le regarda avec un air qu'il ne pouvait qualifier que de satisfait.

2

Haylie n'aurait pas dû prendre autant de plaisir à voir la réaction de Trevor Jarrod après son annonce, mais c'était plus fort qu'elle. C'était si drôle de le voir les yeux écarquillés, la bouche bée, les mains de chaque côté du petit corps potelé de Bradley comme s'il tenait une bombe à retardement plutôt qu'un enfant de quatre mois.

Elle devait lui accorder une chose, cependant. Dès qu'elle avait posé Bradley sur ses genoux, il avait eu le réflexe de le tenir pour l'empêcher de tomber.

Après quelques secondes d'un silence mortel, il sembla reprendre un peu ses esprits. Il referma la bouche, passa la langue sur ses lèvres et se leva, tenant toujours Bradley à distance. Sentant manifestement sa gêne et sa nervosité, le petit garçon battit des jambes, puis son visage se crispa et devint rouge.

Elle s'avança aussitôt et le lui reprit. Son pseudo-instinct maternel se réveillait toujours au premier signe de détresse de Bradley. Elle le prit contre elle, lui tapota le dos, et le berça doucement. En quelques secondes, il retrouva son calme.

Elle ne pouvait en dire autant de Trevor. Son visage était à présent fermé et empreint de colère.

— J'ignore à quel jeu vous pensez jouer, dit-il d'un ton aussi froid que son regard brun, mais ça ne m'amuse pas. Je vais vous demander de partir, ou je me trouverai dans l'obligation d'appeler la sécurité.

Il se dirigeait déjà vers les portes, aussi ne la vit-il pas rouler des yeux devant son ton tellement théâtral.

Il n'aurait certainement pas besoin de vigiles pour la faire sortir, elle était plus qu'heureuse de quitter les lieux de son propre gré.

En fait, si elle n'avait pas été si convaincue qu'un homme méritait de savoir qu'il était père, et un enfant de connaître son seul parent en vie, jamais elle ne serait venue jusqu'à Aspen. Elle serait restée chez elle, à Denver, et se serait occupée de sa société en faisant de son mieux pour élever son neveu.

Pour la énième fois, elle maudit la nature insouciante et irresponsable de sa sœur. C'était Heather qui aurait dû contacter Trevor après leur aventure d'un soir, pour l'informer qu'elle était enceinte. Ou, au moins, elle aurait pu lui annoncer qu'il avait un fils, après la naissance de Bradley.

Mais, bien sûr, elle n'en avait rien fait. Une décision aussi responsable, mature et juste aurait été un signe qu'elle devenait enfin adulte et qu'elle était prête à élever un enfant.

En toute franchise, elle ne savait pas ce qui était passé par la tête d'Heather, durant ces longs mois de grossesse. La plupart du temps, elle semblait n'avoir pas réellement pris conscience qu'elle allait devenir mère. Elle avait presque continué à vivre comme si rien dans sa vie n'avait changé, hormis son tour de taille.

Certes, elle avait arrêté de boire et de fumer, et mis un terme à ses sorties nocturnes une fois que son ventre arrondi lui avait gâché le plaisir, mais, hormis cela, elle avait traversé ces neuf mois la tête dans les nuages.

La réalité s'était brutalement rappelée à elle. Haylie n'avait jamais vu de femme aussi surprise que sa sœur quand le travail avait commencé. Et durant les premières semaines de vie de Bradley, Haylie avait vraiment cru qu'Heather avait enfin mûri. Qu'elle allait prendre ses responsabilités, et être une mère aimante, et *fiable*.

Mais, comme toujours, son accès de maturité avait été aussi fugace qu'un orage d'été. Avant que Bradley ait un mois, elle était retombée dans ses travers prévisibles et égoïstes. Elle sortait toute la nuit, puis dormait jusqu'en début d'après-midi… Elle ne payait pas ses factures et, pire, négligeait Bradley.

Malgré ses nombreux défauts, Haylie adorait sa sœur, mais son attitude envers son fils était à la limite de l'impardonnable.

Haylie en avait bien conscience, Bradley n'était pas son fils à elle, mais, dès l'instant où il était venu au monde, elle l'avait aimé avec une force qui lui faisait comprendre l'instinct de protection féroce des ourses avec leurs petits. Elle n'arrivait pas à concevoir que sa sœur — la mère biologique de Bradley — ne ressente pas pour son propre fils les mêmes sentiments profonds et puissants qu'elle.

Mais tout cela n'avait plus d'importance. C'était à présent à elle de protéger et d'élever Bradley. Si elle n'avait pas aimé ce petit garçon si fort, et pensé qu'il méritait le meilleur, qu'il avait le droit de connaître son père — et que son père avait le droit de le connaître —, elle n'aurait pas été à Jarrod Ridge à cet instant. Après tout, elle défiait, dans son propre bureau, Trevor Jarrod, un homme qui non seulement pouvait la chasser de l'hôtel de sa famille, mais aussi la faire bannir de tout l'État du Colorado.

— Vous pouvez appeler qui vous voulez, dit-elle d'un ton froid et posé qui ne reflétait en rien son état émotionnel, mais cela ne changera pas la raison de ma présence ici.

Elle posa Bradley sur une chaise et, de sa main libre, chercha dans son sac un petit paquet de documents. Puis elle se dirigea vers Trevor, qui avait toujours la main sur la poignée de la porte. Elle lui tendit une photographie.

— Voici ma sœur, Heather, dit-elle d'une voix blanche.

Elle dut déglutir car sa gorge s'était nouée d'émotion.

Au moins, il regardait la photo et étudiait les traits de sa sœur, au lieu de la rejeter d'emblée. Mais quand il leva la tête et que leurs regards se rencontrèrent, elle sut qu'il n'avait pas le moindre souvenir de sa nuit avec elle.

Déçue, elle humecta ses lèvres soudain sèches avant de poursuivre :

— Apparemment, vous l'avez rencontrée dans un club pendant que vous séjourniez à Denver pour affaires. Heather était une belle jeune femme, qui adorait faire la fête. Et elle n'aimait pas rentrer seule.

Quelque chose passa dans les profondeurs de ses yeux bruns.

— *Etait ?*

Le cœur serré, elle répondit par un hochement de tête tremblant, et lui tendit la coupure de presse qu'elle avait apportée avec elle.

— Elle a été tuée dans un accident de voiture, il y a deux mois.

Sa poitrine se serra plus encore quand une sympathie sincère se peignit sur les traits de Trevor. Il ne se souvenait peut-être pas d'Heather, et il la soupçonnait peut-être de lui rendre visite avec des arrière-pensées peu louables, mais il ne semblait pas complètement froid et sans cœur.

— Vous pensez sans doute que j'essaie de vous tendre un piège. Ou que j'espère vous soutirer un peu de votre fortune. Mais je vous assure, ce n'est pas le cas.

Bradley commença à s'agiter, et elle le déplaça sur sa hanche droite.

— Je ne suis ici que parce qu'Heather m'a dit que vous étiez le père de Bradley. Elle ne s'est jamais résolue à vous contacter elle-même, mais il était de mon devoir de vous faire savoir qu'elle était décédée, et que vous aviez un enfant. Plus important, je pense qu'il — elle souleva Bradley — mérite de connaître son père et ses racines paternelles.

Comme Trevor ne réagissait pas, elle reprit la photo et la coupure de presse qu'il tenait d'une main flottante.

— Alors, vérifiez qui je suis, si vous le devez. Faites rédiger tous les documents légaux que vous pensez nécessaires et qui protégeront votre fortune et vos intérêts. Mais ne punissez pas votre fils pour les erreurs de sa mère.

Trevor, la main crispée sur la poignée de porte, étudiait la jeune femme devant lui. Il avait rencontré au cours de sa vie bon nombre de jeunes femmes cupides, attirées uniquement par les millions des Jarrod, et il était devenu expert dans l'art de s'en débarrasser.

Mais l'instinct qui lui permettait de détecter les croqueuses de diamants à cent mètres ne s'était pas réveillé avec Haylie Smith. Même si elle avait tort sur la paternité du bébé, il était clair qu'elle *croyait* à ce qu'elle disait — ou du moins, à ce que sa sœur lui avait dit avant sa mort.

Regardant la photo qu'elle gardait serrée dans ses doigts blancs, il se creusa de nouveau l'esprit, en quête d'un souvenir de la femme avec qui il avait soi-disant passé une nuit mémorable. Oui, il se souvenait d'avoir effectué un voyage à Denver. Il se rappelait même s'être arrêté dans un des night-clubs les plus populaires de la ville, pour prendre un verre après qu'un projet de société potentiellement lucrative était tombé à l'eau. Frustré et contrarié, il avait eu envie de décompresser.

Dans le night-club, la musique tonitruante lui avait rapidement donné mal à la tête, mais il était resté suffisamment longtemps pour avaler quelques verres. Et il se souvenait d'avoir vu des femmes… beaucoup de femmes, en minijupes et stilettos, sur la piste et sur les banquettes bleu ciel. Plusieurs d'entre elles l'avaient accosté, mais il n'avait pas été d'humeur.

Ou peut-être, après quelques verres, l'avait-il été ?

Il n'en avait aucun souvenir, en tout cas. La seule chose qui lui semblait familière chez la jeune femme de la photo était la ressemblance avec celle qui se tenait devant lui. Elles avaient les mêmes yeux bleus et les mêmes cheveux blonds, la même bouche bien dessinée, les mêmes longs cils épais. Mais la ressemblance s'arrêtait là.

Alors qu'Heather arborait une coiffure à hérissée audacieuse, agrémentée d'une mèche rouge vif sur un côté, les cheveux d'Haylie tombaient naturellement autour de son visage et étaient autrement plus attirants.

Heather avait les lèvres peintes dans un rose plus que vif, tandis qu'Haylie ne portait qu'une couche de gloss transparent.

Et si le regard d'Heather semblait dur et blasé, celui d'Haylie était empreint de chaleur et d'honnêteté.

Comment deux femmes — deux sœurs — avec des traits aussi identiques pouvaient-elles sembler si différentes ?

Et comment l'une d'elles pouvait-elle passer plus de neuf mois sans faire un seul effort pour informer un homme qu'il allait être père, alors que l'autre avait passé deux mois à essayer de le joindre, tant elle était persuadée qu'il était de son devoir de l'informer de sa paternité — *supposée,* encore une fois ? Elle avait fait quatre heures de route depuis Denver, avec un bébé, rien que pour lui annoncer la nouvelle.

Il ne savait pas ce qu'il ressentait face à une possible paternité ; l'idée même lui nouait l'estomac et lui comprimait la poitrine. Et ce n'était pas un sentiment paternel inné qui était en cause. Non, ce qu'il ressentait avait bien plus à voir avec de la terreur ou de la panique.

A vingt-sept ans à peine, jamais il n'avait songé à se marier ni à fonder une famille. Ni à l'éventualité qu'un jour, un enfant lui tombe du ciel.

Jusqu'ici, il avait été trop occupé à profiter des plaisirs du célibat et à travailler dur pour faire prospérer sa société de marketing. Avec les récents événements, qui avaient fait de lui le directeur marketing de Jarrod Ridge, il avait à peine le temps de partir en randonnée, de skier, de *respirer*, alors avoir un enfant…

Cependant, il était inutile de s'inquiéter ou de se projeter dans le futur tant qu'il n'était pas certain d'être le père.

Il retourna à son bureau, s'installa dans son fauteuil et prit le téléphone. Il fit signe à Haylie de s'asseoir.

— Diana, dit-il dès que sa secrétaire eut décroché, appelez-moi le Dr Lazlo, s'il vous plaît.

Il raccrocha et posa les mains sur le bureau. Il regarda le bébé assis sur les genoux d'Haylie, cherchant des ressemblances avec lui. Mais tout ce qu'il voyait, c'était… un bébé.

Il ne voyait pas ses propres yeux, ses cheveux ou son sourire, pas plus que les traits communs aux Jarrod, sur son visage poupin.

Cela ne voulait-il pas dire que l'enfant… Bradley, il s'appelait Bradley. Cela ne voulait-il pas dire que Bradley n'était pas son fils ?

Mais la filiation d'un enfant de quatre mois pouvait-elle vraiment être déterminée d'un simple regard ?

— Nous allons faire faire un test de paternité sur-le-champ, dit-il. Et gare à vous si votre histoire est un tissu de mensonges.

Il ne savait pas exactement ce qu'il ferait, mais à l'idée qu'elle essaie de le duper, il sentit sa mâchoire se serrer et sa température augmenter.

Si toute cette histoire s'avérait une invention pour tenter de lui soutirer de l'argent ou de salir son nom — et celui de sa famille —, il serait furieux, à tout le moins. Les Jarrod avaient pour avocat de longue date Christian, le fiancé de sa sœur Erica, et une flopée d'autres as du barreau en réserve. Ils n'auraient aucun mal à imaginer des façons créatives de faire regretter à Haylie Smith d'être venue à Jarrod Ridge.

Après sa menace voilée, il s'était au moins attendu à ce qu'elle cligne des yeux. Qu'elle décide peut-être que toute cette comédie n'était pas une si bonne idée.

Mais, une fois encore, il l'avait sous-estimée. Non seulement elle ne cilla pas, mais son expression demeura ferme et déterminée.

— Si Bradley n'est pas votre fils, dit-elle doucement, ce ne sera pas mon mensonge, mais celui de ma sœur.

Tandis que les minutes passaient, et que Trevor Jarrod la toisait comme il aurait toisé un adversaire sur un ring, le silence dans le luxueux bureau s'épaissit. Il n'y avait pas de feu qui crépitait dans la cheminée derrière lui, aucun bruit ne filtrait de l'autre côté des portes. Seuls le tic-tac de l'horloge, les gazouillis et les bruits de succion de Bradley qui mordillait son petit poing l'empêchaient d'entendre son propre cœur cogner dans sa poitrine.

Elle pouvait certainement comprendre sa colère et ses

doutes. A sa place, elle aurait réagi exactement de la même manière.

Néanmoins, ce n'était pas elle la méchante, dans cette histoire. En fait, elle s'était montrée excessivement gentille en amenant Bradley à Jarrod Ridge. Elle aurait très bien pu rester à Denver et élever l'enfant de sa sœur comme le sien, sans rien dire à personne.

Trevor n'en aurait rien su. Elle doutait sincèrement qu'un jour, frappé par un soudain accès de conscience, il soit revenu à Denver vérifier s'il n'avait pas laissé derrière lui une progéniture égarée, résultat d'une de ses nombreuses aventures sans lendemain.

Et Heather ne lui avait pas fait promettre sur son lit de mort de faire ce qu'il fallait, pour Bradley et Trevor. Elle avait même affirmé plusieurs fois qu'elle avait essayé de contacter Trevor… alors que, manifestement, elle n'en avait rien fait … Haylie ne faisait que suivre son code moral à elle, beaucoup plus strict, selon lequel un homme avait le droit de savoir qu'il avait engendré un enfant.

Qu'il accepte ou non la responsabilité de cet enfant était une autre histoire. Néanmoins, il avait le droit d'être au courant, et elle n'aurait pas eu la conscience tranquille si elle lui avait caché l'existence de son fils.

S'il s'avérait qu'il n'était pas le père de Bradley… Eh bien, elle ne pouvait guère remonter le temps et étrangler sa sœur, mais ce ne serait pas l'envie qui lui manquerait. Le mieux qu'elle pourrait faire serait de présenter ses excuses pour le malentendu et tous les tracas qu'elle avait générés, et de rentrer à Denver faire ce qu'elle avait prévu depuis le début — élever Bradley toute seule.

Avant que l'un d'eux ne brise le silence pesant et chargé d'animosité, le téléphone sonna. Trevor saisit le combiné dès la première sonnerie.

— Merci, dit-il d'une voix sans relief, sans doute à son assistante.

Et un instant plus tard :

— Dr Lazlo, Trevor Jarrod. J'ai un problème qui requiert

la plus grande discrétion… Combien de temps faut-il pour avoir les résultats d'un test de paternité ?

Il fronça légèrement les sourcils, et Haylie le regarda, perplexe. Apparemment, une seule réponse aurait convenu à M. Jarrod : « immédiatement ».

— Très bien, mais s'il y a un moyen d'accélérer les choses tout en garantissant l'exactitude des résultats…

Un autre silence s'ensuivit. Le médecin parlait trop bas pour qu'elle l'entende.

— Nous pouvons être dans votre cabinet dans une demi-heure.

Avec un hochement de tête, il remercia le médecin et raccrocha avant de reporter son regard sombre sur elle… et sur le bébé qu'elle tenait dans les bras.

— Nous allons en ville faire faire des tests sanguins, dit-il comme si elle n'avait rien entendu de la conversation.

Le ton de sa voix ne laissait guère de place à la contradiction.

— Maintenant, ajouta-t-il.

Il s'avança vers elle, s'attendant sans doute à ce qu'elle le suive comme un chiot bien dressé. Alors, elle se leva avec une lenteur délibérée et alla allonger Bradley sur un des canapés de cuir.

— Qu'est-ce que vous faites ? demanda-t-il d'un ton agacé.

Du coin de l'œil, elle le vit croiser les bras et taper du pied.

— Je change la couche de Bradley avant de lui remettre sa combinaison pilote, dit-elle calmement.

Elle commença à déboutonner les jambes de sa salopette.

— A moins que vous ne préfériez rouler jusque chez le médecin avec les vitres ouvertes ?

Les lèvres serrées, il baissa les bras et fourra les mains dans les poches de son jean.

— Non, allez-y.

Ravalant un rire de triomphe, elle reporta son attention sur Bradley et changea rapidement sa couche, puis lui enfila son épaisse combinaison bleu layette. Lorsqu'elle referma la capuche bordée de fausse fourrure autour de son visage, il sourit et battit ses petites jambes, et elle ne put résister à l'envie de se pencher pour frotter son adorable petit nez.

Puis, se souvenant que Trevor était toujours dans la pièce, à les observer d'un air méfiant, elle s'éclaircit la gorge et se redressa, gênée.

— Presque prêts, dit-elle en enfilant sa parka vert sauge.

Elle installa Bradley sur sa hanche, puis saisit la bretelle de son sac à langer.

Il fut soudain à côté d'elle, et prit le sac.

— Je m'en charge, dit-il.

Sous l'effet de sa proximité et de son regard intense, elle se sentit rougir, et son ventre se noua.

— Merci, dit-elle, articulant avec difficulté.

Pourtant, elle le suivit tranquillement quand il se dirigea vers la porte.

L'assistante leva les yeux quand son patron approcha, et les observa, Bradley et elle. Il y avait peu de chances qu'elle ait entendu quoi que ce soit derrière les portes closes du bureau, et elle était manifestement curieuse de savoir qui elle était, et pourquoi elle avait amené un bébé de quatre mois avec elle. Mais, comme toutes les bonnes assistantes, elle fit preuve de discrétion et resta muette, en attendant que son employeur lui donne ses consignes.

— Diana, je serai absent un moment.

Haylie remarqua qu'il ne prenait même pas la peine de la présenter.

— Probablement pour le reste de la journée. Déplacez les rendez-vous qui peuvent l'être, et annulez le reste, s'il vous plaît.

— Bien, monsieur, répondit-elle en écrivant sur son sous-main de papier, avant de tapoter sur son clavier.

Dans un placard caché derrière son bureau, il prit son manteau et l'enfila.

— J'aurai mon téléphone portable sur moi si vous avez besoin de me joindre, mais…

— … essayez de ne pas avoir besoin de moi, conclut-elle pour lui.

Il afficha un demi-sourire.

— C'est ça.

Il lança un regard à Haylie.

— Prête ?

Elle opina, et passa devant la réception pour, une fois de plus, le suivre. Mais au lieu de passer devant, cette fois, il lui tint la porte et la laissa passer. C'était un geste galant qui, pour une raison indéterminée, lui fit tenir son neveu plus fort et lui rappela que, contrairement à sa sœur, elle ne couchait pas avec tous les beaux garçons qu'elle rencontrait. Tant qu'elle serait en présence de Trevor Jarrod, elle devait être encore plus attentive à garder la tête froide et à maîtriser ses pulsions.

Car elle ne pouvait plus vraiment reprocher à sa sœur d'avoir eu une aventure d'un soir avec cet homme. Si elle-même avait été un peu plus extravertie, un peu moins timide avec le sexe opposé, et qu'elle avait eu un peu plus de temps devant elle, elle aurait volontiers eu une liaison d'un soir avec lui, elle aussi.

3

Le trajet jusqu'au cabinet du Dr Lazlo serait sans doute plus près des quarante-cinq minutes que de la demi-heure, songea Trevor. Il n'avait jamais côtoyé d'enfant, et n'avait aucune idée de l'attirail dont ils avaient besoin, ne serait-ce que pour se rendre d'un point à un autre.

Ils étaient passés par une porte de service pour rejoindre son Hummer rouge flamboyant, garé sur sa place réservée dans le parking du personnel. Mais une fois devant le 4×4, Haylie avait décrété qu'elle ne monterait pas tant qu'ils n'auraient pas récupéré le siège de Bradley, resté dans son véhicule à elle.

Alors, ils étaient retournés au manoir, car, bien sûr, elle avait refusé qu'ils se rendent jusqu'à sa voiture avec son Hummer. Ils empruntaient maintenant le couloir central de l'hôtel pour rejoindre une des entrées les plus fréquentées, située près du parking réservé aux clients.

Il aurait préféré contourner l'immense bâtiment, l'air frais et la neige légère qui tombait lui auraient fait du bien. Mais durant le court laps de temps où ils avaient été dehors, les joues d'Haylie et de Bradley étaient devenues toutes roses, et il ne voulait pas risquer qu'ils tombent malades. Aussi avait-il décidé de traverser l'hôtel, devant Dieu savait combien de regards inquisiteurs.

Comme s'il ne suffisait pas qu'une inconnue surgisse dans son bureau avec un bébé dont elle prétendait qu'il était le père, quelqu'un pourrait découvrir ce coup du sort. Se retrouver en une de tous les journaux à scandale de la région lui donnerait à n'en pas douter un ulcère *et* de l'hypertension. Mais tout ce qu'il pouvait faire, c'était espérer que les gens qu'ils croisaient étaient de simples touristes, et non de méprisables paparazzi déguisés en clients, à l'affût du moindre ragot concernant sa famille.

Atteindre le parking sans être harponné par quelqu'un qui s'interrogerait sur l'identité d'Haylie, il n'en demandait pas plus.

Au moins, ils ne semblaient pas être ensemble. Elle marchait deux pas derrière lui, et ils ne faisaient rien de suspect, ils ne se tenaient pas par la main par exemple. Les gens pourraient penser qu'il guidait personnellement une cliente VIP à son chalet, tout simplement.

Cependant, il devait l'avouer, l'envie de lui prendre la main était bien là.

Pas parce qu'elle l'attirait, non.

Mais parce qu'elle ne portait pas exactement les bottes les plus adéquates pour la neige. Or le sol était glissant.

D'ailleurs, le sol de l'hôtel, en dehors des parties recouvertes de tapis ou de moquette, pouvait être glissant lui aussi, lorsqu'il était mouillé.

Lorsqu'ils furent à mi-chemin du hall, il crut qu'ils arriveraient à sortir sans être importunés.

Il jura dans sa barbe quand il vit son frère Guy se diriger vers eux.

Guy était le jumeau de leur frère Blake, et le cuisinier de la famille. Le complexe disposait de quatre restaurants et de six bars, et Guy les supervisait tous.

Mais comme c'était Trevor qui était en charge du marketing de tout le domaine, l'essentiel de la publicité liée aux restaurants passait par lui. Et même si le plus grand événement annuel de Jarrod Ridge, le gala Food and Wine, venait de s'achever, ils travaillaient régulièrement ensemble sur d'autres projets.

En ce moment, ils essayaient d'organiser une sorte de « tour du monde » culinaire dans les différents établissements de Jarrod Ridge. Le Chagall's donnerait un aperçu des saveurs de France, Emilio's mettrait l'Italie à l'honneur, le Golden Palace ferait la promotion de la Chine, et ainsi de suite.

Guy aurait pu choisir un meilleur moment pour l'ennuyer avec ça, cependant.

S'arrêtant net, il se prépara à l'inévitable rencontre et pria pour qu'Haylie ait la présence d'esprit de ne rien dire.

— Hé, le salua son frère.

De trois ans plus âgé et à peine moins grand que lui, Guy était vêtu d'un pantalon noir et d'une chemise blanche à col américain. Une tenue décontractée, mais pas autant que son propre accoutrement d'après-ski.

Ses cheveux bruns, qu'il laissait d'habitude négligemment envahir sa nuque, étaient coupés court et disciplinés. L'œuvre d'Avery, sans nul doute. Comme ses nouveaux vêtements, et l'étincelle qui semblait ne jamais quitter ses yeux ces derniers temps. Trevor appréciait la fiancée de Guy. Et le fait qu'elle ait une influence si positive sur lui dans tous les domaines ne faisait qu'augmenter le respect qu'il avait pour elle.

— Salut, répondit-il.

Et comme il s'y était attendu, Guy déroula la liasse de grandes feuilles qu'il portait sous le bras.

— J'ai jeté un œil aux maquettes d'affiches, et il y a quelques changements que j'aimerais apporter. Surtout en ce qui concerne les menus.

Il sourit et fit un clin d'œil.

— Tu sais comment je suis quand il s'agit de nourriture. Tu as une minute pour en discuter ?

— En fait, ce n'est pas le bon moment, répondit-il avec franchise. Est-ce que je peux te voir plus tard ?

Il était presque toujours débordé quand il était au manoir, et Guy ne sembla pas se formaliser outre mesure, mais il reporta son attention sur Haylie et Bradley. Impossible de nier qu'elle était avec lui, puisqu'elle attendait patiemment qu'il finisse sa conversation.

— Oh ! oui, dit Guy, manifestement ailleurs. Pas de problème.

D'après l'expression de son visage, il mourait d'envie de

l'interroger sur l'identité de cette jolie femme et de son bébé. Heureusement, il eut le bon sens de garder le silence. Du moins pour l'instant. Il s'empresserait sans doute d'informer toute la famille de l'existence de cette mystérieuse jeune femme dès qu'ils se seraient éloignés.

Malheureusement, Guy se tourna vers Haylie et lui tendit la main.

— Guy Jarrod. Je suis le frère aîné de Trevor. Plus âgé, plus brillant, et plus beau, cela va de soi, dit-il avec un clin d'œil.

Elle accepta la main de Guy et la serra poliment.

— Haylie Smith.

Pas un mot de plus, pas un de moins. Heureusement. Haylie était parfaitement courtoise, mais elle ne semblait pas le moins du monde impressionnée par le numéro de charme de son frère. Et bizarrement, cela lui fit plaisir. Non pas que cela compte d'une façon ou d'une autre. Guy était très heureusement et très fermement fiancé, et lui-même n'était intéressé que par les femmes sans aucune attache.

Ce qui n'était pas du tout le cas d'Haylie.

— Ecoute, dit Trevor à son frère en faisant de son mieux pour contenir son impatience grandissante, nous sommes un peu pressés. On se voit plus tard, d'accord ?

Il fit un signe de tête à Haylie pour lui signifier de passer devant lui.

— D'accord. Comme tu veux. Plus tard, dit Guy.

Tandis qu'ils s'éloignaient, Trevor sentit le regard interrogatif de son frère dans son dos. C'était exactement ce dont il avait besoin, que l'on prête attention à la présence d'Haylie et au fait qu'il se comporte bizarrement !

Pourtant, dès qu'ils sortirent dans l'air vif de décembre, il céda malgré lui à la voix dans sa tête qui lui intimait de la toucher.

Il ne la prit pas par la main, c'était un geste trop intime, qui aurait paru déplacé. Mais il la prit par le coude — et uniquement pour l'aider à garder l'équilibre et lui éviter de glisser pendant qu'ils se dirigeaient vers sa voiture.

Elle ne sembla pas surprise par son geste, et lui adressa

même un petit sourire par-dessus la tête encapuchonnée de Bradley.

— Votre frère a l'air sympathique, dit-elle, et il sut qu'elle essayait simplement de faire la conversation.

— Oui, répondit-il, laconique.

Guy était en effet quelqu'un de sympathique. Et de curieux.

Sa voiture s'avéra une nouvelle source d'inquiétude. Elle semblait avoir plusieurs années au compteur et le modèle avait sans doute déjà été retiré du marché, mais elle paraissait en assez bon état. Excepté les pneus.

Comment pouvait-on vivre dans le Colorado et ne pas s'équiper de pneus neige en hiver ? Ou alors, si c'étaient des pneus neige, la gomme était si usée qu'ils ressemblaient à des chambres à air.

Ce n'était pas son problème, se dit-il pendant qu'elle cherchait ses clés dans son sac. Sauf, bien sûr, si Bradley *était* son fils. Si tel était le cas, *c'était* son problème, et il veillerait à ce que les quatre pneus soient remplacés immédiatement. Ou, mieux, il remplacerait la voiture entière, et achèterait un véhicule bien plus sûr et plus adapté aux mois d'hiver. Un Hummer, comme le sien. Ou un tank peut-être.

Jonglant entre son sac, ses clés et le bébé, Haylie bataillait pour ouvrir la portière côté conducteur.

— Attendez, laissez-moi faire, dit-il en lui prenant les clés des mains.

Une fois qu'il eut déverrouillé le véhicule, elle ouvrit la portière arrière puis se tourna vers lui.

— Pourriez-vous le porter un instant ? demanda-t-elle.

Sans attendre sa réponse, elle colla Bradley contre son torse. Heureusement, il eut le réflexe d'attraper le bébé. Mais il le gardait à bout de bras, comme si c'était un sac de serpents venimeux.

Elle avait le visage tourné dans la direction opposée, et tentait de libérer le siège auto des ceintures qui le maintenaient en place, aussi ne vit-elle pas son expression de pure terreur.

Il ne savait rien sur les bébés. Il ignorait comment les porter, les nourrir, comment changer une couche. Et si Bradley se mettait à pleurer ? Les bébés n'avaient-ils pas des fuites ? Des larmes, des régurgitations, et des choses pires encore que, Dieu merci, une couche absorberait.

Mais Bradley n'avait pas de fuites. Mieux, il semblait tout à fait ravi d'être porté par une nouvelle personne. Il avait le regard brillant, il battait ses petites jambes comme s'il dansait au rythme d'une musique qu'il était le seul à entendre et, si Trevor ne se trompait pas, il lui souriait.

Les bébés souriaient-ils à cet âge-là, ou avait-il juste des gaz ? Bradley donna un coup de pied plus vif et rit. De manière intentionnée. Cela n'avait donc rien à voir avec un problème intestinal.

Son angoisse s'atténuant, Trevor ramena Bradley contre lui.

C'était un beau garçon. Cela ne signifiait pas que c'était un Jarrod, mais il avait quand même ce charme irrésistible propre aux bébés de la famille. Trevor en avait souvent entendu parler, surtout par des femmes très concernées par leur horloge biologique.

Une minute plus tard, quand elle sortit enfin de la voiture avec le siège enfant, Trevor faisait des grimaces à Bradley et le berçait comme il l'avait vue faire dans son bureau.

— Je peux le prendre maintenant, dit-elle.

— Non, ça va.

Ce n'était pas aussi difficile qu'il l'avait cru, et si le bébé n'était pas le sien, ce serait peut-être sa seule chance de jouer les jeunes papas avant un moment. Si Bradley était son fils… eh bien, autant commencer à s'entraîner dès maintenant.

Il jeta un regard vers le siège.

— Pouvez-vous le porter, ou voulez-vous que je m'en charge ?

— Je peux le porter, mais…

Elle semblait préoccupée.

— Etes-vous sûr que vous ne préféreriez pas échanger ?

— Non, tout va bien, dit-il en donnant à Bradley une autre petite secousse qui le fit rire. Vous avez tout ce dont vous avez besoin ?

Une demi-heure plus tard, il gara son Hummer devant

le cabinet du médecin et coupa le moteur. Haylie était déjà descendue de la voiture et sortait Bradley de son siège quand il vint l'aider.

Contrairement à tout à l'heure, le nourrisson plissait le nez et avait l'air mécontent. Il s'agitait et geignait, et la rougeur de ses joues n'était pas due au froid cette fois.

— Qu'est-ce qui ne va pas ? demanda-t-il, essayant de ne pas laisser l'inquiétude percer dans sa voix.

— Il est juste bougon, répondit-elle en le portant contre elle en même temps qu'elle empoignait le gros sac à langer orné d'une girafe jaune et d'un hippopotame mauve.

Trevor lui prit le sac des mains et ferma la portière, puis ils se dirigèrent vers le bâtiment de brique rouge.

— Pouvez-vous sortir un biberon du sac ? demanda-t-elle en désignant une poche latérale. Il a sans doute faim. Ensuite, il aura besoin d'une nouvelle couche, et d'une sieste. J'espère que cela ne durera pas trop longtemps, sinon nous devrons gérer un bébé très bruyant et très mécontent. A moins qu'il ne dorme pendant toute l'entrevue. Ce serait bien.

Un bébé bruyant et mécontent, Trevor n'avait pas envie de voir à quoi cela ressemblait. Malheureusement, les tests ADN impliquaient des aiguilles et des piqûres, ce qui n'améliorerait pas l'humeur de Bradley.

En entrant dans le cabinet, il laissa Haylie trouver un siège dans la salle d'attente pour donner son biberon à Bradley, pendant qu'il allait annoncer à la réceptionniste, à voix basse, son nom et la raison de sa venue.

Peu de temps après, une infirmière les conduisit à une salle d'examen, où le bébé termina son biberon. Il battait des cils et ses paupières se faisaient de plus en plus lourdes. Quelques instants plus tard, le médecin arriva, salua Trevor et se présenta à Haylie. Après un bref examen de Bradley, à présent bien endormi dans les bras de Haylie, le médecin recula son tabouret et regarda les deux adultes.

— Si j'ai bien compris, vous aimeriez faire un test de paternité pour déterminer si l'enfant est…

Le Dr Lazlo ne termina pas sa phrase, et Haylie ajouta rapidement :

— … le sien, dit-elle en désignant Trevor d'un hochement de tête. Bradley est le fils de ma sœur. Heather est décédée il y a deux mois dans un accident de voiture, sans avoir informé M. Jarrod qu'il était père. M. Jarrod veut être sûr que je lui dis la vérité sur Bradley, et que je ne suis pas venue à Jarrod Ridge dans le but de m'enrichir grâce à un bébé et une histoire montée de toutes pièces.

Trevor lui lança un regard contrarié, et croisa les bras.

— C'est sans doute plus que le Docteur n'a besoin de savoir, dit-il.

Le médecin eut un rire amical.

— Ne vous inquiétez pas, j'ai procédé à des centaines de tests de ce type, et je peux vous assurer de ma discrétion. Je m'occuperai de vos échantillons et de vos résultats personnellement, et je les enverrai au laboratoire sous des noms fictifs.

Trevor eut un hochement de tête approbateur, même s'il était toujours contrarié. Il n'avait vraiment pas besoin qu'on lui rappelle la situation dans le détail, encore moins devant un tiers.

— Bon, dit le médecin en posant les mains sur ses genoux. Il y a deux types de tests de paternité. Tous deux ont de longs noms médicaux difficiles à prononcer, dont je suis sûr que vous n'avez que faire, mais, pour résumer, l'un, le PCR, implique de frotter l'intérieur de la joue, et l'autre, le RFLP, nécessite une prise de sang.

— Lequel est le plus précis ? demanda Trevor.

— Le RFLP, l'échantillon de sang. Nous pouvons faire les deux, si vous le souhaitez. Chaque test est assez précis, mais, en combinant les deux, il y aurait très peu de doute sur la paternité de l'enfant.

Trevor se tourna vers Haylie. Son visage ne trahissait rien.

— Cela vous poserait-il un problème si nous faisions les deux ? demanda-t-il. Pour être vraiment sûrs.

Elle resta silencieuse quelques secondes, puis haussa une épaule.

— Ça me va, mais le test sanguin réveillera Bradley et, je préfère vous prévenir, il percera quelques tympans.

— Nous commencerons avec le frottis de la joue, dit le médecin, et je serai aussi doux que possible.

Vingt minutes plus tard, Bradley dormait de nouveau à poings fermés, cette fois dans le Hummer, tandis qu'ils rentraient à Jarrod Ridge. La piqûre l'avait réveillé, et il avait hurlé à pleins poumons pendant trois bonnes minutes, comme elle l'avait prédit. Mais après cela, il s'était peu à peu calmé pour s'endormir de nouveau contre son épaule.

— Donc cela peut prendre des semaines, dit-il pour briser le silence dans l'habitacle. Tout dépend si le laboratoire est débordé ou non.

Elle hocha la tête.

— Je pense que le médecin a raison de ne pas vouloir accélérer les choses. Cela ne ferait qu'éveiller les soupçons, or vous ne voulez pas ébruiter l'affaire tant que vous n'êtes pas certain que Bradley est votre fils.

— Je crois que le Dr Lazlo sera aussi discret que possible, dit-il, mais parfois les choses vous échappent, surtout quand les employés sont curieux et qu'ils commencent à fouiner dans votre vie.

— Ça ne me dérange pas d'attendre, si cela vous convient également. Et je vous promets d'être tout aussi discrète que le médecin. Personne chez moi ne vous connaît. Je doute même qu'ils soient particulièrement curieux de savoir qui est le père de Bradley.

Elle plissa les yeux.

— Heather avait ce genre de réputation. Personne n'a été surpris quand elle s'est retrouvée enceinte et qu'aucun homme n'était avec elle pour clamer sa paternité.

Dans sa voix perçaient un léger embarras et de la désapprobation. Mais elle semblait aussi… sur la défensive. Comme si elle n'avait pas approuvé le comportement de sa sœur, et qu'elle n'aurait choisi ce style de vie pour rien au monde, mais qu'elle resterait fidèle à sa sœur, quoi qu'il arrive. Encore plus maintenant qu'elle était partie.

Il ne pouvait guère lui en vouloir. Lui-même n'avait que récemment découvert qu'il avait une demi-sœur, Erica, mais cela ne l'empêchait pas de se sentir aussi protecteur envers elle qu'avec sa sœur de toujours, Melissa.

D'ailleurs, il était protecteur avec toute sa famille. Les Jarrod étaient un peu comme les Mousquetaires — un pour tous, tous pour un.

Ils avaient tous leurs défauts, mais il défendrait chacun d'eux jusqu'à la mort, s'il le fallait. Qu'Haylie ressente la même chose envers sa sœur — et l'enfant de sa sœur — ne le surprenait pas.

— Il y a autre chose dont nous devons discuter.

— Quoi donc ? demanda-t-elle, l'air dérouté.

— L'endroit où vous séjournerez jusqu'à ce que les résultats soient connus.

— Oh ! ce n'est pas un problème. Dès que nous serons dans votre bureau, je vous donnerai mon adresse et mon numéro de téléphone. Vous êtes le bienvenu pour voir Bradley quand vous voulez, si vous le souhaitez. Cependant, si vous préférez attendre d'être certain… je comprendrais, dit-elle calmement.

Elle comprendrait, mais elle n'approuverait pas forcément, songea-t-il, amusé.

Mais cela n'avait pas d'importance.

— Ce n'est pas ce que je voulais dire.

— Je suis désolée, que vouliez-vous dire alors ?

— J'ai réfléchi. Jusqu'à ce que nous soyons fixés sur la paternité de Bradley, j'aimerais que vous emménagiez tous les deux chez moi.

4

Durant de longues minutes, Haylie fut trop sonnée pour répondre quoi que ce soit. Elle resta là, sur le siège passager du véhicule de Trevor, bouche bée. Elle n'aurait pas été plus surprise s'il avait annoncé qu'il voulait renoncer à son héritage pour aller travailler de nuit dans un fast-food.

Elle se tourna pour lui faire face, et baissa la fermeture de son épaisse parka pour respirer un peu plus facilement. La climatisation était en marche, mais elle doutait que ce soit pour cela qu'elle avait chaud, tout à coup.

Non, c'était sans doute le choc, mêlé à une bonne dose d'appréhension.

Elle avait presque envie de se pincer pour être sûre d'avoir bien entendu.

— Je vous demande pardon ? dit-elle d'une voix étranglée.

Sans quitter la route des yeux, il répondit :

— Je pense que c'est mieux pour toutes les personnes concernées.

A présent, elle voulait *vraiment* se pincer, car rien de ce qu'il disait ne semblait avoir de sens. Elle s'éclaircit la gorge et demanda :

— Comment cela ?

— Eh bien, dit-il avec un haussement d'épaules, si Bradley est mon fils, alors j'ai du temps à rattraper. Je préférerais qu'il soit près de moi, pour commencer à le connaître… et m'habituer à être père.

Sa voix s'était serrée sur les derniers mots, comme si l'idée qu'il puisse réellement être le père d'un petit garçon dont il ne savait rien encore quelques heures plus tôt l'effrayait encore.

Pourtant, ledit petit garçon était bien là, endormi dans son siège. Et elle était prête à parier que les tests ADN seraient positifs.

— Je peux le comprendre, dit-elle, conciliante, mais obtenir les résultats des tests ne prendra pas si longtemps. De plus, Bradley a déjà quatre mois — quelques semaines de plus, cela ne fera pas une grande différence. Et puis, j'ai une vie à Denver. Une société à faire tourner. Je ne peux pas disparaître comme ça, du jour au lendemain.

— Alors, laissez le petit avec moi. Vous avez eu quatre mois avec lui, et moi j'ai à peine eu une journée. J'ai beaucoup d'espace chez moi, et les moyens d'engager une nounou à plein temps.

Elle ouvrit de grands yeux. Elle ne s'était jamais considérée comme une personne violente, pourtant, à cette seconde, elle était extrêmement tentée de gifler l'homme assis à côté d'elle. Il y avait tant de choses choquantes dans ce qu'il venait de dire qu'elle ne savait pas par où commencer.

Le petit ? Une nounou ?

Laisser Bradley avec lui ?

— C'est hors de question.

La tension dans sa voix n'était pas due à la nervosité, mais à la colère. D'ailleurs, elle était en train de dépasser le stade de la simple colère pour atteindre celui de la fureur noire.

— Je ne suis peut-être pas la mère biologique de Bradley, mais je suis la seule mère qu'il ait connue ces deux derniers mois — et même avant, à dire vrai. Il est absolument hors de question que je le laisse *où que ce soit*, avec *qui que ce soit.*

Le tissu imperméable de sa veste bruissa quand elle croisa les bras.

— Je me fiche que vous soyez son père, dit-elle entre ses dents sans prendre la peine de masquer son animosité.

Que disait le dicton, déjà... Aucune bonne action ne restait impunie ? Eh bien, elle venait d'en avoir une démonstration cinglante.

Dire qu'elle avait seulement voulu faire ce qui lui paraissait juste ! Annoncer à un homme qu'il avait conçu un enfant avec une femme qui ne le lui aurait jamais annoncé elle-même, un enfant qu'il n'aurait jamais connu autrement.

Elle avait voulu faire le bon choix, pour Bradley. C'était un Jarrod, après tout. Et même si elle n'avait pas besoin des millions de sa famille paternelle, et qu'elle ne pensait pas qu'un enfant ait besoin d'argent pour être heureux et choyé, il méritait quand même de savoir d'où il venait, et qui étaient ses ancêtres.

Mais *aucune bonne action*… Et voilà le résultat. Quelques heures à peine après sa BA, elle la payait déjà.

Durant plusieurs secondes, Trevor ne répondit pas. Mais ce qu'il dit ensuite la figea net.

— Je pourrais vous le prendre, vous savez.

Ce n'était pas le premier argument que Trevor avait prévu d'avancer pour convaincre Haylie de s'installer chez lui. Mais la façon dont elle s'était braquée lorsqu'il avait lancé l'idée de garder Bradley l'avait mis sur la défensive.

D'un côté, il appréciait qu'elle soit si protectrice avec cet enfant. Si ce bébé était vraiment le sien, il allait sans doute lui être très reconnaissant d'avoir pris soin de son fils comme elle l'avait fait.

Bien sûr, Bradley était le neveu d'Haylie, et un lien très fort les unissait. Mais d'après ce qu'il avait compris, la mère de Bradley — cette Heather à présent décédée dont il n'avait aucun souvenir — avait eu une vie assez mouvementée. Elle avait causé son lot d'ennuis.

Il aurait été facile pour Haylie de cesser de jouer les sauveuses, et de couper les ponts avec sa sœur. Personne ne l'en aurait blâmée.

Mais elle ne l'avait pas fait. Non seulement elle était restée à ses côtés malgré ses frasques, mais encore elle avait endossé le rôle de mère d'adoption pour Bradley après la mort brutale d'Heather.

Et pour cela, elle méritait qu'on lui décerne une flopée de médailles. S'il était le père de Bradley, elle aurait sa gratitude éternelle.

— Je me battrai pour lui, dit-elle, mâchoires serrées, interrompant ses pensées.

Elle semblait absolument hors d'elle, comme prête à le frapper. L'opinion qu'il avait d'elle ne fit que s'améliorer encore.

Elle n'avait aucune chance contre lui, c'était évident. Elle pourrait s'opposer à lui jusqu'à la fin des temps, mais, s'il voulait réclamer la garde du petit garçon endormi à l'arrière de sa voiture, il avait à la fois les avocats et les ressources financières pour y parvenir. Même avant que les résultats ADN n'arrivent, il pourrait arguer que c'était elle qui était venue à lui en prétendant qu'il était le père. Etant donné que la mère de l'enfant lui avait caché à la fois sa grossesse et la naissance de l'enfant… eh bien, il imaginait que les juges seraient trop heureux de rectifier les torts et de rendre justice en sa faveur.

Toutefois, ce n'était pas la voie qu'il voulait prendre, et il regrettait déjà ses paroles. Il préférait généralement contourner les conflits. D'habitude, il était doué pour cela.

A sa décharge, cela ne faisait que quelques heures que la bombe « bébé » lui avait été lancée. Il n'était pas encore remis de l'instant où les mots « votre fils » étaient sortis de la bouche d'Haylie, et encore moins de toutes les pensées qui s'étaient bousculées dans son esprit depuis.

Quoi qu'il en soit, il avait besoin d'elle, même si ce n'était pas facile pour lui de l'admettre, mais il ne connaissait strictement rien aux enfants, qu'ils soient bébés ou plus âgés.

Si Bradley était sa chair et son sang, alors il aurait besoin qu'elle lui apprenne tout ce qu'il avait besoin de savoir sur son fils, et cela même s'il engageait une nounou. Une assistante maternelle pourrait changer les couches et chauffer les biberons, mais elle ne connaîtrait pas la marque des petits pots préférée de Bradley, ne saurait pas s'il était chatouilleux, ne pourrait pas lui dire ce qui le faisait rire ou pleurer.

Elle, en revanche, savait tout cela. Elle avait passé ces

derniers mois à apprendre tout ce qu'il y avait à savoir sur son fils.

Son fils hypothétique.

Il ne servait à rien de s'emballer, il devait attendre les résultats des tests.

Les Jarrod étaient très famille, ce qui signifiait que même s'il se retrouvait en droit de réclamer la garde du bébé, jamais il n'envisagerait de rayer Haylie de la vie de Bradley. Celui-ci aurait besoin de sa tante maternelle autant que d'un père et de ses oncles et tantes paternels.

Par conséquent, il devait veiller à faire d'Haylie son alliée, plutôt que son ennemie. Et mieux valait commencer dès maintenant.

— Essayons d'éviter les menaces et de parler bataille juridique, d'accord ? Du moins, pour l'instant. Si vous réfléchissez un instant à ma proposition, vous vous rendrez compte que c'est le mieux à faire pour tout le monde.

Il lui lança un regard et constata qu'elle le dévisageait, le sourcil haussé.

— Vraiment ? demanda-t-elle, ironique. Et comment êtes-vous parvenu à cette conclusion ?

Avec un haussement d'épaules, il reporta son attention sur la route.

— Comme je l'ai dit, ce n'est que pour quelques semaines, et cela nous donnera l'occasion, à Bradley et à moi, de mieux nous connaître.

Non, ce n'était pas exactement cela. Quel meilleur mot pour exprimer le rapprochement avec sa possible progéniture ?

— De créer un lien.

Du coin de l'œil, il vit ses lèvres s'affiner, ce qu'il interpréta comme une approbation réticente. Il avait marqué un point… mais contrarié Haylie au passage.

— Et moi ? dit-elle en regardant droit devant elle.

— Vous ? Je vous ai déjà dit que Bradley et vous pouviez emménager chez moi. J'ai beaucoup d'espace, si c'est ce qui vous inquiète. Vous pourrez bénéficier de votre propre chambre, et avoir la maison pour vous durant la journée, pendant que je suis au bureau.

— Et ma vie à Denver ? J'ai un travail moi aussi, vous savez. Une société, des employés à diriger, des engagements à tenir.

Il secoua la tête, et réajusta ses mains sur le volant.

— Je suis navré, dit-il, en s'excusant. Quel est votre travail ?

Comment ne s'était-il pas posé la question avant ? Il fallait sans doute mettre cela sur le compte de son état de choc, après qu'on lui avait planté un bébé de quatre mois dans les bras. Littéralement.

Maintenant qu'ils abordaient le sujet, il se rendit compte qu'une vérification du profil d'Haylie serait sage. Dès qu'il retournerait au bureau, il demanderait à un détective d'effectuer quelques recherches très discrètes sur sa vie, à la fois privée et professionnelle.

Tant qu'il y était, il ferait mener une enquête sur sa sœur, aussi. Elle était peut-être décédée, mais un enquêteur habile devrait au moins pouvoir déterminer si elle avait bien été à Denver en même temps que lui. Si elle avait fréquenté régulièrement le club où Haylie prétendait qu'ils s'étaient rencontrés, et s'il y avait d'autres candidats à la paternité tapis dans l'ombre.

Et avant même que le Dr Lazlo l'appelle avec les résultats, une petite recherche lui donnerait une idée de la situation financière d'Haylie. Pour savoir s'il était plus ou moins probable qu'elle se serve de l'enfant de sa défunte sœur comme un moyen de lui soutirer quelques millions.

— Je suis organisatrice d'événements, dit-elle sans se douter des pensées et des plans qui se tramaient en silence dans son esprit.

— Et vous possédez votre propre société ?

— Oui. Je n'ai que quelques employés, mais les vacances de fin d'année sont une période chargée pour nous. Je peux à peine me permettre de m'absenter une nuit, alors une semaine ou deux…

Il décida d'ignorer la dernière partie de sa déclaration — temporairement, du moins.

— Quel est le nom de votre société ? demanda-t-il, soucieux de montrer son intérêt.

Apparemment, il se montrait trop gentil trop vite, car elle lui lança un regard soupçonneux.

— It's Your Party.

— Joli, dit-il tandis qu'une idée germait dans son esprit.

— Merci.

— Etes-vous spécialisée dans un domaine particulier ?

— Pas vraiment. Ou du moins, pas encore. Nous n'avons ouvert nos portes qu'il y a trois ans, nous cherchons encore notre équilibre, et travaillons à bâtir notre réputation à Denver.

— J'imagine que vous avez beaucoup de fêtes de Noël à préparer ?

— Absolument. Novembre et décembre sont de très bons mois pour nous, heureusement.

Lorsqu'il la vit sourire, une douce chaleur l'envahit.

Pas de doute, Haylie Smith était une femme diablement séduisante. S'ils s'étaient rencontrés en d'autres circonstances, il aurait déjà tenté une approche, à coup sûr. Il lui aurait proposé de prendre un verre. Lui aurait décoché son sourire charmeur… celui qui dévoilait ses fossettes et ses dents blanches dignes d'une publicité pour dentifrice.

Mais il ne pouvait pas séduire Haylie, n'est-ce pas ? Non seulement à cause de la nouvelle qu'elle lui avait annoncée, avec le tact d'un boxeur poids lourd soit dit en passant, mais aussi parce qu'il avait la nette impression qu'elle n'était pas le genre de femme à se laisser aisément charmer.

Contrairement à sa sœur. Ce qui le ramenait à l'obstacle de sa possible paternité.

— Vous avez déjà organisé un mariage ? demanda-t-il, revenant à l'idée qui avait précédemment germé dans son esprit.

Elle sembla déroutée, mais répondit assez volontiers :

— Quelques-uns. J'en ai organisé de petits, toute seule,

surtout à mes débuts dans le métier. Et quelques autres plus importants, lorsque j'ai embauché du personnel.

Il mit son clignotant et tourna à gauche, pour emprunter une route qui les éloignerait de Jarrod Ridge. Il espérait qu'elle serait trop distraite pour le remarquer.

— Il y a beaucoup de travail, j'imagine.

Elle rit.

— Oh ! oui. Surtout quand on traite avec une mariée tendue ou des membres de la famille qui veulent absolument mettre leur grain de sel.

— Mais vous aimez ça ? Ça ne vous dérangerait pas d'en organiser un autre ?

Elle sembla de plus en plus désarçonnée, et son regard étonné se fixa sur lui.

— Bien sûr que non. C'est mon métier, et j'adore ça.

Pendant une seconde, elle le fixa les yeux plissés.

— Pourquoi posez-vous autant de questions sur mon activité ?

— Je ne peux pas être simplement curieux ? dit-il en s'écartant de la route principale pour rejoindre un chemin beaucoup plus étroit et privé.

Elle était si prise dans leur conversation qu'elle ne sembla pas remarquer l'absence totale de circulation et la rudesse du terrain, mélange de neige, de poussière et de pierres.

— En fait, dit-elle, je doute que vous soyez jamais « simplement curieux ».

Il sourit. Ils s'étaient rencontrés depuis quelques heures à peine, et elle le connaissait déjà bien.

— Vous avez sans doute raison. La vérité, c'est que j'ai une sœur sur le point de se marier. Demi-sœur, pour être précis. Son fiancé et elle envisageaient de se marier à Noël, mais ils ont passé tant de temps à tergiverser que je doute qu'ils sachent ce qu'ils veulent à présent.

Le véhicule tout-terrain montait à présent une côte difficile.

— Où sommes-nous ? demanda-t-elle, se rendant enfin compte qu'il ne les avait pas reconduits au manoir, comme promis.

— Donc, je me disais que vous pourriez parler avec Erica, poursuivit-il, éludant délibérément sa question. Peut-être pourriez-vous lui donner quelques tuyaux, et l'aider à apaiser sa nervosité de future mariée.

— J'en serais ravie. Elle peut m'appeler quand elle le souhaite, mais…

Elle s'agita sur son siège quand la maison apparut dans leur champ de vision.

— Ce n'est pas Jarrod Ridge. Je me trompe ? Où sommes-nous ?

Il garda le silence jusqu'à ce qu'ils atteignent le vaste garage de deux voitures, situé à quelques mètres de la maison. Les deux bâtiments étaient de bois teinté de noir qui se mariait merveilleusement avec le décor montagneux alentour.

Elle avait tort en disant qu'ils n'étaient pas à Jarrod Ridge. La maison n'était pas reliée au complexe, mais la petite parcelle de terre sur laquelle elle était bâtie faisait partie du domaine des Jarrod.

Il appuya sur une télécommande pour ouvrir une des vastes portes de garage.

— Nous sommes chez moi, dit-il. Je me suis dit que j'allais vous faire visiter la maison, pour que vous puissiez vous faire votre propre opinion avant de refuser tout net mon invitation.

Il devinait, à ses lèvres pincées et à ses narines frémissantes, qu'elle était à deux doigts de bondir. Sa seule chance d'éviter une explosion totale était qu'elle ne veuille pas réveiller Bradley, endormi à l'arrière, en se lançant dans une diatribe enflammée.

Il vit sa mâchoire se tendre, comme si elle serrait les dents pour s'empêcher de crier.

— Une invitation, répéta-t-elle d'un ton acide. Vous vouliez dire, une *sommation* ?

5

— Donc, c'est bien ce que je pensais. Vous nous *ordonnez* de séjourner ici.

Dans le salon, les bûches crépitaient dans la cheminée, et le soleil d'après-midi projetait une belle lumière rosée sur les arbres aux cimes enneigées et les pentes montagneuses immaculées. La baie vitrée orientée à l'ouest permettait d'apprécier le spectacle à sa juste valeur.

Après avoir sorti Bradley de son siège, Trevor avait fait visiter le rez-de-chaussée à Haylie, qui continuait à fulminer. Le bébé était à présent installé sur une couverture, à même le sol. Sa couche était changée, son biberon avalé. Il jouait tour à tour avec son petit pied et avec un hochet en plastique qu'Haylie avait sorti de son sac à malices.

Elle était de l'autre côté de la pièce, en train de bouillir, apparemment. Elle avait les bras croisés sur sa taille et tapait littéralement du pied.

— Ce n'est pas un ordre, dit-il, faisant de son mieux pour la calmer.

Certes, il pouvait la forcer à faire ce qu'il voulait, mais il préférait qu'elle reste avec lui de son plein gré. Ou du moins, qu'elle ne se comporte pas en adversaire.

Il se dirigea vers la cuisine américaine, prit deux verres à vin sur un rail au-dessus de l'îlot central et sortit une bouteille de son merlot préféré.

— Je vous *demande* de rester ici pendant quelque temps, dit-il, d'une voix douce et, espérait-il, convaincante sans être condescendante. Pour que je puisse être plus près de Bradley.

Pour apprendre à le connaître à travers vous, pour vous connaître aussi, et en apprendre davantage sur votre sœur.

Et pour garder un œil sur eux, accessoirement. S'ils étaient sous son toit, il pourrait s'assurer qu'elle ne fasse rien de stupide, comme aller voir la presse pour avoir son quart d'heure de gloire, ou demander une somme conséquente en échange de son silence.

Il remplit les verres et les porta dans le salon. Il en tendit un à Haylie, et fut surpris qu'elle l'accepte sans broncher — ou qu'elle ne le lui jette pas au visage.

— Si Bradley est vraiment mon fils, alors je serai content d'avoir passé ce temps avec lui. Des moments en privé, avant que le reste du monde n'apprenne que je l'ai conçu avec une femme dont je n'ai aucun souvenir. Et que je n'ai découvert son existence que deux mois *après* la mort de sa mère.

Elle se rembrunit, et il regretta aussitôt ses paroles brutales. Indépendamment de ce qu'il ressentait envers la femme qui lui avait caché l'existence de son fils durant quatre mois… ou plutôt treize, si l'on y ajoutait les neuf mois de grossesse, il devait garder à l'esprit qu'elle était la sœur d'Haylie, et que celle-ci l'aimait.

Il avala une gorgée de vin, et fut content qu'elle en fasse autant.

— Vous savez, reprit-il d'une voix plus douce, vous n'avez pas idée à quel point les médias peuvent être indélicats envers une famille comme la mienne. Nous sommes dans le viseur de leur téléobjectif vingt-quatre heures sur vingt-quatre, sept jours sur sept. Ils ne nous laissent que très peu d'intimité, et transforment le moindre événement en une véritable campagne de publicité — pour leur bénéfice, et non le nôtre. Ils sont particulièrement doués pour inventer des scandales à partir de petits riens.

Passant les mains dans ses cheveux, il poussa un soupir exaspéré.

— Si les gens apprenaient pourquoi vous êtes ici, avant même que nous n'ayons des nouvelles du médecin, les gros titres de tous les torchons du pays feraient de moi un père indigne, et de votre sœur une femme vénale qui a fait en sorte de tomber enceinte d'un riche héritier.

Elle sembla réfléchir, faisant tourner son verre dans sa main. Les flammes de la cheminée se reflétaient dans le liquide bordeaux, et jetaient des ombres sur sa silhouette élancée, tandis que le soleil couchant qui filtrait par la fenêtre soulignait les nuances d'or et de cuivre de ses cheveux.

Il eut soudain envie de les toucher, pour voir s'ils étaient aussi doux qu'ils en avaient l'air.

— Le fait que je séjourne chez vous, que je vive sous votre toit, cela ne provoquera-t-il pas une frénésie médiatique tout aussi folle que si je rentrais à Denver et que quelqu'un découvrait par hasard la filiation de Bradley ?

Elle marquait un point.

— Nous serons aussi discrets que possible, mais si l'on vous pose la question, vous êtes une amie de la famille. Une amie de la famille et son fils, qui vivent chez moi plutôt qu'à l'hôtel. Nous pouvons même faire comme si vous étiez une cliente, et je pourrais vivre dans mes quartiers au manoir pour que vous puissiez avoir toute la maison pour vous.

Elle semblait sceptique, aussi décida-t-il de ne pas s'attarder sur ce point pour passer à une autre de ses préoccupations.

— Concernant votre société, je ne sais pas durant combien de temps vous vous êtes absentée après la mort de votre sœur, mais je pense que les gens comprendraient si vous aviez besoin d'une période de deuil un peu plus longue. Comme je vous l'ai dit, Erica est vraiment en train de préparer son mariage. Je suis certain qu'elle adorerait avoir l'aide d'une professionnelle, et nous pourrions nous arranger pour que votre séjour ici se transforme en voyage d'affaires.

Elle regarda son verre avant de lever les yeux vers lui.

— Etes-vous sûr que votre sœur n'a pas engagé quelqu'un, déjà ? Je veux dire, c'est une Jarrod, après tout, et elle peut s'offrir les meilleurs. A mon avis, elle a dû commencer par recruter une professionnelle.

— Je ne peux pas vous le garantir à cent pour cent, mais

je n'ai pas entendu dire qu'elle avait embauché quelqu'un, en tout cas.

Avec un haussement d'épaules, il termina son verre et le posa sur la table basse.

— Si cela peut vous rassurer, je vais l'appeler tout de suite.

Elle ouvrit la bouche pour protester, mais il ne lui en laissa pas le temps. Il se dirigeait déjà vers le téléphone sans fil posé sur le comptoir de la cuisine.

En toute franchise, il n'avait pas prévu de mentionner à qui que ce soit la soudaine apparition d'Haylie, encore moins ses affirmations perturbantes, mais sa famille découvrirait sa présence tôt ou tard, de toute façon. Ce n'était pas comme s'il pouvait prendre quelques jours de congé ou l'amener au manoir sans que ses frères et sœurs le bombardent de questions. Parfois, ils étaient pires que la presse.

Il appela Erica. Sa sœur décrocha au bout de trois sonneries.

— Salut, petite sœur, c'est Trevor, dit-il d'un ton enjoué. J'ai une question à te poser. Tu as choisi une organisatrice, pour ton mariage ?

Une seconde plus tard, il levait les pouces avec enthousiasme à l'intention d'Haylie.

— Alors, qu'est-ce que tu dirais d'en engager une ? Je considérerais cela comme une faveur personnelle, à vrai dire.

— S'il te plaît, dis-moi que tu ne me demandes pas d'engager une de tes bimbos d'un soir pour organiser mon mariage ! répondit Erica.

Il ne sut pas s'il devait rire ou être offensé par la piètre opinion que sa sœur avait de ses conquêtes habituelles. Sans doute méritait-il sa réputation.

Mais, alors que son côté séducteur ne l'avait jamais dérangé auparavant, il se surprit à éprouver un pincement au cœur. Etait-ce de la culpabilité ? de l'embarras ? Il n'aurait su le dire. En tout cas, il n'appréciait pas du tout cette sensation.

En regardant les cheveux lisses et blonds d'Haylie, son pull et son pantalon de ville, ses chaussures élégantes et néanmoins confortables, il eut la certitude qu'Erica ne la prendrait jamais pour une bimbo. Ni pour une de ses distractions temporaires.

— Non, répondit-il fermement. C'est une professionnelle très talentueuse, et j'ai besoin de lui donner une excellente raison de rester à Jarrod Ridge pendant quelques semaines.

— Pourquoi ? demanda sa sœur du tac au tac.

— C'est une longue histoire, dit-il en fixant le sol. Je t'expliquerai plus tard. Alors, tu es intéressée ? Acceptes-tu au moins de lui parler ?

— Bien sûr. Franchement, ce serait un soulagement d'avoir quelqu'un qui s'inquiète des détails à ma place, pour une fois. Et quelqu'un d'autre que Christian avec qui je pourrais parler du mariage. Au point où il en est, je crois qu'il m'épouserait dans les îles Galápagos si je le lui demandais, rien que pour être enfin marié.

— Génial, répondit-il, soulagé. Toutes les deux, vous pourrez convenir d'un rendez-vous plus tard, mais, pour l'instant, est-ce que tu veux bien lui annoncer la nouvelle toi-même ?

Il tendit le téléphone à Haylie. L'air réticent, elle prit le combiné.

Il ne pouvait entendre l'autre partie de la conversation, mais il y eut beaucoup de sons affirmatifs et de hochements de tête.

— D'accord, dit Haylie au bout de quelques instants. J'en serais ravie, merci.

Elle coupa la communication, et lui rendit l'appareil. Il savait que l'échange s'était bien passé, pourtant elle arborait un air curieusement neutre.

— Alors ? demanda-t-il en haussant un sourcil.

— Apparemment, je déjeune avec votre sœur demain, pour discuter de l'organisation de son mariage.

— Excellent.

Elle le regarda remettre le téléphone sur sa base, puis prendre la bouteille de vin pour se resservir. Son verre à elle était encore plein.

Excellent, avait-il dit ? Pour lui, peut-être. Pour elle, ce n'était pas si sûr. Elle était venue à Aspen en quête d'un père pour son neveu, pas d'une nouvelle mission.

Devait-elle aider Erica Jarrod à préparer son mariage, ou annuler le déjeuner imprévu qu'elle venait d'accepter à l'instant ? Elle pourrait tout à fait plaider la folie temporaire, car non seulement sa journée, mais sa vie entière prenaient une tournure irréelle et semblaient lui échapper totalement.

D'un autre côté, il s'agissait du mariage d'une Jarrod. Rien de moins.

Les organisateurs d'événements supplieraient, voleraient, tueraient pour prendre en charge un mariage de célébrité, et on venait de lui en offrir un sur un plateau d'argent. Même si les Jarrod ne la payaient pas un cent, ajouter ce mariage à son CV pourrait donner un énorme coup de pouce à sa société. En plus des goûters d'anniversaire et des bar-mitsva, elle pourrait prétendre à l'organisation de garden-parties, d'anniversaires haut de gamme, et même d'autres mariages de personnes en vue.

L'idée était si enivrante que, pendant une seconde, elle ne put respirer, et des étoiles explosèrent devant ses yeux.

Elle se força à respirer avant de faire quelque chose de vraiment embarrassant, comme s'évanouir alors que Trevor était à moins d'un mètre, en train de siroter son merlot. Elle tirait des plans sur la comète, et donnait une importance tout à fait démesurée à la situation. Pour le moment, il ne s'agissait que d'un simple déjeuner avec la sœur de Trevor… si toutefois elle décidait d'y aller. Il fallait qu'elle fasse son choix.

Elle redressa les épaules, puis fixa Trevor.

— Je vais passer la nuit ici, et rencontrer votre sœur demain, mais je ne vous promets rien de plus.

— Ça me paraît bien, dit-il avec un haussement nonchalant d'épaules. Cela dit, je pense qu'une fois que vous aurez discuté avec Erica, vous vous direz que rester à Jarrod Ridge pour quelques semaines n'est pas la plus mauvaise idée du monde. Et au cas où vous seriez inquiète de perdre de l'argent pendant que vous êtes loin de Denver, soyez assurée que nous vous rémunérerons pour vos services. Généreusement, ajouta-t-il avec un clin d'œil.

Accepter de passer la nuit dans la maison de Trevor Jarrod et le faire étaient deux choses entièrement différentes, Haylie le constata très vite.

Pour commencer, elle avait prévu des bagages pour un voyage d'une journée, pas plus. Elle n'avait assez de biberons et de couches que pour tenir quelques heures. Et encore.

Ensuite, elle n'avait rien pris pour elle. Ni chemise de nuit, ni brosse à dents, ni démaquillant. Et comme elle n'avait pas de tenue de rechange, cela signifiait qu'elle devrait remettre les vêtements qu'elle avait sur le dos pour son déjeuner avec Erica, le lendemain.

Cela suffisait à lui faire reconsidérer sa décision.

— Ce n'était peut-être pas une si bonne idée, dit-elle devant la chambre d'amis que Trevor leur avait attribuée.

Bradley y était paisiblement endormi. Il s'était assoupi en finissant son biberon, et ne s'était pas agité pendant qu'elle avait changé sa couche. Evidemment, Trevor n'avait pas de berceau ni rien qui ressemble même de loin au nécessaire pour un bébé, et ils avaient dû improviser.

Une couverture douce sur le sol dans un angle de la pièce, entourée d'oreillers et de quelques coussins provenant du luxueux canapé de Trevor, et Bradley serait en sécurité, même s'il se réveillait dans les heures suivantes, ce qui était hautement improbable.

— Ce n'est pas mal, non ? demanda Trevor derrière elle. Je veux dire, ça ne ressemble pas à grand-chose, mais il est suffisamment en sécurité ?

Elle se tourna vers lui.

— Oui, dit-elle en hochant la tête, ça ira. Il ne bouge pas beaucoup quand il dort. L'important est de faire en sorte qu'il ne roule pas et qu'aucun objet ne le blesse s'il se réveille.

En la reconduisant au rez-de-chaussée de son élégant chalet, il demanda :

— Alors pourquoi pensez-vous que ce n'était pas une bonne idée ?

— Je ne parlais pas du sommeil de Bradley, mais du fait de rester ici. Je n'avais pas prévu de passer la nuit ailleurs que chez moi. Je ne suis préparée à dormir *nulle part*, encore moins avec vous.

Elle sentit ses joues s'empourprer quand elle se rendit du double sens de ses paroles, et se hâta de poursuivre, espérant qu'il n'avait rien remarqué :

— Bradley n'a presque plus de couches et de biberons, je n'ai pas de vêtements de rechange …

Elle fourra les mains dans ses poches, et regarda sa tenue.

— Même si arrivons au bout de la nuit sans encombre, que je dors dans mes vêtements et que je ne me démaquille pas, je vais avoir l'air d'une sans-abri quand je rencontrerai votre sœur.

Il esquissa un sourire.

— Vous oubliez à qui vous parlez.

Il lui passa un bloc-notes et un stylo par-dessus le comptoir de la cuisine.

— Notez tout ce dont vous avez besoin. Soyez aussi précise que possible — les marques, les quantités, la taille de vos vêtements et votre pointure. Tout sera livré ce soir, ainsi que votre voiture.

— Ma voiture ?

Elle leva la tête, et fixa ses yeux bruns et son visage aux traits harmonieux.

— Etes-vous sûr que vous voulez la faire amener ici ? N'avez-vous pas peur que je m'enfuie au milieu de la nuit avec Bradley ?

— Votre visite est peut-être liée à des circonstances particulières, mais vous êtes malgré tout une invitée, pas une prisonnière. D'ailleurs, vous m'avez promis de rester jusqu'à demain, et je vous fais confiance.

— Pourquoi ? Vous ne me connaissez même pas.

Elle pouvait très bien être une croqueuse de diamants, elle savait qu'il l'en soupçonnait.

Il haussa les épaules.

— A mon avis, une femme qui prend une journée de congé et fait quatre heures de route pour m'annoncer que j'ai un enfant dont je ne sais rien — en théorie, du moins —, uniquement parce qu'elle a le sentiment que c'est le mieux à faire, peut être crue sur parole.

Après une dernière gorgée de vin, il reposa son verre et ajouta :

— Et vous savez ce qu'on dit : « Sois proche de tes amis, et plus encore de tes ennemis. »

6

Le lendemain matin, Bradley avait tiré Haylie de son lit à une heure matinale, mais ce n'était pas lui qui l'avait réveillée. Elle n'avait quasiment pas dormi, à la vérité. Après avoir tourné et viré pendant la moitié de la nuit, elle avait cessé de chercher le sommeil et était restée simplement allongée, laissant ses pensées et ses angoisses l'envahir.

A présent, fraîchement douchée, elle fixait la collection de vêtements et d'accessoires qui jonchaient le lit. Si c'était un exemple de la façon dont Trevor traitait ses ennemis, elle songeait sincèrement à devenir son amie la plus chère et la plus proche.

Comme promis, la veille au soir, un employé de Jarrod Ridge avait apporté tout ce qui figurait sur sa liste, et bien plus encore.

Il avait livré un dîner pour deux provenant d'un des restaurants les plus sélects de Jarrod Ridge, une multitude de sacs de différentes boutiques, et garé sa vieille voiture dans l'allée. Trevor avait remercié l'employé avec un hochement de tête et ce qui ressemblait à un pourboire de cinquante dollars, détail qu'elle avait fait semblant de ne pas remarquer.

Evidemment, elle savait, comme tout le monde, que les Jarrod étaient fortunés. C'était un peu comme dire qu'il y avait du sable dans le Sahara.

Et si elle avait été ignorante de leur richesse avant d'arriver à Aspen, la vue de Jarrod Ridge Resort lui aurait mis la puce à l'oreille. Que Trevor se comporte comme un prince et qu'il ait une maison splendide était simplement la cerise sur le gâteau.

Et même si elle se considérait comme une personne généreuse, et qu'elle laissait toujours des pourboires dans les hôtels et les restaurants, elle n'avait pas de billet de cinquante dollars dans son portefeuille pour les urgences. Et encore moins un billet en plus pour remercier un parfait étranger de lui avoir rendu service.

Trevor n'avait pas non plus été avare envers Bradley et elle. Le vanity dans la salle de bains était plein, et les comptoirs de la cuisine ressemblaient à un magasin bien fourni. Quand aux vêtements étalés sur le lit, on aurait dit la garde-robe d'une femme essayant de trouver la parfaite tenue pour une soirée retrouvailles de lycée.

Un nouveau pull et un pantalon de rechange auraient amplement suffi, mais il avait apparemment demandé un exemplaire de chaque vêtement, dans chaque boutique du complexe. Il y avait des robes, des jupes, des pantalons, des chemises, des pulls et des T-shirts à manches courtes et à manches longues. Et même des chaussures et des sous-vêtements.

Elle ne savait pas si elle devait être impressionnée ou intimidée par le pouvoir dont il disposait manifestement ; il claquait des doigts, et les gens accouraient. Il disait « sautez », et les gens répondaient « depuis quelle hauteur ? ».

Si les tests sanguins démontraient que Bradley était son fils — et elle n'avait pas de doute là-dessus, à moins qu'Heather lui ait menti pendant toute la dernière année de sa vie — et qu'il décidait de se battre pour obtenir sa garde, elle n'aurait aucune chance.

Son cœur se serra à cette pensée, et ses mains tremblaient littéralement pendant qu'elle s'habillait à la hâte. Elle n'avait peut-être ni son pouvoir, ni sa fortune, ni même ses droits biologiques, mais elle ferait tout ce qu'elle pourrait pour garder Bradley dans sa vie.

Elle n'avait pas beaucoup réfléchi avant de faire ce voyage jusqu'à Aspen, et elle commençait à le regretter. Elle se rendait compte seulement maintenant qu'il ne lui serait pas possible d'exiger la garde exclusive de Bradley, quand les résultats ADN arriveraient. Cette idée ne fit rien pour calmer l'angoisse sourde qui montait en elle. Elle ferait n'importe quoi, en tout cas, pour voir le bébé et passer du temps avec lui de façon régulière.

Trevor lui accorderait certainement un droit de visite. C'était peut-être un Jarrod, habitué à obtenir ce qu'il voulait et à diriger les gens comme des pions sur un échiquier, mais il n'était pas cruel, n'est-ce pas ? Il n'invoquerait pas ses droits parentaux pour l'exclure de la vie de Bradley. Du moins, elle l'espérait.

Elle ne connaissait pas précisément les symptômes d'une crise de panique, mais si la respiration courte, les mains moites et le bourdonnement dans les oreilles étaient des signes, elle était peut-être sur le point d'en faire une.

Il fallait qu'elle se calme. Les résultats n'arriveraient pas avant des semaines, et ce n'était pas comme si Trevor allait lui prendre Bradley et fuir avec lui. Etant donné qu'il n'avait même pas encore porté l'enfant — volontairement, du moins —, il espérait sans doute que les résultats soient négatifs, pour se laver les mains de toute cette affaire et retourner sans regret à sa vie si divertissante de play-boy.

En attendant, elle avait un déjeuner d'affaires. Un déjeuner qui la rendait inexplicablement nerveuse.Cela l'angoissait presque autant que l'idée de sortir enfin de la chambre et de tomber nez à nez avec son hôte.

Il lui avait fallu jusqu'à sa dernière once de sang-froid pour aller au bout de la soirée, la veille. Surtout après qu'ils eurent déballé les sacs provenant de Jarrod Ridge, et qu'il eut apporté les assiettes dans la salle à manger pour dîner avec elle.

Ce qu'elle avait vraiment eu envie de faire, c'était de courir à l'étage et de s'enfermer dans sa chambre avec Bradley. Enfoncer la tête sous le couvre-lit de satin, et ne pas ressortir jusqu'au lendemain.

Faire l'autruche lui semblait une vraie bonne idée, comparée au fait d'être en sa présence. Elle devait bien l'admettre, il l'intimidait. Non seulement il était très fortuné, mais il était aussi grand, musclé, et aussi séduisant qu'un acteur de cinéma.

Oh ! elle n'avait pas été le moins du monde intimidée à l'idée d'affronter l'homme qui avait involontairement mis sa sœur enceinte et laissé un enfant sans père.

Pas plus qu'elle ne s'était sentie nerveuse devant sa secrétaire surprotectrice, ou en s'asseyant dans son bureau en attendant son arrivée, pour lui annoncer sans détour sa paternité.

Elle ne s'était même pas inquiétée quand il avait insisté pour qu'ils passent des tests sanguins sur-le-champ, même si cela impliquait de monter dans la voiture d'un quasi-étranger, pour une destination inconnue, sans témoins.

Ce n'était pas ce qu'elle avait fait de plus intelligent, d'ailleurs.

Et puis, quelque part en route, la situation s'était renversée. Ce n'était plus elle qui contrôlait les choses, mais lui. A présent, elle était totalement hors de son élément, et il la manipulait aussi facilement qu'une marionnette.

Elle se sentait à sa merci. Pas seulement parce qu'elle résidait sous son toit, mais parce qu'elle savait à quel point il lui serait facile de lui prendre Bradley, s'il le voulait.

Ce qui l'amenait à s'interroger. Ce déjeuner avec sa sœur était-il une bonne chose… ou une erreur monumentale ?

Avec un soupir, elle jeta un dernier regard à la pièce pour s'assurer de n'avoir rien oublié, puis elle prit ses affaires et mit Bradley dans ses bras. Sans bruit, elle descendit l'escalier pour rejoindre le salon.

Trevor était déjà dans la cuisine, prêt à commencer sa journée. Mais il n'y avait rien d'étonnant à cela, puisqu'il était 10 heures passées. La veille, il lui avait dit de prendre son temps pour se préparer ; ils iraient tous les deux au manoir juste avant qu'elle aille voir Erica.

Mais, aujourd'hui, il portait une tenue de travail plus classique. Au lieu d'un pull chaud et épais, d'un jean confortable et de chaussures de randonnée, il portait un costume bleu sombre qui tirait vers le noir, une chemise rouge vif, et des chaussures vernies.

Elle n'en savait pas suffisamment sur la haute couture pour reconnaître les marques à l'œil nu, mais elle était prête à parier qu'aucun de ses vêtements ne provenait d'un magasin ordinaire. Chacun d'eux portait sans doute un nom chic comme Gucci, Valentino ou Armani.

Son propre ensemble, fourni par une des boutiques de luxe du complexe, était tout aussi élégant. Même si elle n'était pas familière de la marque, elle devinait qu'il était très onéreux. Le simple fait de le porter l'intimidait, et la rendait nerveuse. Ce n'était pas le genre de vêtements que l'on avait envie de salir ou d'abîmer, or, quand on avait un bébé de quatre mois dont le passe-temps favori était de mâcher sa manche ou de cracher sur son épaule, le risque était grand pour que cela se produise.

— Bonjour, dit Trevor d'une voix profonde.

Lorsqu'il avança vers elle, une tasse de café dans la main, elle huma une soudaine bouffée de son eau de toilette. C'était un parfum frais et boisé, qui lui rappelait exactement l'endroit où ils se trouvaient — un magnifique flanc de montagne parsemé de sapins et couvert d'une neige étincelante.

Jamais elle n'aurait imaginé que l'odeur des arbres pouvait être sexy, pourtant la fragrance de forêt d'hiver qu'il portait la faisait chanceler. Et ses cheveux ondulés, son visage rasé de frais et son allure de professionnel dynamique ne faisaient qu'accroître son trouble.

Elle déglutit, et resserra son étreinte sur le bébé, tandis que son ventre se nouait d'excitation et de… oh, mauvais signe… désir.

— Café ? proposa-t-il.

Heureusement, il ne pouvait pas se douter de la guerre qui faisait rage entre son esprit raisonnable et son traître de corps.

Elle déglutit de nouveau, humectant ses lèvres sèches avant de répondre :

— Non, merci.

Elle était déjà assez nerveuse comme ça, elle n'avait pas besoin de caféine en plus.

Il finit sa tasse puis se dirigea vers la porte d'entrée. Lorsqu'elle passa devant lui, il lui retira ses deux sacs de l'épaule, et les porta jusqu'au garage.

Quand ils arrivèrent devant le bureau de Trevor, Diana, son assistante, était en compagnie d'une charmante jeune femme aux formes pulpeuses, perchée sur le bord du bureau. Elle portait une chemise de soie émeraude avec un pantalon beige, et ses cheveux bruns coupés en dégradé effleuraient ses épaules. Dès qu'elle vit Haylie, elle descendit du bureau et sourit.

— Bonjour, dit-elle, les saluant tous les deux.

Puis, passant devant Trevor, elle tendit la main à Haylie.

— Vous devez être l'organisatrice de mariage.

— Haylie Smith. Je suis ravie de vous rencontrer, mademoiselle Jarrod.

— En fait, c'est Prentice. Je n'ai découvert que j'étais une Jarrod que récemment, mais ma famille m'adore quand même. Pas vrai ? dit-elle en lançant un regard amusé à Trevor.

— Est-ce que nous avons le choix ? dit-il.

Son beau visage viril demeurait impassible, mais son regard noisette brilla d'une affection sincère.

Loin d'être offensée, sa sœur sourit.

— Non.

Elle se retourna vers Haylie.

— Mais peu importe mon nom, parce que vous allez m'appeler Erica. Et qui est cet adorable petit garçon ? demanda-t-elle en fixant Bradley.

Perché sur la hanche d'Haylie, Bradley battit des jambes quand Erica chatouilla une de ses joues roses et rebondies.

En s'éclaircissant la gorge, Trevor avança et posa une main au bas du dos d'Haylie. Le contact innocent n'aurait pas dû provoquer des courants d'électricité le long de son dos, mais ce fut pourtant le cas.

— Allons dans mon bureau une minute, vous voulez bien ? murmura-t-il à voix basse, en lançant à sa sœur un regard entendu.

Même si elle avait tout à coup du mal à respirer et que ses jambes semblaient en plomb, Haylie parvint à les suivre.

Trevor s'installa à son bureau, et Erica sur une chaise face à lui. Haylie décida d'allonger Bradley sur un canapé pour lui ôter sa combinaison.

Calé dans son fauteuil, Trevor tapota ses doigts contre ses lèvres, songeant à la meilleure manière d'aborder le sujet.

— En temps normal, dit-il, je préférerais passer cela sous silence, mais puisque le sujet arrivera forcément sur le tapis durant votre déjeuner, et que je ne veux pas qu'Haylie s'inquiète de vendre la mèche sans le vouloir, je pense qu'il vaut mieux que nous te mettions dans la confidence.

Erica haussa un sourcil, regardant Trevor, puis Haylie, puis encore Trevor.

— D'accord, répondit-elle prudemment.

— Et puisque tu es ma sœur — une Jarrod, à présent —, j'attends de toi que cela reste entre nous trois. Nous ne pouvons pas prendre le risque d'avoir des fuites. Les conséquences seraient astronomiques.

Sa sœur fit la moue.

— Tu commences à m'inquiéter. Viens-en au fait.

— Il y a une chance pour que…

Il regarda brièvement Haylie, qui portait le bébé sur ses genoux, puis prit une grande inspiration avant de poursuivre :

— Il y a une chance pour que Bradley soit mon fils.

Voilà, il venait de prononcer à voix haute les mots qu'il ne s'était même pas autorisé à envisager jusqu'à maintenant.

Pendant une seconde, sa sœur ne répondit pas. Puis elle cligna des yeux et les observa de nouveau tour à tour, Haylie et lui. Ou peut-être était-ce l'enfant qu'elle avait regardé.

— Oh ! bonté divine, dit-elle en posant une main sur son cœur.

— Oui, je sais, dit-il en grimaçant.

— Tu es mon frère, et je t'aime, alors pardonne-moi de te dire ça, mais…

Elle secoua la tête.

— Il fallait bien que tu paies un jour tes frasques de tombeur.

— Je ne suis pas un tombeur, fit-il en grommelant.

Elle ouvrit de grands yeux et pencha la tête sur le côté.

— Non, tu es simplement amateur de la gent féminine, et tu aimes essayer une nouvelle saveur chaque semaine.

Ce qui n'était qu'une façon créative de le traiter de cavaleur, songea-t-il, vexé. Mais avant qu'il puisse discuter ce point plus avant, Erica se leva pour se diriger droit vers le bébé.

— Cela veut dire que cet enfant pourrait être mon neveu ? Eh bien, il est vraiment très mignon. Puis-je ?

Haylie hocha la tête et mit le bébé entre les bras d'Erica.

— Il s'appelle Bradley.

— Bonjour, Bradley, dit Erica d'une voix aiguë et enfantine. Je suis ta tante Erica. Peut-être.

Trevor s'avança vers elle.

— C'est pour ça que je voulais que tu saches ce qui se passe, dit-il. Il ne faut surtout pas que quelqu'un t'entende parler de lui comme de ton neveu. Tu ne peux pas le lier à moi ou au reste de la famille, en aucune manière, tant que nous ne sommes pas sûrs qu'il est mon fils.

Erica hocha la tête, un geste qui pouvait être interprété comme une approbation, mais elle était surtout occupée à roucouler et à faire des sourires à Bradley. Avait-elle écouté un traître mot de ce qu'il avait dit ?

— C'est important, Erica, dit-il d'une voix ferme.

Il commença à faire les cent pas.

— Nous avons déjà passé des tests, mais les résultats prendront au moins deux semaines.

Son instinct lui dictait d'accélérer les choses avec de l'argent. Signer un chèque généreux ou participer à la construction d'une nouvelle aile à l'hôpital local lui permettrait d'avoir les résultats plus vite, mais cela ne ferait qu'attirer l'attention sur une situation qu'il tenait à garder strictement confidentielle.

— J'ai invité Haylie à rester chez moi jusqu'à ce que nous soyons fixés.

Il cessa de marcher et fourra les mains dans ses poches.

— Mais elle s'inquiète d'être loin de son travail pendant une période aussi longue. Comme tu le sais, elle est organisatrice d'événements, elle a sa propre société à Denver. C'est là que tu entres en jeu.

Il s'arrêta devant sa sœur, et attendit qu'elle le regarde, pour être sûr d'avoir toute son attention.

— Je me suis dit que si nous pouvions l'engager pour organiser un événement sur place, cela la gênerait moins de rester ici.

Ce fut au tour d'Haylie de croiser les bras.

— Je suis dans la pièce, vous savez, dit-elle. Et cessez de faire pression sur elle. Je refuse que votre sœur, ou quiconque d'ailleurs, m'engage pour un travail alors que l'on n'a pas besoin de moi. Vous voulez seulement me garder sous surveillance en attendant les résultats des tests.

Il ouvrit la bouche pour répondre, sans savoir s'il comptait s'excuser ou au contraire affirmer sa position, mais Erica intervint :

— En fait, je suis contente que vous soyez là, Haylie. J'ai vraiment un mariage à organiser, et le seul fait d'y penser me rend terriblement nerveuse. Allons déjeuner pour pouvoir en discuter en détail. Et si je décide au final de vous engager, ce sera parce que je le veux et que j'ai besoin de votre aide, soyez-en sûre, et pas parce que Trevor me l'a demandé. Ça vous va ?

Haylie réfléchit une seconde. Puis elle sembla se détendre, et laissa retomber ses mains. Elle regarda brièvement Trevor avant de reporter son attention sur Erica et Bradley.

— D'accord, dit-elle doucement.

7

Elle qui avait été si nerveuse à l'idée de déjeuner avec la sœur de Trevor ne pouvait pas croire que le temps ait passé si vite. Elles avaient parlé de la météo, de leur enfance, et de tas d'autres sujets.

Pendant qu'elles picoraient dans leurs salades, Erica, avec un regard énamouré, lui avait raconté comment elle avait rencontré son futur époux, Christian Hanford.

En tant qu'avocat de la famille, c'était à lui qu'était revenue la tâche de lui annoncer la vérité sur sa filiation, après la mort de Donald Jarrod. Haylie ne pouvait imaginer quel choc cela avait dû être, d'apprendre une information de cette importance si brusquement. Passer toute sa vie en pensant qu'un homme était son père, et se voir annoncer du jour au lendemain que c'était un autre homme, à présent décédé, qui l'était, cela devait être vraiment terrible.

Cela ressemblait un peu au choc d'apprendre par quelqu'un qui s'est introduit dans votre bureau que vous avez un enfant dont vous ne saviez rien, songea-t-elle avec une pointe de culpabilité.

Et même si elle n'avait pas prévu le moins du monde de parler d'elle-même, elle s'était mise sans s'en rendre compte à raconter à Erica sa relation chaotique avec sa sœur. Cela remontait à leur enfance, quand Heather avait été la plus jolie des deux, et Haylie la plus intelligente et qu'elles avaient semblé en constante compétition — pour gagner l'affection et l'attention de leurs parents, de leurs amis, puis de leurs petits amis.

Elle raconta ensuite l'aventure d'un soir entre Heather et Trevor, et les mois qui avaient suivi, jusqu'à la naissance de Bradley et la mort tragique d'Heather. Elle parla aussi de son besoin presque maladif de réparer les fautes de sa sœur.

Quand elle eut fini, presque une heure avait passé, et elle fut mortifiée d'avoir parlé autant. De s'être montrée si ouverte et spontanée. A sa décharge, elle s'était sentie extrêmement à l'aise avec Erica. C'était comme si elles se connaissaient depuis toujours.

Toutefois, si elle appréciait réellement Erica, elle ne pouvait pas se rapprocher trop de la jeune femme. D'abord, Erica était la sœur de Trevor, or elle n'était pas sûre de devenir amie avec lui, indépendamment de ses liens biologiques avec Bradley.

Ensuite, Erica allait devenir une cliente, et ce n'était jamais bon d'être trop à l'aise avec ses clientes. Surtout avec les futures mariées, car elles avaient tendance à être charmantes une minute et exécrables l'instant d'après.

Quand elles commencèrent enfin à parler mariage, elles sirotaient un café fort en attendant leur dessert.

Même si elle n'avait pas séjourné assez longtemps à Jarrod Ridge pour essayer les autres restaurants, elle trouvait que le Sky Lounge était un excellent choix pour un déjeuner de travail. Le bar-grill aux luxueux sièges de cuir était situé au sommet du manoir, et offrait une vue imprenable sur le complexe et sur les montagnes enneigées qui l'entouraient. Le panorama devait être magnifique le soir, quand le ciel était étoilé et que les lumières de la ville scintillaient.

Et si cet établissement était un simple bar avec un menu limité, alors les autres restaurants du complexe devaient vraiment valoir le détour. Bien sûr, déjeuner avec une Jarrod avait sans doute influencé la qualité du service et la grande discrétion dont elles avaient bénéficié.

Pendant le dessert, elle acheva de cerner les envies d'Erica et lui proposa quelques idées pour le grand jour. Enfin, elles retournèrent ensemble au bureau de Trevor, Erica ayant proposé de la raccompagner pour qu'elles puissent continuer à discuter.

En chemin, elles allèrent chercher Bradley à la crèche aux couleurs vives située dans l'hôtel.

Elle avait rechigné à laisser le bébé à des inconnues, surtout pendant qu'elle était techniquement en territoire ennemi. Mais Erica lui avait assuré que le complexe employait les meilleures puéricultrices de l'État. Quand elle eut vu les équipements et rencontré quelques-unes des employées en charge des enfants de tous âges, elle avait finalement décidé que leur confier Bradley pour quelques heures, pendant qu'elle avait une conversation d'adulte avec la sœur de Trevor, n'était pas une si mauvaise idée.

Enfin, les deux femmes arrivèrent au bureau de Trevor. A la réception, Diana les accueillit par un sourire.

— Vous pouvez entrer. Il vous attend.

Devant les doubles portes de chêne, Erica leur donna une rapide accolade, à elle ainsi qu'à Bradley.

— Merci infiniment pour vos précieux conseils. Je suis impatiente de dire à Christian qu'à partir de maintenant, je ne serai plus hystérique quand nous aborderons le sujet de notre mariage. Il vous sera extrêmement reconnaissant, croyez-moi. Peut-être même vous enverra-t-il des fleurs, dit-elle avec un petit rire.

— Heureuse de pouvoir vous aider.

— Vous avez tous mes numéros, n'est-ce pas ? Et mon e-mail ? Et l'e-mail de Christian, au cas où ?

— Absolument, dit-elle en tapotant son sac à main. Tout est enregistré dans mon téléphone. Je vous contacte bientôt.

— Excellent.

Avec un large sourire, Erica lui donna une autre accolade avant de s'éloigner d'un pas léger.

Dès qu'elle fut partie, Haylie frappa à la porte de Trevor pour s'annoncer, puis entra. Il se détourna de son ordinateur et joignit les mains sur son bureau.

— Comment s'est passé votre rendez-vous ?

Etait-il inquiet, ou simplement curieux ?

— Bien. Très bien, même, dit-elle en s'asseyant et en installant Bradley sur ses genoux.

— Où avez-vous déjeuné ?

— Au Sky Lounge. Un endroit charmant.

— Bon choix. C'est un peu moins bondé la journée, surtout à cette époque de l'année.

— Excepté quelques personnes au bar, nous étions seules.

Pendant de longues minutes, ils restèrent tous deux silencieux. Enfin, il se leva.

— Si nous rentrions à la maison ?

Elle ouvrit de grands yeux, surprise.

— Vous pouvez faire ça ? Je veux dire, il n'est que 3 heures de l'après-midi. Ne devez-vous pas rester jusqu'à la fin de la journée ?

Elle ne savait pas exactement comment elle avait prévu de passer le reste de l'après-midi, à présent que son déjeuner avec Erica était fini, mais elle n'avait certainement pas prévu qu'il laisse tout tomber pour lui tenir compagnie.

Il lui adressa un sourire satisfait, et elle sentit son ventre se nouer.

— Je peux faire ce que je veux, je suis le patron. Du moins, un des patrons. Et pendant que vous étiez avec ma sœur, j'ai pris des dispositions pour pouvoir m'absenter du bureau pendant quelque temps.

Il rangea des documents dans un luxueux attaché-case de cuir.

— Je peux abattre une bonne partie du travail depuis chez moi. Ainsi, mon emploi du temps sera plus souple et me permettra de passer du temps avec vous et Bradley.

Pendant un instant, elle ne dit rien. Elle se passa la pointe de la langue sur les lèvres, essayant de contrôler son pouls affolé.

Sa proposition la mettait mal à l'aise, mais elle n'aurait pas vraiment su dire pourquoi. Etait-ce parce qu'elle se rendait compte qu'elle le trouvait attirant, et pas seulement sur le plan physique ? Ou parce qu'elle allait passer beaucoup plus de temps avec lui qu'elle ne l'avait prévu initialement ?

— Vous n'aviez pas besoin de faire ça, dit-elle calmement.

Il haussa les épaules, contourna son bureau et s'arrêta à côté d'elle.

— Tout est arrangé. A présent, allons-y. Vous pourrez me raconter les détails de votre déjeuner avec Erica pendant que je prépare le dîner.

Une fois de plus, elle le regarda avec de grands yeux.

— Vous cuisinez ?

— Je suis plein de surprises aujourd'hui, n'est-ce pas ?

Il lui adressa un autre sourire satisfait avant de prendre son sac et le sac à langer, en plus de son attaché-case. D'un geste de la main, il lui fit signe de le suivre.

— En fait, je ne cuisine pas souvent, mais je sais me débrouiller avec une casserole d'eau bouillante et une spatule.

Lorsqu'ils furent à la porte, il se tourna vers elle.

— Avant que nous ne partions, j'aimerais savoir une chose, dit-il à voix basse.

Sa poitrine se serra devant l'intensité de ses yeux sombres, et sa gorge se noua, l'empêchant de parler. En guise de réponse, elle hocha brièvement la tête.

— Est-ce que vous allez rester ici aider Erica pour son mariage, ou dois-je préparer une valise et vous suivre à Denver ?

Elle devinait, à son expression, qu'il trouvait la dernière option aussi séduisante qu'une épilation intégrale à la cire — mais qu'il le ferait s'il le fallait, pour la surveiller ainsi que Bradley, jusqu'à ce que les résultats des tests ADN lui parviennent.

Elle n'était toujours pas sûre que ce soit la meilleure option, mais elle avait pris sa décision pendant le déjeuner. Ou peut-être avait-elle simplement cessé de lutter contre l'obstination et la détermination qui semblaient être innées dans la famille Jarrod.

— Erica veut un petit mariage intime la veille de Noël, ici à Jarrod Ridge, ce qui ne nous laisse que quelques semaines pour tout organiser.

— Alors, vous allez rester ?

Seigneur, faites que je ne le regrette pas, songea-t-elle, tandis que dans sa tête une toute petite voix dressait la liste de ses réserves et de ses doutes.

— Je reste.

Quelques heures plus tard, alors qu'Haylie était toujours en haut, Trevor apportait deux assiettes de pâtes dans le salon. Plutôt que de se placer à une extrémité de la longue table et Haylie à l'autre, il avait installé les sets dans un coin, pour être plus près d'elle. Elle ne lui avait pas encore donné les détails de son déjeuner avec Erica, et il ne voulait pas en perdre une miette. Mais était-ce bien toute la vérité ?

La vérité était qu'Haylie sentait vraiment bon. Une base d'agrumes, avec une note de fleurs des champs. Il l'avait remarqué quand elle était descendue le matin même, et qu'il s'était penché pour prendre ses sacs. Le parfum l'avait suivi tout le trajet jusqu'au manoir, et semblait avoir flotté dans son bureau longtemps après qu'Haylie et Erica étaient parties déjeuner.

Oui, il voulait savoir de quoi sa sœur et elle avaient parlé, et s'assurer qu'elle resterait vraiment jusqu'à l'arrivée des résultats. Mais il se surprenait à vouloir simplement être près d'elle. Près de son parfum fleuri et acidulé… de ses cheveux blonds soyeux qui tombaient dans son dos ou effleuraient la courbe de ses seins… de ses yeux bleus étincelants, de ses lèvres rose pâle.

Il retourna dans la cuisine pour aller chercher une bouteille de vin, laissant son regard dériver vers l'escalier. Haylie était à l'étage, en train de donner son bain à Bradley.

Dès qu'ils étaient rentrés, il avait quitté son costume pour passer un jean et un pull léger, avec l'intention d'impressionner Haylie par ses talents culinaires. Soit, ils étaient limités, mais il avait découvert que même un simple plat de pâtes et un bocal de sauce marinara pouvaient impressionner une femme, si c'était préparé avec style.

Malheureusement, au lieu de se percher sur un tabouret pour le regarder cuisiner, comme le faisaient habituellement ses invitées féminines, elle avait décidé de passer son temps avec Bradley, pour le nourrir, le changer et, à présent, le coucher.

Il soupçonnait qu'elle évitait de se retrouver seule avec lui. Si elle ne descendait pas dans les trente prochaines secondes, il avait la ferme intention d'aller la chercher — et de la prendre par la main pour qu'elle vienne dîner, s'il le fallait.

Il versait le vin, en espérant qu'elle arrive avant que les assiettes ne soient froides, quand il entendit ses pas feutrés dans l'escalier. Lorsqu'il leva la tête et la regarda descendre les dernières marches, un étrange sentiment envahit sa poitrine.

Elle avait troqué sa chemise et son pantalon contre une paire de leggings noirs et un haut à manches courtes moulant, orné sur le devant d'un motif floral et parsemé de minuscules strass scintillants. Elle portait des ballerines roses assorties, et avait attaché ses cheveux en queue-de-cheval.

— Vous arrivez à point, dit-il quand elle s'avança en frottant nerveusement ses paumes contre ses cuisses.

Il lui recula une chaise et attendit qu'elle s'installe avant de faire de même.

— Bradley s'est endormi sans problème ?

Elle hocha la tête, et prit une gorgée de son verre de barbaresco.

— Avoir vu tous ces enfants à la crèche l'a épuisé, je crois.

— Est-ce une bonne ou une mauvaise chose ?

— Chaque fois qu'un enfant de quatre mois est heureux ou endormi, c'est une bonne chose, indépendamment de ce qui l'a conduit à cet état.

— Je m'en souviendrai, dit-il en riant.

Il lui passa la salade et le parmesan fraîchement râpé.

Elle se servit puis s'agita sur sa chaise, et commença à jouer avec les longues pâtes dans son assiette. Elle cherchait manifestement à éviter son regard.

— Vous n'aviez pas besoin d'acheter un berceau, une table à langer et tout le reste, vous savez. Nous n'allons pas rester très longtemps, et nous aurions pu nous débrouiller avec un simple couffin, ou peut-être un lit-parapluie.

Pendant qu'ils étaient absents, il avait fait équiper et

sécuriser toute la maison pour Bradley. Il ne savait pas exactement ce qui était nécessaire, mais heureusement, il y avait des professionnels pour ça.

— Mais non, voyons. Vous êtes une invitée, il est de mon devoir de tout faire pour que vous soyez à l'aise. D'ailleurs, un bébé ne devrait pas dormir sur une pile de couvertures à même le sol, et si Bradley est vraiment mon fils, alors j'aurai besoin de toutes ces choses, de toute façon.

Il lui faudrait un peu de temps pour s'habituer aux bloque-tiroirs en plastique et au parc au centre du salon. D'ailleurs, Bradley ne rampant pas encore, beaucoup des dispositifs de sécurité étaient inutiles. Mais, tout comme les meubles, si Bradley était son fils, ils finiraient par servir.

— Eh bien, dans ce cas, merci, dit-elle. Au fait, c'est délicieux.

— Je parie que votre déjeuner au Sky Lounge était bien meilleur, mais c'est correct. Et je vais vous dire un secret.

Il marqua une pause et sirota son verre de vin en attendant qu'elle lève les yeux vers lui.

— La sauce vient de chez Emilio's.

— Vraiment ?

— Oui. Si vous aimez la cuisine italienne, c'est l'endroit où il faut aller au Ridge — c'est même le meilleur restaurant italien de tout Aspen, à vrai dire. La nourriture y est bien plus succulente que tout ce que je pourrais faire, croyez-moi, dit-il avec un clin d'œil. Cependant, si vous aimez la cuisine française, je vous conseille vivement le Chagall's. Il faudra que je vous y emmène.

— Je croyais que personne ne devait être au courant de ma visite, tant que vous n'êtes pas fixé pour Bradley ? Surtout votre famille.

— Eh bien, vous avez déjà rencontré Guy. Et j'ai le sentiment qu'Erica s'assurera que le reste de la famille sache que vous êtes là et pourquoi. Elle leur fera promettre de garder le secret, et ils respecteront votre intimité, mais je ne serais pas surpris si plusieurs d'entre eux trouvaient une excuse pour passer ici, afin de vous voir, Bradley et vous.

— Je m'en rappellerai.

— En parlant d'Erica, dit-il entre deux bouchées, vous ne m'avez pas encore raconté de quoi vous avez parlé toutes les deux.

Lorsqu'elle pencha la tête, sa queue-de-cheval dansa dans son dos. Ses longs cils battirent quand elle baissa les yeux.

— C'était juste une conversation de filles. C'est souvent ennuyeux pour les autres. Pourquoi voulez-vous savoir ?

— Disons que je suis curieux. Je me sens un peu comme un entremetteur qui attend de savoir comment le rendez-vous qu'il a arrangé s'est déroulé. C'est moi qui vous ai rapprochées, alors je veux m'assurer que tout s'est bien passé.

Elle fixa ses yeux couleur bleuet sur lui.

— Je vous ai déjà dit que je resterais, si c'est ce qui vous inquiète, dit-elle d'une voix tendue.

— Je ne suis pas inquiet.

Sa fourchette buta dans son assiette quand il la reposa avec plus de force qu'il ne l'aurait voulu.

Il n'avait pas l'habitude de devoir batailler aussi dur pour obtenir des informations. Avec les femmes, en général, il suffisait qu'il sourie, ou qu'il effleure leur bras du bout des doigts pour qu'elles lui disent tout ce qu'il avait envie de savoir. Avec les hommes, un regard austère et un rappel subtil de son nom de famille étaient tout aussi efficaces.

Avec elle, c'était différent. C'était une femme, et il supposait qu'elle était naturellement attirée par lui ; elles l'étaient toutes. Mais elle était aussi obstinée et déterminée, ce qui signifiait qu'elle n'allait pas laisser ses hormones l'emporter sur son bon sens.

Et même si elle avait accepté de rester jusqu'à l'arrivée des résultats des tests ADN, il savait qu'elle n'était pas entièrement ravie d'être là. Il pouvait difficilement le lui reprocher. Après tout, lui n'avait qu'à rester chez lui, dans sa propre maison, dans son bureau. Elle, en revanche, devait s'adapter à un environnement nouveau, vivre avec un homme qu'elle venait à peine de rencontrer, en étant loin de son entreprise, de ses amis, et de tous ses repères.

Voilà pourquoi il tenait tant à rendre son séjour aussi agréable que possible.

Il porta son verre à ses lèvres.

— Je veux être sûr qu'Erica et vous êtes contentes des décisions que vous avez prises, quelles qu'elles soient. C'est ma sœur, et je l'adore. Je ne veux pas qu'elle se sente obligée de travailler avec vous si vous ne vous êtes pas bien entendues. Et même si je me rends compte qu'il y a sans doute une centaine d'autres choses que vous préféreriez faire plutôt que de rester ici avec moi…

— Un millier, rectifia-t-elle.

Il esquissa un sourire.

— Un millier, alors. Je veux être certain qu'au moins, vous serez relativement à l'aise durant votre visite.

Quelques secondes passèrent durant lesquelles elle sembla méditer ses paroles. Il savoura le vin, et la regarda enrouler les longues bandes de pâte autour de sa fourchette.

— J'aime beaucoup votre sœur, dit-elle enfin. Et je crois qu'elle a dû m'apprécier aussi, ainsi que mes idées pour son mariage, parce que…

Elle pencha la tête.

— Elle vous a engagée, conclut-il. Sinon, vous n'auriez pas accepté de rester.

— Oui. Elle m'a offert de me payer le double de mon tarif habituel.

Elle semblait gênée, même s'il avait du mal à comprendre pourquoi.

— Excellent, dit-il. Vous le valez, je n'en doute pas.

— Ça, vous ne pouvez pas le savoir. Et Erica non plus. Je pourrais être la pire organisatrice de mariages du monde, prête à lui conseiller une robe en taffetas orange pour elle et un smoking bleu pastel pour le marié.

Il rit.

— Ce serait vraiment drôle à voir.

Elle secoua la tête, laissa tomber sa fourchette et recula sur sa chaise en croisant les bras, l'air manifestement contrarié.

— Ce n'est pas drôle. Tous les deux, vous accordez une

trop grande confiance à quelqu'un que vous ne connaissez même pas. C'est son mariage, tout de même ! Un des jours les plus importants de sa vie. Elle devrait engager quelqu'un qu'elle connaît. Quelqu'un qui lui a été recommandé par tous ses amis.

Posant ses couverts, il s'adossa à son tour à sa chaise.

— Primo, j'ai seulement demandé à Erica de vous rencontrer, je ne l'y ai pas forcée et je ne lui ai pas ordonné de vous engager — elle ne m'aurait pas écouté d'ailleurs. Et je fais confiance au jugement de ma sœur. Si vous ne l'aviez pas impressionnée par vos compétences et vos idées, elle ne vous aurait pas embauchée.

Il décroisa les bras et se pencha vers elle.

— Secundo, elle peut se permettre — et moi, et le reste de la famille — d'être généreuse avec vous. Erica pourrait se payer une armada de professionnels, si elle le souhaitait, mais je pense que la notion d'un petit mariage lui plaît, comme le fait d'avoir une équipe réduite pour l'aider à organiser cet événement.

Il s'approcha encore, pour s'assurer qu'elle comprenait l'importance de ses mots.

— Et tertio, je vous veux ici. Vous et Bradley. Si Erica ne vous avait pas embauchée, j'aurais trouvé une autre raison pour que vous restiez. Croyez-moi, Haylie, quand il s'agit de vous et du bébé, l'argent est le cadet de mes soucis. Je vous paierais le triple, et même le quadruple de votre tarif actuel, si c'était ce qu'il fallait pour vous garder ici jusqu'à ce que je sois certain d'être le père de Bradley.

8

Haylie était sonnée. Le silence qui emplissait la pièce, et la toute maison entière, était lourd, épais. Elle avait l'impression d'avoir été physiquement frappée par les paroles de Trevor.

Elle n'était peut-être pas à l'aise avec la situation, ni ravie de la façon dont il l'avait manipulée pour qu'elle emménage avec lui, mais s'il y avait une chose dont elle ne pouvait plus douter, c'était de sa détermination à aller jusqu'au bout.

Elle devait bien l'admettre, elle était impressionnée. La plupart des hommes auraient tout fait pour échapper à une paternité accidentelle, fruit d'une nuit sans lendemain, et sauté sur la première excuse pour ne *pas* effectuer de test de paternité.

Trevor, lui, non seulement avait insisté pour passer un test dès que possible, mais encore il voulait garder Bradley près de lui jusqu'à ce qu'il sache s'il était — ou non — son père.

Mieux, il avait été tout disposé à l'accueillir elle aussi, en tant que tante et mère d'adoption de Bradley. Il les avait reçus comme des rois, transformé son luxueux logement de célibataire en crèche miniature. Il lui avait même trouvé comme par magie un emploi, pour lui éviter de perdre de l'argent pendant qu'elle était loin de son entreprise.

Certes, elle n'avait besoin d'aucune de ces choses. Elle avait son propre appartement à Denver, et sa société marchait bien. Mais qu'il soit prêt à remuer ciel et terre pour s'assurer qu'ils restent améliorait l'opinion qu'elle avait de lui, indéniablement.

Elle devait se détendre. Elle laissa ses bras retomber

sur ses genoux, et poussa un petit soupir. C'était un soupir de fatigue, espérait-elle, et non de capitulation, mais, à la vérité, une part d'elle avait décidé d'agiter le drapeau blanc de la reddition.

Elle était venue ici pour apprendre à Trevor l'existence de Bradley. Ce n'était pas sa faute si les choses s'étaient emballées. Mais puisqu'elle avait déjà accepté d'aider Erica à planifier son mariage, et de s'installer chez lui… y avait-il vraiment un intérêt à pinailler sur des détails, à présent ? Ne valait-il pas mieux se détendre, simplement, et laisser la marée inexorable qu'était Trevor la balayer ?

Non, tout de même pas. Elle était bien trop obstinée pour laisser qui que ce soit d'autre lui dicter ses actes ou sa vie.

Mais mettre un peu d'eau dans son vin ne lui ferait pas de mal. En fait, si elle offrait à la sœur de Trevor le mariage de ses rêves, cela pourrait même lui être bénéfique par la suite.

Avec cette idée en tête, elle reprit sa fourchette.

— Erica m'a dit qu'à l'origine ils avaient prévu un grand mariage en été. Mais ils ont été très occupés, les choses ont échappé à leur contrôle, alors maintenant, ils veulent juste s'unir, sans les tracas d'une grande réception.

Sa disposition à discuter sembla le détendre lui aussi. Il se cala sur sa chaise, et but une gorgée de vin.

— Je ne sais plus trop comment la date est arrivée dans la discussion, mais elle adore l'idée d'un mariage la veille de Noël. Quelque chose d'intime et de sobre, qui aurait lieu à Jarrod Ridge, même si nous n'avons pas décidé exactement à quel endroit.

Il prit une bouchée de pâtes avant de répondre :

— Elle n'aura que l'embarras du choix. Nous avons beaucoup de clients pendant les vacances, mais ce n'est pas la période la plus chargée. Ce ne devrait pas être difficile de réserver une salle de bal ou deux, et de cacher ce qui se passe au public jusqu'à ce que la fête soit passée.

— Erica pense comme vous. Mais mettre un tel événement sur pied en deux semaines ne sera pas facile. J'aurai besoin d'un endroit pour travailler. Avec un téléphone, un fax… Mon ordinateur portable et mon carnet d'adresses m'aideraient beaucoup, murmura-t-elle d'un air distrait tandis qu'une liste interminable de choses à faire commençait à se dérouler dans son esprit.

— Tout ce qu'il vous faudra. Vous pouvez utiliser mon bureau au rez-de-chaussée, ou nous pourrons aménager une autre pièce pour vous. Je vous emmènerai à Denver pour aller chercher vos affaires. Tant que vous me promettez de ne pas vous enfuir, dit-il avec un clin d'œil.

Ce petit geste anodin fit tressauter son cœur, et lui fit oublier toutes ses pensées liées au travail. Les secondes passèrent, pendant que son esprit se vidait et que sa respiration s'accélérait.

De quoi parlaient-ils, déjà ? Ah, oui, d'un mariage. Le mariage d'Erica.

Il lui fallait quelque chose pour se calmer et, dans la mesure du possible, remettre son cerveau en marche. Elle termina son verre de vin, mais cela n'eut aucun effet. Ce dont elle avait besoin, c'était de l'eau. De l'eau glacée, de préférence dans un seau, pour sasperger le visage.

Mais déjà, il lui versait un autre verre de vin. Elle se retint de le boire, et garda sagement ses mains de chaque côté de son assiette.

Elle s'éclaircit la gorge en espérant que sa voix ne serait pas stridente quand elle tenterait de parler.

— Ça vous embêterait si je mettais Bradley à la crèche du complexe ? Pas tout le temps… Je n'aime pas être loin de lui pendant de trop longues périodes.

Même chez elle, à Denver, elle l'emmenait avec elle au travail, et ne le confiait à quelqu'un qu'en cas d'absolue nécessité.

— Mais je sais que je vais devoir faire quelques courses, et visiter des lieux pour la réception. Ce serait sans doute mieux que je le fasse garder pendant ce temps-là.

— Bien sûr, dit-il.

Il croisa les jambes et s'adossa à sa chaise, l'air tout à fait détendu.

— Sachez que vous avez carte blanche pendant que vous êtes ici, Haylie. Tout ce dont vous avez besoin, considérez-le comme acquis.

Il se leva et ramassa leurs assiettes vides. Elle prit les couverts et les verres, et le suivit dans la cuisine.

— Je veillerai à ce qu'on vous trouve un véhicule plus adapté à la montagne. Vous aurez un endroit pour travailler, ici et au manoir. Je peux même vous allouer autant d'assistants que vous le voulez, en faisant appel à l'agence d'intérim avec laquelle nous travaillons. Pour tout le reste, vous pouvez voir avec moi ou avec Diana.

Elle l'aida à remplir le lave-vaisselle, puis s'appuya contre le comptoir pour l'observer. Voir un homme comme lui effectuer des tâches aussi communes lui semblait étrange. Elle s'étonnait qu'il n'ait pas de cuisinier ni de femme de ménage

Il émanait de lui une telle aura de puissance, parfois. Surtout quand il portait un costume et semblait tout droit sorti d'un magazine de mode.

Oh ! oui. Trevor Jarrod était très beau, et très séduisant, et troublant. Mais c'était aussi un homme indépendant. Elle l'avait su à la minute où elle avait passé le seuil de sa maison.

Ce n'était ni un mausolée familial ni une immense demeure pleine de domestiques prêts à satisfaire le moindre de ses caprices. Et s'il était fort probable que quelqu'un vienne au moins une fois par semaine pour l'entretien de la maison, il attachait manifestement de l'importance à son intimité.

Sans doute parce qu'il aimait inviter des femmes chez lui, et que du personnel à demeure empiéterait sur son style de vie.

Cette pensée ne lui plaisait guère. D'ailleurs, cela ne la regardait pas, elle n'avait pas à savoir s'il recevait des filles chez lui et ce qu'il faisait avec elles une fois qu'elles étaient là.

Pourtant, elle détestait l'imaginer ici avec d'autres femmes. Dans cette maison, cette pièce … et dans sa chambre du bout du couloir.

Elle n'en avait eu qu'un aperçu, quand il lui avait fait visiter la maison, mais elle imaginait sans mal la sensation de ses draps soyeux sur sa peau nue. De son corps dur et musclé sur elle, étendue sur ce grand lit. De sa bouche, de ses mains et…

Une vague de désir la balaya, suivie par une bouffée de chaleur qui fit sans doute rougir sa peau. Elle déglutit et tentait de cacher son trouble quand il se tourna vers elle.

— Vous pourriez même me le confier parfois, dit-il.

Elle cligna des yeux, priant pour qu'il ne remarque pas la rougeur de ses joues ou sa respiration légèrement saccadée. Sa réaction était stupide. Elle devait garder ses distances avec lui, plutôt que de rêver de lui et de son corps, qu'elle devinait splendide sous ses vêtements.

Secouant la tête, elle tenta d'éclaircir le brouillard de désir qui avait envahi son esprit et de se concentrer sur ses paroles.

— Je suis navrée, vous disiez ?

— Je disais que je pourrais peut-être garder Bradley de temps en temps, quand vous serez occupée. Cela nous donnera l'occasion de mieux nous connaître — et d'être entre hommes.

Son petit sourire en coin fit cogner son cœur.

— Etes-vous sûr que c'est une bonne idée ? Les bébés, c'est beaucoup de travail.

Sa remarque ne sembla pas le décourager. Au contraire, il parut encore plus décidé.

— Selon vous, Bradley est mon fils, alors je ferais bien d'apprendre mon rôle de père dès maintenant.

Le regard brûlant, il vint vers elle, effaçant la distance entre eux. Malgré elle, elle recula.

Il posa les mains sur le comptoir, de chaque côté de son corps, et se pencha vers elle. Elle réprima tant bien que mal son agitation, tandis que son souffle chaud caressait son visage et que son torse effleurait ses seins. Ils étaient peut-être habillés, mais elle ressentait son contact jusqu'au tréfonds de son être et, déjà, les pointes de ses seins se raidissaient de désir.

— Et je me disais que vous pourriez m'apprendre ce que j'ai besoin de savoir, murmura-t-il, le regard rivé à ses lèvres. Le soir, quand vous ne serez pas prise par le mariage d'Erica.

Elle aurait voulu lui répondre que, pour que tout soit prêt à temps pour Noël, elle travaillerait probablement du matin jusqu'au soir, et même jusque tard dans la nuit. Le sommeil serait un luxe, alors prendre le temps de lui donner des cours de puériculture…

Mais il était si près qu'elle pouvait distinguer les éclats d'or dans ses yeux noisette, et humer son parfum. Toute pensée rationnelle déserta son esprit.

— D'accord, dit-elle, s'entendant parler comme si quelqu'un d'autre le faisait à sa place.

Il hocha la tête, puis leva les yeux vers elle. La chaleur et l'intensité de son regard lui donnèrent envie de fuir… mais elle en semblait incapable.

— Je vais vous embrasser, Haylie, dit-il d'une voix grave qui l'hypnotisa.

— Pourquoi ?

Il sourit.

— Parce que je n'ai pensé qu'à ça toute la nuit. Je veux sentir vos lèvres sous les miennes, pour découvrir quel goût elles ont.

Elle aurait dû dire non, et le repousser, mais son corps avait pris le dessus sur son esprit. Elle ouvrit les lèvres, et murmura le seul mot qu'elle pouvait prononcer à cet instant.

— D'accord.

Avoir l'approbation d'Haylie était agréable, songea Trevor, mais il n'en avait pas besoin. A cette seconde, même une horde de chevaux sauvages n'aurait pas pu l'empêcher de l'embrasser.

Pourtant, au moment même où il posa sa bouche sur la sienne, il sut que ce n'était pas raisonnable.

Elle était quasiment une étrangère. De plus, elle avait débarqué un beau jour dans son bureau, avec son neveu, un bébé dont elle prétendait qu'il était le père.

Et ce n'était que la partie émergée de l'iceberg. Si Bradley se révélait être son fils, il devrait s'occuper de la question de sa garde. Sa garde, et le fait qu'il n'était absolument pas préparé au rôle de père. Il n'y connaissait rien.

Quoi qu'il en soit, il ne pourrait jamais tourner le dos à son propre fils. Ni dire « merci pour m'avoir informé de l'existence de l'enfant, mais ça ne m'intéresse pas d'être père » et se contenter d'envoyer un chèque tous les mois pour étouffer sa culpabilité.

Mais il savait, au plus profond de lui, que s'il mentionnait son désir de réclamer la garde de Bradley et d'être un vrai père pour lui, Haylie deviendrait son ennemie. Elle était liée à cet enfant comme jamais il n'avait vu une mère biologique liée à sa progéniture. Et d'après ce qu'elle lui avait raconté sur Heather, elle avait endossé son rôle de mère d'adoption dès la naissance de Bradley.

Il l'admirait énormément pour cela. Mais cela allait compliquer les choses si les tests étaient positifs et qu'il décidait d'affirmer ses droits parentaux.

Et pourtant, il l'embrassait. Doucement d'abord, puis plus fermement.

Ses lèvres avaient exactement la texture qu'il avait imaginée. Veloutée et douce comme des pétales de rose. Et leur saveur était encore plus délicieuse qu'il ne l'aurait cru. Elle lui évoquait le barbaresco qu'ils avaient bu pendant le dîner — épicée et âpre, mais avec une note très sucrée et unique.

Il se pencha plus encore, et laissa son corps reposer contre le sien. Une vague de chaleur monta entre eux — en lui, en tout cas.

Il prit son visage entre ses mains, et approfondit le baiser. Quand il passa la langue sur le tracé de ses lèvres, elle les entrouvrit. Alors, il se glissa dans sa bouche, et gémit quand une explosion de sensations le secoua.

Pourquoi ce baiser était-il si exquis ? Pourquoi lui paraissait-il si naturel ?

Elle n'était pas la première femme qu'il ait embrassée, tant s'en fallait. Il avait connu des dizaines de filles — oserait-il dire des centaines ?

De plus, elle n'était pas son type. Certes, il aimait les

blondes, mais aussi les brunes, les rousses, et toutes les autres. Alors que d'habitude, il ne prêtait pas beaucoup d'attention aux cheveux d'une femme, il était fasciné par sa chevelure, lumineuse comme un soleil d'été et rehaussée de reflets miel.

Elle était légèrement plus petite que ses conquêtes habituelles. Mais le sommet de sa tête arrivait à son menton, ce qu'il trouvait très agréable. Il aimait le fait de devoir baisser les yeux pour la regarder, et son corps épousait le sien à la perfection.

Sa silhouette généreuse et voluptueuse était aussi plus excitante qu'il ne l'aurait cru, lui qui était habitué aux mannequins filiformes, perchés sur de hauts talons et moulés dans des robes aussi courtes que des ceintures.

Avant Haylie, c'était le seul type de femme qui l'avait attiré. Ou peut-être avait-il simplement cru que c'était le genre de filles qu'il était censé fréquenter — des noceuses très photogéniques qui aimaient faire la fête et s'afficher avec un célèbre héritier presque autant qu'elles appréciaient d'être avec lui pour sa personnalité.

Là était la différence : ses anciennes conquêtes étaient des filles, et Haylie était une vraie femme.

Elle ne possédait aucune des qualités qu'il recherchait d'habitude chez le sexe opposé, pourtant il adorait la sensation de ses douces courbes contre son corps. Il aimait son allure, son parfum et, surtout, il aimait qu'elle soit si réactive à son contact.

Il laissa dériver sa main sur sa gorge, sur la courbe de son sein, sur sa taille. Puis encore plus bas, jusqu'à l'ourlet de sa jupe, sous laquelle il glissa la main pour toucher sa peau douce et chaude. Un gémissement rauque monta dans sa gorge. Il revint vers ses lèvres et l'embrassa avec encore plus de fougue.

Ce n'était pas ce qu'il avait prévu de faire quand il avait décidé de goûter sa saveur. Il avait juste voulu un petit aperçu, quelque chose pour satisfaire sa curiosité, et peut-être la déstabiliser un peu.

Résultat, c'était comme si un feu de forêt s'était embrasé en lui.

A présent, il voulait la hisser sur le comptoir, et la posséder sur-le-champ. Puis la porter jusqu'à sa chambre, la poser sur les draps de satin, et la déshabiller lentement, pour explorer chaque centimètre de son corps si sensuel.

Que penserait-elle des images érotiques qui passaient soudain dans son esprit ? Elle n'avait pas reculé, en tout cas, lorsqu'il l'avait prévenue qu'il allait l'embrasser. Et puisqu'elle ne lui résistait toujours pas — mieux, elle lui rendait son baiser avec une ferveur qui provoqua un nouvel afflux de désir en lui —, il y avait une chance pour qu'elle accepte de concrétiser quelques-unes de ses pensées.

Un gémissement rocailleux lui parvint aux oreilles, et il se demanda s'il venait de lui ou d'elle. Mais quand le son se répéta, de façon plus persistante, depuis l'autre côté de la pièce, il sut qu'aucun d'eux n'était la source de ce bruit étrange. Il provenait d'ailleurs.

Quand elle releva la tête et recula, il fut satisfait de constater que ses yeux brillaient, et qu'elle respirait fort.

Avant qu'il ait vraiment eu le temps d'apprécier sa réaction, elle murmura le nom de Bradley et passa devant lui sans qu'il puisse réagir. Il la regarda s'éloigner dans un silence confus, jusqu'à ce qu'il comprenne enfin que le bruit qui avait interrompu un des meilleurs baisers de sa vie provenait du moniteur bébé, dans le salon.

Il ne pouvait pas dire qu'il était ravi de la tournure qu'avaient prise les événements, mais, étrangement, il était amusé. Qu'un bébé de quatre mois gâche un baiser parfait, possible prélude à une nuit de passion, était sa toute première expérience de parent. Et si Bradley était son fils, il devrait sans doute s'habituer à ce genre d'interruptions.

9

Les dix jours suivant le « Baiser », comme Haylie en était venue à le surnommer, furent chargés. En partie parce qu'elle avait réellement un million de choses à faire pour tenir les délais du mariage d'Erica, et en partie parce qu'elle évitait activement Trevor.

Malheureusement, éviter de songer à lui s'avérait bien plus ardu que l'éviter physiquement.

Pour une raison étrange, il semblait profondément ancré dans son esprit. Qu'elle soit au téléphone pour commander des fleurs et des nappes, ou en train de courir à droite et à gauche dans le complexe pour tout coordonner, il y avait toujours un moment où son visage, sa voix ou le souvenir de son parfum séducteur surgissaient dans son esprit.

Elle mettait cela sur le compte du « Baiser ». Auparavant, elle l'avait peut-être trouvé séduisant, mais il n'avait pas habité ses pensées à ce point.

Le « Baiser »... Rien ne lui avait jamais donné autant de plaisir.

Evidemment, elle avait été amadouée par le délicieux repas qu'il avait préparé pour elle, et par le vin exceptionnel qu'ils avaient partagé. Et elle avait été curieuse de goûter à ses lèvres, elle aussi. Lorsqu'il lui avait annoncé avec cette voix grave et fascinante qu'il allait l'embrasser, la princesse de conte de fées en elle avait eu des palpitations, et avait aussitôt répondu « oui, s'il vous plaît ». Après tout, un petit baiser n'avait jamais fait de mal à personne.

Mais ce baiser avait été aussi loin du conte de fées que

possible. Les contes de fées étaient sucrés, doux et romantiques, alors que ce qu'elle avait connu entre ses bras avait été plus proche d'une scène de film catastrophe. Des océans déchaînés, des volcans en éruption, des palmiers secoués par des vents tempétueux.

Dès l'instant où ses lèvres s'étaient posées sur les siennes, le monde tel qu'elle le connaissait avait cessé d'exister. Sans les gémissements ensommeillés du bébé qui avaient résonné dans le moniteur, et l'instinct maternel aiguisé qu'elle avait développé ces derniers mois et qui ne lui permettait pas d'ignorer ses besoins, elle serait encore appuyée contre le comptoir de la cuisine en train d'étreindre Trevor. De l'embrasser éperdument… et plus, bien plus.

Elle avait très peur que, si l'occasion se présentait de nouveau, ils ne s'arrêtent pas à un simple baiser. Voilà pourquoi elle était si décidée à garder ses distances.

Les matins, elle s'assurait d'être prête à partir et d'avoir Bradley dans les bras dès qu'elle sortait de sa chambre, car elle savait qu'il ne tenterait aucune approche tant qu'elle avait le bébé avec elle.

La journée, elle était très occupée, qu'elle soit dans le bureau de Trevor — qu'il lui avait généreusement laissé à disposition — ou qu'elle coure un peu partout dans les rues de la ville.

Le soir, cependant… c'était une autre histoire. Même si tout ce qu'elle voulait, c'était mettre Bradley au lit et se prélasser une bonne heure dans un bon bain moussant, ou encore se préparer un dîner pour une personne et se détendre devant la télévision, la plupart du temps, elle se retrouvait à manger dans sa chambre, et y restait tapie jusqu'à ce qu'elle soit sûre que Trevor soit couché.

La maison avait beau être vaste et spacieuse, il y avait trop de risques de tomber sur lui, trop de risques d'être plongée dans une lumière tamisée, et que son esprit endormi lui souffle que ce n'était pas une si mauvaise idée de l'embrasser, après tout. L'embrasser, le toucher, se laisser séduire.

Il fallait absolument qu'elle reste loin de Trevor Jarrod.

Même si elle commençait à comprendre comment sa sœur était tombée si facilement sous son charme.

Elle ouvrit la porte d'entrée et la referma du pied, tenant tant bien que mal Bradley et ses sacs jusqu'à ce qu'elle puisse se décharger. Elle avait eu une grosse journée, mais grâce à la crèche de Jarrod Ridge, et à la Cadillac Escalade dernier cri — couleur champagne, quatre roues motrices — que Trevor lui avait fournie pour son travail, les choses se passaient très bien, en effet.

La première fois qu'elle s'était mise au volant, elle s'était sentie un peu ridicule. Le véhicule était si imposant qu'elle avait eu l'impression d'être aux commandes d'un tracteur. Et elle savait ce que ce type de véhicule coûtait — bien plus que ce qu'elle pouvait se permettre, ou que ce qu'on aurait dû dépenser pour elle.

Mais, comme à son habitude, il avait tenu bon. Il avait dû cacher les clés de sa vieille voiture, puisqu'elle n'avait pas pu les retrouver depuis que l'Escalade avait été livrée. Et c'était un véhicule très agréable. Confortable, et bien plus sûr que sa petite berline, elle devait l'admettre, à la fois pour elle et pour Bradley.

Avec l'aide d'Erica, elle avait rempli des menus pour le dîner de répétition et pour la réception, loué des salles… commandé les fleurs… réservé les nappes, l'argenterie et les verres… Les invitations avaient été envoyées la semaine précédente — essentiellement la famille et quelques amis proches — et les réponses arrivaient déjà.

Tout compte fait, elle était très fière du travail réalisé en si peu de temps. Bien sûr, dès que les heureux mariés quitteraient leur réception pour partir en lune de miel, elle tomberait de fatigue et dormirait un mois entier.

Rien que la semaine précédente, quand Erica avait insisté pour qu'elle prenne une journée de détente en sa compagnie au Spa, elle s'était endormie sur la table de massage. Erica et la sœur de Trevor, Melissa, ainsi que les compagnes de leurs frères, Sabrina, Samantha et Avery, les avaient toutes rejointes. Cela avait été une véritable journée entre filles, chose qu'elle ne s'accordait pas souvent étant donné son emploi du temps de folie, et aussi parce qu'elle avait peu d'amies à Denver.

Le petit groupe avait ri et discuté toute la journée, et même si elle avait réussi à rester éveillée durant leur manucure, leur pédicure et leur masque au concombre, elle s'était tout bonnement assoupie pendant le massage. Ce n'était guère surprenant, vu son degré de fatigue, mais tout de même.

Rencontrer les membres féminins de la famille Jarrod avait été à la fois amusant et instructif. Bienveillantes et amicales, elles l'avaient tout de suite traitée comme l'une des leurs, et elle s'était sincèrement divertie.

Elles devaient probablement s'interroger sur sa soudaine apparition à Aspen, et sur le fait qu'elle vive chez Trevor, néanmoins elles n'avaient pas posé une seule question gênante. Contrairement à ce qu'elle avait craint, elles ne lui avaient pas non plus donné le moindre conseil non sollicité à propos du mariage d'Erica. Mais cette journée de détente était déjà loin.

Avec un soupir exténué, elle posa quelques-unes de ses affaires, et commença à retirer son épais manteau d'une main tout en détachant de l'autre la combinaison pilote de Bradley.

— Bonsoir.

La voix grave de Trevor la fit sursauter, et elle se retourna vivement. Il descendait l'escalier. Comme à l'accoutumée quand il était chez lui, il portait un jean et un chandail. Aujourd'hui, c'était un pull kaki qui mettait en valeur autant sa silhouette musclée que ses yeux d'un brun chaud.

— Bonsoir, répondit-elle en continuant de déshabiller Bradley.

Lorsqu'elle passa dans le salon, il la suivit et lui prit Bradley.

— Attendez, laissez-moi faire.

L'espace d'une seconde, elle se figea. Elle n'était pas habituée à ce qu'on l'aide. En particulier avec Bradley.

Pourtant, ce n'était plus tout à fait vrai. Depuis qu'elle avait emménagé chez lui, Trevor s'était montré d'une grande aide. Il lui avait fourni tout ce dont elle avait besoin pour être à l'aise et travailler dans de bonnes conditions, et bien plus encore. Il était courtois, conciliant, et presque obsédé par le fait de la seconder avec le bébé.

Il était souvent déconcertant, mais il avait récolté de nombreux bons points en se montrant si impliqué avec Bradley. Très vite, il lui avait demandé de lui transmettre tout ce qu'elle savait sur les bébés, voulant absolument apprendre comment préparer un biberon, changer une couche, et donner son bain à Bradley.

Il semblait avoir un million de questions en tête — ce qui était compréhensible, de la part d'un homme qui n'avait pas beaucoup d'expérience avec les jeunes enfants, et qui se retrouvait soudain face à la possibilité d'être père. Et plus d'une fois, au cœur de la nuit, quand elle n'était pas sortie assez vite de son lit en entendant les pleurs de Bradley, Trevor était venu frapper doucement à sa porte pour lui proposer son aide.

Ils ne savaient même pas si Bradley était bien son fils et, pourtant, il faisait tout ce qu'on pouvait attendre d'un jeune papa.

D'un côté, l'avoir à ses côtés pour prendre en charge les obligations quotidiennes dont elle était en temps normal seule responsable était agréable. Cela la soulageait, lui enlevait un peu de pression, et lui permettait de se concentrer sur le mariage d'Erica.

Mais à bien y réfléchir elle n'était pas sûre d'apprécier qu'une autre personne s'occupe de Bradley, même si cette personne était fort probablement son père biologique. Elle était si habituée à prendre soin de son neveu seule ! Elle ne voulait pas que qui que ce soit usurpe sa place et l'écarte de la vie de Bradley. Car si quelqu'un d'autre était capable de *l'aimer* autant qu'elle, alors sa place était en danger.

Qu'elle le veuille ou non, quand les tests ADN prouveraient la paternité de Trevor — ce dont elle ne doutait pas —, les risques pour qu'il lui prenne le bébé seraient bien réels.

Seigneur, pourquoi était-elle venue ici ? Cela lui avait semblé la seule chose à faire sur le moment, mais à présent…

l'idée de perdre Bradley lui donnait des sueurs froides. Elle aurait voulu pouvoir remonter le temps et faire le mauvais choix : garder son neveu pour elle seule.

Trevor enleva sa combinaison à Bradley, révélant le pantalon de velours côtelé brun et le T-shirt à manches longues orné d'un canard qu'il portait en dessous. Puis il le hissa sur sa hanche, comme s'il avait fait cela toute sa vie.

— Vous avez déjà dîné ? demanda-t-il.

Elle secoua la tête, encore déstabilisée.

— Vous semblez fatiguée. Si vous montiez vous changer ? Et même prendre un bon bain chaud ? Je vais donner son biberon à Bradley, et vous pourrez décider de ce que vous voulez pour dîner plus tard.

C'était comme s'il avait lu dans son esprit. Elle était exténuée par son rythme de travail actuel. Elle savait bien qu'elle devrait manger à un moment ou à un autre, mais ce qu'elle voulait *vraiment*, c'était se plonger dans un bain de bulles pendant une heure ou deux, et laisser l'eau chaude et la vapeur dissiper sa tension et sa fatigue.

Mais elle détestait le fait qu'il l'ait deviné… ou qu'il puisse lire si facilement en elle. Ou peut-être détestait-elle être devenue si dépendante de lui, sachant qu'il comptait lui prendre Bradley quand il aurait la preuve qu'il était son père. Pire, elle aimait se reposer sur lui.

A la vérité, elle *aimait* vivre ici, sous son toit. Elle aimait rentrer le soir et le trouver dans le salon, ou être là quand il passait la porte. Elle aimait lui parler, le regarder, sentir le léger parfum de son eau de toilette dans une pièce, qui perdurait longtemps après qu'il était parti. Et elle appréciait d'avoir quelqu'un pour l'aider à élever Bradley, pour *aimer* Bradley, après avoir été la seule personne dans la vie de son neveu à se soucier de lui.

Mais tout cela lui donnait aussi le sentiment qu'elle était menacée, et la rendait anxieuse. Plus Trevor apprenait à se débrouiller seul et prenait confiance dans sa capacité à s'occuper d'un bébé, et moins il aurait besoin d'elle. Et quand ces tests arriveraient enfin, prouvant qu'il était le père de Bradley… eh bien, il lui serait sans doute très facile de la remplacer ?

Elle posa la paume de sa main sur son front, une migraine avait commencé à la marteler juste entre les yeux.

— Allez-y, dit-il, insistant.

Il passa devant elle, et commença à préparer des petits pots pour le dîner de Bradley.

— Nous nous débrouillerons très bien, dit-il.

Oui, et c'était bien là le problème.

Sans un mot, elle monta l'escalier, soudain trop mal en point pour refuser l'offre d'un bon bain moussant, même s'il lui avait été proposé précisément par l'homme qu'il l'avait mise dans cet état.

Trevor était très fier de lui. Il entra calmement dans la chambre d'Haylie et posa Bradley dans son berceau. Il l'allongea sur le dos, comme elle le lui avait enseigné la première fois qu'elle lui avait montré comment le coucher pour sa sieste. Puis il mit en marche le mobile d'animaux en peluche qui pendait au-dessus de lui.

Il était presque certain de ne rien avoir oublié. Après avoir nourri Bradley, il l'avait baigné dans sa propre salle de bains, puisqu'Haylie était toujours dans la sienne, lui avait mis une nouvelle couche, et un pyjama de velours. Il avait même pensé à la tétine, que le petit bonhomme suçait activement tandis que ses paupières se faisaient lourdes.

Il devenait doué, à vrai dire. Si, au début, il s'était senti nerveux et anxieux à l'idée d'être père, il était à présent sûr de ses compétences. Si le test de paternité était positif, il serait tout à fait capable de s'occuper seul de son enfant. Cela signifierait qu'il devrait faire des aménagements dans sa vie et bousculer sa routine habituelle, mais il en était capable.

Quand les yeux de Bradley se fermèrent pour de bon et que la succion sur sa tétine se ralentit jusqu'à n'être plus qu'intermittente, il entendit la porte de la salle de bains s'ouvrir.

Levant les bras comme s'il était sous la menace d'une arme

à feu, il garda le dos tourné, espérant qu'elle ne serait pas assez effrayée par sa présence pour crier et réveiller le bébé.

Comme il ignorait si elle l'avait vu ou non, il s'éloigna du berceau en murmurant :

— Désolé. Je mettais juste Bradley au lit.

Il attendit un instant, se demandant si elle était bien là et s'il ne venait pas de parler dans le vide. Mais une seconde plus tard, elle répondit :

— Pas de problème. Vous pouvez vous retourner, je suis habillée.

« Habillée » était un doux euphémisme.

Baignée par la lumière qui s'échappait de la salle de bains, elle portait un peignoir pêche qui semblait en satin ou en soie et qui — si ses yeux ne lui jouaient pas des tours — était translucide. L'étoffe diaphane s'accrochait à sa peau humide là où il le fallait, au point que sa bouche s'assécha et qu'une soudaine vague de désir afflua dans son bas-ventre.

Elle avait les cheveux enturbannés dans une serviette, mais tandis qu'il essayait de reprendre son souffle, elle pencha la tête, et libéra sa chevelure, ce qui ne fit qu'accroître son excitation.

Il savait qu'il y avait un bébé de quatre mois dans la pièce, mais tout ce à quoi il était capable de penser, c'était à la jeter sur le lit et à lui faire l'amour. Elle avait la peau rosie par le bain, un parfum fleuri émanait d'elle, et elle était nue sous ce peignoir. L'idée le rendait fou.

— Est-ce qu'il a dîné ? demanda-t-elle, totalement inconsciente des pensées érotiques qu'elle faisait naître dans son esprit.

Il acquiesça d'un signe de tête, et fourra les mains dans ses poches pour s'empêcher de faire quelque chose de vraiment stupide, comme de la toucher.

— Il a aussi pris un bain et changé de couche, dit-il en se balançant sur ses talons.

Elle ouvrit de grands yeux, et ralentit ses mouvements. Elle ne disait rien, mais il comprit qu'elle était surprise qu'il ait réussi cela tout seul.

Il s'attendait à ce qu'elle aille au-dessus du berceau vérifier qu'il n'avait pas mis la couche de Bradley à l'envers, ou passé la tête dans une manche.

— Bien, dit-elle, murmurant une approbation réticente.

Il réprima un sourire de satisfaction.

Lorsqu'elle se tourna pour accrocher la serviette à la poignée de la porte, son peignoir s'ouvrit légèrement, juste assez pour qu'il ait un aperçu d'un sein d'albâtre.

Il sentit la sueur perler sur sa nuque, et tout son corps fut parcouru de picotements. S'il ne sortait pas de cette pièce très vite, il allait sans doute faire quelque chose qu'ils regretteraient tous les deux, bébé endormi ou non.

— J'ai fait livrer le dîner pendant que vous étiez dans votre bain, dit-il, car c'était la première pensée non érotique qui avait surgi dans son esprit. Je vais réchauffer votre assiette pendant que vous vous changez.

Sans attendre de réponse, il sortit de la chambre, ouvrant la porte avec plus de force que nécessaire. Une fois dans le couloir, il s'arrêta, pour tenter de retrouver son souffle et son équilibre.

Bon sang, comment une femme pouvait-elle l'ébranler si profondément ? Lui qui avait fréquenté des mannequins célèbres, des actrices, des reines de beauté ? Il avait su se protéger des croqueuses de diamants et des demoiselles en quête de mariage, s'était extirpé de relations avec des femmes monomaniaques.

Avec Haylie, tout était différent. Elle ne montrait aucun intérêt pour lui, de quelque nature que ce soit, elle ne lui demandait rien, elle n'était venue le voir que pour l'informer qu'il était père d'un enfant.

Pourtant, c'était elle, la femme que sa libido réclamait apparemment plus que toutes les autres. C'était elle qui occupait toutes ses pensées, le jour comme la nuit.

Il l'avait déjà embrassée une fois, uniquement pour satisfaire sa curiosité, mais s'était promis de ne pas réitérer l'expérience.

La porte s'ouvrit derrière lui et il se redressa brusquement, comme un cerf pris dans les phares d'une voiture. Il était censé être en bas, en train de s'activer et de faire comme s'il n'était pas du tout affecté par sa présence, au lieu de quoi il s'attardait devant sa chambre, cloué sur place par le désir.

Lorsqu'il se retourna, il constata qu'elle portait toujours son peignoir si sexy, et serra les poings pour s'empêcher de le lui arracher.

— J'ai changé d'avis, dit-elle. Je n'ai pas faim. Je crois que je vais aller directement au lit.

Avec un juron, il ferma la porte derrière elle et la plaqua dessus.

— Au diable le dîner, dit-il d'une voix sourde. J'ai changé d'avis aussi. Je vais vous embrasser de nouveau.

10

La bouche de Trevor était chaude et ferme, et tout aussi dévastatrice que lors de leur premier baiser.

Haylie savait, dans un coin de sa tête, qu'elle aurait dû le repousser. L'embrasser — ou plutôt le laisser l'embrasser — n'était pas une bonne idée. Après leur première étreinte, elle avait dressé une longue, très longue liste de raisons pour ne pas renouveler leur baiser, et elle se la répétait souvent.

A cet instant, cependant, aucune ne lui revenait à la mémoire. Seuls les arguments de la colonne « pour » semblaient surgir dans son esprit.

Comme la façon dont son eau de toilette hivernale et fraîche l'enveloppait. Ou la saveur enivrante de ses lèvres. A la fois douces et fermes, elles effleuraient, pressaient et mordillaient les siennes, semblant les faire obéir à sa guise.

Comme malgré elle, elle enroula les bras autour de son cou et s'appuya contre la porte close. Sans cela, elle aurait chancelé, elle avait les jambes en coton.

Elle avait un million de raisons pour fuir, et une seule la poussait à oublier ses réserves et à se laisser emporter par la déferlante de passion qui menaçait de la renverser : son désir pour lui.

Enfin, elle céda, oubliant la prudence et la logique. Elle se jeta à corps perdu dans leur étreinte. Comme s'il avait senti sa capitulation, il la serra plus fort et augmenta la pression de sa bouche. Avec un gémissement de plaisir, elle emmêla sa langue à la sienne et plongea les mains dans ses cheveux.

Quand sa jambe se hissa contre la hanche de Trevor, et

que son pied nu taquina l'arrière de son genou, elle sut qu'elle était perdue… et il sut, lui aussi.

Il recula légèrement et appuya son front contre le sien, respirant de manière saccadée.

— Viens dans ma chambre, dit-il d'une voix sourde en caressant sa joue du bout de son pouce. Laisse-moi te faire l'amour.

Pouvait-il réellement croire qu'elle allait dire non ? Après deux des plus incroyables baisers de sa vie, et la façon dont elle était enroulée autour de lui à cet instant ?

Certes, elle était pour l'instant incapable de formuler de réponse, positive ou négative. Elle avait la gorge trop nouée par le désir pour cela.

Alors, elle hocha la tête et resserra sa jambe sur sa hanche, en espérant que le message serait suffisamment clair.

Apparemment, son espoir fut exaucé. Poussant un long soupir, comme s'il l'avait trop longtemps réprimé, il l'agrippa par la taille et la porta dans ses bras. Elle croisa les chevilles derrière son dos, et se pencha vers lui quand il voulut l'embrasser de nouveau.

Puis il se mit à avancer avec facilité, comme si elle ne pesait pas plus lourd que le petit Bradley.

Il se dirigea vers la porte de sa chambre, l'ouvrit et la referma du pied. Un instant plus tard, elle se sentit tomber en arrière, et rebondit sur le matelas ferme du grand lit.

Il atterrit à son tour sur le lit, et la couvrit de son long corps ferme et puissant. Presque aussitôt, il glissa ses mains avides sous son peignoir.

D'abord, il dévoila ses cuisses, en prenant le temps de les caresser au passage. Puis il remonta sur ses hanches, sa taille, avant de dénouer la ceinture et d'écarter les deux pans du vêtement pour révéler ses seins.

Dans un soudain accès de pudeur, elle faillit refermer son peignoir ou se couvrir de ses mains. Il la dévorait des yeux, comme un explorateur qui viendrait de découvrir le Nouveau Monde. C'était à la fois déconcertant et flatteur.

Elle ne se souvenait pas de la dernière fois où un homme

l'avait regardée avec une telle intensité. Ou de la dernière fois où elle avait voulu qu'un homme la regarde… ou même de la dernière fois qu'elle avait désiré quelqu'un aussi fort.

Ses cheveux bruns ébouriffés tombant autour de son beau visage, il embrassa le creux de son cou, puis s'aventura entre ses seins. Il arriva au bas de son ventre, et un feu s'embrasa en elle.

Lorsqu'il atteignit le sommet de ses cuisses et posa la bouche directement sur le centre de son plaisir, elle faillit se relever d'un bond. Mais il ne l'aurait pas laissée faire, de toute façon. Il appuya une paume large et rugueuse sur son ventre pour la maintenir en place, tandis qu'il se calait entre ses jambes pour être plus à l'aise.

Elle avait cru que leur première étreinte serait rapide et effrénée. Comme un feu de passion violent, qui se serait rapidement transformé en braises. Et elle aurait cru qu'il se serait montré plus égoïste.

C'était un Jarrod, non ? Un membre du clan Jarrod d'Aspen, dans le Colorado. Un homme plus riche que tout ce qu'elle pouvait imaginer, habitué à avoir ce qu'il voulait, dans tous les domaines. Elle était bien placée pour le savoir.

Elle savait aussi, d'après les magazines et les journaux dans lesquels il apparaissait depuis des années, qu'il fréquentait des femmes extrêmement belles et sophistiquées. Deux caractéristiques dont elle ne pouvait se vanter.

Certes, elle avait un certain charme. Elle n'était pas une star de cinéma, mais elle n'était pas non plus disgracieuse. Cependant, les cinq ou sept kilos qui la séparaient de l'image actuelle de la perfection féminine ne lui permettaient pas de rivaliser avec les filles filiformes qu'il prisait.

En ce qui concernait la sophistication… Elle était trop occupée à développer son entreprise et à s'occuper de Bradley pour s'inquiéter d'avoir une coiffure toujours impeccable ou de porter des vêtements à la pointe de la tendance. Certains jours, elle était si débordée qu'elle avait de la chance si elle se rappelait de mettre ses boucles d'oreilles ou même ses chaussures à l'endroit.

Et pourtant, elle était là, nue, dans le lit d'un homme dont elle était sûre qu'il ne se serait pas retourné sur elle s'ils ne s'étaient pas rencontrés par le biais de circonstances particulières. Et il se révélait… loin d'être égoïste. Elle le trouvait même incroyablement généreux.

Quand il augmenta la pression de sa bouche sur son sexe, elle agrippa la couette. Puis il toucha un point particulièrement sensible, et elle faillit crier. Elle se cambra brusquement. Il serra ses cuisses, et elle aurait pu jurer qu'elle l'avait senti sourire.

Sourire, voilà la dernière chose qu'elle avait envie de faire. Il faisait naître des sensations trop stupéfiantes pour qu'elle puisse former une pensée cohérente, et encore moins contrôler l'expression de son visage.

Tout ce qu'elle savait, c'était que tout son corps était en feu. Elle s'agitait, haletait, et s'approchait de la plénitude que lui seul pourrait lui procurer.

— Trevor, s'il te plaît.

Les mots lui avaient échappé. Elle détestait sembler si dépendante, même si elle l'était, et se mordit la lèvre pour s'empêcher de dire quoi que ce soit d'autre. Ou de gémir, de supplier…

Heureusement, il accéda à sa requête sans qu'elle ait besoin d'en dire plus. Massant ses cuisses pendant qu'elle s'accrochait à ses cheveux épais et ondulés, il redoubla ses efforts, se servant de sa langue et de ses lèvres pour taquiner le secret caché au plus profond d'elle-même. Avant qu'elle puisse reprendre son souffle, le plaisir la submergea, et elle se cambra sur le lit en poussant un cri strident.

Elle n'était pas tout à fait redescendue sur terre quand il s'étendit sur son corps. Elle battit des cils puis ouvrit les yeux avec difficulté.

Cette fois, elle sourit. Un sourire timide et tremblant, mais un sourire tout de même.

Il était nu. Délicieusement nu, même si elle n'avait aucune idée du moment où il avait enlevé son pull et son jean. Elle avait donc gardé les yeux clos si longtemps ? Ou avait-elle perdu conscience pendant une minute, après son orgasme ?

Il avait été si stupéfiant qu'elle pencha pour la thèse de l'évanouissement.

Un sourire satisfait aux lèvres, il s'appuya sur ses avant-bras pour mieux la regarder. La chaleur de sa peau s'infiltra en elle, et elle prit une profonde inspiration pour respirer son merveilleux parfum.

Contre toute raison, elle enroula les bras autour de son cou. Elle était surprise de pouvoir bouger ; ses muscles semblaient s'être liquéfiés.

— C'était affreusement gentil de ta part, dit-elle en guise de remerciement.

Il sourit.

— Content que tu aies apprécié.

— Apprécié, c'est un euphémisme.

Il sembla encore plus fier, si c'était possible.

— Je suis un gentleman, dit-il en blottissant son visage contre son cou. Et les gentlemen s'assurent toujours que les femmes passent en premier.

Elle se fendit d'un rire faible et légèrement essoufflé.

— Je doute que l'adage s'applique à ce type de situation, dit-elle, taquine.

— C'est mon lit, j'y impose mes propres règles.

— Vraiment ?

Elle pencha la tête pour lui donner un meilleur accès à son cou.

— Est-ce que ces règles incluent de donner tant de plaisir à une femme qu'elle s'endort juste après, te laissant livré à toi-même ?

Il haussa un sourcil.

— Absolument pas.

— Dans ce cas, tu es dans de beaux draps. Car l'orgasme que tu viens de me donner m'a achevée. Je suis prête pour une sieste.

Elle étira les bras et mima un bâillement théâtral.

— Hum, fit-il, l'air songeur. J'imagine que je vais devoir te démontrer le contraire.

Avec un soupir appuyé, elle cambra le dos et ferma les yeux un instant.

— Je suppose que tu peux essayer, dit-elle.

Elle lut de la détermination dans son regard brillant.

— J'adore les défis, dit-il d'un air malicieux.

Oh ! elle aussi. Mais en l'occurrence, elle doutait de pouvoir résister très longtemps.

Il embrassa le point de pulsation de son cou, puis lécha et aspira doucement sa peau veloutée. Elle était sûre qu'il pouvait sentir son pouls s'affoler sous ses lèvres.

Il déposa une pluie de baisers le long de sa gorge, et remonta jusqu'à sa bouche. Alors, elle sut ce qu'était vraiment un baiser. Elle avait pourtant cru en avoir un exemple dans la cuisine, et un autre juste devant sa chambre, quelques instants plus tôt.

Quand leurs lèvres se rencontrèrent, ce fut comme si tout l'oxygène avait été aspiré de la pièce. Et quand la langue de Trevor se mêla à la sienne, tout autour d'eux s'enflamma.

De minuscules explosions se produisirent dans ses veines, et elle s'accrocha encore plus fort à lui. Elle caressa ses cheveux, ses épaules, son dos. Elle gémit quand il fit de même avec ses seins. Bientôt, sa bouche suivit, léchant, encerclant, aspirant doucement leurs pointes, jusqu'à ce qu'ils se durcissent et deviennent si sensibles que c'en était presque insupportable.

Elle avait su, dès le départ, qu'il était de ces hommes qui n'aiment pas perdre. A présent, elle savait aussi qu'il ne fallait jamais le mettre au défi ni douter de sa détermination. Car même si elle n'avait fait que plaisanter en menaçant de le laisser livré à lui-même, à présent, elle était très impliquée, qu'elle le veuille ou non.

Ce qui ne voulait pas dire qu'elle allait le laisser tout contrôler. Elle glissa les mains entre eux et, avec ses pouces, joua avec ses tétons plats… ce qui lui valut un gémissement rauque.

Elle connaissait son amour des sports d'extérieur et son

niveau d'entraînement, et elle n'aurait pas dû être surprise qu'il soit si athlétique. Mais elle l'était tout de même.

Tout son corps était ferme et musclé — ses biceps, ses pectoraux, ses abdominaux. Il aurait pu jouer les mannequins pour la salle de sport de l'hôtel, ou pour le complexe tout entier.

Elle laissa ses mains glisser vers le centre de son torse, et descendit jusqu'à son sexe dressé. Elle passa l'arrière de ses doigts sur son membre de velours, et sourit quand il ôta soudainement ses lèvres de ses seins pour reprendre son souffle.

— Tu me tues, dit-il d'une voix haletante, une mèche de cheveux sombres retombant sur son front.

— Pas encore, dit-elle de sa voix la plus sensuelle. Mais bientôt. Si tu as de la chance.

Il rit, puis lui arracha un petit cri de surprise quand il roula sur le dos en l'entraînant avec elle, de sorte qu'ils se retrouvèrent lui assis au milieu du lit et elle à califourchon sur lui.

— Montre-moi ce dont tu es capable, dit-il. Je peux le supporter.

— Tu as un préservatif ?

Il tendit le bras et tapota la couette pour trouver l'emballage d'aluminium qu'il y avait laissé plus tôt. Il le lui tendit, et un nouvel accès de désir l'envahit quand elle le lui prit des mains et l'ouvrit avec ses dents.

Décidément, l'entraîner vers son lit était une des meilleures idées qu'il ait eues. Sur le long terme, ce n'était peut-être pas malin, mais pour l'instant, il trouvait cela tout à fait brillant.

Quand elle recouvrit son sexe de la fine couche de latex, il inspira et serra la couette entre ses poings pour s'empêcher d'exploser. Ce n'était pourtant pas la première fois qu'une femme déroulait un préservatif sur lui. Haylie le touchait à peine, mais, pour une raison étrange, l'idée qu'elle le fasse et le fait de la *regarder faire* constituait une des expériences les plus érotiques de sa vie.

Et s'il survivait au reste de la nuit — ce qui, à ce stade, était peu probable, fort peu probable —, il se promit de lui faire payer chaque seconde du supplice qu'elle lui imposait. L'égalité des sexes s'appliquait aussi dans ce genre de situation.

Une fois la protection en place, elle se mit sur ses genoux, plongea les mains dans ses cheveux bruns, et lui mit la tête en arrière pour l'embrasser. Ce fut un baiser doux, et tendre, mais qui l'excita terriblement. Comme s'il avait besoin qu'elle attise encore son désir !

Sans interrompre leur baiser, elle enroula la main autour de son sexe en érection. Il l'agrippa par la taille et approfondit leur baiser. Lentement, elle descendit sur lui, centimètre par centimètre, jusqu'à ce que son sexe soit totalement en elle.

La sensation le submergea et, à en juger par la façon dont elle enfonça les doigts dans ses épaules, il soupçonna qu'elle ressentait la même chose.

Comme promis, il la laissa mener la cadence. Pendant plusieurs longues minutes, elle se contenta de l'embrasser, ce qui lui allait très bien. Il pourrait sans doute passer l'éternité ainsi sans jamais se lasser, tant la texture et la saveur de ses lèvres étaient enivrantes.

Quand elle fut prête, cependant, il se mit à bouger. D'abord avec prudence, en se levant seulement d'un centimètre ou deux. Puis il redescendit. Il répéta les mouvements, encore et encore, jusqu'à ce que ses muscles se tendent. Il pouvait à peine se retenir.

Juste au moment où il allait perdre tout contrôle, déjà mis à mal, était sur le point de rompre, elle ôta ses lèvres des siennes pour respirer, et se cambra de façon vertigineuse. Ses seins vinrent se placer précisément au niveau de son visage. Comment aurait-il pu résister à une offre aussi délicieuse ? Il passa la langue sur leurs pointes couleur framboise, et les taquina sans merci, pour la mettre au supplice comme elle l'avait fait avec lui.

Il regarda ses joues rougir et ses cils sombres et courbés battre, juste avant que ses yeux ne se ferment. Lui en revanche avait les yeux grands ouverts, et il comptait bien les garder ainsi. Il voulait voir chaque changement de couleur sur sa peau, chaque soulèvement de sa poitrine quand elle respirerait plus vite, chaque signe de plaisir qui se peindrait sur son visage.

Et quand elle jouirait de nouveau — très vite, s'il ne tenait qu'à lui —, il voulait la voir aussi.

Enroulant les bras autour de sa taille, il l'attira plus près. Ses seins se pressèrent contre son torse, peau en sueur contre peau en sueur. Elle l'encercla avec ses jambes, nouant ses chevilles sur le bas de son dos, tandis qu'il enfonçait les mains dans sa chevelure de soie pour amener sa bouche tout près de la sienne.

Leurs lèvres et leurs langues se mêlèrent, leurs deux corps se mouvaient à l'unisson. Celui d'Haylie de l'arrière vers l'avant, le sien de haut en bas, créant des vagues de sensations qui les emmenaient de plus en plus près de l'explosion.

Et puis, soudain, elle fut parcourue de frissons et se mit à trembler entre ses bras. La sensation de son corps qui se contractait autour de son sexe le secoua jusqu'au tréfonds de son être, et le mena droit vers un orgasme sidérant.

En la serrant encore plus fort, il la pénétra d'un dernier coup de reins puissant, puis se raidit et se libéra en elle.

11

Quelques heures plus tard, Haylie se réveilla en douceur. Elle avait chaud, et elle se sentait mieux qu'elle ne s'était sentie depuis bien longtemps.

Et puis, elle se souvint. Un corps viril était blotti contre elle, un bras autour de sa taille.

Elle était dans le lit de Trevor. Dans les bras de Trevor.

Elle fut saisie par une pointe de… peur ? de remords ? Pourtant, cette nuit d'amour était une des plus, sinon *la* plus époustouflante expérience sexuelle de sa vie. Cela compliquait la situation, sans l'ombre d'un doute, mais cela en avait vraiment valu la peine.

Avant qu'elle puisse décider si elle devait rester et se rendormir, ou s'extirper de son étreinte pour se faufiler dans sa chambre, elle entendit un cri.

Bradley. C'était sans doute lui qui l'avait tirée du sommeil.

Faisant de son mieux pour ne pas réveiller Trevor, elle souleva son bras et roula doucement hors du lit. Sur le sol, elle aperçut son peignoir en boule. Elle le ramassa, le secoua pour trouver l'endroit de l'envers et l'enfila rapidement, avant de sortir à pas de loup.

Le plancher de bois était froid sous ses pieds. Quand elle arriva dans la chambre, elle vit Bradley allongé sur le dos dans son berceau, le visage crispé, les bras et les jambes en mouvement.

Elle le prit et tapota son dos tout en descendant dans la cuisine pour lui préparer un biberon. Une fois qu'il fut chaud, elle remonta l'escalier pour aller s'installer dans le magnifique rocking-chair de bois sculpté que Trevor avait insisté pour lui offrir.

Quand Bradley eut avalé son biberon, et qu'il se fut rendormi, elle lui changea sa couche et le remit dans son berceau, en espérant qu'il ne se réveillerait pas de nouveau. Elle ne savait même pas l'heure qu'il était, et dut vérifier sur l'horloge de la cuisine, quand elle rapporta le biberon vide.

Deux heures cinq. Elle devait se lever dans quatre heures seulement. La question était, irait-elle dans sa chambre pour passer ces heures seules… ou retournerait-elle dans le lit de Trevor pour se lover contre son corps ferme et chaud ?

Elle voulait tant choisir la deuxième hypothèse. L'idée était presque irrésistible. Mais cela ne signifiait pas que c'était la meilleure option. Dormir avec lui avait été assez stupide ; mieux valait ne pas aggraver son cas en optant de nouveau pour la mauvaise décision.

Elle rinça le biberon et retourna à l'étage. Une ombre se profila sur le sol carrelé. Elle faillit pousser un cri et reculer, mais se reprit. Ce n'était pas l'abominable homme des neiges.

— Bonté divine, dit-elle en portant une main sur son cœur affolé, tu m'as fait une peur bleue.

Trevor cligna des yeux, l'air hébété, et passa une main dans ses cheveux emmêlés. Il avait enfilé un pantalon de pyjama aux fines rayures bleues et blanches, il était pieds nus.

Elle n'avait pas remarqué à quel point ses pieds étaient excitants. Peut-être parce que la dernière fois qu'il avait porté si peu de vêtements, elle n'avait pas vraiment prêté attention à ses orteils.

— Je me suis réveillé, et tu n'étais plus là, dit-il d'une voix ensommeillée.

— C'est le bébé qui m'a réveillée, répondit-elle.

D'ailleurs, elle ne lui devait pas d'explication. Si elle avait été maligne, elle se serait échappée de son lit avant que Bradley ne la réveille, et se serait enfermée à clé dans sa chambre, loin de ses mains avides et de ses lèvres tentantes.

— Est-ce qu'il va bien ?

— Oui. Il avait juste besoin d'un biberon et d'une nouvelle couche. Il s'est rendormi maintenant.

Il hocha la tête, ce qu'elle interpréta comme un signe d'approbation. Puis il fit un pas vers elle. Et un autre. Et encore un autre.

Elle recula, ne sachant pas vraiment quelles étaient ses intentions, jusqu'à ce qu'elle bute contre le comptoir. Mais cela ne l'arrêta pas. Il continua d'avancer vers elle jusqu'à ce que son torse effleure le bout de ses seins. Pouvait-il sentir leurs pointes se durcir à travers le fin satin de son peignoir ?

— Trevor, dit-elle d'une voix tremblante quand il se pencha vers elle et commença à chatouiller un endroit juste derrière son oreille.

— Hum ?

— Ce qui s'est passé tout à l'heure…

Il lui était difficile de se concentrer quand il avait les lèvres posées sur elle.

— Mmmm.

— C'était…

Il lécha son lobe, puis le mordilla doucement, et elle sentit ses genoux chanceler.

— Une erreur, se força-t-elle à finir d'une voix essoufflée. C'était une erreur.

— Absolument. Une terrible erreur.

Cependant, le fait qu'il laisse un chemin de baisers torrides et humides jusqu'au creux de sa gorge lui donnait à penser qu'il n'était pas vraiment d'accord avec elle.

Elle déglutit, déterminée à ne pas se laisser déconcentrer.

— Alors pourquoi fais-tu… cela ?

Il glissa la main sous la ceinture de son peignoir, défit le nœud et écarta les pans de satin. L'air froid frappa sa peau embrasée, et lui donna la chair de poule.

— Selon moi, dit-il tout bas en glissant les mains sous son peignoir pour l'ouvrir plus grand, l'erreur a déjà été commise. On ne peut pas revenir dessus.

Il marquait un point. Ou alors, elle était influencée, parce que ses mains et sa bouche étaient aussi enivrantes qu'une bouteille de bon vin…

— Nous sommes deux adultes consentants, poursuivit-il, en se frayant un chemin jusqu'à sa taille. Je ne vois aucune raison de ne pas continuer à nous faire du bien tant que tu es là. Pas d'attaches, pas de promesses. Seulement — sa langue passa sur un téton tendu et sensible — le plaisir.

Elle rejeta la tête en arrière dans un frisson, et ferma les yeux. Il marquait un deuxième point.

Une toute petite voix résonna dans sa tête, un écho lointain qui lui offrit un semblant de raison. Cette voix la força à protester.

— Mais…

Elle aurait dû en dire plus, trouver un argument, elle le savait, mais aucun ne lui venait à l'esprit.

Alors, il finit sa pensée pour elle. Il se redressa suffisamment pour atteindre sa bouche, et l'embrassa jusqu'à ce que son esprit ne soit plus empli que d'un tourbillon d'étoiles colorées.

Il s'interrompit, lui laissant une chance de reprendre son souffle, mais une seconde seulement. Puis il la saisit par la taille et la déposa sur le comptoir.

— Ce ne sera que pour une semaine environ, dit-il, faisant glisser le peignoir sur ses épaules et le laissant descendre jusqu'à ses hanches. Dès que les tests arriveront, tout va changer. Mais jusque-là, nous avons du temps.

Il embrassa la courbe de son sein.

— A passer ensemble.

Sa clavicule.

— Seuls.

La ligne de sa joue.

— Juste toi et moi.

Et enfin, sa bouche.

— A profiter l'un de l'autre…

Il écarta ses jambes pour se glisser entre elles ; l'étoffe de coton de son pyjama était douce contre ses cuisses, et hautement érotique.

Elle ne pouvait répondre qu'une chose à cela, pendant

que ses lèvres prenaient possession des siennes et que ses pouces se rapprochaient de son clitoris.

— D'accord.

Deux jours plus tard, Haylie revint du Ridge plut tôt que d'habitude. Ce n'était pas raisonnable. Elle avait une liste interminable de choses à faire, et contrairement à ses souhaits les plus chers, le temps qui restait avant le mariage d'Erica semblait s'accélérer au lieu de ralentir.

Pourtant, Trevor l'avait finalement convaincue d'accepter de dîner avec lui au Chagall's. Même s'ils demandaient un coin tranquille, et qu'ils essayaient de passer inaperçus, on les remarquerait, c'était certain. Ce seraient les autres clients, ou les serveurs, et la rumeur finirait par atteindre les cuisines. Trevor ne semblait pas s'en inquiéter, et elle essayait de l'imiter, mais cela ne signifiait pas qu'elle était impatiente d'apporter de l'eau au moulin à ragots de Jarrod Ridge.

Cela dit, peut-être personne ne les remarquerait-il. C'était possible. Trevor avait peut-être échafaudé une histoire parfaitement plausible pour expliquer ce qu'ils faisaient ensemble.

Même s'ils s'étaient mis d'accord pour prétendre qu'ils n'étaient que des connaissances de travail, leur rendez-vous était un rendez-vous galant. Du moins, elle le supposait, étant donné qu'elle vivait sous son toit et qu'elle partageait son lit en ce moment.

Elle aurait dû se sentir coupable de coucher avec lui, mais ce n'était pas le cas. Pas encore, du moins. Et elle s'était promis que lorsque leur relation arriverait à son terme — car il y aurait un terme, bien entendu —, elle l'accepterait avec maturité. Sans crise de larmes, sans faire de scène, car ils avaient établi dès le départ que leur liaison ne durerait pas. Ils étaient simplement deux adultes consentants qui savouraient la compagnie de l'autre, aussi longtemps que cela durerait.

Mais une liaison, par définition, était censée être secrète, n'est-ce pas ? Cela impliquait rendez-vous clandestins et rencontres volées. Ils n'étaient pas censés se retrouver dans un restaurant bondé, dans un complexe touristique très fréquenté, où n'importe qui pourrait les voir, spéculer sur leur relation, et lancer toutes sortes d'horribles rumeurs.

C'était pourtant le choix qu'avait fait Trevor. Il avait insisté pour lui faire découvrir le luxueux restaurant cinq étoiles ce soir, avant qu'elle ne soit trop accaparée par les préparatifs du mariage d'Erica. Ou avant que les résultats des tests ADN ne leur parviennent ?

Peut-être voulait-il l'impressionner, même si elle voyait mal comment elle pourrait être *plus* impressionnée, étant donné tout ce qu'elle avait déjà vu de l'empire des Jarrod.

Ou peut-être voulait-il simplement être gentil, en lui offrant une pause méritée, après toutes ces longues heures de travail consacrées au mariage de sa sœur. Certes, cette mission était venue de lui, c'était sa façon de la garder près de lui jusqu'à ce qu'il découvre s'il était ou non le père de Bradley.

Malgré tout, elle trouvait l'attention gentille et romantique, et elle était trop faible pour résister. Elle se laissait porter par ce rêve, même s'il allait s'achever dans un futur très proche.

Bradley était encore à la crèche, elle n'avait pas à s'en faire pour lui. Elle avait une bonne heure devant elle pour prendre une douche, changer de vêtements, se recoiffer et se maquiller avant de retrouver Trevor au complexe, dans son bureau, comme ils en étaient convenus.

Elle ôta ses chaussures et son manteau, et courut dans l'escalier. Vingt minutes plus tard, elle sortit de la douche et se sécha les cheveux. Puis elle opta pour un maquillage plus marqué que celui qu'elle portait en journée, et ajouta quelques gouttes de son parfum préféré.

Ensuite, elle alla pieds nus jusqu'au dressing de sa chambre et sortit le fourreau de velours noir auquel elle avait songé toute la journée. Elle l'avait remarqué tout de suite parmi les vêtements que Trevor lui avait fait livrer, tout en étant persuadée qu'il était bien trop élégant pour pouvoir le porter durant son séjour à Aspen.

Mais dès l'instant où il l'avait convaincue de dîner avec lui au Chagall's, elle s'était dit que c'était enfin l'occasion d'en faire bon usage. Elle avait déjà choisi ses chaussures et ses bijoux : une paire d'escarpins noirs vertigineux ornés de minuscules nœuds blancs, et un collier de perles ivoire avec des boucles d'oreilles assorties.

Lorsqu'elle fut presque prête, elle choisit une petite pochette noire, assez grande cependant pour contenir les objets de première nécessité, son téléphone portable et son rouge à lèvres. Mais où était sa montre ? Elle avait dû la laisser dans la chambre de Trevor.

Elle essayait toujours de ne pas y laisser ses affaires, car même si, techniquement, ils vivaient ensemble et partageaient le même lit, laisser quoi que ce soit dans sa chambre évoquait un peu trop une vraie cohabitation, ou une histoire qui les mènerait quelque part. Mais, étant donné le nombre de fois ou il l'avait attirée dans sa chambre alors qu'elle était encore tout habillée, et qu'il l'y avait ensuite déshabillée... un frisson la parcourut quand des souvenirs torrides l'assaillirent... ce n'était guère étonnant qu'elle ait fini par y oublier un objet.

Elle alla directement vers la table de chevet, pensant y trouver sa montre. A mi-chemin, elle remarqua une énorme bosse au centre du lit.

C'était étrange, car elle se souvenait d'avoir fait le lit elle-même ce matin.

Il lui fallut un instant pour comprendre ce qu'elle était en train de voir, mais ensuite, elle commença à se demander si quelque chose de grave était arrivé. Elle avait vu Trevor ce matin, avant qu'il ne parte pour le bureau, mais ne lui avait pas reparlé depuis. Elle ne l'avait pas jugé utile, puisqu'ils s'étaient mis d'accord la veille au soir.

Mais s'il avait eu un malaise ? S'il avait mangé un mauvais sushi au déjeuner et qu'il était revenu à la maison malade ? Si tel était le cas, il aurait dû l'appeler, ou demander à Diana de la prévenir. Mais peut-être avait-il été trop mal en point pour cela.

Elle tira doucement sur la couette.

— Trevor ? demanda-t-elle d'une voix douce. Tout va bien ?

Mais ce n'était pas Trevor, sous les draps froissés. A moins qu'il ne lui soit poussé un mètre de cheveux et qu'il ne les ait teints en roux cuivré durant les six dernières heures.

Elle laissa retomber la couette comme si elle recouvrait un nid de vipères, et recula en arrière, les yeux écarquillés.

Derrière elle, elle entendit un grincement de porte. Elle se retourna et vit Trevor entrer. Ses cheveux étaient toujours courts et bruns, et il portait le même costume que le matin.

Il lui sourit et lui donna un rapide baiser. La main qu'il avait posée sur sa nuque était ferme et possessive, et même avec ce qu'elle venait de découvrir sous le lit, juste à côté d'eux, elle fut troublée.

— Je me suis dit que je t'emmènerais moi-même au lieu de te laisser aller jusqu'au Ridge toute seule. D'ailleurs, je préfère laisser mon attaché-case maintenant plutôt que de me souvenir de passer le prendre en rentrant du restaurant.

Elle se mordit la lèvre, enlevant sans doute la moitié du rouge à lèvres qu'elle avait appliqué avec tant de mal, et fit de son mieux pour retrouver sa voix.

— Vraiment ? demanda-t-elle. Tu n'es pas rentré plus tôt pour un petit plaisir d'après-midi ?

Son sourire se fit prédateur.

— Non, mais puisque tu le proposes…

Il consulta sa montre.

— Nos réservations sont à sept heures, et l'un des nombreux avantages d'être un Jarrod, c'est que nous pouvons être en retard et avoir notre table quand même.

Il se pencha pour un autre baiser, mais elle recula rapidement. La main qu'il avait posée sur son dos retomba, et son sourire s'évanouit.

— Qu'est-ce qui se passe ? demanda-t-il, l'air sincèrement inquiet.

— Quand j'ai mentionné le petit plaisir, je ne parlais pas de moi, dit-elle en désignant le lit d'un signe de tête. Je parlais de Boucles d'Or.

Il regarda vers la boule sous la couette, qui commençait juste à s'agiter. Aussitôt, il approcha du lit et retira la couette d'un coup sec.

Une svelte jeune femme aux boucles rousses, qui ne portait qu'un coordonné de dentelle rose vif, battit des cils et roula sur le dos. Elle sourit en voyant Trevor.

— Hello, chéri. J'espère que ça ne t'ennuie pas que je sois entrée.

C'était tout ce qu'Haylie avait besoin d'entendre. Ou peut-être tout ce qu'elle pouvait supporter d'entendre sans devenir violente, ou malade, ou les deux.

Tournant les talons, elle sortit de la pièce. Evidemment, une fois en bas, elle ne sut plus quoi faire.

Elle aurait pu exploser, ou grimper dans la Cadillac qui ne lui appartenait pas et rouler… mais vers quelle destination ? Jarrod Ridge ? Denver ? Un hôtel en ville ? Toutes ces options nécessitaient qu'elle passe au complexe prendre Bradley, en tout cas.

Au fond d'elle-même, elle savait qu'elle n'allait rien faire de tout cela. Elle savait aussi qu'elle n'avait pas vraiment le droit d'être bouleversée.

Si Trevor avait une autre femme dans son lit, en quoi cela la concernait-il ? Ou même s'il avait une douzaine de charmantes petites amies sous le coude ?

Ils couchaient peut-être ensemble — une décision dont elle avait su dès le départ que ce n'était pas la plus futée qu'elle ait prise —, mais personne n'avait dit que leur relation était exclusive. En réalité, ils n'avaient même pas appelé cela une relation.

Et elle connaissait sa réputation avec les femmes. Elle savait qu'il avait une fille dans chaque port, pour ainsi dire. Pouvait-elle être surprise que l'une d'entre elles ait débarqué sans crier gare ? Malgré tout, elle aurait préféré que cette fille ne grimpe pas dans son lit pendant qu'elle le partageait encore avec lui. Mais c'était le risque que l'on courait, sans doute, quand on choisissait de fréquenter le tombeur le plus notoire du Colorado.

Ce qui signifiait qu'elle devrait s'en remettre. Et cesser de réagir comme une maîtresse rejetée ou une épouse jalouse.

Mais ce n'était pas parce que la logique devait primer

sur les émotions brutes et les réactions instinctives qu'elle pouvait effacer les effets physiques de son émoi. Ses talons claquèrent sur le sol quand elle se dirigea d'un pas raide vers la cheminée de pierre. Elle était froide et vide, mais peu importait.

Les bras croisés, elle se mit à faire les cent pas. Non pas par colère, plutôt pour dépenser son excès d'énergie et avoir quelque chose à faire pendant qu'elle attendait… Dieu seul savait quoi.

A présent, elle doutait qu'ils aillent dîner, et elle était trop habillée pour quoi que ce soit d'autre. Mais retourner se cacher dans sa chambre n'était pas non plus une option, elle avait trop peur de croiser Trevor et sa bimbo rousse.

Alors, elle resta là, à arpenter le salon, jusqu'à ce qu'elle entende des pas dans l'escalier. Se préparant à la confrontation, elle laissa retomber ses bras et tenta de paraître aussi détachée, aussi imperturbable que possible.

La jeune femme était maintenant habillée, même si certaines parties de sa robe en lamé argenté semblaient peintes sur son corps tant elles étaient moulantes. Elle avait ramené ses cheveux sur le sommet de sa tête, en une couronne rouge feu, et des gros bijoux clinquants ornaient son cou et ses poignets. Sa tenue était sans doute à la pointe de la mode, mais elle la faisait ressembler à une rescapée de l'ère disco. Son maquillage avait filé par endroits, et, tous les trois ou quatre pas, elle reniflait, puis s'essuyait le nez comme si elle venait de pleurer.

Trevor, quant à lui, descendait stoïquement l'escalier derrière son amie. Une main sur la rampe, l'autre dans la poche de son pantalon, il riva son regard à celui d'Haylie.

Elle les observa pendant qu'ils se dirigeaient vers la porte d'entrée. Elle vit la femme pivoter sur ses bottes moulantes pour lancer un regard de biche à Trevor et passer son ongle manucuré sur sa cravate bleu marine.

— Tu en es sûr, Trev ? murmura-t-elle avec une moue appuyée.

Ses cils battaient à une vitesse extravagante.

A sa décharge, Trevor ne répondit pas à ses tentatives de charme, sauf pour prendre sa main et la remettre très fermement sur le côté.

— Oui, je suis sûr. Je te souhaite un bon vol, Isabelle.

Il ouvrit la porte.

Haylie aurait préféré que le départ de cette femme ne l'affecte dans un sens ou dans l'autre, mais dès que la porte se referma derrière elle, une vague de soulagement l'envahit. Uniquement parce qu'il n'y aurait pas de vilaine dispute avec Trevor. Quelle autre raison aurait pu expliquer l'apaisement qu'elle ressentait ?

Trevor vint lentement vers elle.

— Je suis navré. Ce n'est vraiment pas la façon dont je comptais commencer cette soirée.

— Ce n'est rien, dit-elle, contente que sa voix soit régulière et assurée. Tu peux inviter qui tu veux dans ton lit, ce ne sont pas mes affaires.

Cela ne semblait pas aussi détaché et distant qu'elle l'avait espéré.

S'arrêtant devant elle, il pencha la tête, et posa une main sur sa joue.

— Je ne l'ai pas invitée, dit-il doucement. Du moins, pas récemment. Nous sommes sortis ensemble il y a quelque temps, et je suppose qu'elle espérait que nous pourrions renouer.

— Puisqu'elle avait une clé de ta maison, j'imagine qu'elle avait des raisons d'espérer.

Il afficha un sourire indulgent, et elle serra les lèvres pour s'empêcher de continuer à parler. Il aurait pu prendre ses commentaires pour un signe de jalousie.

— Elle sait où je cache mon double, et je suis en train de me dire que je devrais le changer d'endroit. Et elle n'est allée dans mon lit que parce qu'elle était fatiguée. Elle est mannequin, elle vient de rentrer de sa dernière séance photo à Paris.

Un mannequin. Bien sûr. Elle aurait dû le deviner, à son corps parfait et sa chevelure éblouissante. D'ailleurs, Trevor et elle allaient très bien ensemble.

Son aversion avait dû se peindre sur son visage, car Trevor eut un petit rire et caressa sa joue.

— Ne t'inquiète pas, je l'ai renvoyée. Pour de bon. Elle ne nous ennuiera plus.

Elle ressentit un délicieux petit frisson à ses paroles, elle ne pouvait que le reconnaître. Mais l'incident lui avait rappelé qu'elle n'était pas chez elle. La Belle au bois dormant du jour faisait partie d'une longue liste de conquêtes qui accouraient dès que Trevor claquait des doigts.

Elle humecta ses lèvres.

— Il n'y a pas de nous. Pas vraiment.

Plutôt que de reculer, comme elle s'y était attendue, Trevor afficha un minuscule sourire doux-amer.

— Pour l'instant, si. Et je ne vais pas laisser la visite surprise d'une ex-présomptueuse gâcher notre relation, ni nos projets pour la soirée. Maintenant, dit-il d'un ton plus ferme, es-tu toujours intéressée par un dîner chez Chagall's, ou préfères-tu rester ici ?

Son instinct lui commandait de répondre « ni l'un ni l'autre ». L'invitée-surprise lui avait fait l'effet d'une douche froide, et l'avait tirée de son cocon rassurant mais trompeur.

Même si elle s'était elle-même mise en garde à maintes reprises, elle s'était sentie de plus en plus à l'aise sous le toit de Trevor. Dans son lit. Elle se mouvait dans son monde comme si elle y appartenait. Elle avait enfoncé la tête dans le sable, et laissé ce séjour de rêve, avec tout ce que cela comportait, la transporter.

D'un autre côté, peut-être l'arrivée impromptue d'Isabelle était-elle exactement ce dont elle avait besoin pour se souvenir qu'elle ne *devait pas* se laisser endormir.

Elle ne pouvait pas partir, car elle avait promis à Trevor de rester jusqu'à ce qu'ils soient fixés pour Bradley. Et en acceptant d'organiser le mariage d'Erica, elle s'était aussi engagée à rester durant les vacances de Noël.

Fuir avant la noce n'était certainement pas recommandé pour une organisatrice de mariages. Surtout pour avoir découvert que son amant temporaire — et accidentel — avait d'autres petites amies. Pas alors qu'elle savait depuis le début qu'il était un play-boy. Ce serait hypocrite de sa part d'être perturbée maintenant, simplement parce qu'elle avait eu une preuve en chair et en os de la vraie nature de Trevor.

Pour résumer, elle ne pouvait pas quitter Aspen puisqu'elle avait donné sa parole, ni s'apitoyer sur son sort parce qu'elle avait agi en toute connaissance de cause. Et de toute façon, il fallait qu'elle passe prendre Bradley à la crèche.

Elle prit une profonde inspiration et se força à sourire. Ce ne fut pas si difficile, d'ailleurs. Pas une fois qu'elle eut mis les choses en perspective.

Sa situation actuelle n'était peut-être pas idéale, ce n'était pas une romance de conte de fées comme elle l'aurait imaginée, mais elle avait choisi de vivre cette liaison en étant consciente de sa nature temporaire. Elle avait fait son lit, comme on dit, et tant que Trevor ne la jetait pas dehors ou qu'un autre événement ne la faisait pas changer d'avis, elle allait partager ce lit avec lui.

12

Haylie était particulièrement nerveuse. Il ne restait plus qu'une semaine avant le mariage d'Erica et de Christian. Mais, plus important, ce vendredi soir avait lieu le dîner de répétition, qu'elle avait planifié et préparé elle-même.

Ce qui signifiait que tout devait se passer sans accroc. Non seulement parce qu'elle voulait que tout soit parfait pour Erica, mais aussi parce qu'elle s'investissait énormément dans les événements qu'elle organisait.

Se retrouver dans la même pièce que tant de membres de la famille Jarrod était plus anxiogène qu'elle ne l'avait pensé. Surtout quand elle songeait à sa liaison avec Trevor.

Ses frères et sœurs étaient-ils au courant ? En avait-il parlé à certains d'entre eux, même de manière involontaire ? Quelqu'un les avait peut-être surpris trop près l'un de l'autre, ou vus se parler de façon un peu trop intime.

Et s'ils pouvaient deviner, rien qu'en la regardant, qu'elle passait ses nuits avec lui, et qu'ils faisaient l'amour de mille façons différentes ? Des façons merveilleuses, et époustouflantes, qui allaient lui manquer quand elle quitterait Aspen pour rentrer à Denver.

Rougissait-elle quand elle regardait dans sa direction ? Bégayerait-elle si quelqu'un lui demandait si elle se plaisait à Jarrod Ridge ?

Son seul espoir était qu'ils n'étaient pas intimes avec elle, même s'ils connaissaient très bien Trevor. Peut-être mettraient-ils tout comportement étrange de sa part sur le compte du stress d'une organisatrice de mariages à l'approche du grand jour ?

Guy avait demandé à certains chefs cuisiniers des restaurants du complexe de préparer le repas. Il était servi sur la terrasse du Sky Lounge, fermé pour un soir aux autres clients.

Les tables avaient été agencées selon ses plans. Une musique instrumentale et très douce baignait la salle, le vin coulait à flots, et les membres de la famille et les amis se mêlaient depuis une bonne demi-heure.

Elle avait maintenant rencontré tous les Jarrod, ainsi que leurs moitiés. Bien sûr, elle connaissait surtout Erica, étant donné le nombre incalculable d'heures qu'elles avaient passées ensemble ces dernières semaines. Et les autres femmes de la famille lui avaient été présentées pendant la journée au Spa qu'Erica avait organisée.

A présent, elle avait également rencontré tous les hommes du clan. Elle avait eu affaire à Guy et Christian de temps en temps, pour l'organisation du mariage. Et puis il y avait les frères de Trevor, Gavin et Blake, et le fiancé de Melissa, Shane McDermott.

Par chance, elle était douée pour retenir les noms et les visages — c'était une sorte de nécessité dans son travail —, sinon, elle se serait emmêlé les pinceaux. Au signal d'un employé de cuisine, elle traversa la pièce et demanda à tous les invités de prendre place. Le dîner allait être servi. En temps normal, après son annonce, elle se glissait discrètement dans l'ombre, gardant un œil sur la fête et en cuisine pour s'assurer que tout se passait bien.

Ce soir, cependant, elle remplissait un double rôle : celui d'hôtesse, et d'invitée. Erica avait insisté pour qu'elle se joigne à eux, et Trevor lui avait assuré que sa présence était plus que bienvenue. Aussi y avait-il une place pour elle, au bout de la longue table, à la gauche de Trevor. Cela lui permettrait de prendre part aux discussions, mais aussi de se lever et de s'éclipser rapidement si on avait besoin d'elle en coulisses.

Pour la première fois de la soirée, elle s'autorisa à se détendre quand les serveurs commencèrent à servir l'entrée.

Jusqu'ici, tout se déroulait exactement selon ses plans, et elle ne voyait que des visages heureux.

Trevor, installé à sa droite, était habillé d'un élégant costume bleu foncé et d'une cravate d'un bleu plus clair, qui lui donnaient une fois de plus l'allure d'une gravure de mode. Peu importait ce qu'il portait — un costume, un jean et un pull, ou un bas de pyjama en flanelle —, elle le trouvait toujours très séduisant.

Et plus encore lorsqu'il était nu. Rien que d'y penser, elle en avait le souffle coupé.

Cependant, depuis le soir où une de ses ex-petites amies avait décidé de se prendre pour Boucles d'Or en grimpant dans son lit sans y être invitée, elle prit soin de compartimenter ses responsabilités d'un côté et ses émotions de l'autre. Elle avait accepté de dîner avec lui au Chagall's, s'était amusée comme si c'était un vrai rendez-vous galant, et avait chassé ses autres conquêtes de son esprit.

Ce n'était peut-être pas le meilleur choix, mais c'était celui qu'elle avait fait, celui avec lequel elle pouvait composer. En dehors de l'incident Boucles d'Or, il n'avait rien dit ni rien fait qui lui fasse penser qu'il voyait une autre femme — ou d'autres femmes, d'ailleurs — pendant qu'elle partageait sa maison et son lit.

Pour autant, elle ne se berçait guère d'illusions. Sa relation avec lui n'avait pas d'avenir, mais, pendant ces quelques semaines, elle ferait comme si l'avenir n'existait pas pour savourer le court temps qui lui restait avec lui, et oublier tout le reste.

Etait-ce du déni ? Ou une chimère ? Elle préférait voir cela comme un épisode insouciant dans sa vie si sage et si rangée.

Heather avait toujours été la rebelle de la famille, celle qui prenait des risques sans réfléchir, alors qu'elle jouait le rôle de la grande sœur prudente et posée. Tandis qu'Heather avait collectionné les hommes comme les chemises, elle n'avait guère rencontré qu'une dizaine d'hommes dans toute sa vie d'adulte… et parmi eux, certains n'avaient pas dépassé le stade du premier rendez-vous autour d'un café.

Trevor était son moyen de sortir de son rôle, pour une fois. Sa liaison avec lui n'était pas prudente… mais ce serait sans nul doute un souvenir qu'elle chérirait pendant les longues soirées d'hiver en solitaire qui l'attendaient.

Alors elle allait en profiter ! Sans culpabilité, et sans s'autoflageller après coup. Quand le rêve s'arrêterait, sans doute brutalement, elle espérait ne pas être trop dévastée, physiquement ou émotionnellement.

A côté d'elle, Trevor sourit et lui tapota le genou. Ce qui aurait encore été acceptable s'il n'avait pas laissé sa main là et qu'il ne s'était pas mis à la caresser.

Elle qui voulait se détendre, voilà qu'elle se tendait de désir, mais aussi de nervosité.

Quelqu'un allait remarquer qu'il se passait quelque chose entre eux, s'ils n'y prenaient garde. Ou, pour être plus précise, si *elle* n'y prenait garde. Trevor, lui, était tout à fait calme, impassible même. Il ne semblait en rien différent de n'importe quel autre jour, tandis qu'elle avait l'impression que son visage était un kaléidoscope d'émotions visibles par tous.

Elle était si obsédée par les battements irréguliers de son cœur et les pulsations dans ses veines qu'elle manqua les premières minutes de la conversation. Ce ne fut que lorsqu'elle entendit le mot *mariage* que son cerveau se remit à fonctionner correctement, lui rappelant qu'elle était en train de travailler, et qu'elle devait rester attentive aux moindres désirs ou besoins de ses clients.

La personne et elle ne savait même pas de qui il s'agissait !– qui avait prononcé le mot mariage ne parlait pas des noces imminentes de Christian et Erica. Tout le monde questionnait Guy et sa compagne Avery sur leurs projets. D'après ce qu'elle avait compris, le couple se fréquentait depuis quelque temps, et la famille commençait à se demander pourquoi les deux tourtereaux n'étaient pas encore passés devant l'autel.

Avery, qui était assise en face d'elle, commençait à rougir.

— En fait, nous n'avons pas encore trouvé le temps de faire les moindres projets de mariage, dit Guy en prenant la main de sa fiancée. Et… eh bien, nous avions gardé cela secret, mais maintenant que nous avons découvert que nous allions être parents, il se peut que nous devions reporter encore un peu.

Il fallut une brève seconde pour que les mots de Guy fassent leur chemin dans les esprits, un instant durant lequel toute l'assemblée fut étrangement silencieuse. Mais une seconde plus tard, le chaos surgit. Des acclamations et des cris de joie se mêlèrent, tandis que plusieurs membres de la famille se levaient pour encercler l'heureux couple, distribuant sans retenue accolades et poignées de main chaleureuses.

Elle resta sur sa chaise. Elle faisait partie de l'assemblée, certes, mais elle n'avait pas à prendre part aux réjouissances familiales. Quand tous furent retournés à leur place, elle offrit à son tour ses félicitations.

— S'il y a quoi que ce soit que je puisse faire pour vous aider dans vos projets de mariage — quand vous serez prêts, je veux dire —, j'espère que vous me le ferez savoir.

— Oh ! ce serait merveilleux ! s'exclama aussitôt Avery.

La jeune femme poussa un soupir et posa une main sur son cœur, comme si elle était soulagée.

— A vrai dire, j'aimerais vraiment me marier avant que ma grossesse ne se voie trop, mais je me sens tellement dépassée que je ne sais même pas par où commencer.

— Je ressentais la même chose, dit Erica depuis le bout de table. Mais crois-moi, Avery, Haylie est extraordinaire. Elle a pensé aux moindres détails, et elle s'est chargée de tout avant même que j'aie l'occasion de m'angoisser. C'était si agréable de s'asseoir et de se détendre, et de laisser quelqu'un d'autre faire tout le travail et s'inquiéter à ma place !

Avec un rire, elle ajouta :

— Pardon, Haylie, mais c'est vrai. Vous m'avez sauvé la vie.

Haylie répondit par un sourire sincère.

— Tout le plaisir était pour moi. Je suis là pour ça, après tout.

Pour ça, et pour déterminer la paternité de Bradley, mais elle n'allait pas l'avouer devant deux douzaines de témoins.

— Pensez-vous…

Avery s'interrompit, se mordillant nerveusement les lèvres.

— Peut-être qu'après le mariage d'Erica et de Christian, quand vous aurez pu souffler un peu, nous pourrions nous rencontrer pour en discuter ? Vous avez tant fait pour eux en si peu de temps. Si vous n'êtes pas trop fatiguée d'ici là, j'aimerais que nous parlions d'une autre cérémonie, petite et intime, qui aurait lieu juste après le nouvel an.

Avery regarda son fiancé pour avoir son opinion sur la question, et Guy répondit par un hochement de tête rayonnant. Quoi qu'Avery lui demande, il le lui offrirait avant même qu'elle ait fini sa phrase, Haylie en était certaine.

— Nous ne vous ferons pas d'ombre, évidemment, dit Avery à l'inttention de Melissa et de Shane.

Les jeunes fiancés, assis à l'autre bout de la table, attendaient aussi un enfant et avaient prévu de se marier le soir du nouvel an.

Haylie ne savait même pas où elle serait ce jour-là, mais puisqu'elle s'était impliquée dans le mariage d'Erica principalement pour enrichir son CV et, espérait-elle, décrocher d'autres missions auprès de clients fortunés, refuser la demande d'Avery n'aurait pas eu de sens.

Elle aiderait même Melissa pour son mariage, si la jeune femme avait besoin d'aide, mais tout était probablement déjà prêt. D'ailleurs, elle aimait travailler avec les employés de Jarrod Ridge, et serait heureuse de collaborer avec eux pour une seconde fête.

— J'en serais ravie, dit-elle.

Mais elle se rendit immédiatement compte qu'elle aurait sans doute dû consulter Trevor avant d'offrir ses services à un autre membre de sa famille.

— Si c'est d'accord pour vous, lui dit-elle.

Après tout, indépendamment des nuits qu'ils partageaient ensemble, dans l'intimité de sa chambre, il ne voudrait peut-être pas qu'elle s'attarde, une fois que les résultats des tests ADN seraient connus.

S'il se révélait être le père de Bradley, peut-être voudrait-il même qu'elle disparaisse. Et s'il ne l'était pas… eh bien, il pourrait bien la chasser de la même manière.

Mais sa réaction fut assez rapide et déterminée pour qu'elle le croie sincère quand il répondit :

— Bien sûr !

Puis il reporta son attention sur son frère et sur sa future belle-sœur.

— Mais assurez-vous de ne pas regarder à la dépense concernant ses honoraires. Cela fait un mois que je lui vante la générosité des Jarrod, et cela me déplairait beaucoup que vous ruiniez notre réputation avec un mariage bas de gamme.

Il avait dit cela d'un ton taquin, mais elle soupçonnait qu'il y avait une note de sérieux dans sa voix. Elle ne savait si elle devait être flattée qu'il défende ses intérêts… ou embarrassée par l'attention qu'il attirait. Sur elle, sur lui — sur eux deux.

— Si elle rend Avery aussi heureuse qu'Erica et qu'elle fait un travail aussi impressionnant pour nous que pour ces deux jeunes gens, dit Guy en désignant d'un mouvement de tête Christian et Erica, je lui signe un chèque en blanc. Je lui donnerai même le chéquier entier.

Trevor hocha la tête en guise d'approbation, puis se pencha vers elle et murmura :

— Tu vois, je t'avais dit que cela vaudrait la peine de rester dans les parages.

Il lui fit un clin d'œil et serra son genou sous la table. Elle avait l'impression qu'une enseigne lumineuse était suspendue au-dessus de sa tête, sur laquelle clignotaient les mots *maîtresse de Trevor Jarrod*.

Mais, alors qu'elle allait se consumer de mortification, à son grand soulagement, la conversation prit une direction totalement différente. Le plat principal fut servi, suivi par un moka chocolat-caramel tout à fait exquis créé par Guy lui-même, et par le café.

Avant qu'elle s'en rende compte — sans doute parce qu'elle était habituée à rester en coulisses plutôt qu'à être au milieu de la scène —, Erica et Christian se levèrent, et remercièrent tout le monde d'être venu en ce jour si spécial, puis les invités commencèrent à se disperser.

Trevor prit leurs manteaux et attendit patiemment pendant qu'elle faisait un dernier tour en cuisine pour s'assurer que rien ne serait négligé. Elle lui avait dit qu'il pouvait rentrer sans elle, ou aller dans son bureau pour rattraper le travail qu'il avait quelque peu délaissé, elle le savait, depuis qu'elle avait surgi dans sa vie et l'avait chamboulée. Mais il avait refusé, et s'était simplement installé au bar pour finir le verre de scotch qu'il avait gardé pendant tout le dîner.

Quand elle fut enfin prête, ils sortirent du restaurant et se dirigèrent vers le hall principal du manoir. Quelques clients s'affairaient encore, mais il était assez tard, aussi les couloirs étaient-ils moins bondés que d'habitude.

A sa grande surprise, quand ils approchèrent de la sortie qui menait au parking, Trevor lui prit la main, et la garda jusqu'à ce qu'ils arrivent à la voiture.

Il avait dû être certain que personne ne les verrait, sinon il n'aurait pas risqué un geste aussi intime.

Elle se répétait régulièrement que leur liaison n'était qu'une petite aventure qui les arrangeait tous les deux, une façon distrayante de passer le temps pendant son séjour à Aspen, mais ces derniers jours ce raisonnement devenait de plus en plus difficile à tenir.

Trevor était un homme exceptionnel. Il était beau, intelligent, talentueux. Alors qu'il aurait pu se contenter de vivre de ses rentes, il avait fondé sa propre société et construit sa réussite tout seul. Il était prévenant, gentil, merveilleux avec le bébé…

Il était tout ce qu'elle aurait attendu de l'homme idéal. Ironie du sort, il était celui dont elle devait le plus se méfier sur terre. Celui qu'elle aurait dû avoir l'intelligence d'éviter.

Pour commencer, venir à Aspen lui annoncer l'existence de Bradley n'avait pas été une idée brillante. Se laisser convaincre de séjourner chez lui en attendant les résultats des tests de paternité, encore moins. Mais coucher avec lui… et continuer de coucher avec lui alors qu'elle était avertie était tout bonnement une prise de risque absurde.

Elle ne pouvait pas tomber amoureuse de lui. Même si son cœur bondissait dès qu'il entrait dans une pièce. Et qu'une onde de chaleur l'envahissait à la première bouffée de son parfum.

Peu importait qu'elle se surprenne à vouloir passer toujours plus de temps avec lui, même si c'était simplement pour partager un repas, ou regarder la télévision. Ou que faire l'amour avec lui soit l'expérience la plus époustouflante de sa vie. Et que chaque nuit semble encore plus inoubliable que la précédente.

Non, rien de tout cela ne comptait, car tomber amoureuse de lui aurait été non seulement idiot... mais également vain.

Quand bien même elle commencerait à développer des sentiments troubles pour Trevor... et ce n'était pas le cas, enfin, pas vraiment... elle était sûre que lui se sentait totalement libre. Il profitait simplement de leur liaison temporaire — et quel homme à qui l'on offrait le luxe d'une maîtresse à demeure et sans attaches ne le ferait pas ? Mais pour lui, c'était une relation purement physique, elle en était certaine.

Ce qui lui convenait très bien, à elle aussi. De toute façon, elle rentrerait bientôt à Denver, et ferait mieux d'adopter le même état d'esprit que lui.

Bien sûr, garder en tête que ce qu'ils partageaient se limitait à une relation sexuelle ne l'empêchait pas de se réjouir à l'avance de leur prochaine nuit de plaisir. Quand il engagea lentement la voiture dans l'allée et s'arrêta dans le garage, elle se demanda si Bradley serait déjà endormi, et à quelle vitesse ils pourraient se débarrasser de la baby-sitter qu'il avait engagée pour la soirée.

Lorsqu'ils sortirent du véhicule, il la prit de nouveau par la main, jusqu'à la porte d'entrée. La baby-sitter, une étudiante qui travaillait à temps partiel dans un des restaurants du complexe, était installée sur le canapé. Elle portait Bradley dans ses bras. Il était encore éveillé, et mordillait l'oreille d'un lapin en peluche.

Après avoir retiré son manteau, Haylie se chargea de Bradley pendant que Trevor raccompagnait la jeune fille jusqu'à sa voiture.

— Je vais coucher Bradley, dit-elle quand il revint. Et voir si je peux le faire dormir.

— Je te rejoins dans quelques minutes.

Il la regarda monter les marches. C'était un spectacle trop joli pour le manquer.

Quand elle disparut à l'angle du couloir, il desserra sa cravate et gagna son bureau — ou plutôt, ce qui était autrefois son bureau. Parce qu'il avait insisté, Haylie avait fait de la spacieuse pièce son quartier général, mais il avait encore le droit d'y entrer, tant qu'il promettait de ne rien déranger.

Etonnamment, l'ordre de ne toucher à rien était venu d'Erica, et pas d'Haylie. Même si elle était de plus en plus à l'aise, elle se comportait encore en invitée et non en... ce qu'elle était, même s'il n'y avait pas de mot pour cela. Elle demandait encore si elle pouvait utiliser le scanner ou étaler ses documents dans la cuisine. Et ces questions le dérangeaient, plus qu'il ne l'aurait cru.

Erica, en revanche, n'avait pas de tels scrupules. Elle aurait étripé quiconque aurait déplacé un échantillon de menu ou posé ne serait-ce qu'un doigt sur la robe à dix mille dollars qu'Haylie était passée prendre en début de semaine.

Prenant donc soin de ne rien déplacer, Trevor s'assit dans le fauteuil et alluma l'ordinateur. En attendant que le système démarre, il consulta sa boîte vocale.

Il n'y avait qu'un message, mais en reconnaissant la voix du Dr Lazlo, il sentit son cœur s'accélérer. Il ne savait pas encore quelle serait la teneur du message que déjà ses muscles se tendaient, et son torse se serrait avec un mélange d'anticipation et de terreur.

— Monsieur Jarrod, c'est le Dr Lazlo. Je sais qu'il est tard, mais les résultats de vos tests viennent de me parvenir, et je sais que vous êtes impatient de les connaître. Je serai à mon cabinet encore une heure ou deux. Ensuite, vous pourrez me joindre sur mon téléphone portable. Je serai à votre disposition tout le week-end, au cas où vous n'auriez pas ce message ce soir.

Le médecin donnait ensuite ses deux numéros, et il les nota rapidement.

Le cœur battant, il composa le premier. Voilà, c'était le moment de vérité. Dans les prochaines minutes, il saurait si Bradley était ou non son fils.

Quelques semaines plus tôt, il avait espéré que les résultats soient négatifs.

Mais c'était avant qu'Haylie et Bradley n'emménagent chez lui. Avant qu'il ne sache comment changer une couche, préparer un biberon, donner le bain à un bébé. Toutes ces choses qu'il n'aurait jamais cru apprécier… mais qui ne le rebutaient plus, il s'en rendait compte à présent.

Il les attendait, même. Il se réjouissait de se réveiller le matin et de voir les yeux vifs de Bradley et ses adorables joues rebondies. Il lui tardait de le porter pendant qu'il avalait son biberon, ou d'éviter les éclaboussures de purée de carottes pendant qu'il essayait de le nourrir.

Et puis, il y avait Haylie. Il n'avait *vraiment* pas prévu de s'attacher à elle, pourtant il était impatient de la voir chaque matin, elle aussi. De préférence, juste à côté de lui dans son lit, nue, et accueillante.

Non seulement elle était belle, mais encore elle n'avait aucun problème à lui tenir tête, ce qui en soi était admirable. Il admirait aussi la façon dont elle s'était investie pour offrir un mariage parfait à Erica, sans compter ses heures. Si l'on ajoutait à cela l'amour infini qu'elle témoignait à Bradley, il était possible qu'elle soit aussi proche de la femme idéale qu'on pouvait l'être.

Jamais il n'aurait pensé réfléchir ainsi un jour. Il était bien plus habitué aux jolies filles superficielles. Et il s'en était accommodé, car il ne restait jamais avec elles très longtemps.

Mais Haylie était différente. Elle le poussait à réfléchir autrement. Avec elle, il envisageait autre chose qu'une « distraction temporaire ».

Avant qu'il puisse approfondir le sujet, le médecin décrocha à l'autre bout de la ligne.

— Docteur Lazlo, c'est Trevor Jarrod.

Il n'avait pas besoin d'en dire plus ; ils savaient tous deux la raison de son appel.

Une minute plus tard, il remercia le médecin pour le temps qu'il lui avait accordé, puis reposa le téléphone sur son socle et s'adossa à son fauteuil. Puis il libéra le soupir qu'il avait retenu depuis une éternité.

— Alors, dit Haylie depuis la porte, est-ce que tout va bien ?

Il leva la tête vers elle, et resta muet. Il admirait ses longs cheveux lumineux, sa bouche bien dessinée, sa silhouette si féminine. Enfin, il se leva et se dirigea vers elle.

— J'ai une nouvelle à t'annoncer, dit-il doucement.

Elle pencha la tête sur le côté.

— Une bonne nouvelle, j'espère.

— Je pense, oui, dit-il avec franchise. Le médecin a appelé pendant que nous étions absents, les résultats des tests sont arrivés. Je *suis* le père de Bradley.

Il ne savait pas vraiment ce qu'il avait attendu. Des acclamations, ou un *je te l'avais dit* triomphal, peut-être ? Au lieu de cela, une expression qui ressemblait fort à de la détresse passa sur les traits d'Haylie, rapidement réprimée et remplacée par une indifférence stoïque.

— C'est génial. Merveilleux. Je suis contente pour toi.

Les notes aiguës de sa voix et la rapidité de son débit contredisaient ses paroles et, pour une étrange raison, cela le contraria beaucoup. N'était-ce pas elle qui avait surgi dans son bureau sans prévenir, pour l'informer sans ambages qu'il était le père de Bradley ? Elle aurait dû être ravie d'avoir eu raison, ou même pavoiser.

Mais, aussi rapidement que sa contrariété était montée, elle disparut quand il comprit ce qu'Haylie devait ressentir. Soit, elle avait raison, il était le père de Bradley. Mais elle se demandait sans doute ce qu'il allait advenir d'elle. Allait-il se battre pour avoir la garde totale de Bradley ? Lui prendrait-il le bébé et la rayerait-il à jamais de la vie de son neveu ?

Il ne savait pas vraiment s'il réclamerait une garde exclusive ou partagée, mais il était certain qu'il ne l'empêcherait jamais de voir son neveu. Il ne ferait cela ni à elle ni à Bradley.

Et en une seconde, il sut exactement ce qu'il devait faire.

— Alors, maintenant que nous sommes fixés, je pense savoir quelle devrait être la prochaine étape.

Il vit ses lèvres se pincer et son visage pâlir. Il ne voulait surtout pas laisser la nervosité envahir la jeune femme, ni d'horribles scénarios s'échafauder dans sa tête alors qu'il pouvait rapidement mettre un terme à toutes ces angoisses infondées.

— Je pense que nous devrions nous marier.

13

Haylie avait l'impression d'être ballottée d'une émotion à l'autre, comme une malheureuse boule de flipper. Elle avait monté l'escalier avec l'espoir d'endormir Bradley, pour redescendre au plus vite se jeter dans les bras de Trevor. Puis l'angoisse l'avait saisie quand elle avait su qu'il n'y avait plus de doute sur sa paternité, et qu'il pourrait demander la garde exclusive. Enfin, sa demande en mariage, choquante et inattendue, l'avait totalement désarçonnée.

Durant une longue minute, elle retint son souffle. Elle ne pouvait que rester là, à dévisager Trevor et à cligner stupidement des yeux pendant que son esprit tentait de trouver un sens à la situation.

— Je… je…

Elle était à court de mots.

— Cela tombe sous le sens, dit-il, l'air aussi ému et romantique qu'une poignée de porte. Tu es la tutrice légale de Bradley. Nous savons qu'il est mon fils biologique. Et cette semaine, nous avons eu la preuve que nous sommes plus que compatibles sur le plan physique.

Il lui prit le poignet, et esquissa un sourire.

— Le mariage me semble la solution idéale à tous nos problèmes. Cela apaisera toutes les inquiétudes sur la garde de Bradley, cela empêchera la presse de nous harceler dès qu'ils apprendront que j'ai conçu un enfant avec une parfaite étrangère, et cela offrira à Bradley ce dont il a le plus besoin — un père *et* une mère aimants.

Elle déglutit, essayant de reprendre le contrôle de ses

émotions déchaînées, de mettre un semblant d'ordre dans ses pensées emmêlées.

D'un côté, elle était heureuse qu'ils aient enfin la réponse et que Trevor sache que Bradley était son fils. C'était la preuve qu'elle n'avait pas menti, et qu'elle ne l'avait pas piégé pour faire fortune.

De l'autre côté, cette nouvelle faisait exploser la bulle dans laquelle elle vivait ces dernières semaines, une bulle qui lui laissait croire que tout allait bien, et que sa liaison avec Trevor durerait toujours.

Elle avait toujours su que ce ne serait pas le cas, mais elle ne s'était pas attendue à ce que son rêve prenne fin de façon si abrupte, ou de cette manière.

Et surtout, jamais elle n'aurait cru que Trevor lui demanderait de l'épouser.

Le fait qu'ils aient une relation sexuelle épanouissante n'était *pas* une raison suffisante pour se marier. Ni qu'ils veuillent tous deux avoir Bradley dans leur vie. Trevor voyait les choses autrement, à l'évidence.

Il avait donné à sa demande l'air d'une proposition professionnelle. C'était une sorte de marché, qui leur serait profitable à tous les deux.

Peut-être serait-ce le cas. Sur le papier, tout cela semblait logique.

Ils voulaient Bradley autant l'un que l'autre et, en se mariant, ils pourraient l'avoir tous les deux.

Elle s'entendait bien avec ses sœurs, et avait prouvé qu'elle était capable d'organiser des événements de grande envergure à Aspen, à Denver et au-delà.

Ils s'entendaient à merveille sur le plan sexuel. Si leur mariage était sans amour, il ne manquerait pas de passion.

Mais c'était là le problème, non ? Une union entre eux serait totalement dépourvue de ce dont elle aurait le plus besoin — d'*amour*.

Pire, elle craignait que ce ne soit vrai que pour lui. Elle, en revanche, était déjà amoureuse de lui, n'est-ce pas ? Au moins un peu. Cela paraissait impossible, étant donné qu'ils se connaissaient depuis trois semaines à peine, mais c'était pourtant vrai.

Comment accepter un mariage de convenance avec lui, puis passer le reste de sa vie à l'aimer, en sachant que lui ne l'aimerait jamais en retour ? S'il retournait à ses vieilles habitudes de play-boy, et qu'il couchait avec d'autres femmes… *Cela* la tuerait, certainement.

— Je… je…

Voilà qu'elle bégayait de nouveau. Elle prit une profonde inspiration avant de reprendre.

— Non, parvint-elle à dire fermement. Non, je ne pense pas que ce soit une bonne idée du tout. Je n'ai pas besoin d'un certificat de mariage pour subvenir aux besoins de Bradley, ni de ton argent. Je suis parfaitement capable de m'occuper de lui toute seule, à Denver, comme je l'ai fait depuis le jour de sa naissance. Tu pourras le voir, bien entendu. Quand tu veux. Je suis sûre que nous pourrons nous accorder sur un calendrier de visites raisonnable. Mais je ne vais pas t'épouser juste parce que tu penses que ce serait pratique et agréable.

Pendant une minute, elle crut qu'il n'allait pas réagir. Mais elle sut, en voyant ses yeux se plisser et ses lèvres se serrer, qu'il n'était pas satisfait de sa réponse. Il relâcha son poignet et croisa les bras, en la fixant de son regard sombre et glacial.

— Je crains que ce ne soit pas acceptable, répondit-il d'un ton péremptoire. Un enfant devrait connaître ses *deux* parents. Je suis le père de Bradley et, en pratique, tu es sa mère. Je ne veux pas qu'il soit ballotté entre nous comme un vulgaire bagage. Je n'ai appris que récemment que j'avais une demi-sœur, et je commence à peine à connaître mon propre fils. Il est hors de question que je le laisse s'éloigner de nouveau.

— Est-ce la seule raison pour laquelle tu veux te marier ? demanda-t-elle calmement.

Elle se surprit à retenir son souffle en attendant sa réponse. Peut-être avait-il des sentiments pour elle. Même si ce n'était pas un amour fou et éternel, peut-être y avait-il *quelque chose*.

Quelque chose sur lequel ils pourraient construire une vraie relation, et qui lui donnerait de l'espoir pour l'avenir.

— Bien sûr. Le mariage est le meilleur plan d'action possible pour que nous obtenions tous les deux ce que nous voulons.

Si elle avait espéré des pétales de rose, des sérénades et des déclarations d'amour pleines de passion, elle en aurait été pour ses frais.

— Je suis navrée, dit-elle en secouant la tête. Je ne peux pas.

La tristesse de ses paroles reflétait celle de son âme.

Elle le sentit se fermer avant même qu'il ne recule et ne prenne ses distances physiquement.

— Moi aussi, je suis navré, fit-il d'une voix dure. Et je te conseillerais de reconsidérer ta position. Si tu m'y obliges, je crains de devoir employer les grands moyens. Je réclamerai la garde exclusive de Bradley, Haylie, et tu sais qu'en tant que père biologique, tous les tribunaux me l'accorderont.

Et encore, il n'avait même pas mentionné son pouvoir, sa fortune, son influence. Il avait raison : devant un tribunal, elle perdrait, à tous les coups.

Prenant soin de ne pas la toucher, il passa devant elle et sortit du bureau, la laissant seule pour réfléchir à sa menace si peu voilée.

Pour la première fois depuis qu'Haylie avait commencé à partager son lit, Trevor se réveilla seul. Ce devait être son imagination qui le poussait à croire que la pièce était plus silencieuse, les draps plus froids et moins accueillants sans elle.

Avec un peu de chance, elle reviendrait bientôt dans son lit.

La veille au soir, ils s'étaient tous deux couchés fâchés. Après avoir été repoussé par la seule femme qu'il ait jamais demandée en mariage, il avait laissé la colère le dominer, et avait explosé, pour soigner son ego blessé.

Il était sûr qu'elle non plus n'avait pas eu le cœur à se réjouir après leur discussion. Il n'avait pas voulu la menacer, pourtant, en affirmant qu'il réclamerait la garde de Bradley, c'était exactement ce qu'il avait fait.

Il devait sûrement y avoir un compromis à faire, un terrain d'entente à trouver, pour le bien de Bradley. Il pensait toujours que le mariage était la meilleure solution. L'avoir chaque soir et chaque matin dans son lit, partager sa maison avec elle, élever Bradley en sa compagnie, il y avait pire comme situation.

Plus il y songeait, plus il aimait cette idée. Il la lui soumettrait de nouveau, plus tard. Peut-être à la lumière du jour serait-elle plus sensible à ses arguments.

Après une douche rapide, il s'habilla puis descendit, s'attendant à la trouver en bas avec Bradley, en train de se préparer pour partir au Ridge avec lui. Mais le rez-de-chaussée était étrangement tranquille, et la cuisine vide, et dans l'état exact où ils l'avaient laissée la veille.

Intrigué, il vérifia les autres pièces pour s'assurer qu'elle n'était pas cachée quelque part, à travailler sur un autre mariage. Ses recherches s'avérant vaines, il remonta et s'arrêta devant la chambre d'Haylie. La porte était *close*, alors qu'en temps normal elle la laissait ouverte la journée, ou quand le bébé et elle n'y étaient pas.

Il frappa doucement. N'obtenant pas de réponse, il frappa de nouveau et appela son prénom. Toujours rien.

Alors, il ouvrit la porte… La pièce était aussi vide que le reste de la maison. Le lit était fait. Il n'y avait plus aucune affaire du bébé dans le berceau ni sur la table à langer ; le placard et la salle de bains avaient été totalement vidés.

Un frisson de terreur glacé commença à descendre le long de sa colonne vertébrale, et son ventre se noua. Si leurs affaires n'étaient plus là, alors cela voulait dire…

Il descendit les marches deux par deux pour continuer ses recherches. Partout. Dans chaque pièce, chaque recoin, et même dans le garage. La Cadillac était toujours là, mais la vieille berline d'Haylie avait disparu. Comme, il le craignait, Haylie et Bradley.

Elle l'avait quitté. Elle avait fait ses valises dans la nuit, et était partie. Pour regagner Denver, sans nul doute. Et cela sans un mot. Sans même laisser un message.

Bon sang ! Il ne savait pas à qui il en voulait le plus. A Haylie d'être partie — avec son propre fils, par-dessus le marché — ou à lui-même, pour avoir tout gâché à cause de leur différence d'opinion.

Sans savoir ce qu'il devait faire ni comment aborder la situation, il grimpa au volant de son Hummer, et prit la direction du manoir. Il irait au bureau, comme il l'avait prévu. Il évacuerait sa colère et ses frustrations devant son ordinateur, et peut-être sur les pistes.

Il n'allait certainement pas se précipiter à Denver, en courant après elle comme un idiot amoureux. Du moins, pas tant qu'il ne saurait pas quel plan d'action il allait adopter à présent.

Plusieurs heures plus tard, Trevor avait ouvert plusieurs fenêtres sur son écran d'ordinateur, étalé différents dossiers sur son bureau... pourtant, il n'avait pas l'impression d'avoir avancé d'un pouce.

On frappa à la porte, ce qui accrut son degré de contrariété, qui avait déjà atteint un niveau paroxystique au fil des heures.

— *Quoi ?* répondit-il d'un ton brusque, sans prendre la peine de lever les yeux.

Un des avantages de travailler le week-end, c'était qu'il y avait moins d'interruptions. En théorie.

Quand il leva la tête, il fut surpris de voir son frère aîné, Blake.

L'air aussi impressionnant qu'à l'accoutumée, Blake incarnait son rôle de chef de famille et de Jarrod Ridge comme il portait son costume Armani taillé sur mesure : à merveille.

Sans attendre d'invitation, il s'assit face à lui.

— Il paraît que tu es d'une humeur massacrante aujourd'hui, et que tu passes tes nerfs sur ta talentueuse et adorable assistante. Si tu continues, je crains qu'elle ne démissionne.

Avec un soupir, Trevor posa son stylo et se frotta les yeux.

— Je sais. Je lui ferai porter des fleurs et j'augmenterai sa prime de Noël.

— De vraies excuses, ce serait bien, aussi, dit Blake avec un sourire.

Trevor opina.

— Je le ferai avant de partir, tout à l'heure.

— Bien.

Son frère lissa un pli sur son pantalon, et parut chercher ses mots.

— Alors quelle est la cause de cette soudaine irritabilité ? demanda-t-il enfin. Tu aimerais m'en parler ?

Trevor s'adossa à sa chaise, et croisa les mains devant lui. Son grand frère n'était pas le pire des confidents, après tout.

— Haylie est partie.

Le simple fait de le dire lui faisait mal, et imaginer sa maison comme il l'avait vue ce matin — terriblement vide —, encore plus.

— Partie ? répéta Blake. Tu veux dire, pour toujours ?

— Elle a fait ses valises et celles du bébé, et elle est repartie à Denver, dit-il d'une voix sombre.

Les mots semblaient lui lacérer la langue.

— Y a-t-il une raison pour qu'elle se soit envolée comme ça ?

Trevor prit une grande inspiration, puis expira lentement.

— Les résultats du test de paternité sont arrivés. Bradley est mon fils.

Blake ouvrit de grands yeux.

— C'est génial.

Puis, après une seconde, il ajouta :

— C'est une bonne nouvelle, n'est-ce pas ?

— Evidemment, répondit-il sans la moindre hésitation.

Il n'avait peut-être pas prévu de devenir père à ce stade de sa vie, ni même plus tard, mais maintenant que Bradley était là, et qu'il était certain qu'il était son fils… son cœur était sur le point d'exploser d'amour et de fierté pour cet enfant. Il lui manquait. Déjà.

— J'en conclus qu'Haylie ne ressent pas la même chose,

dit Blake avec prudence. Est-ce qu'elle va se battre pour avoir sa garde ?

— Je ne sais pas, avoua Trevor avec franchise. Nous ne sommes pas allés aussi loin dans la discussion.

— Alors pourquoi est-elle partie ?

Trevor fit la moue.

— J'imagine que cela la mettait mal à l'aise de vivre avec moi après que je l'ai demandée en mariage et qu'elle a refusé.

Blake poussa une exclamation de surprise et recula sur sa chaise.

— Eh bien ! Je suis étonné, je l'avoue. A la façon dont vous vous entendiez tous les deux ces dernières semaines, j'aurais pensé qu'elle accepterait. Ou du moins, qu'elle resterait assez longtemps pour voir où votre relation pouvait vous mener.

— A qui le dis-tu.

— Je n'aurais jamais cru voir le jour où une femme te refuserait quoi que ce soit, petit frère, dit Blake d'un ton léger. Surtout si tu as lui dit que tu l'aimais.

Trevor ouvrit de grands yeux.

— Quoi ? fit-il en s'agitant dans son fauteuil. Qui a parlé d'amour ?

L'espace d'un instant, un silence mortel résonna dans la pièce.

— Dis-moi que tu ne l'as pas demandée en mariage sans lui dire que tu l'aimais.

Comme Trevor ne répondait rien, Blake poussa un soupir incrédule.

— A quoi pensais-tu, bon sang ? dit-il d'un ton réprobateur.

Trevor se redressa et posa les coudes sur son bureau.

— Il ne s'agit pas d'amour, il s'agit de ce qui est le mieux pour Bradley.

— C'est-à-dire ?

— D'avoir deux parents aimants dans sa vie, à plein

temps. Pas d'être ballotté d'une maison à l'autre, et d'un parent à l'autre.

Blake était à même de comprendre ses préoccupations de père, puisqu'il attendait un enfant. Mais lui au moins était au courant de la grossesse, et pourrait préparer l'arrivée de son bébé, songea Trevor avec amertume.

— D'accord. A cent pour cent, répondit Blake. Mais ce n'est pas de ça qu'il s'agit, non ? Tu parles d'utiliser un certificat de mariage pour avoir une nounou à domicile, une nounou qui réchauffera aussi ton lit.

Trevor cligna des yeux, choqué. Qu'est-ce qui prenait à Blake de faire une remarque aussi grossière ? Et tout à fait hors de propos, qui plus était.

— Ne sois pas ridicule. Si je voulais une nounou à plein temps, à demeure ou non, il me suffirait d'en engager une.

— Alors pourquoi épouser Haylie ?

— Parce que c'est la tante de Bradley, et qu'elle l'a élevé depuis sa naissance. Elle pourrait aussi bien être sa vraie mère, tant elle l'aime.

— C'est juste, dit Blake lentement. Et tu veux l'épouser parce que…

Trevor fronça les sourcils.

— Je viens de te le dire.

— Non, tu m'as dit que tu voulais garder Haylie dans la vie de Bradley, et qu'elle vienne vivre à Aspen parce que c'est plus pratique plus toi. Ce que tu ne m'as *pas* dit, c'est pourquoi tu veux faire d'elle ta femme. Pourquoi tu veux l'aimer et l'honorer, dans la maladie comme dans la santé, etc. Je suis sûr que tu connais la suite.

De plus en plus contrarié par les charades obscures de Blake, Trevor soupira et frotta l'arête de son nez. Un épouvantable mal de tête le menaçait.

— Où veux-tu en venir ? demanda-t-il.

— Etant donné ton passé de tombeur, j'aurais cru que tu aurais déjà compris. Mais *ce que je veux dire*, petit frère, c'est qu'aucune femme n'a envie qu'on lui demande sa main juste parce qu'on cherche une nounou à plein temps. Elles veulent des fleurs, des chocolats, du romantisme. Un diamant de la taille d'une noix ne ferait pas de mal non plus. Tu ne peux pas te contenter de dire : « Tiens, je pense que nous devrions nous marier, histoire de vivre sous le même toit et d'élever mon fils ensemble. » Surtout pas à une femme indépendante et talentueuse comme Haylie.

Eh bien, présenté comme ça…

Trevor sentit son ventre se nouer quand il se rendit compte que c'était exactement ce qu'il lui avait proposé. Il lui avait fait une demande directe, sans ambages, sans émotion.

Pire, il ne lui avait même pas *demandé* de l'épouser. Non, il lui avait simplement dit que, selon lui, c'était ce qu'ils avaient de mieux à faire. Il avait déjà mis plus d'enthousiasme à défendre des partenariats commerciaux qu'à proposer le mariage à une femme qu'il appréciait sincèrement.

A sa décharge, tout cela était nouveau pour lui. Il n'avait jamais envisagé de *demander* une femme en mariage auparavant. Jamais il n'avait réfléchi à l'idée de passer le reste de sa vie avec quelqu'un. L'« amour » était encore loin de ses préoccupations, c'était une notion trop déconcertante pour lui, mais il était disposé à admettre qu'il ressentait *quelque chose* pour Haylie.

Plus que ce qu'il éprouverait pour une simple nounou à domicile, en tout cas, faillit-il lancer à Blake. Mais, apparemment, il s'était suffisamment ridiculisé aux yeux de son aîné, et il décida de se taire.

— Est-ce que tu écouterais un conseil venant de ton grand frère ? demanda Blake.

— Bien sûr.

Au point où il en était, tout était bon à prendre.

— Analyse ce que tu ressens pour elle. Ce que tu ressens *vraiment* pour elle. Et si l'idée de continuer ta vie sans elle te donne envie de te cacher dans un trou et de disparaître, ne perds pas une minute de plus à penser aux *pourquoi* et aux *et si*. Va la trouver, et dis-lui ce que tu éprouves. Utilise le mot qui commence par un grand A, sans retenue, et avec enthousiasme. Moi aussi, j'ai laissé ma fierté faire obstacle à l'amour bien trop longtemps, alors, tu peux me croire quand je te dis que tu ne le regretteras pas.

Sur ces paroles, Blake se leva, lissa sa veste et se dirigea vers la porte. Main sur la poignée, il se retourna vers lui.

— Pour ton information, dit-il calmement, nous apprécions tous Haylie, vraiment. Elle te fait du bien. Et personnellement, je pense que tu serais fou de la laisser partir.

Sans attendre de réponse — d'ailleurs, Trevor n'en avait pas à lui offrir —, Blake sortit.

Ainsi, ses frères et sœurs et leurs conjoints appréciaient tous Haylie, et avaient manifestement fait des conjectures sur leur relation. Il aurait dû être contrarié, mais, étonnamment, il ne l'était pas. Il voulait que sa famille l'apprécie.

Ce qu'il devait déterminer, comme Blake l'avait suggéré, c'était ce que *lui* ressentait pour elle. Et ce qu'il allait faire une fois que ce serait fait.

14

Pourquoi était-ce quand elle était pressée que tout semblait se mettre en travers de son chemin ?

La dernière chose dont Haylie avait besoin — car elle *était* en retard —, c'était d'une interruption de plus. Et pourtant, on avait bien sonné à sa porte, à cette heure matinale.

Bradley l'avait gardée éveillée une bonne partie de la nuit, car il avait décidé de faire une colique et d'être trop ronchon pour se rendormir, aussi était-elle déjà terriblement en retard. Pour son premier jour au bureau après une si longue absence, cela tombait mal. Ses employés étaient tout à fait compétents et fiables, mais elle savait qu'elle allait devoir rattraper des tonnes de travail.

A présent, elle regrettait de ne s'être accordé qu'un court week-end de repos avant de reprendre le collier. Pourquoi n'était-elle pas restée tranquillement chez elle, sans faire savoir à personne qu'elle était de retour ? Elle aurait dû passer quelques jours au lit avec un seau de friandises et une pile de DVD romantiques.

Et ce n'était pas tout. En plus de son travail à Denver, elle allait devoir retourner à Aspen dès le lendemain… et sans doute plusieurs fois dans la semaine, car le mariage d'Erica avait lieu ce vendredi. Car, malgré ce qu'elle éprouvait en ce moment envers Trevor, il était hors de question qu'elle fasse faux bond à Erica.

Certes, elle était partie sans prévenir, et sans penser à tout ce qu'impliquerait sa soudaine disparition. Mais dès qu'elle était rentrée chez elle, elle avait téléphoné à Erica pour la prévenir.

Elle n'avait pas mentionné Trevor, même si cela n'avait pas été facile. Elle avait craint de fondre en larmes si elle parlait de lui, ou si elle faisait ne serait-ce que penser à lui pendant leur conversation.

Alors, elle s'en était tenue aux faits ou, du moins, aux faits qu'elle avait inventés pour Erica. Elle avait prétendu avoir été rappelée à Denver pour une urgence professionnelle, mais lui avait assuré qu'elle reviendrait à Aspen aussi souvent que nécessaire, et que son mariage se passerait à merveille.

Elle comptait bien tenir sa promesse. Elle espérait juste qu'en évoluant à Jarrod Ridge — au manoir, surtout —, elle ne croiserait pas Trevor.

Elle pourrait engager quelques assistantes de plus pour effectuer ses courses pour elle, afin de pouvoir se cacher dans une arrière-salle où personne ne serait susceptible de la trouver. Et il lui faudrait demander à quelqu'un de passer chez Trevor prendre tout ce qui avait trait au mariage d'Erica.

Avec un gémissement, elle déplora une fois de plus son départ précipité. Elle aurait dû rester quelques jours de plus, même en sachant qu'il la voulait comme maîtresse et comme nounou de Bradley, mais qu'il ne la voulait pas *elle* réellement.

La sonnerie retentit de nouveau. Elle avait envie de s'arracher les cheveux. A la place, elle marmonna un juron. Le bébé s'agitait, elle avait renversé du lait sur la première tenue qu'elle avait enfilée, et elle ne trouvait plus ses clés. La dernière chose dont elle avait besoin, c'était qu'un visiteur la retarde encore plus.

Mieux valait pour cette personne que ce soit pour une raison valable, comme une fuite de gaz ou un incendie. Si c'était juste un de ces insupportables vendeurs ou un voisin à court de sucre, elle ne répondait pas de ses actes.

Tandis que Bradley geignait sur son siège, elle courut à la porte, cherchant ses clés au passage. Elle ouvrit avec l'intention de dire : « Ça ne m'intéresse pas », quelle que soit la chose qu'on essaierait de lui vendre, mais s'arrêta net.

La première chose qu'elle vit, ce fut le bouquet de fleurs. Un bouquet géant de lis orientaux et de roses, presque aussi large que la porte. Puis une énorme boîte emballée dans du papier doré. Et enfin, quand elle leva les yeux, elle vit Trevor.

Il portait un de ses costumes taillés sur mesure, il était rasé de frais, et ses cheveux étaient savamment ébouriffés. En un mot, il était beau à se damner.

Sa bouche s'assécha, et la tête lui tourna.

Puis elle se souvint de leur dernière conversation, et du fait qu'il l'avait menacée de lui prendre Bradley par tous les moyens. Elle serra la poignée de la porte, prête à la lui claquer au nez, voire à prendre le bébé et à s'échapper par une fenêtre, s'il le fallait.

— Qu'est-ce que tu fais ici ? demanda-t-elle en essayant de ne pas laisser la colère ou la peur percer dans sa voix.

— J'ai eu un week-end difficile après ton départ, dit-il sans ambages.

Il semblait tendu.

— J'ai tourné dans la maison comme un lion en cage, sans répondre au téléphone ni consulter mes e-mails. Je n'ai même pas skié ni avancé dans mon travail, ce que je fais pourtant d'habitude quand j'ai besoin de réfléchir. J'ai également eu une conversation à cœur ouvert avec mon frère Blake. Entre autres choses, il a souligné que les femmes n'appréciaient pas nécessairement qu'on leur ordonne de se marier pour des raisons pratiques. Elles veulent des fleurs, des chocolats, et du romantisme. Alors, me voilà, avec les fleurs et les chocolats, au moins.

Il les lui tendit. Prise au dépourvu, elle lâcha la porte pour les prendre, et les serra contre elle.

— Quant au grand geste romantique…

Il sortit de sa poche une petite boîte de velours en forme de cœur — qui ressemblait un peu trop à un écrin de bague de fiançailles — et se mit sur un genou.

Oh ! bonté divine. Etait-ce vraiment en train d'arriver, ou rêvait-elle ? Elle ouvrit de grands yeux tandis que la pièce commençait à tourner autour d'elle. Son esprit tentait désespérément de trouver du sens non seulement à la soudaine apparition de Trevor sur son seuil, mais aussi à ses mots et à ses actes.

— Ça me fait mal de le reconnaître, mais Blake est quelqu'un d'intelligent. Il m'a aussi dit que si je voulais simplement une femme pour aimer et prendre soin de Bradley, je pouvais engager une nounou. Mais que si je tenais à toi, je devais cesser d'être un idiot et t'avouer mes sentiments.

Son cœur battait si fort que ses oreilles bourdonnaient. Allait-il dans la direction à laquelle elle pensait ? Peut-être ne l'avait-elle pas bien entendu. Peut-être était-il là pour lui annoncer qu'il avait justement engagé une nounou pour Bradley, et les chocolats et les fleurs n'étaient-ils là que pour adoucir le coup.

— C'est après cette discussion que mon week-end agité a commencé. Quand je me suis mis à réfléchir, je me suis rendu compte que mon frère avait raison. Il n'y a pas que Bradley que j'aime, dit-il, toujours sur un genou. Et si les tests avaient montré que ce n'était pas mon fils, ça n'aurait rien changé. J'aurais quand même voulu que tu restes près de moi. J'ai enfin compris, Haylie. Ces deux nuits passées à sonder mon âme n'ont pas été vaines.

Son cœur battait comme une horde de chevaux sauvages au galop, et elle avait de plus en plus de mal à respirer. Il semblait aussi nerveux qu'elle.

— Je t'aime. Je t'aime *toi*, Haylie.

Ses épaules carrées se détendirent un peu.

— J'ai connu beaucoup de femmes, avoua-t-il, mais je n'avais jamais ressenti ce que j'ai ressenti avec toi. J'imagine que ça explique pourquoi je n'ai pas su ce qui m'arrivait quand c'est enfin tombé sur moi. Pourquoi il m'a fallu le coup de massue qu'a été ton départ précipité pour que je me réveille.

Il afficha un de ces sourires qu'elle aimait tant.

— A présent, je sais que j'ai été plus heureux et plus satisfait avec toi que durant toute ma vie d'adulte. Je sais que la maison est vide sans toi et Bradley pour l'emplir de votre chaleur et de vos rires. Et quand je me dis que je ne te reverrai jamais, j'ai l'impression qu'on m'arrache non seulement le cœur, mais aussi l'âme.

Malgré elle, des larmes lui montèrent aux yeux. Elle n'avait jamais rien entendu d'aussi beau, sauf peut-être dans sa tête, quand elle pensait à lui.

Mais était-il sincère ? Ressentait-il vraiment tout cela pour elle, ou changerait-il d'avis dès qu'une jolie fille en minijupe croiserait sa route ?

— Donc, je suis ici pour te renouveler ma proposition de mariage.

Il était persévérant, au moins.

— Cette fois, cependant, je vais te *demander* en mariage au lieu de te le conseiller. Et si tu acceptes, ce ne sera pas un mariage de convenance. Je t'aimerai avec chaque fibre de mon être, et j'en attendrai autant de toi. J'attendrai que tu vives avec moi, jusqu'à ce que la mort nous sépare, que cela signifie que tu me rejoignes à Aspen, ou que je vienne ici à Denver. Honnêtement, les deux solutions me vont.

Il prit une profonde inspiration.

— Et si tu refuses, dit-il d'une voix plus douce... Eh bien, je l'accepterai. Je veux dire, je ne veux pas que tu dises non, mais je comprendrai. Comprendre ne signifie pas renoncer, néanmoins. Cela signifie simplement que je devrai tout reprendre depuis le début, et travailler deux fois plus dur pour te convaincre que mes sentiments sont sincères.

Ses yeux brillaient quand il ajouta :

— Et quoi qu'il arrive, je ne te prendrai pas Bradley. Jamais. Je ne veux pas que tu t'inquiètes pour ça. Je veux mon fils, ne te méprends pas, mais nous trouverons une solution qui nous conviendra à tous les deux, je te le promets.

Enfin, il ouvrit la boîte de velours et la lui présenta. Elle contenait un magnifique diamant marquise, de trois ou quatre carats au moins, serti sur un anneau d'or brillant. Les facettes étincelaient sous la lumière, lui donnant presque le vertige.

— Est-ce que tu veux m'épouser, Haylie ? Acceptes-tu de devenir ma femme, mon amante, la mère de mes enfants — de Bradley, et des autres que nous aurons ensemble ?

Le souffle lui manqua soudain. Son cœur, qui battait à se rompre quelques secondes plus tôt, sembla s'arrêter.

Elle voulait se jeter dans ses bras et crier « oui ! ». Rien ne la rendrait plus heureuse que d'être avec lui. Pour toujours. Même si cela signifiait emménager à Aspen, et tout recommencer dans une ville nouvelle.

Le pouvait-elle ? Le devait-elle ?

En prenant une inspiration tremblante, elle regarda dans les yeux de Trevor, et ce qu'elle y vit lui réchauffa le cœur, plus qu'un splendide bouquet, une boîte de chocolats ou un beau discours le pourraient. L'amour. Le désir. Et la détermination.

Il l'aimait, pour de bon, et si elle le repoussait, il se battrait vraiment pour la conquérir.

Pendant un instant, elle envisagea de refuser, juste pour voir ce qu'il ferait. Y aurait-il d'autres fleurs, des rendez-vous galants, des cadeaux que seul un millionnaire pourrait se permettre ?

Mais elle se moquait de sa fortune.

Lâchant les fleurs et les chocolats qu'elle tenait contre son cœur, elle tomba à genoux devant lui, et lui donna la seule réponse possible. La seule qui ait du sens pour son esprit et pour son cœur.

— Oui, dit-elle dans un souffle en jetant ses bras autour de son cou et en le serrant fort.

Il l'étreignit à son tour, puis l'embrassa avec passion.

Pendant de longues minutes, ils restèrent agenouillés, à s'embrasser, s'étreindre, s'aimer. Lorsque, enfin, ils reprirent leur souffle, Trevor souriait. Quand elle lui rendit son sourire, elle sentit les larmes sur ses joues.

Il les essuya avec ses pouces, et l'embrassa une dernière fois avant de lui présenter de nouveau la bague.

— Puis-je ?

— Volontiers, dit-elle en tendant sa main gauche.

Sa main gauche *tremblante*.

Il lui prit le poignet et glissa le solitaire à son annulaire. Elle fut surprise qu'il ne pèse pas plus lourd, étant donné sa taille. Elle ne put résister à l'envie de le mettre sous la lumière et de le tourner dans un sens et dans l'autre, pour admirer ce symbole de son amour pour lui, et de l'amour qu'il lui portait.

Il l'avait choisi exprès pour elle, et il était venu jusqu'ici pour lui déclarer ses sentiments, comme un chevalier… Jamais elle n'oublierait ce jour, aussi longtemps qu'elle vivrait.

Il se redressa et l'aida à se relever sans cesser de l'étreindre.

— Je sais que nous avons beaucoup de choses à nous dire, et que tu semblais sur le point de sortir, mais il y a juste deux choses que je voudrais faire — dire bonjour à mon fils et, ensuite, le fcoucher pour pouvoir faire l'amour à ma magnifique fiancée.

Son sourire séducteur la fit rire.

— C'est un peu tôt pour sa sieste, mais, comme il est resté éveillé la moitié de la nuit, il se pourrait que tu aies de la chance.

Elle embrassa sa joue puis murmura :

— Et je serais ravie de me faire porter pâle pour que tu puisses avoir de la chance avec moi aussi.

Il recula, et la regarda d'un air soudain sérieux.

— J'ai déjà de la chance, dit-il d'une voix grave. Beaucoup de chance.

Épilogue

C'était le réveillon de Noël.

La neige tombait doucement derrière les fenêtres d'une des magnifiques salles de bal du manoir. Des guirlandes de lumière aux ampoules minuscules étaient suspendues le long des murs ainsi qu'au plafond, pour donner l'impression d'un ciel étoilé, et un immense sapin de Douglas orné de rubans dorés et de boules ivoire trônait à l'autre bout de la pièce.

Les tables rondes recouvertes de nappes blanches occupaient presque tout l'espace, à l'exception de la piste de danse, au centre. Les invités se mêlaient un peu partout, dansant sur les airs romantiques et festifs d'un quatuor à cordes, ou savourant les dernières bouchées du gâteau de mariage.

Les invités d'honneur, M. et Mme Christian Hanford, étaient installés à la longue table rectangulaire réservée à la famille, mais ils n'avaient d'yeux que l'un pour l'autre. Plus la réception avançait, plus ils semblaient impatients de remercier tout le monde d'être venus, pour pouvoir commencer sur-le-champ leur lune de miel.

Haylie les comprenait tout à fait. Quand viendrait son tour, elle serait tout aussi pressée de se débarrasser des formalités de la cérémonie, et d'être seule avec Trevor pour lui enlever son smoking.

Une vague d'excitation la parcourut. Elle était impatiente de se marier, elle aussi. Pourtant, Trevor et elle n'avaient encore fait aucun projet, car depuis qu'il était venu lui faire sa demande en bonne et due forme, ils n'avaient pratiquement pas eu le temps de poser le pied à terre.

Elle avait dû régler les derniers détails du mariage d'Erica et Christian. Et après le mariage imminent de Melissa et Shane, auquel elle ne prendrait part qu'en qualité d'invitée, Dieu merci, elle devrait s'atteler à l'organisation de celui d'Avery et Guy.

La date exacte n'était pas encore arrêtée, mais Avery avait demandé à Haylie de l'aider sur tous les plans, depuis le choix d'une date jusqu'à celui des chemins de table.

Ce qui lui allait très bien. Parfaitement bien, même, puisqu'un des rares sujets dont Trevor et elle avaient trouvé le temps de discuter était celui de sa future carrière à Jarrod Ridge. Plutôt que de fermer sa société ou de la transférer à Aspen, ils avaient décidé qu'il était plus judicieux de laisser It's Your Party ouverte, et d'en déléguer la direction à son assistante la plus chevronnée.

Trevor avait suggéré qu'elle étende son activité, et ouvre une succursale — à Jarrod Ridge, si elle le souhaitait. Il lui avait promis de lui trouver le site idéal pour installer ses bureaux, mais il voulait aussi qu'elle devienne la coordinatrice événementielle de Jarrod Ridge. Elle ne s'occuperait pas uniquement des mariages, mais aussi des anniversaires, commémorations, fiançailles ou enterrements de vie de jeune fille. Et bien entendu, elle serait chargée de toutes les fêtes de la famille Jarrod.

Cette perspective l'enchantait. Elle aimait l'idée de travailler au complexe, de pouvoir garder Bradley auprès d'elle la majeure partie du temps, et de le confier au personnel si fiable de la crèche en cas de besoin. Elle appréciait la perspective de n'avoir qu'à traverser le couloir ou la rue chaque fois qu'elle aurait envie de voir son futur époux. Pour, peut-être, le distraire de son écran d'ordinateur ou de ses derniers plans marketing.

Quand des mains puissantes et viriles saisirent sa taille et l'attirèrent contre un torse tout aussi puissant, elle sourit. Trevor avait dû avoir les mêmes pensées qu'elle.

— Tu sais, lui chuchota-t-il à l'oreille, je vais peut-être devoir changer d'avis, concernant ton poste.

Elle rejeta la tête en arrière, surprise et un peu blessée.

— Tu es trop douée, les gens vont tellement te solliciter que je ne t'aurai jamais pour moi seul.

Elle poussa un soupir de soulagement, comprenant que ce qu'elle avait pris pour une critique était un compliment.

De tous les mariages auxquels elle avait collaboré, c'était sans doute de celui-ci qu'elle était le plus fière. Et pas seulement parce qu'elle avait tout organisé en un temps record, même si Erica lui avait assuré qu'elle voulait un mariage « simple ». En réalité, il n'y avait pas de mariage simple, sauf si l'on décidait de s'unir à Las Vegas. Et même dans ce cas, il fallait réserver des billets d'avion et trouver une chapelle.

Ce qui la touchait surtout, c'était que toute la famille Jarrod était présente ce soir. Tous les frères et sœurs, ainsi que leurs conjoints respectifs. Et, plus surprenant, le père et la belle-mère d'Erica, les Prentice, étaient venus célébrer le mariage de leur fille, et semblaient très bien s'entendre avec tous les Jarrod.

Elle reporta son attention sur l'homme qui l'étreignait, en se balançant d'avant en arrière sur un air de Chopin.

— Je pensais justement à ça, moi aussi, dit-elle. Ça va être très pratique de travailler ici, en sachant que nous pourrons mutuellement passer nous voir pendant la journée.

— Et pourquoi ferions-nous cela ? lui demanda-t-il tout bas avec une surprise feinte.

— Oh ! je ne sais pas. Au cas où nous devrions parler d'une question urgente concernant Bradley. Ou pour une classique partie de jambes en l'air. J'ai toujours eu le fantasme de faire l'amour au bureau en pleine journée.

Lorsqu'il la fit rapidement pivoter vers lui, elle sentit la tête lui tourner. Le bas de sa robe émeraude virevolta autour de ses jambes dans un bruissement soyeux.

— Tu ne me l'avais pas dit, fit-il en la fixant intensément.

Elle pencha la tête sur le côté.

— Ce n'est jamais venu dans la conversation. Et tu ne m'as jamais posé la question, dit-elle d'une petite voix sage.

— J'ai un bureau, dit-il, les sourcils haussés. A l'étage en dessous. Et je serais heureux de réaliser ton fantasme tout de suite, si tu veux.

— Mais que vont penser les gens, dit-elle en redressant sa cravate parfaitement droite, si l'organisatrice de la fête s'absente en plein milieu de la réception ? Et tu es le frère de la mariée. Ton absence serait encore plus choquante.

Il glissa une main au bas de son dos, et l'attira tout contre lui, pour qu'elle puisse sentir le désir qu'il éprouvait pour elle.

— Tu es en train de sous-entendre que j'accorde de l'importance à ce que les gens pensent. Eh bien, tu as tort.

Son assurance et son sang-froid suscitaient immanquablement son admiration. Et ces qualités seraient bien utiles quand les médias découvriraient qu'il épousait la tante de son fils illégitime de bientôt cinq mois.

Elle redoutait ce jour. Mais comme il le lui avait assuré à maintes reprises, peu importait ce que les autres pensaient, ou le nombre d'histoires farfelues que les journaux inventeraient. Seule la vérité comptait, et la vérité, c'était qu'elle l'aimait à la folie, et qu'il l'aimait en retour.

Ils se soutiendraient mutuellement, et ils avaient Bradley. Et un jour peut-être, d'autres enfants viendraient compléter leur heureuse famille.

— Une heure, dit-elle en tendant le visage vers le sien. Encore une heure, et, que les mariés soient partis ou non, je te laisserai m'enlever pour m'emmener dans ton bureau et me faire l'amour.

A son grand plaisir, il répondit par un gémissement de désir. Elle en frissonna, et ne put s'empêcher de rire.

— Soixante minutes, dit-il en synchronisant sa montre, et pas une seconde de plus.

Elle hocha la tête.

— En attendant, que dirais-tu de danser avec moi ?

Il l'entraîna sur la piste, et elle se laissa volontiers faire. Entre ses bras, elle était la femme la plus heureuse du monde.

Composé et édité par HarperCollins France.

Achevé d'imprimer en octobre 2020.

CPI
BLACK PRINT

Barcelone

Dépôt légal : novembre 2020.

MIXTE
Papier issu de
sources responsables
FSC® C108412
FSC
www.fsc.org

Pour limiter l'empreinte environnementale de ses livres, HarperCollins France s'engage à n'utiliser que du papier fabriqué à partir de bois provenant de forêts gérées durablement et de manière responsable.

Imprimé en Espagne.